HISTOIRE

DE LA VIE ET DES OUVRAGES

DE MOLIÈRE.

Se trouve aussi

CHEZ DE BURE, RUE DE BUSSY, N° 30,
—— NEPVEU, PASSAGE DES PANORAMAS,

Acquéreurs de l'édition des OEuvres complètes de Molière publiée avec
un commentaire par le même auteur ;

CHEZ AIMÉ ANDRÉ, QUAI DES AUGUSTINS, N° 59;
—— A. DUPONT ET RORET, MÊME QUAI, N° 37.

IMPRIMERIE DE H. FOURNIER, RUE DE SEINE, N° 14.

Deveria del.   P. Pelée Sc.

MOLIÈRE

HISTOIRE

DE LA VIE ET DES OUVRAGES

DE

MOLIÈRE,

PAR

J. TASCHEREAU.

Je ne cacherai point la simplicité de mon sujet
sous l'emphase monotone du panégyrique, et je
n'imiterai pas les Comédiens français qui ont fait
peindre Molière sous l'habit d'Auguste.

CHAMFORT.

PARIS,

PONTHIEU, LIBRAIRE-ÉDITEUR,

PALAIS-ROYAL, GALERIE DE BOIS.

M DCCC XXV.

Signature de Molière.

J.B.P Molière.

Signature de M.lle Molière.

armande gresinde
claire etlisabetbéjart

AVERTISSEMENT.

Le public, nous le savons, avait renoncé à lire les préfaces long-temps avant que les auteurs se fussent lassés d'en faire. Aussi lui ferions-nous grace de la nôtre, si elle n'était pour nous l'accomplissement d'un devoir.

Que MM. Walckenaer et Musset-Pathay, dont les excellentes Histoires de La Fontaine et de J.-J. Rousseau nous ont donné l'idée d'entreprendre le même travail sur Molière, trouvent ici l'expression de notre reconnaissance; que le biographe du fabuliste surtout, dont le plan avait des rapports plus directs avec le nôtre, reçoive l'assurance que son livre a été pour nous un guide que nous nous sommes fait une loi de suivre.

Que M. Beffara nous permette de révéler que, si quelque exactitude dans les détails historiques de notre ouvrage fait pardonner ses imperfections, c'est en grande partie à ses laborieuses recherches et à son inépuisable complaisance que nous devons cette sorte de compensation.

Comme nous tenons beaucoup à ce que cet acquit de conscience reçoive autant de publicité que possible, nous ne ferons pas notre avertissement plus long, afin qu'il soit lu.

J. T.

HISTOIRE
DE LA VIE ET DES OUVRAGES
DE MOLIÈRE.

LIVRE PREMIER.

1622—1661.

> Presque tous ceux qui se sont fait un nom
> dans les beaux-arts les ont cultivés malgré
> leurs parens, et la nature a toujours été en
> eux plus forte que l'éducation.
>
> VOLTAIRE.

Au commencement du dix-septième siècle, peu
de temps après cette époque de notre littérature
où, selon l'expression naïve de l'un des historiens du théâtre, « on commençait à sentir qu'il
» était bon que les comédies fussent mieux com-
» posées, et que des gens d'esprit, et même des
» gens de lettres s'en mêlassent, » naquit dans
une classe peu élevée de la société un de ces
hommes qui semblent envoyés pour ouvrir à leurs

1

contemporains des routes nouvelles, et répandre
des lumières qu'ils n'ont point reçues de leurs
prédécesseurs. Molière, voué à l'ignorance par
les préjugés du temps, ne put qu'en s'exposant à
la malédiction de sa famille, recevoir une éducation tardive; témoin des mépris qu'on prodiguait à la profession de comédien, il l'embrassa,
entraîné par son génie; doué d'une sensibilité
ardente, il sentit encore se développer ce don,
dirons-nous précieux ou fatal, par les rebutantes
froideurs de celle qu'il crut trop long-temps digne
de son amour; tendre ami, il se vit trahi par ceux
qu'il avait comblés de ses bienfaits; esclave et
victime de ses faiblesses, son unique étude fut de
faire rire les hommes aux dépens des leurs, et de
les en corriger; citoyen vertueux, la mort ne le
mit point à l'abri des outrages de ses concitoyens.

C'est le tableau de cette carrière pleine de mouvement et d'intérêt que nous nous proposons aujourd'hui de décrire; c'est la peinture des émotions
profondes dont fut agité cet homme supérieur
que nous allons essayer de retracer. Puissent l'importance du sujet et l'inexpérience de notre plume
ne pas former un contraste trop choquant dans
un portrait où tout contraste; dans l'histoire d'*un
homme de lettres qui connut le monde et la cour*,
*d'un ornement de son siècle qui fut protégé; d'un
philosophe qui fut comédien.*

Jean-Baptiste Poquelin naquit à Paris le 15 *1622.*
janvier 1622 [1] (1). On avait cru long-temps qu'il
était né sous les piliers des halles, où Regnard
vint au monde trente-cinq ans plus tard ; mais on
a aujourd'hui la certitude que nos deux premiers
poètes comiques n'eurent point un berceau commun : des recherches nouvelles ont appris que
Poquelin vit le jour dans une maison de la
rue Saint-Honoré, près de la rue de la Tonnellerie [2] (2).

Sa mère, Marie Cressé, appartenait à une fa- *1622*
mille qui exerçait depuis long-temps à Paris la *à*
profession de tapissier [3] (3). Son grand-père pa- *1636.*
ternel et son père Jean Poquelin se livraient
également à ce commerce [4]. Mais plusieurs de
leurs parens furent *juges* et *consuls* de la ville de
Paris, fonctions importantes qui donnaient quelquefois la noblesse [5] (4). Aîné de six enfans, le jeune
Poquelin fut dès son bas âge destiné au métier de
son père. L'office de tapissier-valet-de-chambre du
Roi, concédé à celui-ci quelques années après, le

---

1. *Dissertation sur J. B. Poquelin Molière,* par L. F. Beffara,
1821, p. 6 et 7.
2. *Dissertation sur Molière*, par M. Beffara, p. 8 et suivantes.
5. *Ibidem*, p. 5 et suivantes.
4. *Ibidem*, p. 5 et 6.
5. *Voyages aux environs de Paris*, par M. Délort, 1821, t. II,
p. 199.

1622   confirma encore dans ce dessein (5). Il obtint
à
1636.   pour son fils la survivance de cette charge, et lui
        fit prendre part à ses travaux jusqu'à l'âge de qua-
        torze ans; s'étant borné à lui procurer les no-
        tions les plus élémentaires de l'éducation '. C'é-
        tait tout ce que les marchands croyaient alors
        devoir faire pour leurs enfans. Les sciences et
        les belles-lettres n'étaient cultivées que par la no-
        blesse et le clergé, ou par ceux qui s'y livraient
        spécialement; mais un négociant ne connaissait
        d'autre lecture que celle de ses registres, d'autre
        étude que celle de son commerce.

1636   Le caractère naturellement ardent du jeune
à
1641.   Poquelin ne pouvait se plier long-temps à un
        semblable genre de vie. De telles occupations ré-
        pugnèrent bientôt à un génie qui ne s'ignorait pas
        entièrement; aussi ne tarda-t-il pas à témoigner le
        plus vif désir de s'instruire. N'ayant déjà plus sa
        mère pour la ranger de son parti, il mit son
        aïeul (6) dans ses intérêts, et ce ne fut pas sans
        peine que, par leurs efforts réunis, ils parvinrent
        à déterminer son père à satisfaire cet impérieux
        besoin d'apprendre. Ce brave homme gémit pro-

---

1. Grimarest, *Vie de Molière*, Paris, 1705, p. 6. — Voltaire,
Vie de Molière, 1739, p. 2. — *Mémoires sur la vie et les ouvrages
de Molière* (par La Serre), tom. I, p. xviij de l'édition des *OEuvres
de Molière*, in-4°, 1734. — *Vie de Molière*, par M. Petitot, p. 1,
à la tête des *OEuvres de Molière*, in-8°, 1813.

bablement sur la destinée future du *mauvais su-* 1636
jet qui ne se contentait pas de l'ignorance héré-   à
ditaire ; mais, voyant enfin qu'il n'y avait plus 1641
rien à espérer de ce jeune obstiné, il se laissa flé-
chir, et le collège de Clermont, dirigé par les
Jésuites, reçut, comme externe, l'enfant qui devait être un jour l'immortel auteur du *Tartuffe* [1].

On a aussi généralement attribué cette espèce
de révélation de son génie à la fréquentation des
théâtres. Le grand-père du jeune Poquelin, qui l'a-
vait pris en affection, le menait quelquefois aux représentations de l'hôtel de Bourgogne, auxquelles
Bellerose, dans le haut comique, Gautier Garguille, Gros Guillaume et Turlupin, dans la farce,
donnaient alors un grand attrait [2] (7). Sans
doute l'afféterie du premier, signalée par Scarron dans son *Roman comique*, et l'ignoble gaieté
des derniers, qui est devenue proverbiale dans
notre langue [3], ne furent pas ce qui séduisit le
jeune spectateur ; mais il pressentit peut-être dès
lors ce que les jeux de la scène, quelque informes
qu'ils fussent encore, pouvaient devenir un jour ;

1. Grimarest, p. 6 et 8.—Voltaire, *Vie de Molière*, p. 4.—Bayle,
Dictionnaire historique et critique, art. POQUELIN. — Petitot ;
p. 2. —*Mémoires sur la vie et les ouvrages de Molière*, loco cit.

2. Grimarest, Voltaire, Petitot, et *Mémoires sur la vie et les
ouvrages de Molière*, locis cit.

3. TURLUPINADE.

1636
à
1641.

il comprit peut-être que les Hardy, les Monchré-
tien, les Balthazar Baro, les Scudéri, les Desmaret,
auxquels Corneille n'avait pas encore entièrement enlevé la faveur publique, étaient des modèles très-utiles, non à suivre, mais, si nous
osons le dire, à éviter : enfin, s'il ne vit dès lors
qu'il était appelé à opérer cette révolution, il sentit du moins que sa place était marquée ailleurs
qu'au magasin de son père.

Le jeune Poquelin répondit par des progrès
rapides aux soins qui lui furent prodigués. L'é-
mulation ne demeura probablement pas étrangère
à ces succès. Les mêmes cours étaient alors suivis
par plusieurs enfans, qui plus tard se firent un
nom dans les sciences et dans les lettres. Armand
de Bourbon, prince de Conti, frère du grand
Condé, qui devint par la suite son protecteur,
était alors son condisciple (8). Il comptait également pour rivaux Bernier, célèbre depuis par
ses voyages, dont le récit se lit encore avec intérêt, et par ses livres de philosophie, aujourd'hui
tombés dans l'oubli, ce même Bernier qui, ayant
presque tout appris dans ses excursions loin-
taines, hors le métier de courtisan, revint en
France se faire tourner le dos par Louis XIV (9);
Chapelle, auquel un grand amour du plaisir et
quelques petits vers ont assuré une immortalité
facile (10); enfin Hesnaut, fils d'un boulan-

ger de Paris, connu par des poésies anacréonti-
ques, le sonnet de *l'Avorton* et l'éducation poétique du chantre des moutons, madame Deshou-
lières ; Hesnaut qui prit, par reconnaissance, la
défense de Fouquet contre Colbert dans des vers
satiriques, et qui faillit se repentir de son plaidoyer [1] (11).

Quand ils eurent terminé leurs cours d'huma-
nités et de rhétorique, M. Luillier, père de Chapelle, voulant du moins donner à son fils naturel
une éducation remarquable, s'il ne pouvait lui trans-
mettre son nom, détermina Gassendi à se charger
de lui enseigner la philosophie. Le célèbre antagoniste de Descartes admit à ce cours les jeunes Bernier, Poquelin et Hesnaut : ils se montrèrent dignes
d'un tel maître. Gassendi leur enseigna la philosophie d'Épicure, « qui, bien que aussi fausse
» que les autres, a dit Voltaire, avait du moins
» plus de méthode et plus de vraisemblance que
» celle de l'école, et n'en avait pas la barbarie [2]. »
Ces deux derniers partagèrent l'admiration de
leur professeur pour Lucrèce, et entreprirent dans
la suite d'en faire passer les beautés dans notre

---

1. Grimarest, p. 10 et 12. — Voltaire, *Vie de Molière*, 1739,
p. 4. — *Mémoires sur la vie et les ouvrages de Molière*, p. xviij. —
Petitot, p. 2 et 3.

2. Voltaire, *Vie de Molière*, p. 6. — *Mémoires sur la vie et les
ouvrages de Molière*, p. xviij. — Petitot. — p 3.

1636
à
1641.
langue. Mais il ne nous reste de la traduction de Hesnaut que l'invocation à Vénus, et de celle de Poquelin, qu'un passage du quatrième livre sur l'aveuglement de l'amour, passage qu'il a adroitement introduit dans *le Misanthrope* [1]

La réputation des élèves et du maître donna à un jeune homme, alors aussi redoutable dans les collèges par son insubordination qu'il le fut depuis dans le monde par son humeur guerroyante, un désir ardent d'être admis à ces cours. Ce nouveau condisciple était Cirano de Bergerac. Son père, après avoir confié sa première éducation à un curé de campagne, l'avait fait entrer au collège de Beauvais, dont il mit depuis le principal en scène dans son *Pédant joué*. Chassé de cet établissement, et venu à Paris pour terminer ses études, Cirano parvint à se faire admettre parmi les disciples de Gassendi. Sa mémoire et son intelligence le firent profiter en peu de temps des leçons de celui-ci et de la fréquentation de ceux-là. Comme nous aurons peu d'occasions de nous occuper de nouveau de ce camarade de notre auteur, nous croyons devoir dire ici qu'ils se perdirent tout-à-fait de vue, et que Cirano entra peu après au service, où il acquit un grand renom comme férailleur. La Monnoye prétend, dans le *Ménagiana* « que son nez, qu'il avait tout défi-

---

1. *Le Misanthrope*, acte II, sc. 5.

» guré , lui avait fait tuer plus de dix personnes, 1636
» parce qu'il fallait mettre l'épée à la main aus- à
» sitôt qu'on l'avait regardé. » Il était d'un es- 1641.
prit original, et avait des saillies très-piquantes.
Sa comédie du *Pédant joué* obtint assez long-temps
les applaudissemens du public; mais elle n'a guère
d'autre mérite que celui d'avoir fourni deux
scènes aux *Fourberies de Scapin.* Molière disait à
ce sujet, qu'il prenait son bien où il le trouvait [1] (12) : en effet, de tels larcins sont permis au
génie qui recrée, pour ainsi dire, ce qu'il em-
prunte.

Le jeune Poquelin eut à peine terminé son 1641
cours de philosophie, qu'en sa qualité de survi- à
vancier de l'emploi de valet-de-chambre du Roi, 1645.
il fut obligé, en 1641, de suivre Louis XIII dans
son voyage à Narbonne, pour remplacer son
père, que ses affaires ou peut-être des infirmités
retenaient à Paris [2] (13). Ce voyage, dont la
durée fut de près d'un an, lui fournit l'occasion
de saisir les ridicules des provinces, et d'étudier
les mœurs de la cour et des gouvernans. Perpi-

---

1. Grimarest, p. 14. — *Ménagiana*, édit. de 1715, tom. III,
p. 240.—*Mémoires sur la vie et les ouvrages de Molière*, p. xix.—
Histoire du Théâtre français (par les frères Parfait), tom. X,
p. 70, et tom. VII, p. 390 et suiv. — Petitot, p. 2.

2. Grimarest, p. 14. — Voltaire, *Vie de Molière*, 1739, p. 6.—
Mémoires sur la vie et les ouvrages de Molière, p. xviij.—Petitot,
p. 4.

1641
à
1645.

gnan repris sur les Espagnols; les jeunes et trop malheureux Cinq-Mars et de Thou, victimes de leur fougue imprudente et de l'inflexibilité cruelle du cardinal de Richelieu; ce ministre presque mourant, ayant à lutter tout à la fois contre le courage de l'Espagnol, l'audace des mécontens et la pusillanimité du Roi; telles furent les scènes pleines de mouvement et d'intérêt qui se passèrent sous les yeux du jeune observateur.

A son retour du midi de la France, Poquelin se livra à l'étude du droit; c'est du moins ce qu'attestent plusieurs écrivains. Grimarest a dit : « On s'étonnera peut-être que je n'aie point fait » M. de Molière avocat; mais ce fait m'avait été » absolument contesté par des personnes que je » devais supposer savoir mieux la vérité que le » public, et je devais me rendre à leurs bonnes » raisons. Cependant sa famille m'a si positivement » assuré du contraire, que je me crois obligé de » dire que Molière fit son droit avec un de ses ca- » marades d'étude; que, dans le temps qu'il se fit » recevoir avocat, ce camarade se fit comédien; » que l'un et l'autre eurent du succès chacun dans » sa profession; et qu'enfin lorsqu'il prit fantaisie » à Molière de quitter le barreau pour monter sur » le théâtre, son camarade le comédien se fit avo- » cat. Cette double cascade m'a paru assez singu- » lière pour la donner au public telle qu'on me l'a

» assurée, comme une particularité qui prouve 1641
» que Molière-a été avocat, »   à
1645.

Il n'y a probablement de faux dans ce passage que la *double cascade*, singulière aux yeux
mêmes de Grimarest, qui ordinairement s'effrayait
peu de l'invraisemblance de ses récits. Quant à
l'étude du droit, il est à peu près constant que le
jeune Poquelin s'y est livré. Il paraît même qu'il
suivit les cours de l'école d'Orléans, et qu'il revint à Paris se faire recevoir avocat: Voilà du
moins ce qu'on lit dans une mauvaise comédie
de Le Boulanger de Chalussay, *Élomire* [1] *hypocondre, ou les Médecins vengés*, qui parut en
1670. Ce témoignage et celui d'un autre contemporain, l'acteur La Grange qui fit partie de la troupe
de Molière, concordant avec ce qu'on affirma
plus tard à Grimarest, nous portent à ne pas douter que Poquelin n'ait étudié pour être avocat,
et n'ait été reçu en cette qualité [2] (14). Nous
n'accordons pas une égale confiance à l'assertion
isolée de Tallemant des Réaux, reproduite par
M. Walckenaer dans son *Histoire de la vie et des*

---

1. *Élomire*, anagramme de *Molière*.
2. *Élomire hypocondre, ou les Médecins vengés*, par Le Boulanger de Chalussay, Paris, 1670. — Préface de l'édition des
OEuvres de Molière, Paris, 1682 (par La Grange). — Grimarest, p. 312. — Bayle, *Dictionnaire historique et critique*, art.
POQUELIN. — *Mémoires sur la vie et les ouvrages de Molière*,
p. xviij.

1641
à
1645.

ouvrages de La Fontaine, qui tendrait à persuader
que notre premier comique, « destiné par ses pa-
» rens à l'état ecclésiastique., étudia avec succès la
» théologie ; mais que, devenu amoureux de la
» Béjart, alors actrice dans une troupe de cam-
» pagne, il quitta les bancs de la Sorbonne pour
» la suivre. » (15). » Nous voyons moins de vraisemblance que de singularité dans cette historiette.
Elle donnerait à Poquelin un point de ressemblance avec La Fontaine et Diderot, qui tous
deux se trompèrent assez étrangement sur leur
caractère et la disposition de leur esprit, pour
entrer dans leur adolescence, l'un à l'Oratoire,
l'autre aux Jésuites, avec les intentions que Tallemant des Réaux prête à notre auteur. Mais comment Tallemant se trouve-t-il seul instruit de cette
particularité? Ne sont-ce pas plutôt les études que
Poquelin fit chez les Jésuites, recevant tous les
jours des enfans destinés à rester laïcs, qui auront
donné lieu à cette erreur bien évidente, puisque
ses parens, loin de vouloir le consacrer à l'exercice du culte, l'avaient fait admettre dans la survivance de la charge de valet-de-chambre du Roi?

1. Tallemant des Réaux, *Mémoires manuscrits*, faisant partie
de la bibliothèque de M. de Monmerqué. — *Histoire de la vie et
des ouvrages de La Fontaine*, par M. Walckenaer, troisième
édit., p. 73.—*OEuvres de La Fontaine*, in-8°, Lefèvre,1823, t. VI,
p. 509, note 2.

Après son retour à Paris, Poquelin s'aban- 1641
donna avec ardeur à son goût pour les spectacles. à
1645.
Fidèle habitué de Bary, de l'Orviétan, dont le
Pont-Neuf voyait s'élever les tréteaux, il se montra, dit-on, spectateur également assidu du fameux Scaramouche; on a même été jusqu'à dire
qu'il prit des leçons de ce farceur napolitain [16].
Cette tradition est aussi incertaine que les autres
faits trop peu nombreux qui nous sont parvenus sur
la jeunesse de notre auteur. Ce qu'il y a de constant, c'est qu'au commencement de la régence
d'Anne d'Autriche, régence annoncée sous d'heureux auspices, trop tôt démentis, le goût du
théâtre, loin de s'affaiblir par la mort du cardinal
de Richelieu, qui l'avait pour ainsi dire introduit
en France, n'avait fait que s'accroître et s'étendre
jusqu'aux classes moyennes de la société. Le
jeune Poquelin se mit à la tête d'une de ces réunions de comédiens bourgeois dont Paris comptait alors un assez grand nombre. Cette troupe,
après avoir joué la comédie par amusement, la
joua par spéculation. Elle donna d'abord des représentations aux fossés de la Porte de Nesle, sur
l'emplacement desquels se trouve aujourd'hui la
rue Mazarine, alla ensuite chercher fortune au

1. *Ménagiana*, 1715, tom. II, p. 404.—*Vie de Scaramouche*, par
Mezzetin (Angelo Constantini).—*Anecdotes dramatiques*, t. III,
p. 129.

1641 à 1645. port Saint-Paul, et revint enfin s'établir au fau-
bourg Saint-Germain, dans le jeu de paume de
la Croix-Blanche. Elle prit le nom très-exigeant
de *l'Illustre Théâtre*[1]. Ces comédiens de société
jouaient quelquefois des ouvrages nouveaux, et
Voltaire cite une tragédie intitulée *Artaxerce*,
d'un nommé Magnon, imprimée en 1645, dont le
titre portait : *Représentée sur l'Illustre Théâtre*[2].
Ce fut alors que Poquelin, qui devait dire un jour:

Quel abus de quitter le vrai nom de ses pères!

changea le sien en celui de MOLIÈRE, le seul qu'il-
lustrèrent les applaudissemens des contemporains,
la haine des sots et l'admiration de la postérité[3] (17). Grimarest a prétendu qu'il ne voulut
jamais faire connaître les motifs qui le déterminèrent à se donner un nouveau nom. Toutefois,
il est facile de deviner que ce ne fut pas par une
folle vanité, que ce ne fût pas

Pour en vouloir prendre un bâti sur des chimères,

1. Grimarest, p. 15. — *Histoire de la poésie française* (par
l'abbé de Mervesin), 1706, p. 217 — Voltaire, *Vie de Molière*,
p. 8. — *Mémoires sur la vie et les ouvrages de Molière*, p. xix. —
Petitot, p. 4.

2. Voltaire, *Vie de Molière*, 1739, p. 9.—Les frères Parfait rendent compte de cette tragédie, tome VI, p. 571 de leur *Histoire
du Théâtre français*.

3. Grimarest, p. 16.—Voltaire, *Vie de Molière*, 1739, p. 9.—*Mémoires sur la vie et les ouvrages de Molière*, p. xxix. — Petitot,
p. 4.

mais bien évidemment pour soustraire le nom de 1641 à 1645. ses parens, désolés de ses nouvelles résolutions, au mépris attaché alors à la profession de comédien par un préjugé qui existait presque avec la même force long-temps encore après sa mort. Ce motif avait également déterminé trois acteurs, non moins célèbres par leur touchante et funeste amitié que par les ris qu'ils excitèrent, Hugues Guéru, Legrand et Robert Guérin, à prendre dans le comique noble les surnoms de *Fléchelles*, *Belleville* et *La Fleur*, et ceux de *Gautier Garguille*, *Turlupin* et *Gros Guillaume* dans la farce (18) ; *Arlequin*, créateur de l'emploi auquel il a laissé ce nom, s'appelait réellement Dominique (19). Quant à Scaramouche, que Voltaire cite également comme ayant changé le sien par égard pour celui de ses pères, nous sommes plutôt porté à croire qu'il ne le fit que par un amour-propre assez bien entendu, et qui lui était tout à fait personnel ; car il ne s'était réfugié en France que pour échapper au juste châtiment des lois dont ses escroqueries avaient provoqué la sévérité, et le nom de *Tiberio Fiorelli*, flétri par une condamnation aux galères, ne demandait plus de ménagemens de cette nature (20). La Bruyère a dit : « La condition des comédiens » était infâme chez les Romains et honorable chez » les Grecs. Qu'est-elle chez nous? On pense d'eux

1641   » comme les Romains, on vit avec eux comme les
à
1645. » Grecs. » Cependant comme les lois tendaient à
       faire fleurir un art qui tient de si près à la civili-
       sation des états, ce parti n'occasiona à Molière
       aucune inquiétude pour la charge qu'il occupait
       chez le Roi (21).

       La famille de Molière ne fit pas moins d'efforts
       pour le détourner de cette carrière qu'elle n'en
       avait fait naguères pour le déterminer à rester
       ignorant. Si elle avait vu sa perte dans le premier
       parti, elle voyait sa damnation dans le second.
       Alarmée de ce dessein, elle dépêcha vers lui le
       maître de pension dont il avait reçu les leçons
       dans son enfance, et le chargea de lui représenter
       qu'il compromettait l'honneur des siens, et les
       condamnait à une éternelle douleur, en embras-
       sant une profession que réprouvaient à la fois et
       l'Église et la société. Molière, si l'on en croit
       Perrault qui rapporte ce fait, écouta l'orateur
       sans s'émouvoir; et, après qu'il eut fini son dis-
       cours, parla à son tour avec tant d'art et de ta-
       lent en faveur du théâtre, qu'il parvint à con-
       vaincre l'ambassadeur de ses parens, et qu'il le
       détermina même à venir prendre part à ces jeux
       dont il était idolâtre [1] (22).

       La vanité de ses parens avait été vivement bles-
       sée, leur ressentiment fut long. Hormis son père

---

1. Perrault, *Hommes illustres*, p. 79.

et son beau-frère, aucun d'eux, en 1662, ne signa
son contrat de mariage. Vainement, quand il fut
établi à Paris avec sa troupe, donna-t-il aux Poquelin leurs entrées : nul n'en voulut profiter.
Il fut exclus de l'arbre généalogique qu'un d'eux
fit dresser. Aveugle empire du préjugé ! Le grand
poète, l'homme de génie ne put faire absoudre
le comédien. Vaine sottise ! Que serait aujour-
d'hui le nom de Poquelin séparé de celui de
Molière [1] ?

Si, au moment de monter sur la scène, il sut
résister aux sollicitations qu'on lui adressa pour
l'en détourner, si plus tard il ne voulut jamais
consentir à en descendre, il n'en fut pas moins
cruellement affligé de la conduite de sa famille à
son égard. Mais l'amour de son art, l'inspiration
de son génie, l'avaient guidé dans sa première
démarche ; son humanité, son inquiète bienveillance pour ses camarades, dont il était le seul appui, lui firent prendre la dernière résolution. Il
ne fallait rien moins que ces considérations pour
l'empêcher de se rendre aux vœux des siens,
quelque insolente que fût la manière dont ils les

1641
à
1645.

---

1. *OEuvres de Molière*, avec les remarques de Bret, 1773, t. I,
p. 52 et 75.— *Molière*, drame en cinq actes, imité de Goldoni, par
Mercier, 1776, p. 193, note.
  Les faits rapportés dans cet alinéa sont presque textuellement
empruntés à Bret et à Mercier.

2

exprimèrent. L'anecdote suivante, à laquelle l'ordre des temps assignerait une autre place, mais
qui figurera ici plus opportunément, nous en
fournit la preuve :

Après qu'il fut installé à Paris, un jeune homme
vint un jour le trouver, lui avoua qu'un penchant
insurmontable le portait à embrasser la carrière
du théâtre, et le pria de lui donner les moyens
d'obéir à sa vocation. Pour séduire Molière, il
se mit à lui réciter avec beaucoup d'art plusieurs morceaux sérieux et comiques. Notre
auteur, charmé d'abord de l'aisance pleine de
grace du jeune aspirant, fut plus étonné encore
du talent avec lequel il débitait. Il lui demanda
comment il avait appris la déclamation. « J'ai
» toujours eu inclination de paraître en public,
» lui répondit celui-ci ; les régens sous qui j'ai
» étudié ont cultivé les dispositions que j'ai appor-
» tées en naissant ; j'ai tâché d'appliquer les règles
» à l'exécution, et je me suis fortifié en allant sou-
» vent à la comédie. — Et avez-vous du bien ? lui
» dit Molière. — Mon père est un avocat assez à
» l'aise. — Eh bien, je vous conseille de prendre
» sa profession : la nôtre ne vous convient point ;
» c'est la dernière ressource de ceux qui ne sau-
» raient mieux faire ; ou des libertins qui veulent
» se soustraire au travail. D'ailleurs, c'est enfoncer
» le poignard dans le cœur de vos parens, que de

» monter sur le théâtre; vous en savez les raisons. 1646
à
1645.
» Je me suis toujours reproché d'avoir donné ce
» déplaisir à ma famille ; et je vous avoue que si
» c'était à recommencer, je ne choisirais jamais
» cette profession. Vous croyez peut être, ajouta-
» t-il, qu'elle a ses agrémens : vous vous trompez.
» Il est vrai que nous sommes en apparence re-
» cherchés des grands seigneurs; mais ils nous
» assujettissent à leurs plaisirs, et c'est la plus
» triste de toutes les situations, que d'être l'es-
» clave de leur fantaisie. Le reste du monde nous
» regarde comme des gens perdus et nous mé-
» prise. Ainsi, monsieur, quittez un dessein si
» contraire à votre honneur et à votre repos. Si
» vous étiez dans le besoin, je pourrais vous ren-
» dre mes services ; mais, je ne vous le cèle point,
» je vous serais plutôt un obstacle. Représentez-
» vous la peine que nous avons. Incommodés ou
» non, il faut être prêts à marcher au premier or-
» dre, et à donner du plaisir, quand nous sommes
» bien souvent accablés de chagrins; à souffrir la
» rusticité de la plupart des gens avec qui nous
» avons à vivre, et à captiver les bonnes graces
» d'un public qui est en droit de nous gourman-
» der pour l'argent qu'il nous donne. Non, mon-
» sieur, croyez-moi, encore une fois, ne vous
» abandonnez point au dessein que vous avez
» pris. »

2.

1641
à
1645.

En vain Chapelle, qui survint pendant cette
scène, la raison un peu troublée par les fumets
du vin, essaya-t-il de persuader à Molière et au
jeune homme lui-même que ce serait un meurtre,
avec autant de dispositions pour la déclamation,
d'embrasser la profession d'avocat, qu'il devait
se faire comédien ou prédicateur; Molière per-
sista dans ses conseils avec une nouvelle force, et
parvint à déterminer celui-ci à renoncer à l'art
dramatique. L'historien auquel nous empruntons
ce fait ne dit pas s'il lui laissa l'alternative de
monter dans la chaire [1].

Parmi les acteurs de l'*Illustre Théâtre*, on distin-
guait, outre Du Parc, dit Gros-René, dont le nom
est devenu plus célèbre encore par la beauté de la
femme que par le talent du mari [2] (23), Béjart
aîné (24), Béjart cadet et Madeleine Béjart. Ceux-
ci tenaient le jour d'un Joseph Béjart, auquel
l'acte de baptême de la fille de Molière donne la
qualité de procureur [3] (25). Quelle qu'ait été sa
profession, il paraît toutefois que lui et Marie
Hervé, sa femme, s'occupèrent peu de l'éduca-

---

1. Grimarest, p. 233 et suiv. — *Vie de Chapelle*, par Saint-
Marc, p. lj, à la tête des œuvres de *Chapelle et Bachaumont*, 1755.
—Mercier a mis cette anecdote en scène, dans son drame de *Mo-
lière*, acte V, sc. 4; mais au jeune homme il a substitué une jeune fille.

2. *Histoire du Théâtre français*, t. VIII, p. 409.— *Galerie historique du Théâtre français*, par M. Lemazurier, t. I, p. 253 et 254.

3. *Dissertation sur Molière*, par M. Beffara, p. 15.

tion de leurs enfans, qui tous prirent le parti 1641
du théâtre. Malgré l'incurie de leurs parens, les à 1645.
deux Béjart se firent toujours remarquer par la
noblesse et l'élévation de leurs sentimens. Molière les estimait et les aimait beaucoup. Madeleine Béjart, qui n'était pas également digne de
son estime, mais pour laquelle il ressentit cependant durant quelque temps un sentiment
plus tendre, figurera plus d'une fois dans cette histoire ; quant à leur jeune sœur Armande-Gre-
sinde-Claire-Élisabeth Béjart, depuis épouse de
Molière, ce ne fut que dans cette même année
qu'elle naquit (1645). Ne voulant point intervertir l'ordre des événemens, nous nous bornons
en ce moment à donner cette date, qui ne nous
sera pas inutile pour réfuter plus tard une atroce
calomnie.

La régence d'Anne d'Autriche ne tarda pas à
devenir orageuse. On vit bientôt, selon l'expression d'un des hommes les plus spirituels de notre
époque, « ce mélange singulier du libertinage et
» de la révolte ; ces guerres à la fois sanglantes et
» frivoles ; ces magistrats en épée ; ces évêques en
» uniforme ; ces héroïnes de cour suivant tour à
» tour le quartier-général et la procession ; ces
» beaux esprits factieux, improvisant des épi-
» grammes au milieu des séditions, et des madri-
» gaux au milieu des champs de bataille ; cette phy-

1641.
à
1645.

» sionomie de la société variée à l'infini ; ce jeu forcé » de tous les caractères ; ce déplacement de toutes » les positions ; ce contraste de toutes les habi- » tudes [1]. » On conçoit facilement que ce temps, où une libre carrière était ouverte à toutes les ambitions, fut favorable à l'observation des ridicules, des travers et des vices ; car ils étaient tous en jeu dans ces jours de licence et d'intrigue ; et, sous ce rapport, Molière, avec son esprit contemplateur, ne l'employa point inutilement. Mais cette crise devait frapper de langueur les frivoles divertissemens de la scène : aussi lui fallut-il quitter Paris pour aller, avec sa troupe, tenter une fortune lointaine.

1646
à
1653.

Toutes les circonstances de la vie de Molière, depuis le commencement de 1646 jusqu'en 1653, sont presque entièrement ignorées. On sait seulement qu'il consacra les quatre ou cinq premières années de cet intervalle à exploiter la curiosité des provinces ; qu'il se rendit d'abord à Bordeaux, où le fameux duc d'Épernon, alors gouverneur de la Guienne, l'accueillit avec une grande bienveillance [2], que, si l'on en croit une ancienne

---

1. *Théâtre Français, ou Recueil des chefs-d'œuvre composant le Répertoire*, Panckoucke, 1824, première livraison, *Notice sur le Tartuffe*, par M. Étienne.
2. *Mémoires manuscrits* de M. de Tralage, art. 77 du vol. in 4o, Q. Q. 688.—*Histoire du Théâtre français*, tom. X. p. 74.

tradition à laquelle Montesquieu accordait une
entière confiance, il y fit représenter une tragédie de lui qui avait pour titre, *la Thébaïde*,
et dont le malheureux sort le détourna à propos
du genre tragique [1]. Il est, à la vérité, impossible de fournir une preuve bien positive à
l'appui de cette assertion; mais on sentira qu'elle
offre assez de vraisemblance, pour peu qu'on
réfléchisse à la passion malheureuse que Molière
eut long-temps pour le genre sérieux; passion
dont *le Prince jaloux* et ses excursions comme
acteur dans le grand emploi tragique sont les
tristes témoignages. On verra aussi qu'il regardait ce sujet de *la Thébaïde* comme tout-à-fait
propre à la tragédie, puisque ce fut lui qui plus
tard le donna à traiter au jeune Racine. De retour à Paris vers l'année 1650, il y fut accueilli,
avec le plus grand intérêt par son ancien condisciple le prince de Conti, qui fit venir plusieurs
fois sa troupe à son hôtel pour y jouer la comédie (26).

En 1653, cette caravane comique partit pour
Lyon, où fut représentée pour la première fois
la comédie de *l'Étourdi*. La pièce et les comédiens obtinrent un succès complet, et les Lyon-

1646 à 1653.

1653.

---

1. *OEuvres de Molière*, avec les remarques de Bret, 1773,
t. I, p. 53. — *Études sur Molière*, par Cailhava, p. 8.

1653. nais oublièrent bientôt un autre théâtre que leur
ville possédait depuis quelque temps, et dont les
principaux acteurs prirent le parti de passer au
nouveau. Parmi eux se trouvaient De Brie, Ragueneau et mesdemoiselles Du Parc et De Brie (27).

Ces deux derniers noms nous amènent naturellement à parler des intrigues amoureuses de
Molière. On s'est généralement accordé à dire
qu'il eut d'abord des liaisons avec Madeleine Béjart. L'intimité qu'une sorte de communauté d'intérêts avait dû faire naître entre eux, le caractère
aimant et facile de notre auteur et l'âme peu
cruelle de mademoiselle Béjart, qui se vantait,
dit-on, de n'avoir jamais eu jusque-là de faiblesses
que pour des gentilshommes, nous portent assez
à le croire, bien que ce fait n'ait peut-être été
répété par certains ennemis de Molière, que pour
donner une apparence de fondement à la calomnie dirigée contre lui à l'occasion de son mariage,
calomnie que plus tard nous saurons confondre.
Quoi qu'il en soit, il paraît constant qu'il succéda
dans les bonnes grâces de cette comédienne au
comte de Modène, qui en avait eu, en 1638, une
fille naturelle [1] (28).

1. *La Fameuse comédienne, ou Histoire de la Guérin, auparavant
femme et veuve de Molière,*Francfort,1688, p. 7.—Grimarest, p. 20.
—Petitot, p. 6.—*Dissertation sur Molière,* par M. Beffara, p. 20.

Mais, les charmes de mademoiselle Du Parc 1653.
le touchèrent, dès qu'il la vit. Cette beauté
orgueilleuse et froide accueillit mal la déclaration qu'il lui fit de son amour. Son désespoir
fut d'autant plus vif qu'il s'efforça pendant quelque temps de le dissimuler. Il prit à la fin le
parti de le confier à mademoiselle De Brie,
dont la tendre amitié essaya de l'en consoler.
Nous disons l'amitié, car ce n'était peut-être d'a-
bord que ce sentiment; mais il fit bientôt place
à une affection plus vive, et qui, chez mademoiselle De Brie, était presque aussi durable.
Une femme jeune, aimable et jolie, qui cherche
à calmer les chagrins amoureux d'un homme
de trente ans ne peut être long-temps reléguée
au rôle de confidente : aussi en prit-elle bientôt
un plus actif qu'elle n'interrompit qu'au mariage
de Molière. Peu de temps après, captivée par
la gloire qu'il acquérait chaque jour, mademoiselle Du Parc se repentit des froideurs qu'elle
lui avait fait essuyer; mais, soit dépit, soit crainte
de ne pas trouver près d'elle la paix que lui faisaient goûter ses rapports avec mademoiselle De
Brie, il sut résister aux moyens de séduction
qu'elle mit en œuvre avec lui. Plus tard, il fit
allusion à sa position entre ces deux femmes par
les rôles de Clitandre, de Henriette et d'Armande
des *Femmes savantes*, et principalement par la

.1653. scène II du premier acte de ce chef-d'œuvre [1].

Dassoucy, dans ses *Aventures*, nous apprend qu'en partant de Lyon, Molière et ses camarades se rendirent à Avignon, où il les suivit. Cette ville, d'après les aveux de ce troubadour épicurien, le vit se livrer avec excès à sa passion pour le jeu, dont les chances lui furent si constamment et si cruellement défavorables, qu'en moins d'un mois il demeura, selon son expression, *vêtu comme notre premier père Adam lorsqu'il sortit du paradis terrestre.* « Mais, ajoute-t-il, comme un homme » n'est jamais pauvre tant qu'il a des amis, ayant » Molière pour estimateur et toute la maison des » Béjart pour amie, en dépit du diable et de la for- » tune..., je me vis plus riche et plus content que » jamais; car ces généreuses personnes ne se con- » tentèrent pas de m'assister comme ami, elles me » voulurent traiter comme parent. Étant comman- » dés pour aller aux États, ils me menèrent avec » eux à Pézenas, où je ne saurais dire combien de » graces je reçus ensuite de toute la maison. On » dit que le meilleur frère est las au bout d'un » mois de donner à manger à son frère; mais ceux- » ci, plus généreux que tous les frères qu'on » puisse avoir, ne se lassèrent point de me voir à

---

1. Voir *les Femmes savantes*, acte I, sc. 2. — *La Fameuse comédienne*, p. 8. — Petitot, p. 7.

»leur table tout un hiver.... Quoique je fusse 1653.
»chez eux, je pouvais bien dire que j'étais chez
»moi. Je ne vis jamais tant de bonté, tant de
»franchise, tant d'honnêteté que parmi ces gens-
»là, bien dignes de représenter réellement dans
»le monde les personnages qu'ils représentent
»tous les jours sur le théâtre [1].»

Il existe à Pézenas un grand fauteuil de bois auquel une tradition a conservé le nom de fauteuil
de Molière; sa forme atteste son antiquité; l'espèce de vénération attachée à son nom l'a suivi
chez ses divers propriétaires. Voici ce que les habitans du pays racontent à ce sujet d'après l'autorité de leurs ancêtres : Pendant que Molière
habitait Pézenas, le samedi, jour du marché, il
se rendait assidument, dans l'après-dînée, chez
un barbier de cette ville, dont la boutique très-
achalandée était le rendez-vous des oisifs, des
campagnards et des agréables; car, avant l'établissement des cafés dans les petites villes, c'était
chez les barbiers que se débitaient les nouvelles,
que l'historiette du jour prenait du crédit, et que
la politique épuisait ses combinaisons. Le grand
fauteuil de bois occupait un des angles de la boutique, et Molière s'emparait de cette place. Un
tel observateur ne pouvait qu'y faire une ample

1. *Aventures de Dassoucy*, tom. I, pag. 309.

1653. moisson; les divers traits de malice, de gaieté, de ridicule, ne lui échappaient certainement pas; et qui sait s'ils n'ont pas trouvé leur place dans quelques-uns des chefs-d'œuvre dont il a enrichi la scène française? On croit à Pézenas au fauteuil de Molière comme à Montpellier à la robe de Rabelais (29). Dassoucy nous apprend qu'après avoir passé six mois *dans cette cocagne*, il suivit Molière à Narbonne.

1654. De Narbonne, notre auteur se rendit à Beziers pendant la tenue des États de Languedoc, présidés par le prince de Conti, qui l'avait engagé à l'y venir rejoindre. *L'Étourdi*, représenté l'année précédente à Lyon, et *le Dépit amoureux* qui ne l'avait encore été nulle part, furent accueillis avec la plus grande faveur, et attirèrent à la troupe et à Molière d'unanimes applaudissemens et de nouveaux bienfaits de la part de son ancien condisciple [1]. Le prince voulut même se l'attacher en qualité de secrétaire. Le poste ne laissait pas que d'être périlleux; car Segrais dit dans ses *Mémoires*, que Sarrasin, qui l'avait occupé, « mourut à l'âge de quarante-trois ans, d'une » fièvre chaude causée par un mauvais traitement » de M. le prince de Conti. Ce prince lui donna un

---

1. *Préface* de l'édition des *OEuvres de Molière* de 1682 (par La Grange).

» coup de pincettes à la tempe : le sujet de son 1654.
» mécontentement était que l'abbé de Cosnac, de-
» puis archevêque d'Aix, et Sarrasin, l'avaient fait
» condescendre à épouser la nièce du cardinal
» Mazarin (Martinozzi), et à abandonner qua-
» rante mille écus de bénéfices pour n'avoir
» que vingt-cinq mille écus de rente, de sorte
» que l'argent lui manquait souvent; et alors il
» était dans des chagrins contre ceux qui lui
» avaient fait faire cette bassesse, comme il l'ap-
» pelait à cause de la haine universelle qu'on avait
» dans ce temps-là contre le cardinal Mazarin¹.»
Toutefois, il est probable que ce ne fut pas par
la crainte d'un semblable sort, ou, comme le
prétend Grimarest, à qui un sentiment généreux ne semble pas apparemment une raison dé-
terminante dans une semblable position, *parce*
qu'il aimait à parler en public, et que cela lui aurait
manqué chez M. le prince de Conti, qu'il crut devoir refuser cette place; mais bien parce que rien
à ses yeux ne pouvait être préférable à cet art pour
lequel il n'avait pas hésité à rompre en quelque
sorte avec sa famille, et qu'il sentait d'ailleurs que
quitter ses camarades, c'était les abandonner à la
misère. « Eh! messieurs, disait-il à ceux qui le blâ-
» maient de refuser la proposition du prince, ne

1: *Mémoires de Segrais*, pag. 51.

1654. »nous déplaçons jamais : je suis passable auteur,
» si j'en crois la voix publique ; je puis être un
» fort mauvais secrétaire. Je divertis le prince par
» les spectacles que je lui donne ; je le rebuterai
» par un travail sérieux et mal conduit. Et pen-
» sez-vous d'ailleurs qu'un misanthrope comme
» moi, capricieux, si vous voulez, soit propre au-
» près d'un grand? Je n'ai pas les sentimens assez
» flexibles pour la domesticité. Mais, plus que
» tout cela, que deviendront ces pauvres gens
» que j'ai amenés de si loin? Qui les conduira? -
» Je me reprocherais de les abandonner. » La
place fut donnée à un gentilhomme nommé de
Simoni [1].

1654
à
1657.
Molière et sa troupe parcoururent encore la
province pendant plusieurs années. Dans ces diverses excursions, il fit représenter plusieurs
farces dans le goût italien, par lesquelles il préludait à ses belles compositions. C'étaient *les Trois
Docteurs rivaux* et *le Maître d'école*, dont il ne
nous reste que le titre. Mais deux autres de ces
bluettes que nous possédons, *le Médecin volant*
et *la Jalousie du Barbouillé*, ne laissent pas de
grands regrets pour la perte des premières. L'intrigue de ces deux petites comédies a bien quel-

---

1. Grimarest, pag. 24.—Voltaire, *Vie de Molière*, 1739, pag. 14.
—*Mémoires sur la vie et les ouvrages de Molière.*— Petitot, p. 9.

ques traits de ressemblance avec celle du *Méde-*
cin malgré lui et de *George Dandin*[1]; « mais tout
cela, » ainsi que l'a dit J.-B. Rousseau, « est revêtu
» du style le plus bas et le plus ignoble qu'on
» puisse imaginer. Ainsi le fond de la farce peut
» être de Molière ; on ne l'avait point porté plus
» haut de ce temps-là ; mais, comme toutes les
» farces se jouaient à l'improvisade, à la manière
» des Italiens, il est aisé de voir que ce n'est
» point lui qui en a mis le dialogue sur le papier ;
» et ces sortes de choses, quand même elles se-
» raient meilleures, ne doivent jamais être comp-
» tées parmi les ouvrages d'un homme de lettres[2] ».
Cependant Boileau regrettait la perte du *Docteur
amoureux*, autre bouffonnerie du même genre,
» parce que, disait-il, il y a toujours quelque
» chose d'instructif et de saillant dans ses moindres
» ouvrages[3] (30) . »

Au mois de décembre de l'année 1657, la
troupe nomade se rendit à Avignon, où elle avait
déjà donné des représentations en 1653. Molière
y rencontra Mignard, qui, revenant d'Italie, où
il avait séjourné pendant vingt-deux ans, s'é-

---

1. Voir notre édition des *OEuvres de Molière*, tom. IV, p. 285
et suiv., et tom. VI, pag. 161 et suiv.

2. *OEuvres de J.-B. Rousseau*, avec des notes, par M. Amar,
tom. V, pag. 320.

3. *Bolæana*, Amsterdam, 1742, pag. 31.

1657. tait arrêté dans le Comtat pour dessiner les antiques d'Orange et de Saint-Remi, et pour faire le portrait de la trop fameuse marquise de Gange. C'est là que se contracta entre ces deux hommes célèbres une union qui concourut pour ainsi dire à leur gloire mutuelle : Mignard laissa à la postérité le portrait de son ami ; Molière, nouvel Arioste d'un autre Titien, consacra son poëme du *Val de Grace* à célébrer le talent de son peintre [1] (31).

1658. Tourmenté du désir de venir à Paris pour rivaliser avec les comédiens de l'hôtel de Bourgogne, notre-auteur, après avoir passé le carnaval à Grenoble, se rendit à Rouen, vers les fêtes de Pâques de l'année 1658. Il fit, dans le courant de l'été, plusieurs absences de cette ville pour venir sonder les dispositions du prince de Conti et du cardinal Mazarin; et, après maintes démarches, ses vœux furent enfin comblés. Son protecteur le recommanda à MONSIEUR ; celui-ci le présenta lui-même au Roi et à la Reine, et il parvint à être autorisé à donner une représentation à Paris.

Le 24 octobre suivant sa troupe joua, devant la famille royale, sur un théâtre qu'on avait fait

1. *Vie de Mignard*, 1630, p. 55.— *OEuvres de Molière*, avec les remarques de Bret, 1773, tom. I, pag. 55.

dresser exprès dans la salle des gardes au vieux
Louvre, la tragédie de *Nicomède* de Corneille. La
présence des comédiens de l'hôtel de Bourgogne,
qui assistaient à cette représentation, dut exciter
encore l'émulation de ces débutans. Les actrices
surtout obtinrent beaucoup d'applaudissemens
par leurs talens et leurs charmes. Mais, comme
Molière ne se dissimulait pas que la troupe de ses
rivaux était supérieure à la sienne dans le tragique, il tenait à donner une idée de son savoir-
faire dans la comédie, où elle était plus exercée.
Il s'avança donc vers la rampe, et, suivant le
récit d'un de ses camarades, « après avoir re-
» mercié Sa Majesté, en des termes très-modestes,
» de la bonté qu'elle avait eue d'excuser ses dé-
» fauts et ceux de toute sa troupe, qui n'avait
» paru qu'en tremblant devant une assemblée
» si auguste, il lui dit que l'envie qu'ils avaient
» eue d'avoir l'honneur de divertir le plus grand
» roi du monde leur avait fait oublier que Sa
» Majesté avait à son service d'excellens origi-
» naux, dont ils n'étaient que de très-faibles
» copies; mais que puisqu'elle avait bien voulu
» souffrir leurs manières de campagne, il la sup-
» pliait très-humblement d'avoir agréable qu'il
» lui donnât un de ces petits divertissemens qui
» lui avaient acquis quelque réputation, et dont
» il régalait les provinces. »

1658.   L'usage de jouer des pièces en un acte ou en trois après des pièces en cinq; qui, depuis ce jour, a été conservé, sans interruption, jusqu'à nous, était alors abandonné. Louis XIV agréa l'offre de Molière, qui dans l'instant fit représenter *le Docteur amoureux.* L'auteur-acteur provoqua des rires unanimes par le comique de son jeu dans le principal rôle de cette bluette.

Le Roi leur permit de s'établir sous le titre de TROUPE DE MONSIEUR, et de jouer alternativement avec les comédiens italiens, sur le théâtre du Petit-Bourbon. Ils vinrent s'y fixer et commencèrent leurs représentations le 3 novembre 1658 [1] (32).

La troupe de Molière se composait alors des deux frères Béjart, de Du Parc, de Du Fresne, de De Brie, de Croisac (gagiste à deux livres par jour), et de mesdemoiselles Béjart, Du Parc, De Brie et Hervé [2].

Depuis l'année 1642, époque à jamais célèbre par l'apparition sur notre horizon littéraire du plus brillant météore qui l'eût éclairé jusque-là, du *Menteur* de Corneille, la Thalie française n'avait attiré le public à ses jeux que par les turlu-

1. *Préface* de l'édition des *OEuvres de Molière* de 1682 (par La Grange). — Grimarest, p. 28 et suiv. — Voltaire, *Vie de Molière*, 1739, p. 14 et suiv. — *Mémoires sur la vie et les ouvrages de Molière*, p. xxj. — Petitot, p. 13.

2. *Dissertation sur Molière* par M. Beffara, p. 25.

pinades de Scarron et par les intrigues romanes- 1658.
ques de Rotrou, Aucun ouvrage n'avait encore
rappelé la gaieté, la grace aimable et la noble
élévation dont le créateur de notre double scène
avait empreint ses rôles de Cliton, de Dorante
et de Géronte, quand un comédien, directeur
d'une troupe nomade, qui, bien qu'âgé déjà
de trente-deux ans, n'avait encore composé que
quelques farces pour subvenir aux besoins de ses
camarades et non pour travailler à sa gloire, fit représenter dans la province où cette caravane comique se trouvait alors deux comédies en cinq actes
et en vers. Une telle entreprise dut paraître bien
hasardeuse de la part d'un pauvre histrion ambu-
lant; mais cet histrion était Molière, ces pièces
étaient *l'Étourdi* et *le Dépit amoureux*. Nous
avons déjà dit que leur succès avait été complet
à Lyon et à Beziers. Elles furent non moins bien
accueillies à Paris, où il les fit représenter dans
le mois qui suivit son installation au théâtre du
Petit-Bourbon.

Ce succès est plus que suffisamment justifié
par la supériorité de ces comédies sur celles du
répertoire d'alors; il pourrait l'être également par
leur mérite réel. En effet, on trouverait difficilement, même dans Molière, une pièce aussi forte-
ment intriguée que la première. Quel nerf! quelle
habileté dans le rôle de Mascarille! quel ensem-

3.

1658. ble! quelle suite dans ses menées! Dans la seconde, quel tableau touchant et vrai des dépits,
des raccommodemens amoureux, et de tous ces
riens charmans, brillante aurore du bonheur!
Chaque spectateur est juge, et juge très-compé-
tent de ces sortes de scènes, parce qu'il n'en est
aucun qui n'y ait joué plus d'une fois un rôle.
Eh bien! quel est le cœur assez glacé pour y trouver un trait à reprendre, un mot à blâmer? Quel
est l'homme qui, ayant aimé, ne serait près, en
voyant le manège de Lucile et d'Éraste [1], de tomber
aux genoux de Molière, comme le dit La Harpe
dans une autre occasion, et de répéter ce mot
de Sadi : *Voilà celui qui sait comme on aime !*

Toutefois, malgré les scènes pleines de mouvement et de vérité de ses premières pièces, on
ne saurait s'empêcher de lui reprocher de n'y être
point encore lui-même. Presque tout ce qui lui
appartient en propre dans ces deux productions,
comme tout ce qu'il a emprunté à ses devanciers,
est dans le goût des théâtres latin, espagnol et
italien. Ce sont les intrigues d'esclaves, les menées de valets et les vieillards dupés du premier;
les aventures extraordinaires et accumulées du second, et quelquefois les trivialités du troisième.
Molière enfin se contentait de se montrer supé-

---

1. *Le Dépit amoureux*, act. IV, sc. 3.

rieur à ses prédécesseurs et à ses contemporains ; 1658.
mais il n'osait encore aborder la représentation de
la vie humaine, unique source du vrai comique,
alors ignorée et depuis si souvent méconnue.

L'année 1659 fut heureuse pour sa troupe et 1659.
pour sa propre gloire. Après la rentrée de Pâques,
il enrôla sous ses drapeaux deux acteurs qui, par
leurs talens, coopérèrent aux nouveaux succès
de son théâtre, Du Croisy et La Grange. Il ne
craignit pas plus tard de confier le rôle de Tartuffe
à Du Croisy, qui le créa avec beaucoup de talent.
Quant à La Grange, doué d'une intelligence parfaite, d'une rare aménité de mœurs, et sûr dans
le commerce de la vie, il devint l'ami de Molière,
et donna, en 1682, avec Vinot, la première édition complète des œuvres de notre auteur (33).

Le 18 novembre, on applaudit pour la première fois la charmante comédie des *Précieuses
ridicules*. Avant d'apprécier cet ouvrage et de parler de son succès et de ses effets, un coup d'œil rapidement jeté sur la société d'alors nous mettra
mieux à même de calculer tout ce que le poète
avait à faire en s'armant du fouet de la satire, de
constater tout ce qu'il a fait.

Il existait à Paris une réunion d'hommes instruits, de femmes remarquables par leur rang et
leur esprit, dont les classes un peu élevées de la
capitale se faisaient un devoir de prendre le ton et

1659. les manières, et que la province elle-même s'empressait déjà de singer. Cette société tenait ses
séances à l'hôtel Rambouillet (34). C'était là que
se rendaient chaque jour La Rochefoucault (35),
Chapelain, Conrad, Cotin, Pellisson, Voiture,
Balzac, Segrais, Bussy-Rabutin, Benserade, Desmarets, Ménage, Vaugelas, et beaucoup d'autres
hommes non moins célèbres alors. La princesse
mère du grand Condé, sa fille, depuis madame de
Longueville, mademoiselle de Scudéri, madame
de la Suze, nombre d'autres femmes aussi distin-
guées, et, comme pour contraster avec le ton général de la société, madame de Sévigné, en étaient
le charme et l'ornement. Ce berceau du mauvais
goût, son origine et les diverses phases de sa gloire
nous forcent à entrer dans quelques détails que
leur bizarrerie nous fera peut-être pardonner.

Après l'avènement de Louis XIII, dans cet in-
terrègne des discordes civiles où le fanatisme et
l'ambition firent place pour trop peu de temps
à l'amour des lettres, une femme d'une haute
naissance, d'un caractère aimable, d'un esprit
cultivé, Catherine de Vivonne, épouse du marquis de Rambouillet, voulut élever chez elle un
autel aux belles-lettres. Elle sut y attirer le concours de personnages célèbres; mais on n'y sacri-
fia guère qu'à l'afféterie.

Dame de toutes les pensées, idole de tous les

cultes, madame de Rambouillet se vit chantée 1650.
par les lyres de tous les poètes qui composaient sa
cour. Malheureusement son prénom de Catherine
n'avait rien de galant ni de poétique. Le vieux
Malherbe prit à tâche de réparer les torts qu'un
parrain peu romanesque avait eus envers elle.
Arthénice, *Éracinthe* et *Carinthée* sont les seuls
anagrammes que Racan et lui purent composer
avec ce nom (36). Le premier fut choisi pour le
remplacer, et, en 1672, Fléchier, consacrant ainsi
ce ridicule, s'en servit pour la désigner dans l'oraison funèbre de madame de Montausier, sa fille :
« Souvenez-vous, mes frères, dit l'orateur chré-
» tien, de ces cabinets que l'on regarde encore
» avec tant de vénération, où l'esprit se purifiait,
» où la vertu était révérée sous le nom de l'*in-*
» *comparable Arthénice*, où se rendaient tant de
» personnages de qualité et de mérite qui compo-
» saient une cour choisie, nombreuse sans confu-
» sion, modeste sans contrainte, savante sans or-
» gueil, polie sans affectation. » C'est pour suivre
ce noble exemple que Cathos et Madelon des
Précieuses ridicules, abjurant la légende, se font
appeler *Aminte* et *Polixène* [1].

La maison de madame de Rambouillet offrit un
nouvel attrait lorsque Julie d'Angennes, sa fille,

_____

[1]. *Les Précieuses ridicules*, sc. 5.

1659. commença à paraître dans le monde. Elle était faite
pour y obtenir de véritables succès; mais l'affectation dans laquelle elle avait été élevée, le faux
esprit qu'on lui avait inspiré dès son enfance,
avaient trouvé moyen de ravir tous leurs charmes
à sa beauté et à son esprit aux yeux des gens que
n'avait point encore gagnés cette fièvre du mauvais goût. Cependant, comme très-peu de personnes avaient échappé à son influence, Julie
d'Angennes compta de nombreux adorateurs.
M. de Montausier, renommé par une sincérité
poussée si loin qu'on le prit pour l'original du rôle
du Misanthrope; M. de Montausier, plus séduit
par la physionomie douce et la taille noble de
mademoiselle de Rambouillet que rebuté par les
travers de son esprit, s'attacha à son char, et consentit à soupirer pendant quatorze ans avant d'obtenir d'elle le *oui* de l'hyménée. Pour arriver à
cette conclusion, il lui fallut se soumettre aux
règles établies en amour par mademoiselle de
Scudéri dans son roman de *Clélie*, c'est-à-dire
s'emparer successivement du village de *Billets-
Galans*, du hameau de *Billets-Doux*, et du château de *Petits-Soins*; enfin,

Naviguer en grande eau sur le fleuve de Tendre [1].

1. Voir la carte de *Tendre*, dans la première partie du roman
de *Clélie*, t. I, p. 3o9.

De graves dissertations sur des questions 1659. frivoles, de pénibles recherches pour trouver le mot d'une énigme (37); de la métaphysique sur l'amour, des subtilités de sentimens, et tout cela discuté avec une recherche exagérée de tours et un raffinement puéril d'expressions, tels étaient les sujets dont s'occupait cet aréopage hermaphrodite. « L'on a vu, il n'y a pas long-
» temps, dit La Bruyère, un cercle de personnes
» des deux sexes, liées ensemble par la conversa-
» tion et par un commerce d'esprit. Ils laissaient
» au vulgaire l'art de parler d'une manière intelli-
» gible. Une chose dite entre eux peu clairement
» en entraînait une autre encore plus obscure, sur
» laquelle on enchérissait par de vraies énigmes
» toujours suivies par de longs applaudissemens.
» Par tout ce qu'ils appelaient délicatesse, senti-
» ment et finesse d'expression, ils étaient enfin par-
» venus à n'être plus entendus et à ne s'entendre
» pas eux-mêmes. Il ne fallait, pour servir à ces
» entretiens, ni bon sens, ni mémoire, ni la moin-
» dre capacité : il fallait de l'esprit, non pas du
» meilleur, mais de celui qui est faux et où l'ima-
» gination a le plus de part. »

Les usages de ces coteries n'étaient pas moins bizarres que les discours qui s'y tenaient. Les femmes affectaient entre elles une exagération ro-manesque de sentimens. Elles ne s'appelaient

1659. que *ma chère*, et ce mot avait fini par servir à les
désigner généralement.

Une *chère*, une *précieuse* devait se mettre au lit
à l'heure où sa société habituelle lui rendait visite. Chacun venait se ranger dans son alcove, dont
la ruelle était ornée avec recherche. Pour être admis à ces cercles, il fallait avoir prouvé qu'on connaissait, comme le dit Madelon, *le fin des choses*,
le grand fin, *le fin du fin*, et y être présenté par un
des hommes qui y donnaient le ton. Les abbés de
Bellebat et Du Buisson avaient, selon le *Dictionnaire des Précieuses* de Somaise, le titre de *grands
introducteurs des ruelles*. C'était chez eux, chez
le premier surtout, que les jeunes gens allaient
s'instruire des qualités indispensables aux hommes
qui voulaient fréquenter les cercles des *chères*. [1]

Mais, outre ces profès en l'art des précieuses et
ces jeunes initiés, on rencontrait encore chez chaque femme un individu qui, revêtu du titre singulier d'*alcoviste*, était son chevalier servant, l'ai-
dait à faire les honneurs de sa maison et à diriger
la conversation. Un pareil rôle, par la familiarité
qu'il exigeait entre les précieuses et ceux qui le
remplissaient auprès d'elles, semblerait aujour-
d'hui devoir être une source de désordres et une

---

1. *OEuvres de Molière*, avec les remarques de Bret, 1773, t. II,
Avertissement sur *les Précieuses ridicules*.

cause de scandale. Il n'en produisait alors aucun,
et ne donnait même pas lieu à la moindre inter-
prétation maligne. Saint-Évremont s'est chargé de
nous donner l'explication de l'innocence de ses
effets : « L'alcoviste, dit-il, n'était que pour la
» forme, parce qu'une précieuse faisait consister
» son principal mérite à aimer tendrement son
» amant sans jouissance, et à jouir solidement de
« son mari avec aversion. »

Voilà les extravagances, voilà les folies en action que Corneille, que Bossuet et les personnages justement célèbres que nous avons déjà nommés semblaient sanctionner par la fréquentation
des salons qui en étaient les théâtres. Que l'on
mette dans la balance, d'un côté une fille de nos
rois, protectrice des Cotins, d'illustres apôtres
de la chaire de vérité, des auteurs pompeusement
vantés, et de l'autre, un pauvre comédien de
province venant chercher à Paris des ressources
qu'il n'avait pu trouver dans ses excursions; et que
l'on réfléchisse un seul instant si la lutte dut sembler assez inégale, l'entreprise assez aventureuse.
Il eut par la suite plus d'un imitateur : mais, s'il
attaquait un adversaire alors plein de vie et redoutable, *les Héros de Roman* mis en jeu par
Boileau, en 1710, n'étaient plus guère qu'un
coup porté à un ennemi à terre (38).

Ce fut le 18 novembre 1659 que Molière livra

1659. cette attaque au faux goût. Outre qu'une pièce en
un acte et en prose était alors une nouveauté,
le titre de celle-ci n'avait pas peu servi à exciter
une curiosité générale. Les suppôts de la ligue
contre le naturel y assistaient pour la plupart;
et, malgré le nombre des spectateurs à la fois
juges et parties, la vérité du tableau força tous
les suffrages. « J'étais, dit Ménage, à la pre-
» mière représentation des *Précieuses-ridicules*.
» Mademoiselle de Rambouillet y était, madame
» de Grignan (39), tout l'hôtel de Rambouillet,
» M. Chapelain et plusieurs autres de ma connais-
» sance. La pièce fut jouée avec un applaudissement
» général; et j'en fus si satisfait en mon particulier,
» que je vis dès lors l'effet qu'elle allait produire.
» Au sortir de la comédie, prenant M. Chapelain
» par la main : « Monsieur, lui dis-je, nous ap-
» prouvions, vous et moi, toutes les sottises qui
» viennent d'être critiquées si finement et avec
» tant de bon sens; mais, pour me servir de ce
» que saint Remi dit à Clovis, il nous faudra brû-
» ler ce que nous avons adoré et adorer ce que
» nous avons brûlé. » Cela arriva comme je l'avais
» prédit; et, dès cette première représentation,
» on revint du galimatias et du style forcé [1]. »

Emporté par son admiration soudaine pour des

---

1 *Menagiana*, édit. de 1715, t. II, p. 65.

beautés si vraies, un vieillard, auquel cet ouvrage 1659.
révélait un Ménandre nouveau, s'écria du milieu
du parterre : *Courage, Molière! Voilà la véritable comédie* ! Ce mot, qui est devenu le jugement de la postérité, est remarquable sans doute;
mais, comme l'a dit La Harpe, « il n'est que le
» suffrage de la raison, tandis que celui de Ménage
» est le sacrifice de l'amour-propre et le plus grand
» triomphe de la vérité. »

Le succès des *Précieuses* fut tel à la première
représentation, que, dès la seconde, la troupe
doubla le prix des places[2] (40). A ce chorus d'applaudissemens vinrent encore se joindre ceux de
la cour. L'ouvrage fut envoyé au bas des Pyré-
nées, où elle se trouvait occupée à débattre de
grands intérêts. Il y reçut le même accueil
qu'à Paris. L'on assure que Molière, éclairé par
ce double succès, dit alors : « Je n'ai plus que
» faire d'étudier Plaute et Térence, ni d'éplu-
» cher les fragmens de Ménandre ; je n'ai qu'à
» étudier le monde[3]. » Il livra sa pièce à l'impression ; mais, dans la préface, où, tout en s'excu-
sant de le faire, il raille encore les originaux qu'il

1. Grimarest, p. 36. — *Mémoires sur la vie et les ouvrages de
Molière*, p. xxiv.—Petitot, p. 17.
2. *Lettre sur Molière*, insérée au *Mercure de France*, Mai 1740.
—*Préface* de l'édition des *Œuvres de Molière*, de 1682 (par La
Grange).
3. *Récréations littéraires*, par Cizeron-Rival, p. 1.

1659. a pris pour modèles, il crut devoir cependant,
pour détourner de lui la colère de personnages
puissans, déclarer qu'il n'avait point eu en vue *les*
véritables précieuses, mais celles qui les imitaient
mal (41) (car on attachait alors à ce mot le sens
le plus avantageux), et protester même que c'é-
tait contre son gré qu'il publiait son ouvrage.

Il serait inexact de dire que cette victoire rem-
portée sur le faux esprit et l'ambitieuse déraison
les détruisit entièrement, mais il est certain du
moins que leurs défenseurs confus se disper-
sèrent et n'osèrent même pas faire entendre de
plaidoyer en leur faveur. Le style contourné et
amphigourique fut abandonné, et, s'il resta encore aux femmes pendant un certain temps une
prétention pédantesque au savoir, ne devons-
nous pas nous en réjouir, puisque ce fut ce ridicule rebelle et invétéré qui provoqua le second
manifeste de Molière, l'admirable comédie des
Femmes savantes.

On devine bien cependant que, si les faiseurs
de madrigaux à la Mascarille et les nombreuses
Cathos que notre auteur avait joués ne crurent pas
devoir élever la voix contre ce sanglant arrêt, les
ennemis de sa gloire n'imitèrent pas leur silence,
et que rien ne fut épargné pour ravaler le mérite
de la nouvelle production. La tourbe des envieux
fut en émoi, et, dans l'aveuglement de leur haine,

ils ne trouvèrent rien de mieux que de l'accuser 1659.
de tirer toutes ses pièces de Guillot-Gorju, un
des plus misérables farceurs de ce siècle (42).

Ici commence, pour Molière et pour notre théâtre, une ère toute nouvelle. Jusque-là imitateur
habile, quelquefois rival heureux des Latins et
des Italiens, il ne nous avait intéressés qu'aux ru-
ses d'un valet ou aux amours de deux jeunes gens.
Dès ce moment, il s'engage à nous faire rire aux
dépens de nos ridicules; il se propose pour but
de nous en corriger. Répétons-lui avec le vieillard
du parterre : *Courage; voilà la bonne comédie!*

On est fâché de le voir, après avoir donné 1660.
une si grande, une si noble direction aux jeux de
la scène, revenir aussitôt à ce genre d'intrigue qu'il
semblait avoir abandonné. Sans doute on retrouve
dans *Sganarelle ou le Cocu imaginaire* quelques
traits assez fidèles des mœurs des petits bourgeois
de ce temps, qui aimant bien leurs femmes les bat-
taient mieux encore. Mais quelle intention morale
peut-on supposer à l'auteur? Quel travers, quel
défaut, quel vice a-t-il eu dessein de signaler, de
corriger ou de punir? nous ne le devinons pas; à
moins cependant que la moralité de la pièce ne
soit renfermée dans ces deux vers aux maris
trompés :

Quel mal cela fait-il ? La jambe en devient-elle
Plus tortue, après tout, et la taille moins belle?

1660. Et dans ce cas Molière, que nous verrons si malheureux de ses infortunes conjugales, Molière qui, pour nous servir de l'image plaisante de La Fontaine, *en mettait son bonnet*

Moins aisément que de coutume;

eût bien dû se persuader tout le premier ce qu'il cherchait à faire croire aux autres. Mais non, il n'eut évidemment un autre but que celui de faire rire, et il était difficile à la vérité de le mieux atteindre. Néanmoins, on regrette que ce soit fréquemment aux dépens de la vérité. Le personnage de Sganarelle est trop souvent invraisemblable pour offrir toujours de l'intérêt, trop souvent bouffon pour être toujours comique; c'est un de ces caractères de convention, une de ces caricatures de fantaisie, assemblage bizarre de trivialité et de bonne plaisanterie, de verve et de grossièreté, que les auteurs qui précédèrent Molière avaient naturalisés sur notre scène, et qu'il en expulsa après s'être courbé devant l'idole comme pour la renverser plus sûrement.

Quoi qu'il en soit du mérite de cette pièce, son succès fut tel, dès la première représentation, donnée le 28 mai, qu'elle attira constamment la foule pendant plus de quarante jours, malgré la chaleur de la saison et les fêtes du mariage de Louis XIV et de Marie-Thérèse, célébré à Fontarabie le 3

juin 1660; fêtes qui forcèrent toute la cour à 1660
se rendre dans le midi de la France [1].

Aux cris des Zoïles effrayés de la vogue de Molière se joignirent les plaintes d'un pauvre bourgeois dont le dépit n'avait pas la même cause. La
beauté et l'humeur avenante de sa femme lui
avaient procuré une juste, mais malheureuse célébrité. Il se persuada que c'était lui que l'auteur
avait mis en scène, sous le nom de *Sganarelle*,
et en témoigna hautement son ressentiment. Il
voulait l'attaquer; mais un ami obligeant s'efforça
de lui faire entendre qu'il n'y avait rien de commun entre lui et un mari dont les affronts n'étaient
qu'imaginaires; et, soit qu'il sentît toute la justesse de cette réflexion, soit plutôt qu'il désespérât
de mettre les rieurs de son côté, il prit le parti
de garder le silence et de ne pas retourner voir
la pièce.

Le second titre de cette comédie, celui qu'on
lui donnait et qu'on lui donne encore le plus ordinairement, nous paraît aujourd'hui d'une licence
intolérable; mais ce mot qui nous choque si fort,
ce mot qu'on ne trouve plus que dans le vocabu-
laire du bas peuple, le mot *cocu* enfin, puisqu'il
faut le prononcer, était autrefois employé par

---

1. Bussy-Rabutin, *Mémoires*, t. 1, p. 336.—Anquetil, *Louis XIV*,
sa cour et le Régent, tom. I, p. 30 et suiv.

1660. les gens de la meilleure compagnie. La correspondance charmante d'une femme dont Bussy lui-
même n'a jamais cherché à attaquer les mœurs (43);
de madame de Sévigné, nous l'offre mainte et
mainte fois, même dans les lettres adressées à sa
fille. On le rencontre non moins souvent encore
dans un monument historique du même temps,
les Mémoires du cardinal de Retz. Nous devons
citer surtout pour donner une juste idée de l'innocence, nous allions dire du crédit de cette expression dans le grand siècle, une réponse d'une
dame Loiseau, bourgeoise riche, et renommée
pour la vivacité de ses saillies. Le Roi, l'apercevant
un jour à son cercle, et voulant mettre ce talent
à l'épreuve, dit à la duchesse de *** de l'attaquer.
— *Quel est l'oiseau le plus sujet à être cocu?* lui
demanda aussitôt la duchesse. — *C'est un duc,
Madame*, répondit la spirituelle interlocutrice;
et l'on ne dit pas que la demande, qui passerait
aujourd'hui pour licencieuse dans la bouche d'une
femme, ait en aucune façon choqué la cour et le
Roi, et les ait empêchés d'applaudir à la repartie [1].

Molière eut recours, dans cette même année,
à la bonté du monarque qui, par un amour-propre
bien entendu, protégeait avec empressement
toutes les gloires de son royaume; qui, s'entou-

[1]. *Menagiana*, édit. de 1715, t. II, p. 79.

rant de tous les lauriers, de toutes les palmes, 1660.
en faisait, selon l'expression d'un de nos écrivains, des fleurons de sa couronne, et semblait
se dire du moins avec un noble orgueil : *L'État,
c'est moi* [1]. La salle du Petit-Bourbon, où la
troupe de Molière donnait ses représentations,
fut abattue vers la fin d'octobre, pour faire place
à la colonnade du Louvre ; admirable chef-
d'œuvre dont l'auteur, Charles Perrault, eut,
pendant quelque temps, la crainte de voir préférer à son plan celui du cavalier Bernin, non
moins mauvais architecte qu'excellent courtisan.
Louis XIV accorda à Molière la salle du Palais-
Royal [2]. Richelieu l'avait fait bâtir pour la représentation de *Mirame*, tragédie jouée en 1639,
sous le nom de Desmarets, dans laquelle il avait
composé plus de cinq cents vers, et dont la mise
en scène lui coûta, selon Gui-Patin, cent mille
écus, trois cent mille selon d'autres contemporains ; selon tous, sa réputation de bel-esprit.
C'est cette même salle qui, consacrée, après la
mort de Molière, à la représentation des tragédies lyriques, appelées depuis *opéra*, fut dé-

1. *Théâtre Français*, Ire livraison; *Notice sur le Tartuffe*, par
M. Étienne.

2. *Muse historique* de Loret, du 30 octobre 1660. —Voltaire,
Vie de Molière, 1739, p. 17. — *Histoire du Théâtre français*,
t. VIII, p. 239. — *OEuvres de Molière*, avec les remarques de
Bret, 1773, t. II, p. 167.

4.

1660. truite, en 1763, par un incendie; et qui, re-
construite peu après, fut incendiée de nouveau
le 8 juin 1781. La troupe de Molière y débuta
le 4 novembre 1660 (44).

1661. Ce nouveau théâtre ne fut point inauguré par
un triomphe; et le peu de succès de la première
nouveauté qui y fut jouée, le 4 février, dut faire
regretter à Molière les beaux jours du théâtre
du Petit-Bourbon.

Ses deux premières pièces, après avoir charmé
la province, étaient venues faire les délices de Paris; Les Précieuses ridicules avaient jeté l'alarme
dans le camp de l'hôtel Rambouillet; Le Cocu
imaginaire avait transporté de fureur l'honnête
bourgeois dont nous avons parlé et un grand
nombre d'autres, ses compagnons d'infortune;
on avait attribué par envie le succès de ces derniers ouvrages au mérite dont Molière avait fait
preuve en en remplissant les principaux rôles;
de là grande jalousie de la part des comédiens de
l'hôtel de Bourgogne, puissamment protégés, et
qui, tout en joignant leurs voix au chorus d'improbation contre les pièces, auraient bien voulu
qu'on portât le même jugement sur le talent de
l'acteur, auquel ils gardaient d'ailleurs rancune
pour certaine épigramme des Précieuses : beaux-
esprits, femmes savantes, maris trompés, acteurs
en vogue, tous conspiraient contre l'auteur; et

l'on pouvait prévoir le sort du *Prince jaloux*. 1661.

Le genre faux de la pièce et le jeu de Molière déplacé dans le sérieux justifièrent toutes les espérances de la cabale. Les sifflets du parterre forcèrent d'abord l'auteur d'abandonner le principal rôle, qu'il remplissait d'une manière peu satisfaisante. Bientôt après, la pièce ne compta plus de spectateurs [1].

Mais un grand succès naît presque toujours d'un grand revers : c'est à la malheureuse tragédie de *Théodore* que nous devons *Héraclius*; *Zaïre* fit pardonner *Éryphile* : les sifflets, accompagnement ordinaire de *Don Garcie*, se changèrent en fanfares de gloire pour accueillir le tuteur d'Isabelle. Ce fut le 4 juin que Molière se vengea de ses ennemis par le succès de *L'École des Maris* (45). Cette pièce, qui, malgré les efforts des envieux, obtint d'abord les applaudissemens de Paris, fut ensuite représentée dans une réjouissance donnée par Fouquet, le 12 du même mois, dans sa magnifique terre de Vaux. La reine d'Angleterre, MONSIEUR, frère du Roi, et Henriette d'Angleterre, que ce prince venait d'épouser, y assistaient et joignirent leurs augustes suf-

---

1. *Nouvelles-Nouvelles*, par Devisé, troisième partie, p. 227. — Grimarest, p. 42. — *Mémoires sur la vie et les ouvrages de Molière*, p. xxv. — *Histoire du Théâtre français*, t. IX, p. 15. — Petitot, p. 19.

1661. fragés à ceux que cette excellente comédie avait.
déjà su se concilier [1].

Le nom du trop fameux surintendant se rat-
tache également à un autre triomphe de Molière.
Les Fâcheux furent représentés le 17 août chez
ce favori et cette victime de l'inconstante fortune, dans une fête à jamais mémorable. Tous
les mémoires du temps [2] s'accordent à vanter la
magnificence de la réception que fit au Roi et à
toute sa cour ce Mécène financier qui avait,
comme l'a fait observer l'historien de notre fabuliste, Pellisson pour premier commis, Le Nôtre
pour dessinateur de ses jardins, Le Brun pour
décorateur de ses palais, Molière pour composer
ses divertissemens, La Fontaine pour poète ordinaire [3].

Mazarin n'était plus, et sa mort avait ouvert
un vaste champ à toutes les ambitions. Fouquet,
aspirant à la succession de ce ministre, avait sur
ses rivaux la supériorité que donne une immense
fortune. Pour mettre dans tout son jour ce titre
au portefeuille, le surintendant voulut recevoir
son roi dans une fête qui étalât à ses yeux tous
les brillans prestiges des arts.

1. *Muse historique* de Loret, du 30 octobre 1660.
2. Entre autres les *Mémoires* de mademoiselle de Montpensier,
t. V, p. 161, et ceux de Choisy, p. 167.
3. *Histoire de la Vie et des ouvrages de La Fontaine*, par
M. Walckenaer, 3e édit., p. 32.

Pour pouvoir réunir toutes ces merveilles par 1661.
un lien commun, Fouquet pria Molière de composer une comédie qui comportât de nombreux
divertissemens : ils furent confiés à Beauchamp,
et ne se ressentirent que peu de la précipitation
avec laquelle ils avaient été ajoutés à la pièce.
Le Brun interrompit un moment ses victoires
d'Alexandre pour peindre les décorations théâ-
trales; Torelli fut chargé de les mettre en mouvement; enfin Pellisson, sans pressentir, non plus
que Fouquet, l'orage qui menaçait leurs têtes,
composa le prologue que débita la naïade Béjart,
morceau remarquable par l'élégance et la pureté
du style, et qui aurait pu sauver son auteur, si
Louis XIV eût regardé ses flatteries comme autant de preuves de son innocence.

Le charme et l'admirable effet que l'on devait
attendre de la réunion de tant de talens divers
furent encore surpassés par l'émulation que la
présence de Louis XIV communiqua aux artistes.
La grossesse de la Reine l'empêcha d'accompagner son époux ; mais un grand nombre de seigneurs, de princes, MONSIEUR, MADAME, et la
Reine-mère, assistaient également à cette fête. La
Fontaine, qui s'y trouvait, nous en a laissé le récit dans une lettre adressée à M. de Maucroix[1].

---

1. *Lettre à M. de Maucroix*, du 22 août 1661 ; dans les *OEuvres
de La Fontaine*, Lefèvre, 1823, t. VI; p. 402.

1661. On se promena d'abord dans le parc, au milieu des jets d'eau et des cascades qui jaillissaient
de toute part. Bientôt après, on se rendit dans
la salle où était servi un repas digne de l'Amphitryon et des conviés. On gagna ensuite une allée
de sapins où le théâtre se trouvait dressé.

Molière nous apprend lui-même, dans son
avertissement, que « d'abord que la toile fut le-
» vée, il parut sur le théâtre en habit de ville, et,
».s'adressant au Roi, avec le visage d'un homme
» surpris, fit des excuses sur ce qu'il se trouvait
» là seul et manquait de temps et d'acteurs pour
» donner à Sa Majesté le divertissement qu'elle
» semblait attendre. » En même temps, au milieu
de vingt jets d'eau naturels, un rocher se changea en une coquille, d'où sortit bientôt après
la naïade Béjart, chargée de débiter le prologue
de Pellisson. Cette coquille fut une des merveilles qui charmèrent le plus les spectateurs. La
Fontaine ne l'oublie pas dans son récit, et elle
devint le sujet de plusieurs chansons, dont une
se terminait ainsi :

> Peut-on voir nymphe plus gentille
> Qu'était Béjart l'autre jour ?
> Lorsqu'on vit ouvrir sa coquille,
> Tout le monde disait à l'entour,
> Lorsqu'on vit ouvrir sa coquille
> Voici la mère d'Amour [1].

1. *Recueil manuscrit de Chansons historiques et critiques,*

Les Fâcheux, rendus avec un parfait ensem- 1661.
ble, reçurent de fréquentes marques d'approbation. L'esprit et l'art dont l'auteur avait fait preuve
firent pardonner ce genre, alors tout nouveau,
de pièces à tiroir. La Fontaine, dans sa lettre
déjà citée, dit de l'œuvre de son ami :

> C'est un ouvrage de Molière,
> Cet écrivain, par sa manière,
> Charme à présent toute la cour.
> . . . .
> J'en suis ravi, car c'est mon homme.
> Te souvient-il bien qu'autrefois
> Nous avons conclu d'une voix
> Qu'il allait ramener en France
> Le bon goût et l'air de Térence ?
> Plaute n'est plus qu'un plat bouffon,
> Et jamais il ne fit si bon
> Se trouver à la comédie;
> Car ne pense pas qu'on y rie
> De maint trait jadis admiré,
> Et bon *in illo tempore.*
> Nous avons changé de méthode;
> Jodelet n'est plus à la mode,
> Et maintenant il ne faut pas
> Quitter la nature d'un pas.

Nous voyons encore dans l'avertissement de
Molière que « l'intention était aussi de donner un
» ballet; mais, comme il n'y avait qu'un petit

in-folio, t. IV, p. 285, cité dans les *OEuvres de La Fontaine,*
Lefèvre, 1823, t. VI, p. 507, note.

1661. » nombre choisi de danseurs excellens, on fut
» contraint de séparer les entrées de ce ballet,
» et l'avis fut de les jeter dans les entr'actes de la
» comédie, afin que ces intervalles donnassent
» le temps aux mêmes baladins de revenir sous
» d'autres habits ; de sorte que, pour ne point
» rompre aussi le fil de la pièce, on s'avisa de les
» coudre au sujet du mieux que l'on put et de
» ne faire qu'une seule chose du ballet et de la
» comédie. » C'est cette circonstance qui donna
naissance à la *comédie-ballet*, genre jusqu'alors
ignoré.

Un feu d'artifice ou plutôt un déluge de feu,
un bal brillant, une collation splendide complé-
tèrent dignement cette fête si réjouissante pour
la foule qui n'était point initiée aux noirs mystères qu'elle cachait, si cruelle pour Fouquet,
auquel ils venaient d'être dévoilés.

Le surintendant, qui avait su par son influence
balancer auprès du Roi le crédit de Mazarin,
délivré par la mort de ce premier ministre d'un
rival redoutable, avait cru pouvoir s'abandonner
avec une plus ample liberté à de nouvelles pro-
fusions. L'esprit des jeunes seigneurs, les lyres
des poètes n'avaient pu résister aux prodigalités
vraiment royales de cet homme, dont, selon
l'expression de Bussy-Rabutin, *on était le pen-*

sionnaire sitôt qu'on voulait l'être[1]. La vertu des 1661.
femmes les plus belles, les plus aimables de la
cour n'avait pas fait meilleure contenance, quand
le refus d'une obscure fille d'honneur vint mettre fin à cette longue suite de succès. *Le surintendant trouva une cruelle*, et bientôt s'écroula
l'échafaudage de son vain bonheur.

Mademoiselle de La Vallière, dont le nom rappelle d'aimables vertus et de tendres faiblesses,
était attachée à la maison de MADAME, belle-sœur
du Roi. La douceur de ses mœurs, la modestie
de son caractère la rendaient, pour ainsi dire,
inaperçue au milieu de cette cour bruyante. Cependant Fouquet, dont le cœur blasé ne pouvait plus trouver que dans un perpétuel changement, non pas le bonheur, mais un plaisir
éphémère, jeta les yeux sur elle, et, séduit par la
grace plutôt que par la beauté de ses traits, la
voulut donner pour remplaçante aux femmes des
plus grands seigneurs. La froideur avec laquelle
La Vallière reçut ses hommages piqua davantage
les désirs du surintendant, peu habitué à un semblable accueil. Il chargea la complaisante madame du Plessis-Bellière de faire cesser les ri-
gueurs et les scrupules de la jeune bayadère à
laquelle il avait jeté le mouchoir, par l'offre de

1. *Mémoires de Bussy-Rabutin*, 1721, tome II, p. 107.

1661. deux cent mille francs!!! Il en coûte si peu à un ministre pour être galant. La somme était honnête; mais la condition déplut à mademoiselle de La Vallière.

Fouquet, étonné de ce refus, brûla d'en connaître la cause; il découvrit bientôt, par des agens secrets, les intelligences encore mystérieuses de Louis XIV et de cette femme qui lui fit goûter le bonheur si doux et si peu connu des rois d'être aimé pour soi-même. Rencontrant un jour, dans l'antichambre de MADAME, mademoiselle de La Vallière, il voulut lui faire comprendre qu'il connaissait celui qui possédait son cœur. Celle-ci, irritée de recevoir un tel compliment d'un tel homme, se troubla, se retira outrée, et alla le soir même instruire le Roi de l'indiscrète félicitation de Fouquet, et des propositions qu'elle en avait précédemment reçues. Dès lors la ruine de Fouquet fut résolue. Il n'avait été nullement inquiété tant qu'à l'exemple de Mazarin il n'avait fait que dilapider les trésors de la France; sa perte fut jurée dès qu'on apprit qu'il avait osé soupirer pour la maîtresse du monarque.

La fureur jalouse de Louis XIV lui permit d'abord difficilement de comprendre qu'il était prudent d'user quelque temps de dissimulation avec un homme qui s'était fait d'innombrables

créatures. Il consentit avec peine à différer la 1661.
vengeance de son amour.

Il était plein de ce sombre projet, quand Fouquet sollicita la faveur de lui donner, à Vaux,
la fête dont nous avons énuméré les merveilles.
Le rôle qu'on l'avait forcé de prendre lui fit un
devoir de s'y rendre. Le luxe qu'il remarqua dans
ce magique séjour put bien l'indisposer encore
contre l'Amphitryon ; mais ce qui l'irrita, ce qui
le mit hors de lui-même, ce fut un portrait de
mademoiselle de La Vallière qu'il aperçut dans le
cabinet de son rival infortuné. Il voulait le faire
arrêter sur-le-champ ; mais la Reine-mère l'en détourna par ce mot bien simple, mais bien fort :
Quoi! au milieu d'une fête qu'il vous donne! Un
billet de madame du Plessis-Bellière, remis à
Fouquet pendant cette fête même, lui apprit le
danger qu'il avait couru et sa suspension momen-
tanée. Chacun sait, et ce n'est point ici le lieu
de le répéter, quel fut son sort et celui du généreux Pellisson (46).

Tels étaient les desseins, les tourmens qui agi-
taient les cœurs de quelques spectateurs des *Fâcheux.* Le Roi cependant, malgré son trouble
intérieur, eut assez de présence d'esprit pour
adresser à Molière un reproche d'omission. *Voilà,*
lui dit-il après la représentation, en voyant passer M. de Soyecourt, son grand-veneur, *voilà*

1661. *un grand original que vous n'avez point encore
copié.* « C'en fut assez, dit l'auteur du *Menagiana*
» qui rapporte ce fait; cette scène fut faite et ap-
» prise en moins de vingt-quatre heures. » Et le
roi eut la satisfaction, à la représentation de cette
comédie donnée à Fontainebleau, le 27 du même
mois, d'y voir joint ce rôle dont *il avait eu la
bonté de lui ouvrir les idées* [1].

Mais une particularité non moins plaisante que
la scène ajoutée, particularité que nous ne trouvons pas aussi invraisemblable qu'elle le semble
à Bret, c'est que Molière, ignorant entièrement
les termes de chasse, s'adressa à M. de Soyecourt lui-même, qui l'initia complaisamment au
dictionnaire de la vénerie; jouant à peu près
dans cette occasion le rôle que joue Arnolphe
dans *l'École des Femmes*, lorsqu'il prête cent pistoles à Horace pour mener à bout son intrigue
amoureuse [2] (47). M. de Soyecourt, homme fort
distrait et très-peu spirituel, s'était rendu la risée
de la cour par la simplicité de ses reparties; et
Molière ne pouvait plus avoir de scrupules et ne
courait plus le risque de le ridiculiser : on ne lui

---

1. *Épître dédicatoire des Fâcheux.—Menagiana*, édit. de 1715,
t. 3, p. 24. — Grimarest, p. 49. — *Histoire du Théâtre français*, t. IX, p. 68 et 69, notes.—*Récréations littéraires*, par Cizeron-Rival, p. 5.
2. *Menagiana, loco cit.* — Voltaire, *Vie de Molière*, p. 55.

avait rien laissé à faire de ce côté. Madame de 1661.
Sévigné, dans ses lettres, s'égaie souvent à ses
dépens, et fait plus d'une fois allusion à une réponse qui le fait connaître tout entier. Il était
couché dans une même chambre avec plusieurs
de ses amis ; il se mit, pendant la nuit, à parler très-haut à l'un d'eux. Un autre, plus dési-
reux de reposer que de l'entendre, lui dit : *Eh!
morbleu, tais-toi ; tu m'empêches de dormir. —
Est-ce que je te parle, à toi*, lui répondit le naïf
M. de Soyecourt [1].

Nous avons dit que cette scène du chasseur
avait été ajoutée à la pièce en vingt-quatre heures. La pièce elle-même, ainsi que nous l'apprend
Molière dans son avertissement, fut conçue, faite,
apprise et représentée en quinze jours. Rien ne
prouve mieux combien Grimarest était mal instruit lorsqu'il disait que Molière composait difficilement ; et combien au contraire Boileau, qui
du reste ne flatta jamais son ami, était fondé à
le qualifier de

> Rare et sublime esprit, dont la fertile veine
> Ignore, en écrivant, le travail et la peine.(48)

Craignant cependant de manquer de temps,

---

1 *Lettres de madame de Sévigné*, édit. de M. de Saint-Surin.
Voir les lettres des 29 novembre 1679 et 9 juin 1680.

1661. notre auteur avait prié Chapelle de composer la
scène du pédant Caritidès. Les envieux de Molière ne manquèrent pas d'attribuer à son ami
le succès de la pièce; celui-ci ne s'en défendit
que faiblement, « comme ces jeunes gens, a dit
» Chamfort, qui, soupçonnés d'être bien reçus
» par une jolie femme, paraissent, dans leur dé-
» saveu même, vous remercier d'une opinion si
» flatteuse et n'aspirer en effet qu'au mérite de la
» discrétion. » Boileau fut alors chargé par le véritable auteur de dire à Chapelle que, s'il ne dé-
mentait pas promptement les bruits que l'on ré-
pandait contre lui, Molière se verrait forcé de
montrer, à qui la voudrait voir, la scène que
celui-ci lui avait apportée et qu'il avait été obligé
de refaire entièrement. Nous n'avons pas besoin
de dire que Chapelle consentit alors à rompre le
silence ' (49).

Si plus d'un trait des *Fâcheux* fait reconnaître
le poète comique, il est une scène qui décèle le
poète philosophe. Molière, concevant les services
que l'auteur dramatique peut rendre à la société,
seconda dans cette pièce les efforts de son roi
pour abolir la barbare coutume du duel. Les édits
de Henri IV, de Louis XIII, de Louis XIV n'a-

1. *Bolœana*, p. 95 et 96.—*Recréations littéraires*, par Cizeron-
Rival, p. 21.

vaient pu détourner les Français de s'égorger pour
un mot équivoque, ou même de se charger de la
vengeance d'un tiers; notre auteur essaya de pros-
crire par le ridicule ce préjugé qui avait résisté aux
lois, en faisant, dans ses *Fâcheux*, refuser un
duel par un homme d'une valeur reconnue [1]. « Cet
» exemple, dit l'auteur de l'*Éloge de Molière*, n'ap-
» prendra-t-il point aux poètes quel emploi ils
» peuvent faire de leurs talens, et à l'autorité quel
» usage elle peut faire du génie? »

Que de regrets excite l'avertissement placé à la
tête de cette production! « Le temps viendra, y
» dit Molière, de faire imprimer mes remarques
» sur les pièces que j'aurai faites. » Une mort
prématurée l'empêcha d'exécuter ce travail, qui,
certes, eût pu servir de poétique à la comédie.
Peut-être nous eût-il révélé le secret de son art,
cet immortel génie qui, depuis un siècle et demi,
est resté sans rival, comme il avait été sans modèle.

[1] *Les Fâcheux*, act. I, sc. 10.

LIVRE SECOND.

1662—1667.

J'ai vu beaucoup d'hymens, aucuns d'eux ne me tentent ;
Cependant des humains presque les quatre parts
S'exposent hardiment au plus grand des hasards ;
Les quatre parts aussi des humains se repentent.

LA FONTAINE.

1662. « ELLE a les yeux petits. —.Cela est vrai ; elle a
» les yeux petits, mais elle les a pleins de feu, les
» plus brillans, les plus perçans du monde, les
» plus touchans qu'on puisse voir. — Elle a la bou-
» che grande. — Oui ; mais on y voit des grâces
» qu'on ne voit point aux autres bouches ; et cette
» bouche, en la voyant, inspire des desirs ; elle
» est la plus attrayante, la plus amoureuse du
» monde. — Pour sa taille ; elle n'est pas grande.
» — Non ; mais elle est aisée et bien prise. — Elle
» affecte une nonchalance dans son parler et dans
» ses actions... —Il est vrai, mais elle a grâce à tout
» cela ; et ses manières sont engageantes, ont je
» ne sais quel charme à s'insinuer dans les cœurs.
» —Pour de l'esprit.... — Ah ! elle en a, du plus
» fin, du plus délicat. — Sa conversation...— Sa

» conversation est charmante. —... Mais, enfin , 1662.
» elle est capricieuse autant que personne du
» monde. — Oui, elle est capricieuse, j'en de-
» meure d'accord; mais tout sied bien aux belles;
» on souffre tout des belles. »

Ce portrait dialogué, qui semble n'être qu'une
paraphrase du vers charmant de La Fontaine

> Et la grâce plus belle encor que la beauté,

est celui de la jeune Béjart, dont nous avons rapporté la naissance à la date de 1645, dessiné par
un mari toujours amant.[1]

Confiée de bonne heure aux soins de Madeleine Béjart, sa sœur aînée, Armande avait grandi
sous les yeux de Molière. Ses grâces enfantines
et son esprit naturel avaient d'abord excité l'intérêt de celui-ci; mais, à mesure que les attraits
d'Armande se développèrent, les sentimens de
Molière changèrent de nature; et ce qui n'était
d'abord qu'une touchante bienveillance et une
amitié protectrice acquit bientôt le caractère de
l'amour. Rien toutefois ne contribua plus à nourrir cette flamme que la reconnaissance de cette
jeune fille dont il prenait souvent la défense contre sa sœur aînée. Et comment, aveuglé par sa

---

[1] *Le Bourgeois gentilhomme*, acte III, sc. 9. — *Récréations littéraires,* par Cizeron-Rival, p. 15.

1662. passion et brûlant de trouver dans l'objet aimé une étincelle du feu qui le dévorait, aurait-il pu distinguer la reconnaissance de l'amour? Aussi, le 20 février 1662, crut-il faire un long bail avec le bonheur en contractant ce mariage qui devait avoir, sur le reste de sa carrière, une si fâcheuse influence (2).

Quand on porte ses regards sur l'intérieur du ménage de Molière, on doute qu'il ait vécu un seul instant heureux. Cet homme, auquel tous ses biographes ont donné mademoiselle Béjart aînée pour maîtresse, brise bientôt sa chaîne et prend celle de mademoiselle De Brie. N'en était-ce pas assez pour s'attirer à jamais le ressentiment d'une femme altière, avec laquelle il était en quelque sorte condamné à demeurer, et que la vue continuelle de sa rivale préférée devait nécessairement aigrir encore (3)? Enfin, comme pour jeter de l'huile sur ce brasier ardent et en allumer un nouveau, il s'attache à la jeune Béjart. Heureusement mademoiselle De Brie n'était ni aussi haineuse, ni aussi vindicative que sa devancière; mais sa seule présence rendait fausse et la position de Molière et celle de son épouse. Il devait être constamment obsédé des plaintes jalouses et des querelles de ces trois femmes. Chapelle, calculant sans doute tous les chagrins qu'une telle situation ne manquerait pas d'attirer

à son ami, lui rappelait dans une de ses lettres 1662.
l'embarras de Jupiter, pendant la guerre de
Troie, pour accorder Minerve, Junon, et Vénus, et la terminait en disant :

> Voilà l'histoire ; que t'en semble ?
> Crois-tu pas qu'un homme avisé
> Voit par là qu'il n'est pas aisé
> D'accorder trois femmes ensemble ?
> Fais-en donc ton profit. Surtout
> Tiens-toi neutre ; et, tout plein d'Homère,
> Dis-toi bien qu'en vain l'homme espère
> Pouvoir venir jamais à bout
> De ce qu'un grand Dieu n'a su faire [1].

On pouvait prendre pour le mari les conseils que
Chapelle semble ne donner qu'au directeur de
troupe ; mais Molière, qui n'osait prendre sur
lui de les mettre à exécution, se persuada facilement qu'il étoufferait, par la suite, un mal
qui devait faire tous les jours de nouveaux progrès, et qu'il lui était si facile de détruire à sa
naissance. L'aveuglement de l'amour lui laissa
croire que, mari de quarante ans, sérieux, passionné et jaloux, il saurait captiver et fixer une
femme de dix-sept ans, vive, légère et coquette.
Bientôt il fut cruellement désabusé.

---

1 *Recueil de pièces choisies, tant en prose qu'en vers* (par La
Monnoye), La Haye, 1714, t. I, p. 75 et suiv.—*OEuvres de Chapelle et de Bachaumont*, 1755, p. 288.

1662.   Vers la fin de l'été de la même année Molière,
en sa qualité de valet-de-chambre, suivit le Roi,
qui se rendait à son armée en Lorraine. Il travaillait déjà au *Tartuffe*; et, observateur profond,
il trouva le germe de la première scène entre Orgon et Dorine dans une exclamation plaisante de
Louis XIV. Accoutumé dans ses campagnes à ne
faire qu'un repas le soir, ce prince se disposait à se
mettre à table un jour de Quatre-Temps. Il engagea son ancien précepteur, Peréfixe, évêque
de Rhodez, à suivre son exemple; le prélat s'empressa de répondre, avec affectation, qu'il n'avait
qu'une collation à faire un jour de vigile et de
jeûne. Cette réponse excita, de la part d'un des
assistans, un rire qui, bien que retenu, n'avait
point échappé au Roi ; lorsque l'évêque fut
sorti, il voulut en savoir le motif. Le rieur lui répondit qu'il pouvait se tranquilliser sur le compte
de M. de Rhodez, et lui fit un détail exact de son
dîner, auquel il avait assisté. A chaque mets re-
cherché que le conteur faisait passer sur la table
du prélat, le Roi s'écriait : *Le pauvre homme!*
et, chaque fois, il prononçait ce mot d'un ton de
voix différent qui le rendait plus comique. « Mo-
» lière était du voyage, a dit M. Étienne ; il écouta,
» il écrivit. » Dix-huit mois après, à la représentation des trois premiers actes du *Tartuffe*, à Versailles, Louis XIV ne se rappelait plus qu'il eût

part à cette scène. Molière l'en fit adroitement 1662.
souvenir; et cette circonstance, si frivole en apparence, en associant le prince à la gloire du
poète, ne fut peut-être pas étrangère à la déter-
mination que celui-là prit, plus tard, d'autoriser
la représentation de ce chef-d'œuvre, malgré les
menées d'une cabale puissante [1].

Au retour de Molière à Paris, Racine, qui avait
formé le projet de se vouer au théâtre, arriva d'U-
zès où ses parens l'avaient envoyé pour embrasser
l'état ecclésiastique. Il vint trouver notre auteur,
et lui soumit une tragédie qu'il avait composée
dans son voyage. Le sujet en était emprunté à la
fable de *Théagène et Chariclée*, pour laquelle il
avait conçu, dans sa jeunesse, une admiration
qui allait jusqu'à l'enthousiasme. Quoique cette
pièce, ensevelie dans l'oubli dès sa naissance,
méritât ce triste sort, Molière sut néanmoins entrevoir qu'il pourrait, en travaillant, prétendre
à d'honorables succès. Il l'encouragea, loua ses
dispositions et lui fit don de cent louis [2]. Colbert
n'avait pas fait plus pour le jeune poète : cent
louis avaient également été la récompense de

1. *OEuvres de Molière*, avec les remarques de Bret, 1773, t. IV,
p. 402. Bret dit qu'on a plus d'une fois entendu l'abbé d'Olivet rapporter ce fait. — *Anecdotes dramatiques*, t. II, p. 203 et 204.

2. Voltaire, *Vie de Molière*, 1739, p. 25. — *OEuvres de J. Racine*, publiées par M. Aimé-Martin, 1820, t. I, p. xx, xxj et notes.

1662..sa muse pour l'ode qu'elle lui avait inspirée l'année précédente sur le mariage du Roi. On ne dit
pas que Racine ait été ingrat envers le ministre
favori qui, pour paraître généreux, n'avait eu
qu'à disposer des deniers publics ; pourquoi faut-
il qu'il le soit devenu envers le chef de troupe qui
l'avait aidé de son propre argent.

Le 26 décembre, Molière fit représenter *l'É-
cole des Femmes.* Les applaudissemens prodigués
à cette pièce ne peuvent être égalés que par
les critiques injustes dont elle fut l'objet. *Les
enfans par l'oreille,* et *Tarte à la créme,* soulevè-
rent l'indignation des précieuses et des prudes.
Les chaudières bouillantes et la peinture de
l'enfer lui attirèrent celle des Tartuffes qui po-
saient déjà pour leur immortel portrait. L'obs-
cène *le,* qui finit par n'être qu'un ruban, fut surtout le prétexte des plus violentes accusations [1].
Boileau a fait justice, plus tard, du commandeur
de Souvré et du comte du Broussin, auxquels leur
scrupuleuse austérité ne permit pas d'ouïr jusqu'à
la fin ce tissu d'abominations [2] (4). Un bel esprit
patenté de l'hôtel Rambouillet, Plapisson, ne

---

[1] Voir, t. II de notre édition des *OEuvres de Molière,* nos
notices sur *l'École des Femmes* et *la Critique de l'École des
Femmes,* où cette discussion est amplement détaillée.

[2] *OEuvres de Molière,* avec les remarques de Bret, 1773,
tom. II, pag. 297.

pouvant résister au crève-cœur de voir le public y 1662.
applaudir, leva d'abord les épaules de pitié ; mais
bientôt, emporté par son jaloux dépit, il s'écria,
en s'adressant au parterre : « Ris donc, parterre ;
» ris donc. » *La Critique de l'École des Femmes* a
immortalisé cette plaisante boutade [1].

Un nommé De La Croix, dans une brochure in- 1663.
titulée *La Guerre comique*, répondit à quelques
unes des critiques que l'envie avait dictées aux
ennemis de Molière. Boileau lui adressa aussi,
pour l'en consoler, ou plutôt pour l'en féliciter,
les stances suivantes, qui, si elles n'ajoutent rien
à la réputation de leur auteur comme poète, lui
assuraient dès lors celle de juge éclairé :

En vain mille jaloux esprits,
Molière, osent avec mépris
Censurer ton plus bel ouvrage ;
Sa charmante naïveté
S'en va pour jamais d'âge en âge
Divertir la postérité.

Que tu ris agréablement !
Que tu badines savamment !
Celui qui sut vaincre Numance,
Qui mit Carthage sous sa loi,
Jadis, sous le nom de Térence,
Sut-il mieux badiner que toi ?

1. *La Critique de l'École des Femmes*, sc. VI. — *OEuvres de
Molière*, avec les remarques de Bret, 1773, t. II, p. 297.

> Ta muse avec utilité
> Dit plaisamment la vérité ;
> Chacun profite à ton *École* :
> Tout en est beau, tout en est bon ;
> Et ta plus buflesque parole
> Vaut souvent un docte sermon.
>
> Laisse gronder tes envieux :
> Ils ont beau crier en tous lieux
> Qu'en vain tu charmes le vulgaire,
> Que tes vers n'ont rien de plaisant.
> Si tu savais un peu moins plaire,
> Tu ne leur déplairais pas tant.

Non content d'avoir pour lui le suffrage des gens de goût et des spectateurs impartiaux, Molière voulut encore mettre les rieurs de son côté. Dans sa préface de *l'École des Femmes*, il avait menacé ses ennemis de faire rire à leurs dépens ; il tint parole dans *la Critique de l'École des Femmes*. Il s'attacha à y faire ressortir le ridicule des accusations portées contre la pièce, et leur évidente mauvaise foi. La tâche était facile ; mais ce qui ne l'était pas autant, c'était de jeter quelque intérêt dans une discussion toute personnelle. Il eut le talent de ne mettre que de l'esprit là où tout autre n'eût mis que de l'amour-propre.

Molière, dans cette petite pièce, fait allusion au déplaisir qu'il avait à prendre part aux conversations de salons et au mécompte que cette taciturnité faisait éprouver aux gens qui l'invitaient par curiosité. « Je me souviens toujours, dit Élise,

» du soir que Célimène eut envie de voir Damon, 1663.
» sur la réputation qu'on lui donne et les choses
» que le public a vues de lui. Vous connaissez
» l'homme et sa naturelle paresse à soutenir la
» conversation ; elle l'avait invité comme bel es-
» prit, et jamais il ne parut si sot parmi une
» douzaine de gens à qui elle avait fait fête de
» lui, et qui le regardaient avec de grands yeux,
» comme une personne qui ne devait pas être
» faite comme les autres. Ils pensaient tous qu'il
» était là pour défrayer la compagnie de bons
» mots ; que chaque parole qui sortait de sa bou-
» che devait être extraordinaire ; qu'il devait faire
» des impromptus sur tout ce qu'on disait, et ne
» demander à boire qu'avec une pointe ; mais il
» les trompa fort par son silence. » Le génie et
le besoin d'observer expliquent ce silence habi-
tuel qui lui avait fait donner, par Boileau, le
surnom de *Contemplateur*. Les biographes de
La Fontaine rapportent le désappointement tout
semblable d'un Amphitryon du fabuliste ; et l'abbé
de Bellegarde a raconté plus d'une fois qu'un
de ses amis, qui s'était trouvé presque tous les
jours à la même table que Corneille, n'apprit
qu'au bout de six mois le nom de son illustre
commensal [1].

1. *La Critique de l'École des Femmes*, sc. II. — *Préface de*

1663.   Les ennemis de Molière sentirent que le succès
de *la Critique* avait gravement compromis leur
cause ; aussi un des plus acharnés, Devisé, dans
l'espoir de paralyser l'effet de ce charmant plaidoyer, fit-il paraître une rapsodie intitulée, *Zélinde
ou la Véritable critique de l'École des Femmes*, et
la critique de la critique. Boursault, porté par de
perfides conseils à se reconnaître dans M. Lysidas
de la pièce de Molière, ne voulut pas non plus
garder le silence, de peur d'avoir l'air de se tenir
pour battu. Bien que sa tentative n'ait pas été
tout-à-fait aussi malheureuse que celle de Devisé,
l'oubli dans lequel son *Portrait du Peintre ou la
Contre-critique de l'École des Femmes*, était déjà
tombé peu de temps après son apparition, ne
servit pas à le dédommager des ridicules que
Molière imprima ensuite à son nom. On ne peut
guère citer comme un peu plaisans que deux
passages de cette comédie. L'un où un auteur
dit, en feignant de vouloir défendre *l'École des
Femmes* :

        Est-il rien qui ne plaise
    Dans ce que dit Arnolphe et la fille niaise ?

l'édition des *OEuvres de Molière* de 1682 (par La Grange). —
Bolœana, p. 31. — *Récréations littéraires*, par Cizeron-Rival,
p. 17. — *Histoire de la Vie et des ouvrages de La Fontaine*, par
M. Walckenaer, 3ᵉ. édit. p. 28 et 29. — *Mémoires sur Molière*
faisant partie de la collection des *Mémoires sur l'Art dramatique*, p. xxj.

1663.

Rien de plus innocent se peut-il faire voir?
Il arrive des champs et désire savoir
Si, durant son absence, elle s'est bien portée:
« Hors les puces qui m'ont la nuit inquiétée [1], »
Répond Agnès. Voyez quelle adresse a l'auteur!
Comme il sait finement réveiller l'auditeur!
De peur que le sommeil ne se rendît son maître,
Jamais plus à propos vit-on puces paraître?
D'aucun trait plus galant se peut-on souvenir?
Et ne dormait-on pas s'il n'en eût fait venir?

L'autre, où Dorante, marquis ridicule, dit en parlant de Molière :

Je soutiens, sans l'aimer, quoi que l'envie oppose,
Que sa pièce tragique est une belle chose.

Les autres personnages se récriant sur l'épithète de *tragique* appliquée à *l'École des Femmes*, Dorante répond :

Mais je sais le théâtre, et j'en lis *la Pratique* [2];
Quand la scène est sanglante une pièce est tragique :
Dans celle que je dis, *le petit chat est mort* [3],
....

DAMIS.

Quoi! le trépas d'un chat ensanglante la scène?

AMARANTE.

Dans une tragédie un prince meurt, un roi.

DORANTE.

« Nous sommes tous mortels, et chacun est pour soi [4] ».

1. Vers de *l'École des Femmes*, act. I, sc. 4.
2. *La Pratique du Théâtre*, par Hédelin, abbé d'Aubignac.
3. Hémistiche de *l'École des Femmes*, act. II, sc. 6.
4. *Ibid*.

Et je tiens qu'une pièce est également bonne
Quand un matou trépasse ou quelque autre personne.

Ces traits n'ont rien de bien piquant ; mais, si
l'on en croit De Villiers, dans sa *Vengeance des
Marquis*, Molière donna à la première représentation de cette faible satire un attrait tout particulier. Il alla y assister sur un des bancs alors placés
des deux côtés du théâtre. Son arrivée fit une
grande sensation, mais il conserva une très-bonne
contenance ; car De Villiers, un de ses envieux,
comme nous le verrons plus tard, se trouva réduit
à dire qu'*il fit tout ce qu'il put pour rire, mais qu'il
n'en avait pas beaucoup d'envie*. Pourquoi Boursault
ne s'est-il pas borné à de froides plaisanteries
qui ne pouvaient faire tort qu'à sa réputation de
bel esprit ? Pourquoi est-il descendu au rôle de
calomniateur, en répandant que Molière faisait
courir une clef imprimée des personnages qu'il
avait eus en vue dans sa *Critique* [1] (5).

Quelque répréhensible que fût la conduite des
ennemis de Molière à son égard, du moins ils
ne s'étaient encore livrés contre lui qu'à d'injustes reproches, à des accusations sans fondement. Le duc de La Feuillade, peu familier avec
la polémique, se laissa aller à la fureur la plus
brutale. On le désignait généralement dans le

---

[1]. *Mémoires sur la vie et les ouvrages de Molière*, p. xxix.

monde comme l'original du marquis de *la Cri-*
tique, qui n'a pour tout argument contre *l'École*
des Femmes, que son éternel, *Tarte à la crême*.
Il passait effectivement pour n'avoir pu en trouver d'autres contre une personne qui défendait
la pièce devant lui. Furieux de la raillerie qu'il
s'était attirée, notre personnage voyant un jour
Molière traverser une des galeries de Versailles,
l'aborda avec les démonstrations d'un homme
qui voulait l'embrasser. C'était alors une sorte
de politesse que les gens de cour prodiguaient
aux personnes qu'ils connaissaient le moins (6).
Celui-ci, se fiant maladroitement à l'expression
riante de la figure d'un courtisan, s'incline. Dans
ce moment, le duc de La Feuillade lui saisit la
tête des deux mains et la frotte rudement contre
les boutons de son habit, en répétant : *Tarte à la*
crême, *Tarte à la crême* (7). Le Roi ne tarda pas à
être instruit de ce mauvais traitement; il tança
vertement le coupable, et ordonna à Molière de
traduire de nouveau ses ennemis, titrés et non-
titrés, au tribunal du ridicule, dont les jugemens sont sans appel ¹.

Il suffit de lire *l'Impromptu de Versailles* pour

---

1. *Vie de Molière*, à la tête de l'édition de ses *OEuvres*, Amsterdam, Wetstein, 1725, t. I, p. 25 et suiv. Ce biographe dit tenir le fait d'un témoin oculaire. — *Anecdotes dramatiques*, t. II,
p. 282.

1663. se convaincre de sa ponctualité à suivre les ordres
du prince. En huit jours, ses rivaux de l'hôtel
de Bourgogne et ses antagonistes de qualité furent livrés à la risée du parterre. La hardiesse
avec laquelle il ridiculisa ceux-ci prouve sa confiance dans la protection dont il était l'objet :
« Le marquis, s'est-il fait dire à lui-même dans cet
» ouvrage, est aujourd'hui le plaisant de la comédie ;
» et, comme dans toutes nos pièces anciennes on
» voit toujours un valet bouffon qui fait rire les
» auditeurs, de même, dans toutes nos pièces de
» maintenant, il faut toujours un marquis ridicule
» qui divertisse la compagnie ¹ (8). »

Il était impossible de se montrer plus plaisant
et de se faire une justice plus complète. On doit
cependant reprocher à Molière de s'être laissé
emporter par la vengeance jusqu'à nommer Boursault. Ce fut, comme l'a dit Chamfort, la seule
action blâmable de sa vie. Sans doute son adversaire, dans le *Portrait du Peintre*, avait eu les premiers torts en le désignant plus que suffisamment
par les titres de ses ouvrages et en se livrant contre
lui à d'odieuses insinuations; toutefois, cet oubli
de toutes les convenances ne devait pas autoriser
l'offensé à les violer lui-même. L'opinion que
nous émettons ici est aussi celle de Voltaire et

---

1. *L'Impromptu de Versailles*, sc. I.

de Palissot. Mais ces juges, dans leur inflexible sévérité, ont été jusqu'à trouver *honteuse* la conduite de Molière : est-ce aveuglement de la part de l'auteur de *la Dunciade* et des *Philosophes ?* est-ce humilité de la part de l'auteur de *l'Écossaise* (9) ?

Cette guerre entre Molière et Boursault ne fut pas de très-longue durée. Ce dernier prouva, dans la suite, qu'il était digne de l'estime de notre auteur. Attaqué à son tour par Boileau, il voulut se venger de ses sarcasmes en composant sa *Satire des satires ;* mais le législateur du Parnasse, qui comptait plusieurs parens et quelques amis dans le parlement, eut assez de crédit, ou plutôt assez de faiblesse, pour solliciter et obtenir une défense de jouer cette pièce. Il eut même soin de faire afficher cette ordonnance à la porte du théâtre de l'hôtel de Bourgogne auquel l'ouvrage avait été donné[1]. Boursault, quelque temps après, prit sa revanche avec bien de l'avantage. Ayant appris que Boileau se trouvait gêné, il s'empressa de lui porter tout l'argent qu'il put réaliser, et le lui offrit avec cette bonne grâce qui double le prix du bienfait. Cette action montre clairement que ce n'était point une basse jalou-

[1]. *Histoire de la Poésie française* (par l'abbé Mervesin), p. 261.

6.

1663. sic, mais bien de perfides conseils qui avaient porté Boursault à attaquer Molière; et ce tort de son esprit est plus que suffisamment compensé par ce mouvement d'une âme généreuse [1].

Joué le 14 octobre, à Versailles, sur le théâtre de la cour avec un succès complet, *l'Impromptu* obtint les mêmes honneurs que *la Critique*. Comme elle, il s'attira deux réponses : l'une, *la Vengeance des marquis*, de De Villiers, comédien de l'hôtel de Bourgogne, ne méritant pas qu'on s'y arrête, nous ne parlerons que de l'autre, *l'Impromptu de l'Hôtel de Condé*, comédie en vers en un acte, de Montfleuri.

Cet écrivain, auquel on doit *la Femme Juge et Partie*, était fils de l'acteur Montfleuri, l'un des plus fermes soutiens du théâtre de l'hôtel de Bourgogne, et l'un des moins ménagés dans *l'Impromptu de Versailles*. Depuis long-temps il existait entre cette troupe et celle du Palais-Royal une rivalité souvent hostile. Molière, qui n'avait pas vu sans un juste dépit ses rivaux, jouissant de grands privilèges et favorisés par la plupart des auteurs, entraver encore sa marche par des

---

1. *OEuvres de Molière*, avec les remarques de Bret, 1773, t. II, p. 515. — *OEuvres de d'Alembert*, Belin, 1821, t. II, p. 437. — Lettre de Boileau à Racine, du 19 août 1687, t. IV, p. 90 et note, de l'édition des *OEuvres de Boileau*, avec un commentaire par M. de Saint-Surin.

menées sourdes, perdit à la fin patience, et 1663.
essaya, dans *les Précieuses ridicules*[1], d'ébranler
leur crédit en faisant rire à leurs dépens.

Ses vœux furent sans doute comblés, car on
applaudit aux traits piquans lancés contre ses antagonistes; mais il paya cher cette courte satisfaction. Furieux de ces railleries, les comédiens de
l'hôtel de Bourgogne ne contribuèrent pas peu
au double-échec qu'il éprouva dans *Don Garcie*,
et comme acteur et comme auteur. Ils se mêlè-
rent avec un égal empressement aux détracteurs
les plus acharnés de *l'École des Femmes*. Molière
se livra de nouveau au plaisir divin de la vengeance, sans se laisser arrêter cette fois par de
timides ménagemens. Le seul Floridor fut épargné; et si ce silence ne peut passer pour un
hommage rendu à son talent, on doit du moins
le considérer comme un témoignage prudent de
respect pour le jugement du public. Cet acteur
était si aimé qu'il ne put conserver le rôle de
Néron de *Britannicus*, créé par lui avec une
grande supériorité, parce que, dit Moncthesnay,
il était pénible au parterre de le voir représenter un personnage odieux et *de lui vouloir du
mal*[2](10).

---

1. *Les Précieuses ridicules*, sc. X.
2. *Bolœana*, p. 106.

1663. ‹Quant aux autres comédiens que ne couvrait. pas la même égide, nul d'entre eux ne fut ménagé. Tous comparurent sur la scène avec leurs défauts et leurs ridicules. Montfleuri fut le premier immolé. Molière, au risque de·s'exposer à de justes récriminations, fit ressortir ses gestes apprêtés, sa déclamation fausse et ses cris·forcenés dans la tragédie. On pourrait peut-être douter du fondement de ces accusations, si cet acteur n'eût semblé depuis prendre à·tâche de les justifier lui-même par·sa fin tragique.·Il mit, selon quelques biographes, tant de chaleur à jouer le rôle d'Oreste d'*Andromaque* que, par ses cris, il se rompit une veine du cou dans la scène de fureurs, au cinquième·acte, et mourut suffoqué bientôt après (11).

Son fils, dans *l'Impromptu de l'Hôtel de Condé*, se constitua son champion et·celui de ses camarades. Il·prétendit que la comédie de Molière n'était qu'un *impromptu* long-temps médité·, et répondit surtout aux traits dirigés contre le talent de son père par une caricature assez méchante de Molière. Alcidon, un des personnages de la pièce, dit en parlant de·lui :

Il est vrai qu'il récite avecque beaucoup d'art ;
Témoin, dedans *Pompée*, alors qu'il fait César.
Madame, avez-vous vu, dans ces tapisseries,
Ces héros de romans ?

1663.

LA MARQUISE.

Oui.

LE MARQUIS.

Belles railleries!

ALCIDON.

Il est fait tout de même ; il vient le nez au vent,
Les pieds en parenthèse, et l'épaule en avant ;
Sa perruque, qui suit le côté qu'il avance,
Plus pleine de lauriers qu'un jambon de Mayence ;
Les mains sur les côtés, d'un air peu négligé,
La tête sur le dos, comme un mulet chargé ;
Les yeux fort égarés ; puis, débitant ses rôles,
D'un hoquet éternel sépare ses paroles ;
Et lorsque l'on lui dit : « Et commandez ici, »

(Il répond :)

« Connaissez-vous César, de lui parler ainsi ?
» Que m'offrirait de pis la fortune ennemie,
» A moi qui tiens le sceptre égal à l'infamie ?

Ce portrait, si nous le comparons à ceux que les
peintres et les écrivains contemporains nous ont
laissés de Molière, offre plus d'un trait de ressemblance. La couronne de lauriers se trouve
dans presque tous, et le hoquet n'a point été
oublié non plus par les historiens du théâtre. Il
avait contracté ce tic en s'efforçant de se rendre
maître d'une excessive volubilité de prononcia-
tion. Mais, dans la comédie, son art infini dissimulait ce défaut autant que possible [1]. « Les an-
» ciens, disait un journal peu de temps après sa
» mort, n'ont jamais eu d'acteur égal à celui dont

---

1. Grimarest, p. 207 et 208.

1663. »nous pleurons aujourd'hui la perte; et Roscius,
»ce fameux comédien de l'antiquité, lui aurait
»cédé le premier rang, s'il eût vécu de son temps.
»C'est avec justice qu'il le méritait : il était tout
»comédien depuis les pieds jusqu'à la tête. Il
»semblait qu'il eût plusieurs voix, tout parlait
»en lui; et, d'un pas, d'un sourire, d'un clin-
»d'œil et d'un remuement de tête, il faisait plus
»concevoir de choses que le plus grand parleur
»n'aurait pu dire en une heure¹.» «Il n'était ni
»trop gras, ni trop maigre, dit un autre contem-
»porain. Il avait la taille plus grande que petite,
»le port noble, la jambe belle; il marchait gra-
»vement, avait l'air très-sérieux, le nez gros, la
»bouche grande, les lèvres épaisses, le teint brun,
»les sourcils noirs et forts, et les divers mouve-
»mens qu'il leur donnait lui rendaient la physio-
»nomie extrêmement comique². »

Bien que Molière eût tout l'avantage dans ses
attaques avec les comédiens rivaux, il ne voyait
pas sans dépit leurs représentations plus suivies
que les siennes et les auteurs tragiques leur confier de préférence leurs ouvrages. Il résolut de

1. *Oraison funèbre de Molière*, MERCURE GALANT, t. IV, Iʳᵉ année, p. 302.

2. Voir *le Mercure de France*; mai 1740, p. 840; *Lettre sur
la vie et les ouvrages de Molière et sur les comédiens de son
temps.*

monter une tragédie qui pût faire valoir le talent 1663.
de ses acteurs; mais, n'ayant aucune pièce reçue,
il songea à Racine qui, l'année précédente, lui
avait apporté son *Théagène et Chariclée*. Il l'engagea à traiter le sujet de la *Thébaïde* pour lequel Molière eut toujours, comme nous l'avons
déjà vu, une prédilection souvent malheureuse [1].
Le jeune poète se mit à l'ouvrage. La Grange-
Chancel raconte avoir entendu des amis de Racine assurer que, pressé par le temps, il em-
prunta, sans presque y rien changer, deux récits
à l'*Antigone* de Rotrou [2]. D'autres écrivains ont
dit qu'il ne s'était permis cet emprunt que pour
ne pas avoir l'air de lutter avec celui que Corneille appelait son maître, et de refaire ce qui était
alors réputé inimitable [3]. Mais, ce qui paraît constant, c'est que Molière, peu satisfait du parti
qu'avait pris Racine, l'encouragea à avoir confiance en ses propres forces, et le détermina à
ne rien devoir qu'à lui-même : la pièce, jouée
en 1664 et imprimée peu après, n'offrait plus
de témoignage de cette ressemblance répréhensible (12).

---

1. Racine dit en effet, dans la *Préface* de sa *Thébaïde*, que ce
sujet lui fut proposé.

2. *Préface* des *OEuvres de La Grange-Chancel*, p. 38.—*Histoire du Théâtre français*, tom. IX, p. 305, note.

3. *OEuvres de J. Racine*, Lefèvre, 1820, t. I., p. xxij, note.

1663. Le Roi ayant créé, en 1663, des pensions pour
un certain nombre d'hommes de lettres, n'ou-
blia point Molière dans cet acte de munificence.
Dans la liste que l'on dressa des élus, on fit suivre chaque nom d'une note où était apprécié le
talent de l'auteur pensionné. Ces notes et la
bizarre répartition des sommes font de cette pièce
un renseignement curieux pour l'histoire littéraire. La postérité n'a pas ratifié l'égalité que le
surintendant des finances établissait entre l'abbé
de Pure et Molière, et l'immense supériorité qu'il
accordait à Mézeray, à Menage, à Benserade, à
Chapelain, à Cassagne et à l'abbé Cottin, sur
l'auteur de *l'École des Femmes*, de *l'École des Maris*, et des *Précieuses* (13). Celui-ci adressa au Roi
un remercîment en vers pleins de mouvement et
de comique qui prouve qu'il savait animer les
moindres jeux de son imagination.

Vers la fin de cette même année, il se trouva
en butte à des calomnies dont une réputation
moins bien établie que la sienne n'eût peut-être
triomphé qu'avec peine. Montfleuri, dont nous
avons rapporté les débats avec lui, n'était que
faiblement consolé de son injure. Il voyait bien
que la pièce de son fils était mauvaise ; aussi
regardait-il, avec assez de raison, sa vengeance
comme incomplète. Malheureusement pour sa
cause comme pour sa gloire, il crut que la meil-

leure réponse qu'il pût faire à son antagoniste 1663.
était de prendre contre lui le rôle infâme de
calomniateur : il présenta au Roi une requête
dans laquelle il l'accusait d'avoir épousé sa propre
fille (14).

Cette horrible accusation se fondait en partie
sur ce que quelques personnes s'étaient persuadé alors (et tout le monde le croyait encore
naguère) qu'Armande Béjart, femme de Molière, était fille de Madeleine Béjart. On pensait
que c'était elle qui avait été baptisée, le 11 juillet 1638, comme étant née du commerce illégitime du comte de Modène avec mademoiselle Béjart l'aînée. Mais Montfleuri ne manqua pas d'affirmer que cet enfant, dont le comte de Modène
avait bien voulu se reconnaître le père, n'était
qu'un fruit secret des liaisons de Molière avec
Madeleine Béjart. Aujourd'hui que, grâces à des
recherches nouvelles, nous possédons l'acte de
mariage de celui-ci d'où il résulte clairement que
sa femme est sœur et non pas fille de Madeleine
Béjart ¹, la fausseté de l'accusation de Montfleuri
devient évidente ; mais nous croyons pouvoir assurer que, du temps de Molière, elle dut le
paraître tout autant, non-seulement à ceux qui
avaient été à même d'apprécier son caractère,

---

1. Voir cet acte, note 2 du livre II.

1663. mais encore à ceux qui, ne le connaissant pas, n'étaient pas disposés à se contenter de vagues probabilités : la fille de Madeleine Béjart avait été baptisée sous le seul nom de *Françoise* [1], et mademoiselle Molière se nommait *Armande-Gré-sinde-Claire-Élisabeth*; la fille de Madeleine Béjart était née en 1638, et mademoiselle Molière ne vit le jour qu'en 1645, ainsi que le prouve son acte de décès (15) ; enfin Molière, comme nous l'avons démontré, ne connut mademoiselle Béjart l'aînée qu'à la fin de 1645, c'est-à-dire plus de sept ans après la naissance de sa fille (16). Néanmoins, les ennemis de notre auteur et ceux de sa femme n'eurent pas honte de renouveler cette calomnie. En 1676, trois ans après la mort de cet écrivain dont le génie immortel offusquait toujours leur basse envie, dans un mémoire imprimé à l'occasion d'un procès que Lulli eut à soutenir et dans lequel mademoiselle Molière avait été entendue comme témoin, on osa la traiter d'*orpheline de son mari*, de *veuve de son père* [2].

1664. Les nobles cœurs croient difficilement au crime; aussi Louis XIV, qui estimait Molière autant qu'il méprisait ses délateurs, sembla-t-il lui témoigner

1. *Dissertation sur Molière*, par M. Beffara, p. 13.

2. *OEuvres de Molière*, avec les remarques de Bret, 1773, t. I, pag. 78.

plus d'intérêt encore en le voyant exposé aux 1664.
lâches attaques de l'intrigue et de l'envie. La requête de Montfleuri avait été présentée vers la
fin de 1663, et le 28 février suivant la duchesse
d'Orléans et le Roi firent à l'accusé l'insigne honneur de tenir son premier enfant sur les fonts de
baptême[1] (17). Le rapprochement de ces dates
n'est pas moins glorieux pour le protégé que pour
l'illustre protecteur; l'histoire redira à jamais avec
quel noble empressement le monarque secoua,
en faveur d'un comédien, le joug jusqu'alors inviolable du préjugé et de l'étiquette. Il fallait un
Louis XIV pour que la France pût s'enorgueillir
d'un Molière.

Ce roi, qui savait si bien confondre les ennemis
de notre premier comique, n'avait pas moins à faire
pour le venger de ses propres courtisans. Ne voyant
dans l'homme de génie qu'un histrion, ils voulaient
lui faire essuyer leurs mépris. On connaît le mot
plein d'adresse et de bon sens de Belloc, poète
agréable de salons, qui, entendant un des autres
valets-de-chambre de service refuser de faire le lit
du Roi avec Molière, dit à ce dernier : «Monsieur
«de Molière, voulez-vous bien que j'aie l'honneur
«de faire le lit du Roi avec vous[2]?» On verra par

---

1. *Dissertation sur Molière*, par M. Beffara, p. 14.
2. Bret, *Supplément à la Vie de Molière*, édit. de 1773, t. I,
p. 75. — *Esprit de Molière*, t. I, p. 43.

1664. le trait suivant que Louis XIV sut également bien
faire sentir à d'autres officiers de sa maison combien leurs dédains envers ce grand homme étaient
sottement ridicules. Ayant appris qu'ils étaient
blessés de manger à la table du contrôleur de la
bouche, avec leur collègue Molière, parce qu'il
jouait la comédie ; qu'ils le lui témoignaient d'une
manière offensante, et que par cette raison il s'abs-
tenait de se présenter à cette table, il lui dit un
matin, à l'heure de son petit lever : « On dit que
» vous faites maigre chère ici, Molière, et que
» les officiers de ma chambre ne vous trouvent
» pas faits pour manger avec eux. Vous avez peut-
» être faim ; moi-même je m'éveille avec un très-
» bon appétit ; mettez-vous à cette table, et qu'on
» me serve mon *en cas de nuit* (18). » Alors, le Roi,
coupant la volaille et invitant Molière à s'asseoir,
lui sert une aile, en prend en même temps une
pour lui, et ordonne qu'on introduise les entrées
familières, qui se composaient des personnes les
plus marquantes et les plus favorisées de la cour.
« Vous me voyez, leur dit le Roi, occupé de faire
» manger Molière, que mes officiers ne trouvent
» pas assez bonne compagnie pour eux. » Dès
ce moment il n'eut pas besoin de se présenter
à cette table de service : toute la cour s'empressa
de lui faire des invitations[1].

1. *Mémoires de Madame Campan*, t. III, p. 8.

Ce poète avait été chargé de composer pour 1664. la cour une comédie qui comportât des danses et des divertissemens. La reconnaissance dont il était pénétré pour tous les bienfaits et la constante protection de son prince le fit triompher des entraves que le génie rencontre ordinairement dans un ouvrage de commande, et *le Mariage forcé*, composé à la hâte, fut applaudi pour la première fois, au Louvre, le 29 janvier 1664, et au Palais-Royal le 15 février suivant.

Les plus grands seigneurs figurèrent dans le ballet, et le Roi lui-même y dansa un rôle d'égyptien. Il aimait passionnément cette sorte de divertissement, et ses courtisans s'étaient empressés de l'adopter; mais Racine devint l'interprète du sentiment pénible que cette faiblesse du Roi faisait éprouver à la France. Il fit dire par Narcisse à Néron, dans *Britannicus* :

.... Ignorez-vous tout ce qu'ils osent dire ?
Néron, s'ils en sont crus, n'est point né pour l'empire :
....
Pour toute ambition, pour vertu singulière,
Il excelle à conduire un char dans la carrière,
A disputer des prix indignes de ses mains,
A se donner lui-même en spectacle aux Romains.

Cette leçon indirecte produisit son effet; elle fut sentie, et depuis ce temps on ne vit plus ce monarque se ravaler au rôle grotesque de baladin;

1664.

à un âge où son esprit devait être occupé de soins plus importans[1] ; comme on le doit bien penser, les courtisans, singes de leur maître, abandonnèrent promptement ces jeux. Les divertissemens tombèrent même dans un tel discrédit, que Lulli ayant été chargé à la première représentation du *Bourgeois gentilhomme*, à Chambord, du rôle du Mufti dans la cérémonie dont il avait fait la musique, les secrétaires du Roi refusèrent, pour ce motif, de le recevoir dans leur compagnie. « Nous » serions bien honorés, disait avec dépit M. de » Louvois, d'avoir pour confrère un maître bala- » din. — S'il fallait pour faire votre cour au Roi, » répondit Lulli au ministre, faire pis que moi, vous » seriez bientôt mon camarade. » L'intervention du prince fut nécessaire pour lever les scrupules de ses secrétaires et les faire revenir sur leur défense[2] (19).

On a généralement attribué à une comique aventure du chevalier de Grammont l'avantage d'avoir fourni à Molière l'idée d'une des plus jolies scènes du *Mariage forcé*, celle où Alcidas vient proposer à

---

1. *Mémoires sur la vie de J. Racine* (par L. Racine), Lausane, 1747, p. 80. — *Siècle de Louis XIV*, chap. XXVI.

2. *Bolæana*, p. 63. « On trouve un détail de cette affaire où » M. de Louvois se compromit dans la *Vie de Quinault* à la tête de » ses ouvrages, et dans le *Parallèle de la musique des anciens avec* » *la musique nouvelle*, par M. de Freneuze. » (*OEuvres de Mo-* *lière*, avec les remarques de Bret, 1773, t. V, p. 773).

Sganarelle de se couper la gorge avec lui ou d'épouser sa sœur. Cet aimable héros de boudoir, forcé
de sortir de France, avait emporté aux bords de la
Tamise et ses goûts passagers et sa changeante humeur. Parmi les beautés que Londres offrit à sa
vue, une surtout, mademoiselle Hamilton, sœur
du célèbre narrateur des folies du chevalier, eut
le talent de fixer pendant quelques jours cet esprit volage. Un permis de retour arriva tout à point
comme pour lui épargner la honte de changer,
honte qu'au reste il avait déjà bravée bien des fois.
Il crut que son départ était un prétexte suffisant
pour ne pas accomplir les promesses qu'il avait
faites à la famille de mademoiselle Hamilton. Il
prit donc la poste un beau matin, et, oublieux
de la foi jurée, se mit à courir sur la route de
Douvres. Les deux frères de la belle abandonnée
l'y joignirent, et du plus loin qu'ils l'aperçurent
lui crièrent : « Chevalier de Grammont, n'avez-
» vous rien oublié à Londres? — Pardonnez-moi,
» Messieurs, leur répondit le fuyard, tant soit peu
» étonné de la rencontre : j'ai oublié d'épouser
» votre sœur, et j'y retourne avec vous pour ter-
» miner cette affaire [1]. » Il est assez plaisant que

---

1. *Récréations littéraires*, par Cizeron-Rival, p. 8. — *OEuvres
de Molière*, avec les remarques de Bret, 1773, tom. III, p. 138.
— *Anecdotes dramatiques*, t. I, p. 517 et 518.

1664 le séduisant Grammont ait eu au moins un point de ressemblance avec le mari de Dorimène.

Cette petite pièce contient deux scènes, celles de Sganarelle avec les philosophes Pancrace et Marphurius, qui ne paraissent à beaucoup de lecteurs que deux pitoyables parades. Mais quiconque se reporte au fanatique aristotélisme du temps comprend bientôt que les coups de bâton donnés par Sganarelle ne sont pas là seulement pour nous faire rire. Molière se proposait un but bien plus important, et il l'atteignit; car l'Université de Paris, frénétique champion des doctrines du philosophe de Stagyre, allait obtenir la confirmation d'un arrêt du parlement de Paris qui prononçait *peine de mort* contre ceux qui oseraient combattre le système des Pancrace et des Marphurius. Le ridicule que *le Mariage forcé* jeta sur ces principes contribua sans doute à lui faire suspendre ses poursuites. Elle ne fut pas beaucoup plus heureuse quelque temps après : les espérances qu'elle avait de nouveau conçues échouèrent également devant l'*Arrêt burlesque* de Boileau.

Ce poète adressa en 1664 à Molière sa satire II, dans laquelle il lui dit :

Enseigne-moi, Molière, où tu trouves la rime!

Marmontel, souvent injuste envers Boileau, s'étonne (et peut-être n'a-t-il pas entièrement tort en cette occasion) que ce soit là le seul mérite de

notre premier comique que son ami veuille bien 1664.
remarquer. Nous peserons plus tard les accusations du *critique de Nicolas*, comme l'appelait Voltaire ; mais ce que nous voulons attaquer
ici c'est une tradition aussi ridicule qu'invraisemblable. Un des premiers commentateurs de Boileau, de Saint-Marc, a dit qu'à ces vers,

> ..... Un esprit sublime en vain veut s'élever
> A ce degré parfait qu'il tâche de trouver ;
> Et toujours mécontent de ce qu'il vient de faire,
> Il plaît à tout le monde et ne saurait se plaire,

Molière s'était écrié en interrompant son ami qui
lui lisait sa satire : « Voilà la plus belle vérité que
» vous ayez jamais dite. Je ne suis pas du nombre
» de ces esprits sublimes dont vous parlez ; mais
» tel que je suis, je n'ai rien fait en ma vie dont
» je sois véritablement content. » Un mot nous
suffira pour combattre cette anecdote, qui traîne
dans tous les *ana* et qu'on aurait dû y laisser. Si
Molière, s'appliquant de son chef ce que Boileau disait en général des grands talens, eût tenu
un semblable discours, il eût réfuté lui-même
ces éloges donnés à la modestie des hommes de
génie.

Les faveurs royales dont Molière était comblé,
les nobles succès qu'il obtenait chaque jour, l'a-
gitation continuelle que lui causaient et les soins

7

1664. de sa direction et les attaques de ses ennemis, rien
enfin ne lui fit oublier qu'il est des malheureux à
secourir. Sa vigilante bienfaisance assura l'existence de plus d'un infortuné ; et c'est à un de ces
actes de sa générosité que l'art dramatique doit
un homme qui, sans ses secours et sans ses leçons, n'eût probablement jamais été à même de
faire valoir les dons heureux que la nature lui avait
prodigués. Nous voulons parler du comédien Baron, qui depuis s'est justement acquis au théâtre
une réputation non moins brillante et plus durable que celle que ses exploits amoureux lui ont
assurée dans la chronique du temps.

Un organiste de Troyes, nommé Raisin, cherchant les moyens de gagner un peu d'argent et
de soutenir sa nombreuse famille, fit faire un
clavecin plus grand que les clavecins ordinaires,
qui paraissait aller tout seul. Il jouait l'air que
Raisin indiquait; et s'arrêtait dès qu'il le lui or-
donnait. Tout Paris courut voir cette merveille,
et Louis XIV, lui-même, curieux de connaître ce
prodige dont il avait tant de fois entendu parler,
le fit venir à Saint-Germain. La Reine assista à ces
exercices, mais cette machine étonnante lui causa
une surprise mêlée d'effroi. Le Roi, pour détruire cette impression, ordonna qu'on l'ouvrît
sur-le-champ, et l'on en vit sortir un jeune enfant, fils de Raisin, qui commençait à se trouver

fort mal de la privation d'air, et de la longueur 1664.
du concert.

Raisin essaya d'attirer la foule par d'autres divertissemens ; mais ses représentations avaient
perdu leur principal attrait ; elles cessèrent bientôt d'être suivies. Il eut recours aux bontés de
Louis XIV, auquel il exposa tout le tort que lui
causait la divulgation de son secret. Le Roi, touché de sa position, lui permit d'établir à Paris une
troupe d'enfans[1] (21).

Le jeune Baron y fut enrôlé à peu près à l'é-
poque où cette troupe commençait à fixer l'attention de la capitale (22). Raisin étant mort, sa veuve,
à laquelle ses moyens ne permettaient pas de soutenir cette entreprise, s'adressa à Molière, qui consentit à lui prêter pour quelques représentations la
salle du Palais-Royal. C'est là qu'il vit le jeune Baron. Juste appréciateur de ses heureuses dispositions, il le prit avec lui, et apporta à son éducation
les soins du père le plus tendre. Non content de
lui donner lui-même les leçons de cet art dans
lequel Baron excella depuis, il chercha encore à
former son jeune cœur à la vertu, par une sage direction et par de bons exemples. Un jour son élève
le prévint qu'un comédien nommé Mondorge,
que Molière avait connu en province, se trouvant

1. Grimarest, p. 81 et suiv.

7.

1664. sans ressource, hors d'état de rejoindre sa troupe,
venait implorer sa bienfaisance. Molière demanda
à Baron ce qu'il fallait lui donner. — « Quatre
» pistoles. — Donnez-lui quatre pistoles pour
» moi; mais en voilà vingt autres que je lui don-
» nerai pour vous; car je veux qu'il sache que c'est
» à vous qu'il a l'obligation du service que je lui
» rends. » Il lui fit également remettre un très-
bel habit de théâtre. Mais ce qui rehaussa probablement encore le prix de ces dons aux yeux du
pauvre Mondorge, ce fut le bon accueil qu'il reçut
de son ancien camarade[1] (23). Voltaire, M. Petitot
et d'autres biographes de Molière, en omettant
dans le récit de cette bonne action cette dernière
particularité, lui ont gratuitement prêté l'inabor-
dable fierté d'un grand seigneur qui charge ses
gens de distribuer ses aumônes et fait faire antichambre à ses amis.

La pratique de la charité était habituelle chez
lui. Un jour il montait en fiacre avec le musicien
Charpentier pour revenir de la campagne à Paris.
Au moment où le cocher fouettait les chevaux,
Molière jeta une pièce de monnaie à un pauvre qui
lui demandait l'aumône. Bientôt après il s'aperçut
que le mendiant suivait en courant la voiture et fai-

---

1. Grimarest, p. 94 et suiv.—*Ibidem*, p. 120 et suiv. — *Mémoires sur la vie et les ouvrages de Molière*, p. lix.

sait tous ses efforts pour la rejoindre. Il ordonna au 1664.
cocher d'arrêter. « Monsieur, lui dit le pauvre,
» vous n'aviez probablement pas dessein de me
» donner un louis-d'or. Je viens vous le rendre.
» — Tiens, mon ami, dit Molière, en voilà un
» autre. » Puis il s'écria : « Où la vertu va-t-elle
se nicher[1] ! » Le trait peint son cœur, l'exclamation son génie.

Nous l'avons déjà vu acquitter par *le Mariage
forcé* une partie de la dette que les bienfaits du
Roi lui avaient fait contracter. C'est encore dans
ce but qu'il composa *la Princesse d'Élide*; mais si
elle diminua ses obligations, elle ne contribua
point à augmenter sa gloire. Écrite en peu de
jours et versifiée seulement en partie, cette pièce
concourut à l'éclat d'une journée des fêtes données à Versailles au mois de mai 1664 par le Roi
à la Reine et à la Reine-mère, selon l'histoire,
à mademoiselle de la Vallière, selon la chronique,
fêtes auxquelles Louis sut imprimer, comme à la
plupart de ses faiblesses, le cachet de sa grandeur. « Quoique cette comédie ne soit pas une
» des meilleures de Molière, a dit l'historien du
» *Siècle de Louis XIV*, elle fut un des plus agréa-
» bles ornemens de ces jeux, par une infinité
» d'allégories fines sur les mœurs du temps, et

1. *Carpenteriana.* — Voltaire, *Vie de Molière*, 1739, p. 27.

1664. » par des à-propos qui font l'agrément de ces
» fêtes, mais qui sont perdus pour la postérité....
» Molière y mit en scène un fou de cour. Ces mi-
» sérables étaient encore fort à la mode. C'était
» un reste de barbarie, qui a duré plus long-temps
» en Allemagne qu'ailleurs. Le besoin des amu-
» semens, l'impuissance de s'en procurer d'agréa-
» bles et d'honnêtes dans les temps d'ignorance
» et de mauvais goût, avaient fait imaginer ce triste
» plaisir qui dégrade l'esprit humain. Le fou qui
» était alors auprès de Louis XIV avait appar-
» tenu au prince de Condé : il s'appelait l'Angeli.
» Le comte de Grammont disait que de tous les
» fous qui avaient suivi monsieur le Prince, il n'y
» avait que l'Angeli qui eût fait fortune. Ce bouf-
» fon ne manquait pas d'esprit. C'est lui qui dit
» qu'il n'allait pas au sermon parce qu'il n'aimait
» pas le *brailler* et qu'il n'entendait pas le *rai-*
» *sonner*. » Le rôle de Moron, le seul peut-être
qui ait empêché cette pièce de porter atteinte à
la réputation de notre auteur, n'a plus d'autre mérite à nos yeux que celui de la gaieté. Il nous est
devenu impossible de constater le degré de vérité
de ce caractère ; s'il est encore des fous à la cour,
ce n'est plus du moins un emploi ni un titre.

Ces divertissemens vraiment royaux, connus sous
le nom de *Plaisirs de l'Ile enchantée*, dont les mémoires du temps tracent les tableaux les plus bril-

lans, et auxquels Voltaire a cru devoir consacrer 1664.
plusieurs pages, durent une partie de leur charme
aux efforts réunis du célèbre Vigarani, de Lulli,
du président de Périgny, de Benserade et du duc
de Saint-Aignan. Mais Molière en fit les principaux frais : car outre sa *Princesse d'Élide*, jouée
le 8 mai, second jour des fêtes, *les Fâcheux* furent donnés le 11, et *le Mariage forcé* le 13. Enfin
la veille de ce jour, voulant, comme on l'a déjà
dit, faire passer la vérité par la cour pour qu'elle
arrivât à la ville, il avait donné les trois premiers
actes du *Tartuffe* devant cette brillante assemblée.
Malheureusement pour l'auteur cette comédie fit
dès lors pâlir quelques-uns de ses modèles, et le
Roi, déterminé par leurs conseils, « connut, dit
» l'auteur du récit de ces fêtes[1], tant de confor-
» mité entre ceux qu'une véritable dévotion met
» dans le chemin du ciel, et ceux qu'une vaine
» ostentation des bonnes œuvres n'empêche pas
» d'en commettre de mauvaises, que son extrême
» délicatesse pour les choses de la religion ne
» put souffrir cette ressemblance du vice avec
» la vertu qui pouvaient être pris l'une pour
» l'autre, et, quoique l'on ne doutât point des
» bonnes intentions de l'auteur, il la défendit

---

1. *Les Plaisirs de l'Île enchantée*, Paris, 1665 (t. III, p. 233
et suiv. de notre édition des *OEuvres de Molière*).

1664. » pourtant en public et se priva soi-même de ce
» plaisir ; pour n'en pas laisser abuser à d'autres
» moins capables d'en faire un juste discerne-
» ment (24) ».

Si *le Tartuffe* occasiona dès sa première apparition de pénibles chagrins à l'auteur, *la Princesse
d'Élide* en attira de non moins vifs au mari. Mademoiselle Molière, qui, jusque-là chargée seulement de rôles secondaires, n'avait pas encore
trouvé l'occasion de faire éclater dans tout leur
jour ses graces attrayantes et son talent aimable,
remplissait celui de la princesse. Elle obtint par
la manière dont elle s'en acquitta les suffrages
de tout ce que Versailles renfermait alors de plus
brillant, et les jeunes seigneurs s'empressèrent autour d'elle. Fière de tant d'hommages, la nouvelle idole s'en laissa enivrer. Elle s'éprit du comte
de Guiche, fils du duc de Grammont, l'homme
le plus agréable de la cour, et rebuta pendant
quelque temps le comte de Lauzun. Mais, soit
froideur naturelle, comme le fait entendre un
historien, soit qu'il fût occupé par quelque autre
passion, le comte de Guiche ne répondit pas aux
avances de mademoiselle Molière (25). Celle-ci,
fatiguée de soupirer en vain, se résigna à écouter
Lauzun, qui préludait par les comédiennes pour
s'élever bientôt aux filles des rois. Ce commerce
dura quelque temps ; mais d'obligeans amis,

d'autres disent un amant trompé, l'abbé de Richelieu, en instruisirent Molière (26). Il demanda
une explication.à sa femme, qui se tira de cette
situation difficile avec tout le talent et tout l'art
qu'elle mettait à remplir ses rôles. Elle avoua
adroitement son inclination pour le comte de Guiche, inclination que son mari ignorait; protesta
qu'il n'y avait jamais eu entre eux le moindre rapport criminel, se gardant bien de dire de qui cela
avait dépendu; enfin elle soutint qu'elle s'était
moquée de Lauzun, et accompagna toute cette
explication de tant de larmes et de sermens que le
pauvre Molière s'attendrit et se laissa persuader [1].

Dans l'année 1664, la troupe de Molière perdit
deux de ses principaux acteurs, Du Parc et Brécourt. La mort lui enleva l'un, l'hôtel de Bourgogne s'empara de l'autre. Du Parc, connu au
théâtre sous le nom de Gros-René, fut vivement
regretté par ses camarades, qui fermèrent le
théâtre le jour de sa mort (27). Quant à Brécourt, querelleur, spadassin, violent, et adonné
avec excès au vin, au jeu et aux femmes, il leur
laissa probablement moins de regrets. Mais sa
perte dut être sentie par les habitués du théâtre
du Palais-Royal; car il jouait avec un égal talent
dans les deux genres. Il créa d'une manière si

---

[1]. *La Fameuse comédienne*, p. 17.

1664. comique le rôle d'Alain de *l'École des Femmes*, que Louis XIV s'écria, en le lui voyant représenter : « Cet homme-là ferait rire des pierres. » (28).

Brossette nous apprend, dans son commentaire sur Boileau, qu'en 1664, cet auteur étant chez M. du Broussin avec le duc de Vitri et Molière, notre premier comique « devait y lire une » traduction de Lucrèce en vers français, qu'il » avait faite dans sa jeunesse. En attendant le » dîner, on pria Despréaux de réciter la satire » adressée à Molière. Mais, après ce récit, Molière » ne voulut point lire sa traduction, craignant » qu'elle ne fût pas assez belle pour soutenir les » louanges qu'il venait de recevoir. Il se contenta » de lire le premier acte du *Misanthrope*, auquel » il travaillait dans ce temps-là, disant qu'on ne » devait pas s'attendre à des vers aussi parfaits » que ceux de M. Despréaux, parce qu'il lui fau- » drait un temps infini s'il voulait travailler ses » ouvrages comme lui. » Le morceau d'Éliante du *Misanthrope*, sur les illusions des amans, est tout ce qui reste de cette traduction, qui, si l'on en croit Grimarest, était en vers pour la partie descriptive, et en prose pour les discussions philosophiques. Le même biographe a bâti sur la perte de ce manuscrit un de ces contes dont il

0.

1. *Anecdotes dramatiques*, t. II, p. 8.

ne se montre pas avare. Il prétend qu'un do- 1664.
mestique de Molière, auquel celui-ci avait ordonné d'accommoder sa perruque, prit un ca-
hier de cette traduction pour faire des papillotes,
et que Molière, piqué de cette méprise, jeta le
reste au feu. Il nous paraît plus naturel de croire
que cet auteur, attachant peu d'importance à un
ouvrage de sa première jeunesse, qui ne pouvait être d'aucune utilité à sa troupe, ne songea
point à le faire imprimer. Tous ses manuscrits
furent remis, par sa veuve, à La Grange, après la
mort duquel ils furent vendus avec sa bibliothèque. Celui du poëme *de Natura rerum* aura
éprouvé le même sort. C'est là probablement la
seule cause de sa perte pour la postérité [1].

Les trois actes du *Tartuffe* applaudis, mais dé-
fendus aux fêtes de Versailles, furent donnés au
mois de septembre suivant à Villers-Cotterets,
chez Monsieur, devant le Roi, la Reine et la
Reine-mère. Deux mois après, le prince de Condé
fit représenter la pièce entière au Raincy. Sans
doute, cet empressement d'augustes personnages
à saisir les occasions d'applaudir à son talent,
l'avide curiosité avec laquelle Paris, à défaut
de représentations, recherchait les lectures de
son ouvrage, durent consoler un peu l'amour-

1. Grimarest, p. 310 et suiv.

1664. propre de notre auteur (29); mais, si ce n'en
était point assez pour le dédommager de la
cruelle interdiction, c'en était beaucoup trop
encore pour les Tartuffes, qui eussent voulu voir
leur portrait enseveli dans un oubli complet.

1665. On était dans ces dispositions hostiles, quand
Molière, pour profiter de la vogue dont jouissait
alors le sujet du *Festin de Pierre*, songea à le
mettre en scène. Jouée pour la première fois
le 15 février, cette production éprouva un accueil peu favorable; non pas que le mérite de la
pièce en eût compromis le succès; non pas qu'il se
trouvât beaucoup de spectateurs de l'avis de la
femme qui disait à Molière : « Votre statue baisse
» la tête, et moi je la secoue ' ; » mais parce que
le morceau sur l'hypocrisie, dans lequel Molière
faisait allusion à ses griefs contre le corps inviolable des Tartuffes, était peu propre à calmer leur
sainte fureur. « Aujourd'hui, dit Don Juan, la pro-
» fession d'hypocrite a de merveilleux avantages.
» C'est un art de qui l'imposture est toujours
» respectée ; et, quoiqu'on la découvre, on n'ose
» rien dire contre elle. Tous les autres vices des
» hommes sont exposés à la censure, et chacun
» a la liberté de les attaquer hautement; mais

---

1. *OEuvres de Molière*, avec les remarques de Bret, 1773,
t. III, p. 215.

» l'hypocrisie est un vice privilégié, qui de sa 1665.
» main ferme la bouche à tout le monde et jouit
» en repos d'une impunité souveraine. ' ».

Leur colère redoubla en entendant ces plaintes
d'un homme assez hardi pour déplorer les persécutions dont il était l'objet. On remarqua surtout, dans ce concert d'outrageantes clameurs,
un libelle délateur qui appelait sur Molière et le
glaive de la justice temporelle et le foudre de
la justice spirituelle, comme sur un athée, un
monstre qui s'était peint, mais avec des traits
affaiblis, dans le principal rôle de sa pièce.
Il parut sous le nom du sieur de Rochemont,
avocat en parlement; mais on a de fortes raisons
pour croire qu'il sortait de la plume d'un curé de
Paris. Deux littérateurs répondirent à ces calomnies : ils eurent bien soin toutefois de garder
l'anonyme, tant la faction était puissante et re-
doutée. L'un d'eux, envisageant la persécution
et ses causes sous leur véritable point de vue,
s'écrie : « A quoi songiez-vous, Molière, quand
» vous fîtes dessein de jouer les Tartuffes ? Si vous
» n'aviez jamais eu cette pensée, votre *Festin de*
» *Pierre* ne serait pas si criminel (30). »

Les hypocrites se montrèrent tels jusque dans
leurs attaques. Ils entendaient trop bien leurs

---

1. *Le Festin de Pierre*, act. V, sc. 2.

1665. intérêts pour avouer que le morceau qui les concernait attirât à la pièce leur improbation et causât leur fureur. Ils se rejetèrent sur la scène du pauvre, et proclamèrent si haut leur indignation factice, que l'auteur fut forcé de la retrancher à la seconde représentation. Ils parvinrent à surprendre la religion de l'autorité sur le danger prétendu de cette scène, au point que dix-sept ans plus tard, en 1682, Vinot et La Grange, ayant fait réimprimer cette comédie telle qu'elle avait été jouée le premier jour, reçurent aussitôt l'ordre de faire disparaître, au moyen de cartons, non-seulement le passage condamné, mais même quelques autres dont, à force de manœuvres, on était également parvenu à rendre l'esprit suspect [1].

Il est assez digne de remarque que, dès que Molière se trouvait en butte aux attaques de ses ennemis, Louis XIV s'efforçait de lui faire oublier ces persécutions par un bienfait. Déjà nous l'avons vu répondre aux détracteurs de *l'École des Femmes* par le brevet d'une pension, confondre Montfleuri et ses complices en tenant sur les fonts de baptême le fils du comédien injustement calomnié, punir l'insolence de ses courti-

---

1. Voir la *Bibliographie de la France* (par M. Beuchot), année 1817, p. 362 et suiv., et l'*Avertissement* sur *le Festin de Pierre*, t. III, p. 275 de notre édition des *OEuvres de Molière*.

sans en faisant asseoir Molière à sa table ; au
mois d'août 1665, si des scrupules religieux ne
lui permirent pas encore de lever l'interdiction
du *Tartuffe*, il s'empressa du moins d'en dédommager l'auteur en attachant à sa personne, avec
une pension de sept mille livres, sa troupe, qui
jusque-là n'avait été que la troupe de MONSIEUR.
Les acteurs qui la composaient prirent dès lors
le titre de comédiens du Roi : noble réponse aux
lâches efforts que la cabale avait faits pour indisposer contre Molière la Reine-mère et le mo-
monarque lui-même [1].

A peu près dans le même temps, l'illustre protégé, pressé par les sollicitations de ses camarades, eut de nouveau occasion de recourir aux
bontés du Roi. Les mousquetaires, les gardes-
du-corps, les gendarmes et les chevau-légers
étaient en possession d'entrer à la comédie sans
payer ; et, par ce moyen, le parterre se trouvait
souvent rempli, sans que la caisse en fût moins
vide. Molière, cédant aux instances de sa troupe,
demanda la réforme de cet abus au prince, qui
donna les ordres nécessaires pour y mettre fin.
Mais les plus mutins de ceux sur qui pesait cette
défense s'en prirent aux comédiens qui l'avaient

1. *Préface* de l'édition des *OEuvres de Molière* de 1682 (par
La Grange). — Grimarest, p. 106. — *Histoire du Théâtre
français* (par les frères Parfait), tom. X, p. 79 et 94, note.

1665. sollicitée. Ils se rendirent donc en troupe au
théâtre, résolus d'en forcer l'entrée. Le portier
fit, pendant quelque temps, la meilleure contenance ; mais à la fin, forcé de céder au nombre,
il jeta son épée à terre en criant : Miséricorde !
Cette soumission et ses prières ne servirent à
rien : outrés de la résistance qu'il leur avait opposée, les assaillans le percèrent de cent coups
d'épée, et chacun en entrant lui donnait le sien.
Ils cherchaient tous les comédiens, pour leur
faire subir le même traitement, quand Béjart
jeune, qui était habillé en vieillard pour la pièce
qu'on allait jouer, se présenta sur le théâtre :
« Eh! Messieurs, leur dit-il, épargnez du moins
» un pauvre vieillard de soixante-quinze ans qui
» n'a plus que quelques jours à vivre ». La présence d'esprit de cet acteur calma leur fureur.
Molière, qui savait fort bien haranguer le parterre et qui n'en laissait pas passer les occasions,
parut alors, et leur représenta très-vivement les
torts qu'ils s'étaient donnés en violant les ordres
du Roi. Ils sentirent la justesse de ses observations, ouvrirent les yeux sur la position où ils
s'étaient mis, et se retirèrent. « Mais le bruit et les
» cris, dit Grimarest, avaient causé une alarme
» parmi les comédiens. Les femmes croyaient être
» mortes : chacun cherchait à se sauver; surtout
» Hubert et sa femme, qui avaient fait un trou

» dans le mur du Palais-Royal. Le mari voulut
» passer le premier; mais, comme le trou n'était
» pas assez ouvert, il ne passa que la tête et les
» épaules ; jamais le reste ne put suivre. On avait
» beau le tirer de dedans le Palais-Royal. Rien
» n'avançait et il criait comme un forcené, par
» le mal qu'on lui faisait et par la peur qu'il avait
» que quelque gendarme ne vînt lui donner un
» coup d'épée par derrière. Le tumulte s'étant
» apaisé, il en fut quitte pour la peur; et l'on
» agrandit le trou pour le retirer de la torture où
» il était ».

La troupe alla aux voix sur le parti qu'elle
avait à prendre. La frayeur porta la plupart à demander qu'on sollicitât la révocation de la défense. Molière tint bon, et leur fit observer que,
puisqu'ils l'avaient poussé à demander cet ordre,
et que le Roi avait daigné le leur accorder, ils
en devaient subir les conséquences.

Instruit de cette scène, Louis XIV ordonna
aux commandans des compagnies de sa maison
de les faire mettre sous les armes, afin qu'on en
pût reconnaître et punir les auteurs. Mais Molière, qui craignait qu'une mesure sévère ne fît
qu'irriter les esprits et n'amenât de nouveaux désordres, se rendit au lieu de la réunion et dit aux
gardes assemblés « que ce n'était point pour eux
» ni pour les autres personnes qui composaient la

1665. » maison du Roi qu'il avait demandé à Sa Ma-
» jesté un ordre pour les empêcher d'entrer à la
» comédie ; que la troupe serait toujours ravie de
» les recevoir quand ils voudraient l'honorer de
» leur présence ; mais qu'il y avait un nombre in-
» fini de malheureux qui tous les jours, abusant de
» leur nom et de leur bandoulière, venaient rem-
» plir le parterre et ôter injustement à la troupe le
» gain qu'elle devait faire ; qu'il ne croyait pas
» que des gentilshommes qui avaient l'honneur
» de servir le Roi dussent favoriser ces miséra-
» bles contre les comédiens de Sa Majesté ; que
» d'entrer à la comédie sans payer n'était point
» une prérogative que des personnes de leur ca-
» ractère dussent si fort ambitionner, jusqu'à ré-
» pandre du sang pour se la conserver; qu'il fal-
» lait laisser ce petit avantage aux auteurs et aux
» personnes qui, n'ayant pas le moyen de dépen-
» ser quinze sols, ne voyaient le spectacle que par
» charité, s'il m'est permis, dit-il, de parler de la
» sorte. »

Ce discours produisit tout l'effet que Molière
en espérait[1]. Mais Grimarest a prétendu à tort
que depuis ce moment la maison du Roi n'entra
plus à la comédie sans payer. Le même abus et
des désordres encore plus grands nécessitèrent

1. Grimarest, p. 131 et suiv.

en 1673 une semblable ordonnance, sollicitée par 1665.
la troupe de l'hôtel de Bourgogne [1] (31).

Un nouveau succès vint dédommager Molière
de ces inquiétudes nouvelles. Demandé pour un
divertissement du Roi, *l'Amour médecin* fut en
cinq jours proposé, fait, appris, et représenté [2].
La cour l'applaudit le 15 septembre, la ville confirma son jugement le 22. Dans son avertissement
sur cette pièce, l'auteur manifeste la crainte
qu'elle ne paraisse *insupportable sans les airs et
les symphonies de l'incomparable Lulli* : il ne nous
est pas parvenu une seule note de cette parti-
tion du célèbre Baptiste; et les mots heureux dont
la pièce abonde, le fameux, *Vous êtes orfèvre,
monsieur Josse*, et une foule d'autres traits dignes
de cette histoire générale des donneurs d'avis,
ne périront jamais, tant qu'il restera quelque sentiment du vrai.

On a assez généralement regardé *l'Amour médecin* comme le premier acte d'hostilité de Molière contre la Faculté. La remarque est inexacte.
Don Juan du *Festin de Pierre* avait déjà porté de
dangereux coups aux médecins [3]. A la vérité ces
traits sont lancés par un personnage puni à la fin
de la pièce; mais il y aurait bien de l'amour-

1. *Le Théâtre-Français* (par Chapuzeau), 1674, p. 165.
2. *Avertissement de l'Amour médecin*, de Molière.
3. *Le Festin de Pierre*, act. III. sc. 1.

1665. propre à ces messieurs à croire que ce soit cette
sorte d'hérésie qui attire sur sa tête la vengeance
céleste.

On a avancé sans plus de fondement que l'a-
charnement dont il fit preuve contre la même
profession dans cette pièce et dans plusieurs de
celles qui la suivirent eut pour cause une querelle
survenue entre sa femme et celle d'un médecin,
querelle à laquelle les maris crurent devoir prendre
part [1]. Ce n'est point à un aussi pitoyable motif
qu'il faut attribuer de si justes attaques. Molière,
à l'exemple de Montaigne, a poursuivi par une
satire raisonnée des charlatans qui spéculaient
sur la crédulité et l'amour de la vie, et que leur
ignorance et leur entêtement entraînaient dans
des erreurs non moins fréquentes que funestes
à l'humanité. Molière ne parlait pas de cette
science comme un homme qui bien portant la
ravale, et malade y recourt ; il était valétudi-
naire lorsqu'il disait : « Un médecin est un homme
» que l'on paie pour conter des fariboles dans la
» chambre d'un malade jusqu'à ce que la nature
» l'ait guéri ou que les remèdes l'aient tué [2]. »
Portons nos regards sur la médecine d'alors et sur
les hommes qui l'exerçaient, et nous acquerrons

1. Grimarest, p. 74.
2. Grimarest, p. 79.

la preuve que les accusations de Molière, qui 1665,
n'ont aujourd'hui que l'autorité d'une saillie, auxquelles on n'accorde guère plus de crédit qu'à un
jeu de mots, n'avaient réellement rien d'exagéré.

Si nous envisageons d'abord les. ridicules de
leur extérieur grotesque, rien de plus propre à
être traduit sur la scène. La robe ne les quittait
jamais; et, montés sur une mule, ils se rendaient
d'une extrémité de Paris à l'autre. Le plus souvent ils ne s'exprimaient qu'en latin ; quand ils
daignaient se servir de la langue française, ils la
défiguraient par des tournures scolastiques, par
des expressions scientifiques, et la rendaient
presque inintelligible. Un sixain du temps peint
très fidèlement les gens de cette profession au
dix-septième siècle, et l'exactitude du portrait est
telle qu'aujourd'hui on le prendra peut-être pour
une épigramme.

> Affecter un air pédantesque,
> Cracher du grec et du latin ,
> Longue perruque, habit grotesque,
> De la fourrure et du satin,
> Tout cela réuni fait presque
> Ce qu'on appelle un médecin.

Quant à leur savoir, ils concouraient eux-mêmes
à en faire douter par le scandale de leurs discussions. En 1664, les médecins de Rouen et ceux
de Marseille rendirent plainte devant les tribu-

1665. naux contre les apothicaires de ces deux villes
pour empiètement de droits. Les mémoires qui
furent publiés de part et d'autre à cette occasion
dévoilèrent des vérités fort peu honorables pour
les deux corps et fort peu rassurantes pour les
pauvres malades, auxquels il demeura démontré
qu'ils n'accordaient leur confiance qu'à des empiriques [1].

Les quatre médecins que Molière mit en scène
dans cette pièce; Tomès, Desfonandrès, Macroton
et Bahis, n'étaient autres que Daquin, Desfougerais, Guénaut et Esprit, médecins ordinaires
de Louis XIV, plus que suffisamment désignés
par les noms significatifs que Boileau, aussi bon
helléniste que mordant satirique, leur avait for-
gés à la demande de son ami [2].

Suivant un docteur contemporain qui trahit
plus d'une fois les secrets du métier, le spirituel
Gui-Patin, Daquin, attaché à la personne du Roi
par la faveur de madame de Montespan, et con-
gédié par madame de Maintenon, n'était que « un
» pauvre cancre, race de juif, grand charlatan...,
» véritablement court de science, mais riche en
» fourberies chimiques et pharmaceutiques. »

Desfougerais était, suivant la même autorité,

1. *OEuvres de Molière*, avec les remarques de Bret, 1773,
t. III, p. 339.

2. *Récréations littéraires*, par Cizeron-Rival, p. 25.

» charlatan s'il en fut jamais; homme de bien, à 1665.
» ce qu'il dit, et qui n'a jamais changé de religion
» que pour faire fortune et mieux avancer ses en-
» fans. » Mais l'horreur succède au mépris qu'inspire
ce portrait quand on apprend par Bussy-Rabutin
que madame de Chatillon ayant été mise par le duc
de Nemours dans le malheureux état qu'on peut
appeler l'écueil des veuves, et ayant recouru aux
expédiens de Desfougerais, ce monstre ne re-
cula point devant une ressource criminelle, et la
délivra à l'aide de vomitifs.

Peut-être moins pervers, mais tout aussi cupide
et aussi ignare que Desfougerais, Guénaut répé-
tait sans cesse *qu'on ne saurait attraper l'écu
blanc des malades si on ne les trompait.* Accusé
d'avoir tué, à l'aide de l'antimoine, sa panacée
universelle, sa femme, sa fille, son neveu, deux
de ses gendres et un très grand nombre d'autres
malades, tous les crimes de son ignorance lui furent pardonnés quand il grossit encore le nombre
de ses victimes du meurtre du cardinal Mazarin.
A la mort d'Adrien VI, les Romains firent écrire
en lettres d'or au-dessus de la porte de son médecin, *Au libérateur de son pays;* après la mort
du fameux ministre, Guénaut reçut un compliment non moins flatteur, expression naïve de la
reconnaissance populaire. Il se trouvait un jour
engagé dans un embarras de voitures, un char-

1665. retier le reconnut et s'écria : « Laissons passer
»monsieur le docteux ; c'est li qui nous a fait
» la grace de tuer le cardinal. »

Le quatrième médecin du Roi, Esprit, était
également partisan du vin émétique, de l'antimoine et de la charlatanerie. C'en était assez pour
qu'il ne fût pas plus ménagé par Molière que par
Gui-Patin.

Ces détails historiques suffisent pour expliquer
les attaques de notre auteur contre ces quatre
empiriques privilégiés que Louis XIV, auquel
on n'a jamais reproché de n'avoir pas su apprécier les hommes, fut néanmoins obligé de choisir
pour ses médecins ordinaires, comme moins
ignares et moins dangereux encore que leurs confrères. En effet il nous serait facile de démontrer
par d'autres exemples que ces funestes travers
étaient ceux de tous les médecins du temps. Chacun connaît le résultat de la fameuse consultation
faite à Vincennes pour Mazarin. Guénaut, Desfougerais, Brayer et Valot y assistaient. L'un déclara que le siège de la maladie du cardinal était
le foie, l'autre le mésentère, le troisième la rate,
le dernier le poumon. Personne n'ignore que
Valot que nous venons de nommer assassina la
reine d'Angleterre en lui administrant de l'opium
mal-à-propos. Son homicide ignorance donna
lieu à l'épigramme suivante:

Le croirez-vous, race future,
Que la fille du grand Henri
Eut, en mourant, même aventure
Que feu son père et son mari ?
Tous trois sont morts par assassin ,
Ravaillac , Cromwell, médecin :
Henri, d'un coup de baïonnette,
Charles finit sur un billot ,
Et maintenant meurt Henriette
Par l'ignorance de Valot.

Voilà les hommes que les ennemis de Molière
ont voulu défendre contre ses attaques. Louis XIV
cependant, dont le nom se rencontre toujours là
où notre premier comique a besoin d'un juste
protecteur ; Louis XIV, qui faisait l'esprit fort en
médecine quand il entendait ses bons mots, et
qui se laissa bientôt après purger toutes les semaines par Fagon ; Louis XIV avait approuvé
cette satire sous prétexte, dit-on, que les médecins font assez souvent pleurer pour qu'ils
fassent rire quelquefois, et qu'institués pour le
rétablissement de la santé, ils y parviennent bien
mieux en excitant la gaieté au théâtre qu'en or-
donnant des remèdes dans leur cabinet. Il est
faux toutefois que Molière ait, comme on l'a
prétendu, fait prendre aux acteurs chargés des
rôles de ces quatre médecins des masques qui
reproduisaient exactement leurs traits. Il est aussi
ridicule qu'injurieux pour la mémoire de deux

1665. grands hommes de penser un seul instant que l'un eût osé proposer une aussi licencieuse mascarade et que l'autre se fût oublié au point de l'autoriser. A l'exception des Pierrots et des Arlequins de la scène italienne, on n'avait pas vu au théâtre de personnages sous le masque, depuis les premières représentations des *Précieuses ridicules*, auxquelles Molière avait rempli le personnage de Mascarille sous un masque dont les traits, comme on le pense bien, ne rappelaient ceux de qui que ce fût. Ce n'est pas dans une telle circonstance et avec de tels détails qu'il eût fait renaître cette coutume entièrement oubliée.

Plus tard Molière, justement effrayé du nombre de ses ennemis, voulant en éclaircir les rangs, et lever les derniers obstacles qu'on opposait encore au *Tartuffe*, sembla proposer la paix aux médecins : « La médecine, dit-il en 1669, dans la » préface de ce dernier chef-d'œuvre, est un art » profitable, et chacun la révère comme une des » plus excellentes choses que nous ayons; et ce- » pendant, il y a eu des temps où elle s'est ren- » due odieuse, et souvent on en a fait un art » d'empoisonner les hommes. » Mais, soit que le souvenir de ses précédentes attaques eût porté la Faculté à demeurer sourde à ces paroles de paix, soit qu'il se fût ensuite effrayé de nouveau du dangereux empire des médecins et de leur igno-

rance, il attaqua dans une autre de ses comé- 1665.
dies, *le Malade imaginaire*, et cette confiance
aveugle qui a sa source dans notre frayeur de la
mort, et cet amour démesuré de la vie qui fait
découvrir aux gens les mieux portans mille ma-
ladies mortelles, enfans de leur imagination.
Dans *l'Amour médecin*, ses plaisanteries avaient
été principalement dirigées contre les médecins;
dans sa dernière pièce, un grand nombre l'étaient
contre la médecine. Avant lui, Montaigne était
descendu dans la lice pour soutenir la même
cause, pour combattre les mêmes préjugés; et
l'on peut dire que les coups portés par le premier champion rendirent au second la carrière
plus facile à parcourir; car nous retrouvons dans
l'Amour médecin, dans *le Malade imaginaire,* plus
d'un trait satirique de l'auteur des *Essais.*

Ses envieux ne lui ménagèrent pas les reproches pour avoir osé attaquer une classe et un art
aussi redoutable. Ils cherchèrent même à prouver
qu'une telle conduite ne pouvait être que celle
d'un hérétique. «Molière, a dit Perrault dans ses
» *Éloges des Hommes illustres*, ne devait pas tour-
» ner en ridicule les bons médecins, que l'Écri-
» ture nous enjoint d'honorer. » Celui-là eût pu
opposer à cette insidieuse accusation l'autorité
du prophète reprenant le roi Asa d'avoir eu recours aux médecins, et l'autorité, plus profane

1665. sans doute, mais imposante encore, des Romains
défendant, pendant près de six cents ans, l'entrée de leur ville aux médecins, et les en chas-
sant plus tard, quand ils eurent fait la triste expérience de leur savoir. Mais quels témoignages
auraient pu convaincre Perrault, qui jouait presque dans cette pièce le rôle de M. Josse, puisqu'il avait un frère médecin, et les ennemis de
l'auteur du *Tartuffe*, qui, n'écoutant que leur
haine, demeuraient sourds à la vérité? Aujour-
d'hui, nous le savons, on trouve encore des gens
qui, sans compter de parens dans la Faculté,
sans nourrir de rancune contre l'auteur qui flé-
trit l'hypocrisie, regardent comme plus comique
que fondée la guerre qu'il déclara aux docteurs
de son temps. Mais nous ne craignons pas d'affirmer, ce que les faits que nous avons rapportés
plus haut ont d'ailleurs démontré, que cette
opinion ne repose que sur une erreur en histoire
médicale, sur une sorte d'anachronisme. Ces
censeurs de Molière jugent la Faculté d'autrefois
par celle de nos jours, ou du moins croient qu'il
n'existe entre elles que cette différence en amé-
lioration que deux siècles amènent naturellement
chez un peuple policé. Ce raisonnement, qui,
appliqué à d'autres sciences, pourrait se trouver
juste, ne saurait l'être pour la médecine. Cet
art, tout conjectural par lui-même, n'a acquis,

ou du moins n'a mérité quelque confiance que 1665.
depuis le moment où une connaissance profonde de l'anatomie est venue mettre ceux qui
l'exercent à même d'entrevoir la cause de nos
maux, de soupçonner les moyens de les guérir; enfin, depuis que la raison, fortifiée par
l'étude, a pris la place du charlatanisme. Mais
quelle foi ajouter aux conseils imbéciles de
gens qui se refusaient encore à croire à la cir-
culation du sang, et voyaient dans une goutte
d'or potable le remède de tous les maux?

Les efforts de Molière ne pouvaient être couronnés d'un bien grand succès; car un aveuglement qui se fonde sur l'égoïsme et la crainte
du trépas doit nécessairement vivre aussi long-
temps que les chefs-d'œuvre par lesquels on
essaie de le détruire. On est toutefois forcé de
réconnaître que, si notre premier comique ne
dessilla pas les yeux des malades, il ne fut pas
étranger aux améliorations que subit l'exercice
de cette profession; ses sarcasmes, plus efficaces
que beaucoup d'ordonnances, guérirent les médecins de quelques-uns de leurs ridicules pédantesques.

Un mois avant la représentation de *l'Amour
médecin*, le 4 août, mademoiselle Molière donna
le jour à un second enfant (32). Son mari avait
lieu d'espérer que cette circonstance et l'indul-

1665. gente bonté qu'il lui avait témoignée pour ses premières fautes la retiendraient dans le devoir; et cependant il devait bientôt voir naître de nouveaux orages domestiques. Cherchant à pressentir ses moindres désirs; ses plus légers caprices, il s'empressait de les satisfaire. Mais les soins d'un époux bien épris, les inquiétudes de son amour sont un pesant fardeau pour la femme qui ne répond pas à son ardeur; elle semble n'y voir qu'un piège tendu à sa reconnaissance. Étrangère aux plaisirs de son mari, insensible aux contrariétés et aux peines sans nombre que ses travaux et ses ennemis lui suscitaient, mademoiselle Molière ne se souciait des applaudissemens qu'il recevait que comme d'un motif de vanité personnelle. Sa prodigalité fastueuse et sa coquetterie, en attirant chez elle une foule d'étourdis, le forçaient à aller chercher la tranquillité et le calme dans la maison qu'il avait louée à Auteuil; mais son amour inquiet, sa jalousie trop fondée, le ramenaient bientôt près d'elle.

De nouveaux déréglemens vinrent la rendre la fable de toutes les conversations, et Molière ne fut pas le dernier à être instruit de ses folies. Il renouvela donc les reproches, et la menaça de la faire enfermer. Elle eut d'abord l'air de s'affliger, parut se livrer au plus violent désespoir, s'éva-

nouit enfin; mais, revenue à elle, la perfide dé- 1665.
daigna le pardon que son mari, effrayé de la voir
dans cet état, s'empressait de lui offrir; et, craignant de ne pas retrouver une aussi belle occasion, elle lui signifia qu'elle voulait se séparer de
lui, parce que, disait-elle, elle n'avait que de
mauvais procédés à attendre d'un homme qui
prêtait aveuglément foi aux imputations calomnieuses de mademoiselle De Brie, et qui avait
même, ajouta-t-elle méchamment, conservé des
relations intimes avec cette femme depuis leur
mariage. Molière fut forcé de consentir à cette
rupture; mais, pour éviter tout éclat, il exigea
d'elle qu'elle continuât à habiter la même maison
que lui. Ils ne se voyaient plus qu'au théâtre[1].

Tout autre que Molière eût été, dès ce jour
même, consolé de la perte d'une femme dissipée, qui n'avait jamais eu et ne s'était jamais
donné la peine de feindre pour lui le moindre
sentiment d'intérêt; mais il était faible, et, malgré tous les torts de son épouse, il l'adorait encore. Une conversation que nous empruntons à
la Fameuse comédienne fait parfaitement connaître quelle était alors l'agitation de ce cœur,
désespérant de vaincre un penchant qu'il n'avait
pas su prévenir.

1. *La Fameuse comédienne*, p. 18 et suiv.

1665.   « Molière rêvait un jour dans son jardin d'Au-
» teuil, quand un de ses amis, nommé Chapelle,
» qui s'y venait promener par hasard, l'aborda, et,
» le trouvant plus inquiet que de coutume, lui
» en demanda plusieurs fois le sujet. Molière, qui
» eut quelque honte de se sentir si peu de con-
» stance pour un malheur si fort à la mode, ré-
» sista autant qu'il put; mais, comme il était
» alors dans une de ces plénitudes de cœur si
» connues par les gens qui ont aimé, il céda à
» l'envie de se soulager, et avoua de bonne foi à
» son ami, que la manière dont il était obligé d'en
» user avec sa femme était la cause de l'accable-
» ment où il le trouvait. Chapelle, qui le croyait
» au-dessus de ces sortes de choses, le railla de
» ce qu'un homme comme lui, qui savait si bien
» peindre le faible des autres hommes, tombait
» dans celui qu'il blâmait tous les jours, et lui fit
» voir que le plus ridicule de tous était d'aimer
» une personne qui ne répond pas à la tendresse
» qu'on a pour elle. — Pour moi, lui dit-il, je
» vous avoue que si j'étais assez malheureux pour
» me trouver en pareil cas, et que je fusse forte-
» ment persuadé que la personne que j'aimerais
» accordât des faveurs à d'autres, j'aurais tant de
» mépris pour elle, qu'il me guérirait infaillible-
» ment de ma passion : encore avez-vous une sa-
» tisfaction que vous n'auriez pas si c'était une

» maîtresse ; et la vengeance, qui prend ordinai-   1665.
» rement la place de l'amour dans un cœur ou-
» tragé, vous peut payer tous les chagrins que
» vous cause votre épouse, puisque vous n'avez
» plus qu'à la faire enfermer ; ce serait même un
» moyen de vous mettre l'esprit en repos. »

« Molière, qui avait écouté son ami avec assez
» de tranquillité, l'interrompit pour lui deman-
» der s'il n'avait jamais été amoureux. — Oui,
» lui répondit Chapelle, je l'ai été comme un
» homme de bon sens doit l'être ; mais je né me
» serais pas fait une aussi grande peine pour une
» chose que mon honneur m'aurait conseillé de
» faire, et je rougis pour vous de vous trouver si
» incertain. — Je vois bien que vous n'avez en-
» core rien aimé, lui répondit Molière ; et vous
» avez pris là figure de l'amour pour l'amour
» même. Je né vous rapporterai point une infi-
» nité d'exemples qui vous feraient connaître la
» puissance de cette passion ; je vous ferai seule-
» ment un récit fidèle de mon embarras, pour
» vous faire comprendre combien on est peu maî-
» tre de soi quand elle a une fois pris sur nous
» l'ascendant que le tempérament lui donne d'or-
» dinaire. Pour vous répondre donc sur la con-
» naissance parfaite que vous dites que j'ai du
» cœur de l'homme par les portraits que j'en ex-
» pose tous les jours en public, je demeurerai

9

1665. » d'accord que je me suis étudié autant que j'ai
» pu à connaître leur faible ; mais, si ma science
» m'a appris qu'on pouvait fuir le péril, mon ex-
» périence ne m'a que trop fait voir qu'il était
» impossible de l'éviter ; j'en juge tous les jours
» par moi-même. Je suis né avec la dernière dis-
» position à la tendresse, et, comme tous mes ef-
» forts n'ont pu vaincre les penchans que j'avais à
» l'amour, j'ai cherché à me rendre heureux,
» c'est-à-dire autant qu'on peut l'être avec un
» cœur sensible. J'étais persuadé qu'il y avait fort
» peu de femmes qui méritassent un attachement
» sincère ; que l'intérêt, l'ambition et la vanité
» font le nœud de toutes leurs intrigues. J'ai voulu
» que l'innocence de mon choix me répondît de
» mon bonheur : j'ai pris ma femme pour ainsi
» dire dès le berceau ; je l'ai élevée avec des soins
» qui ont fait naître des bruits dont vous avez
» sans doute entendu parler ; je me suis mis en
» tête que je pourrais lui inspirer, par habitude,
» des sentimens que le temps ne pourrait dé-
» truire, et je n'ai rien oublié pour y parvenir.
» Comme elle était encore fort jeune quand je
» l'épousai, je ne m'aperçus pas de ses méchantes
» inclinations, et je me crus un peu moins mal-
» heureux que la plupart de ceux qui prennent de
» pareils engagemens. Aussi le mariage ne ralentit
» point mes empressemens ; mais je lui trouvai dans

» la suite tant d'indifférence, que je commençai à 1665.
» m'apercevoir que toutes mes précautions avaient
» été inutiles et que ce qu'elle sentait pour moi
» était bien éloigné de ce que j'aurais souhaité
» pour être heureux. Je me fis à moi-même des re-
» proches sur une délicatesse qui me semblait ridi-
» cule et j'attribuai à son humeur ce qui était un
» effet de son peu de tendresse pour moi. Je n'eus
» que trop de moyens de me convaincre de mon
» erreur ; et la folle passion qu'elle eut quelque
» temps après pour le comte de Guiche, fit trop
» de bruit pour me laisser dans cette tranquillité
» apparente. Je n'épargnai rien, à la première con-
» naissance que j'en eus, pour me vaincre moi-
» même dans l'impossibilité que je trouvai à la
» changer ; je me servis pour cela de toutes les
» forces de mon esprit ; j'appelai à mon secours
» tout ce qui pouvait contribuer à ma consola-
» tion : je la considérai comme une personne de
» qui tout le mérite était dans l'innocence, et
» qui, par cette raison, n'en conservait plus de-
» puis son infidélité. Je pris dès lors la résolution
» de vivre avec elle comme un honnête homme
» qui a une femme coquette et qui en est bien
» persuadé, quoiqu'il puisse dire que sa méchante
» conduite ne doive point contribuer à lui ôter sa
» réputation. Mais j'eus le chagrin de voir qu'une
» personne sans grande beauté, qui doit le peu

9.

1665. » d'esprit qu'on lui trouve à l'éducation que je
» lui ai donnée, détruisit en un instant toute ma
» philosophie. Sa présence me fit oublier toutes
» mes résolutions; et les premières paroles qu'elle
» me dit pour sa défense me laissèrent si con-
» vaincu que mes soupçons étaient mal fondés,
» que je lui demandai pardon d'avoir été si cré-
» dule. Mes bontés ne l'ont point changée. Je me
» suis donc déterminé à vivre avec elle comme
» si elle n'était point ma femme; mais, si vous
» saviez ce que je souffre, vous auriez pitié de
» moi. Ma passion est venue à un tel point qu'elle
» va jusqu'à entrer avec compassion dans ses
» intérêts; et, quand je considère combien il
» m'est impossible de vaincre ce que je sens pour
» elle, je me dis en même temps, qu'elle a peut-
» être la même difficulté à détruire le penchant
» qu'elle a d'être coquette, et je me trouve plus
» de disposition à la plaindre qu'à la blâmer. Vous
» me direz sans doute qu'il faut être poète pour
» aimer de cette manière; mais, pour moi, je
» crois qu'il n'y a qu'une sorte d'amour, et que
» les gens qui n'ont point senti de semblables
» délicatesses n'ont jamais aimé véritablement.
» Toutes les choses du monde ont du rapport
» avec elle dans mon cœur : mon idée en est si
» fort occupée que je ne sais rien, en son ab-
» sence, qui me puisse divertir. Quand je la vois,

» une émotion et des transports qu'on peut sen- 1665.
» tir, mais qu'on ne saurait exprimer, m'ôtent
» l'usage de la réflexion ; je n'ai plus d'yeux pour
» ses défauts, il m'en reste seulement pour ce
» qu'elle a d'aimable : n'est-ce pas là le dernier
» point de la folie, et n'admirez-vous pas que
» tout ce que j'ai de raison ne serve qu'à me faire
» connaître ma faiblesse, sans en pouvoir triom-
» pher ? — Je vous avoue à mon tour, lui dit son
» ami, que vous êtes plus à plaindre que je ne
» pensais ; mais il faut tout espérer du temps.
» Continuez cependant à vous faire des efforts, ils
» feront leur effet lorsque vous y penserez le
» moins. Pour moi, je vais faire des vœux, afin
» que vous soyez bientôt content [1]. »

Voilà les tourmens auxquels était en proie cet
homme que son génie, son âme brûlante, son
amour pour l'humanité et sa charité empressée
rendaient digne d'un meilleur sort. Quels efforts
ne lui fallait-il pas faire sur lui-même pour pouvoir, le cœur déchiré, la santé appauvrie par
ces chagrins poignans, conduire une troupe qui
n'avait de ressources qu'en lui et dont le zèle ne
répondait pas toujours à ses soins, repousser les
attaques d'ennemis acharnés, et composer des
ouvrages qui, pour être bien accueillis du par-

_____

1. _La Fameuse comédienne_, p. 22 et suiv.

1665. terre, devaient contraster par leur gaieté avec
l'état affreux où il se trouvait la plupart du
temps? Il est digne de remarque que c'est vers
cette même époque qu'il peignait la jalousie
d'Alceste et les infidélités de Célimène ; mais, à
l'exception de quelques traits isolés, d'une ou de
deux scènes détachées, on ne le vit jamais faire
d'allusion aussi directe, dans ses autres ouvrages,
à ses trop justes douleurs.

Des biographes de ce grand homme, empor-
tés par un aveugle intérêt pour lui, ont été jusqu'à regretter que son cœur fût aussi accessible
au sentiment de l'amour. Sans doute, ses amis
pouvaient exprimer ce regret ; mais la postérité,
égoïste avec raison, ne saurait préférer aux nobles jouissances qu'elle doit à ses tourmens,
l'idée que le cœur de Molière, tranquille et froid,
ne fut jamais déchiré par le désespoir et les fureurs de la plus impérieuse des passions. Il eût
pu sans doute nous laisser néanmoins *la Princesse d'Élide*, les *Amans magnifiques*, *Mélicerte*
et quelques autres compositions froides, où tous
les sentimens sont de convention ; mais sans
amour il n'est point de génie, sans ces transports
de son âme, le dépit d'Éraste et de Lucile, les
querelles charmantes de Valère et de Mariane,
l'amoureuse colère d'Alceste, et tant d'autres situations touchantes, ne nous eussent jamais arra-

ché de douces larmes; sans eux, Marmontel eût ₁₆₆₅.
pu dire de notre auteur ce qu'il a dit du législateur du Parnasse :

Jamais un vers n'est parti de son cœur.

Naturellement sérieux et rêveur, ces peines
domestiques le jetèrent dans la mélancolie. Grimarest prétend qu'il poussait chez lui l'ordre jusqu'à la minutie, et que le moindre retard, le
moindre dérangement le faisait entrer en *convulsions*, et l'empêchait de travailler pendant quinze
jours. Si ce biographe se fût borné à dire que ses
chagrins avaient rendu son caractère un peu irri-
table, et surtout s'il n'eût pas ajouté à cette première exagération des assertions trop évidemment fausses, en prétendant que la vanité était
son seul mobile et qu'il n'était charitable que par
ostentation, on aurait pu y ajouter quelque foi.
Mais on voit là trop ouvertement, comme l'a dit
J.-B. Rousseau, le dessein de déshonorer Molière ; et l'on doit bien plutôt en croire mademoiselle Du Croisy, actrice de la troupe du
Palais-Royal, qui, ayant sur Grimarest l'avantage
d'avoir vécu avec le grand homme dont elle
parle, assure qu'il était complaisant et doux[1].

1. Grimarest, p. 247 et suiv. — *Lettre sur Molière et sa
troupe*, insérée au *Mercure*, mai 1740.

1665.   Molière chercha dans la tranquillité de son intérieur un remède à sa douleur. Mademoiselle
De Brie ne l'avait pas quitté, et l'intérêt qu'elle
avait pris à ses tourmens avait vivement excité sa
reconnaissance. Après cette rupture avec mademoiselle Molière, il renoua ses liaisons avec son
ancienne amie [1]. Quelqu'un lui témoignait un
jour son étonnement de l'attachement qu'il avait
pour une femme qui, disait-il, avait beaucoup
de défauts. « Je les connais, répondit Molière;
» j'y suis accoutumé, et il faudrait que je prisse
» trop sur moi pour m'accommoder aux imper-
» fections d'une autre. Je n'en ai ni le temps ni
» la patience [2]. » La Fontaine redoutait de même
les amours superbes, et regardait *une grisette
comme un trésor;*

> On en vient aisément à bout;
> On lui dit ce qu'on veut, bien souvent rien du tout.

Bien qu'on lise dans la *Vie* de Grimarest, que
cette actrice *n'était pas belle*, que *c'était un vrai
squelette*, il demeure constant, par le témoignage de plusieurs contemporains, qu'elle était
grande, bien faite, et extrêmement jolie. La nature lui accorda le don de conserver un air de

1. *Histoire du Théâtre français* (par les frères Parfait), t. XII,
p. 472.

2. Grimarest, p. 251.

jeunesse jusque dans un âge fort avancé. Quelques années avant sa retraite, ses camarades l'en-
gagèrent à céder le rôle d'Agnès de *l'École des
Femmes* à mademoiselle Du Croisy. Quand celle-
ci entra en scène pour le remplir, le parterre
demanda avec tant de chaleur mademoiselle De
Brie, qu'on fut forcé de l'aller chercher chez
elle, et qu'elle se vit obligée de venir jouer dans
son habit de ville. Elle fut accueillie par plusieurs
salves d'applaudissemens, et prit le parti de conserver ce rôle jusqu'à la fin de sa carrière théâ-
trale. On prétend qu'elle le jouait encore à
soixante ans. Le quatrain suivant, qui fut fait sur
elle, semble renfermer une allusion à l'anecdote
que nous venons de rapporter :

> Il faut qu'elle ait été charmante,
> Puisque aujourd'hui, malgré les ans,
> A peine des attraits naissans
> Égalent sa beauté mourante [1].

Le même biographe a assez compté sur la crédulité de ses lecteurs pour avancer encore *qu'elle
n'avait pas le sens commun* [2]. A qui espérait-il
donc faire croire que notre premier comique se
plut à entretenir d'aussi longues liaisons avec un

[1] *La Fameuse comédienne*, p. 9 et 90. — Note de M. Tralage,
citée tome XII de l'*Histoire du Théâtre français*. — Petitot,
page 58.

[2] Grimarest, p. 257.

1665. vrai squelette privé du commun bon sens. On en cherche en vain dans ces assertions.

C'est peut-être ici l'occasion de peindre les rapports de Molière avec les hommes qu'il jugeait dignes de son amitié. Sa société la plus habituelle se composait de Boileau, de La Fontaine, de Chapelle, de Racine, de Mignard, de l'abbé Le-Vayer, de Jonsac, de Desbarreaux, de Guilleragues, de Rohaut, et d'un très-petit nombre d'autres hommes d'esprit. Molière, La Fontaine et Racine se réunissaient deux ou trois fois la semaine chez Boileau, qui demeurait alors dans une maison de la rue du Vieux-Colombier[1]; ils y soupaient, et discouraient ensemble sur la littérature, quand l'épicurien Chapelle, qui était aussi fréquemment de ces parties, leur permettait de parler raison.

La Fontaine, dans sa *Psyché*, a dépeint ces heureux entretiens; et le tendre souvenir qu'il en avait conservé, la douce émotion avec laquelle il en parlait encore quelques années après, peuvent faire juger du bonheur qu'y goûtèrent ces hommes que leur amitié réunit de leur vivant, comme l'admiration de la postérité les réunit après leur mort.

---

1. Titon du Tillet, *Parnasse français*, édit. in-12 de 1727, p. 141. — *Vie de Chapelle* (par Saint-Marc), p. lxij de l'édition des OEuvres de Chapelle et de Bachaumont, 1755.

« Quatre amis, dont la connaissance avait com- 1665.
» mencé par le Parnasse, tinrent une espèce de
» société que j'appellerais Académie, si leur nom-
» bre eût été plus grand et qu'ils eussent autant
» regardé les Muses que le plaisir. La première
» chose qu'ils firent, ce fut de bannir d'entre eux
» les conversations réglées et tout ce qui sent la
» conférence académique. Quand ils se trouvaient
» ensemble, et qu'ils avaient bien parlé de leurs
» divertissemens, si le hasard les faisait tomber
» sur quelque point de science ou de belles-let-
» tres, ils profitaient de l'occasion : c'était toute-
» fois sans s'arrêter trop long-temps à une même
» matière ; voltigeant de propos en autre, comme
» des abeilles qui rencontreraient en leur chemin
» diverses sortes de fleurs. L'envie, la malignité,
» ni la cabale, n'avaient de voix parmi eux. Ils
» adoraient les ouvrages des anciens, ne refu-
» saient point à ceux des modernes les louanges
» qui leur sont dues, parlaient des leurs avec
» modestie, et se donnaient des avis sincères,
» lorsque quelqu'un d'eux tombait dans la ma-
» ladie du siècle et faisait un livre, ce qui arrivait
» rarement ».

Les distractions du fabuliste égayaient souvent
ces réunions. Un jour que Boileau et Molière
s'entretenaient de l'art dramatique, La Fontaine
se prononça contre les *à parte*. « Rien, disait-il,

1665. » n'est plus contraire au bon sens. Quoi, le parterre
» entendra ce qu'un acteur n'entend pas quoiqu'il
» soit à côté de celui qui parle ! » Boileau, voyant
qu'il s'échauffait et qu'il était absorbé par cette
discussion, se mit à dire à haute voix : « Il faut que
» La Fontaine soit un grand coquin, un grand
» maraud. » Il répéta plusieurs fois cette même
apostrophe sans que son antagoniste en entendît
rien ; mais à la fin Boileau, Molière et les autres
convives partirent d'un éclat de rire ; La Fontaine
en demanda le sujet et en rit avec eux [1].

Si l'on en croit l'auteur de la *Galerie de l'ancienne cour* [2], Molière était presque aussi distrait
que son ami. Ayant un jour loué une brouette
pour se faire rouler au spectacle, pressé d'arriver
et contrarié de la marche du conducteur, trop
lente pour son impatience, il mit pied à terre et
vint l'aider à pousser la voiture. Il ne s'aperçut
de sa distraction qu'en entendant les éclats de
rire de celui au secours duquel il était venu pour
abréger la durée du voyage. Nous n'avons vu ce
fait rapporté que dans ce seul ouvrage ; mais il
serait peu étonnant que Molière, continuellement occupé des soins de sa direction, de la

---

1. *Histoire de la Poésie française* (par l'abbé Mervesin),
1706, p. 267. — *Histoire de la Vie et des ouvrages de La
Fontaine*, par M. Walckenaer, 3ᵉ édit. p. 143.
2. *Galerie de l'ancienne Cour*, art. MOLIÈRE.

composition de ses pièces et de l'observation de la 1665.
société, n'eût pas l'esprit très-présent à toutes
ses actions. Boileau, nous l'avons déjà dit, l'avait
surnommé le *Contemplateur.*

Le frère de celui-ci, Boileau Puimorin, s'était
avisé de critiquer *la Pucelle* devant Chapelain;
« C'est bien à vous d'en juger, lui dit l'auteur
» piqué, vous qui ne savez pas lire. — Je ne sais
» que trop lire, repartit Puimorin, depuis que
» vous faites imprimer. » Il rapporta cette réplique à son frère et à Racine; ils la trouvèrent si
piquante qu'ils en firent aussitôt l'épigramme que
voici :

> Froid, sec, dur, rude auteur, digne objet de satire,
> De ne savoir pas lire oses-tu me blâmer ?
> Hélas ! pour mes péchés, je n'ai que trop su lire
>   Depuis que tu fais imprimer.

« Mon père, dit Louis Racine qui nous a trans-
» mis cette anecdote, représenta que, le premier
» hémistiche du second vers rimant avec le pré-
» cédent et avec l'avant-dernier vers, il valait
» mieux dire *de mon peu de lecture.* Molière dé-
» cida qu'il fallait conserver la première façon :
« Elle est, lui dit-il, la plus naturelle; et il faut
» sacrifier toute régularité à la justesse de l'expres-
» sion; c'est l'art même qui doit nous apprendre
» à nous affranchir des règles de l'art. » Boileau,

1665. » frappé de la justesse de l'observation, la mit en
» vers dans le quatrième chant de *l'Art poétique* :

> Quelquefois, dans sa course, un esprit vigoureux,
> Trop resserré par l'art, sort des règles prescrites,
> Et de l'art même apprend à franchïr leurs limites [1] ».

Molière n'était pas le moins docile aux *avis sincères* dont parle La Fontaine. Boileau trouva *qu'il
y avait du jargon* dans ces vers des *Femmes savantes* :

> Quand sur une personne on prétend s'ajuster,
> C'est par les beaux côtés qu'il la faut imiter.

Notre auteur, qui *ignorait en écrivant le travail
et la peine*, ne voulait point prendre celle de faire
disparaître ce que son ami trouvait de répréhensible dans ces vers, et l'autorisa à les changer.
Boileau les rétablit de cette manière :

> Quand sur une personne on prétend se régler,
> C'est par les beaux côtés qu'il lui faut ressembler [2].

Le satirique n'avait pas la même déférence pour
les jugemens de ses amis. Molière, auquel il lisait
tous ses ouvrages, ne put obtenir de lui qu'il re-

---

1. *Mémoires sur J. Racine* (par L. Racine), Lausanne, 1747,
page 52.

2. *Bolœana*, p. 32. — *Récréations littéraires*, par Cizeron-
Rival, p. 16.

fît le dernier de ces vers de l'épître sur le passage 1665. du Rhin,

> Il apprend qu'un héros conduit par la victoire
> A de ses bords fameux flétri l'antique gloire.

« Il peut faire entendre, disait-il, que la présence » du Roi a déshonoré le fleuve. » Boileau ne se rendit point à cette critique, et le vers subsista[1].

Nous avons déjà vu le rocailleux Chapelain être l'objet de leurs plaisanteries ; sa *Pucelle* fut également pour eux le texte d'une sorte d'épigramme en action. Ce poëme restait toujours ouvert sur la table, et celui des convives auquel il échappait dans la conversation une faute de langage était, suivant la gravité de son délit grammatical, condamné à en lire quinze ou vingt vers. « L'arrêt » qui condamnait à lire la page entière, dit Louis » Racine, était l'arrêt de mort[2]. » Cette plaisanterie était toute naturelle de la part de Boileau et de Molière ; mais il était au moins très-étrange que Racine y prît part, lui qui, au dire même de son fils, avait été comblé de bienfaits par Chapelain (33). Cet oubli des convenances explique

---

1. *OEuvres de Molière*, avec les remarques de Bret, 1773, tom. I, pag. 62. —Petitot, *Vie de Molière*, p. 41.
2. *Mémoires sur la Vie de J. Racine* (par L. Racine), Lausanne, 1747, p. 74. —*Histoire des environs de Paris*, par M. Dulaure, t. I, p. 33.

1665. la conduite non moins affligeante qu'il tint plus tard envers Molière.

Personne mieux que ce dernier n'appréciait tout le mérite de La Fontaine. Un soir qu'on s'était réuni chez lui pour souper, Racine et Despréaux en raillant le fabuliste poussèrent un peu loin la plaisanterie. Molière en sortant de table dit tout bas à Descôteaux, célèbre joueur de flûte : « Nos beaux esprits ont beau se trémous- » ser, ils n'effaceront pas le *Bonhomme*[1]. » C'était le nom que son caractère facile et son esprit sans apprêt avaient fait donner à La Fontaine ; nom que la posterité, en sanctionnant le jugement de son ami, lui a religieusement conservé.

Cette anecdote, qui prouve combien Molière rendait justice à son génie, nous servira à réfuter plus facilement encore l'accusation portée par Bret contre lui pour un prétendu déni de justice. Voici le fait : La Fontaine fit paraître en 1664 son conte intitulé *Joconde*. On avait publié en 1663 les œuvres posthumes de M. de Bouillon, dans lesquelles se trouvait une traduction du même morceau de l'Arioste. Cette production, quoique indigne d'un semblable honneur, fut opposée par quelques hommes de lettres à celle de La Fontaine. On remarqua surtout parmi ses

---

1. *Mémoires sur la Vie de J. Racine*. Lausanne, 1747, p. 121.

prôneurs un M. de Saint-Gilles qui offrit de pa- 1665.
rier mille francs en sa faveur. L'abbé Le Vayer
accepta la gageure, et Molière fut pris pour
juge. Il refusa de prononcer la sentence ; et Despréaux, choisi à sa place, donna gain de cause au
champion de La Fontaine. En rapportant ces
circonstances, Bret ajoute que M. de Saint-Gilles
était *ami de Molière*, et que dans cette occasion
le cœur nuisit à l'esprit[1]. Il y a ici de la part de
ce censeur ignorance ou confusion d'idées. Outre
que personne n'était plus cher à Molière que La
Fontaine, personne aussi ne devait moins s'attendre à un semblable ménagement de sa part.
que M. de Saint-Gilles, qu'il peignait dans le
même temps sous des traits fort ridicules dans *le*
Misanthrope[2]. Mais ce que Bret ignorait probablement encore, et ce qu'il eût dû chercher à savoir plutôt que de condamner notre auteur, c'est
que ce M. de Bouillon était mort secrétaire de
MONSIEUR[3]; qu'en cette qualité il avait été à même
de rendre plus d'un service à Molière et à sa
troupe; qu'il n'était probablement pas étranger
aux nombreux bienfaits dont le prince, leur pa-
tron, les avait comblés, et que Molière, qui d'ail-

1. Bret, *Supplément à la Vie de Molière*, p. 64.
2. Voir notre édition des *OEuvres de Molière*, tom. IV. p. 76,
note 2.
3. *Histoire de La Fontaine*, par M. Walckenaer, 3ᵉ édit.,
p. 136.

1665. leurs ne donnait qu'une preuve de modestie de
plus en refusant de jouer le rôle de grand juge
littéraire, devait nécessairement répugner à le
remplir quand il se voyait forcé par sa cons-.
cience à se prononcer pour un ami vivant contre
son bienfaiteur mort ; c'eût été de gaieté de cœur
s'exposer à des reproches d'ingratitude.

„„Molière s'amusait beaucoup des discussions de
ses aimables commensaux; mais il y prenait rarement une part active, et se bornait presque
toujours au rôle d'arbitre. Un jour cependant qu'il
se trouvait engagé dans une controverse avec
Boileau, Chapelle et le célèbre avocat Fourcroy,
leur ami commun, celui-ci, dont les poumons
étaient des plus vigoureux, attaqua plus particulièrement Molière, qui sous ce rapport n'était
pas de force à lutter avec lui. Aussi se tournant vers
Despréaux, « Qu'est-ce que la raison avec un filet
» de voix, lui dit-il, contre une gueule comme
» celle-là[1]. »

„ Chapelle, par ses saillies bouffonnes et son humeur anacréontique, donnait surtout du charme
à ces réunions ; mais, tout en riant de ses folies,
ses amis le blâmaient souvent de la source à laquelle il allait les puiser : Chapelle s'adonnait

1. *Bolæana*, p. 60. — *Récréations littéraires*, par Cizeron-
Rival, p. 19.

avec excès au vin. Un jour Boileau, le rencontrant ₁₆₆₅.
dans la rue, saisit cette occasion pour lui reprocher de nouveau son insurmontable penchant.
Chapelle semble pénétré de la justesse de ces
observations, paraît ému du ton de cordialité
avec lequel Boileau les lui adressait, et promet
de mettre à exécution de si bons conseils. Mais,
pour les recevoir plus à l'aise, il propose à son
ami d'entrer dans une maison voisine : c'était un
cabaret. Il demande une bouteille, la fait suivre
d'une seconde, puis d'une troisième, et, tout en
causant, il remplit tant de fois le verre de Despréaux, qui, dans la chaleur de son sermon contre
le vin, le vidait sans s'en apercevoir, que le prédicateur et son auditoire finirent par s'enivrer[1].

C'était pour Chapelle un bonheur extrême
d'entraîner quelquefois dans leurs réunions le
satirique à cet excès. Dans une de ces bonnes
fortunes il composa les vers suivans :

> Bon Dieu ! que j'épargnai de bile
> Et d'injures au genre humain,
> Quand, renversant ta cruche à l'huile,
> Je te mis le verre à la main[2] !

Le mauvais état de la poitrine de Molière le rendait sur ce point plus circonspect encore que

1. *Mémoires sur la vie de J. Racine* (par L. Racine),
Lausanne, p. 53. — *Vie de Chapelle* (par Saint-Marc), p. lv.
2. *OEuvres de Chapelle et de Bachaumont*, 1755, p. 171.

1665. Boileau. Cependant, si l'on en croit la même
autorité, il était également forcé d'abandonner
quelquefois son régime. Chapelle rend compte,
dans une *Épître à M. de Jonsac*, d'un souper d'amis
auquel il se trouvait, et, après avoir nommé quelques-uns des convives, il ajoute :

> Molière que bien connaissez,
> Et qui vous a si bien farcés,
> Messieurs les coquets et coquettes,
> Les suivait et buvait assez
> Pour, vers le soir, être en goguettes [1].

Mais ce serait bien à tort que ces vers feraient
naître des doutes sur la sobriété habituelle de
Molière. Il déplorait au contraire les excès de son
ami, et disait à Baron : « Je ne vois point de pas-
» sion plus indigne d'un galant homme que celle du
» vin : Chapelle est mon ami; mais ce malheureux
» faible m'ôte tous les agrémens de son amitié.
» Je n'ose lui rien confier, sans risquer d'être
» commis un moment après avec toute la terre. »
Il recommandait également à son jeune élève
« de ne point sacrifier ses amis, comme faisait
» Chapelle, à l'envie de dire un bon mot, qui
» avait souvent de mauvaises suites [2]. »
Les deux anciens condisciples aimaient à se re-

---

1. *OEuvres de Chapelle et de Bachaumont*, 1755, p. 192.
2. Grimarest, p. 172. — *Vie de Chapelle*, par Saint-Marc,
p. lxvij.

porter quelquefois aux discussions de leur jeunesse. Chapelle surtout, ardent gassendiste, attaquait souvent Molière, qui adoptait quelques
idées de Descartes. Un jour qu'ils revenaient par
eau d'Auteuil à Paris, ils se mirent de nouveau
à agiter ces questions devant un minime qu'ils
avaient trouvé dans le bateau. Chapelle portait
le système de Gassendi aux nues. « Passe pour la
» morale, répondit Molière ; mais le reste ne vaut
» pas la peine que l'on y fasse attention, n'est-il
» pas vrai, mon père, ajouta-t-il en s'adressant au
» minime ? »

» Le religieux, dit Grimarest, répondit par un
» *hom! hom!* qui faisait entendre aux philosophes
» qu'il était connaisseur dans cette matière ; mais
» il eut la prudence de ne se point mêler dans une
» conversation aussi échauffée, surtout avec des
» gens qui ne paraissaient pas ménager leur ad-
» versaire. « Oh! parbleu, mon père, dit Cha-
» pelle, qui se crut affaibli par l'apparente ap-
» probation du minime, il faut que Molière
» convienne que Descartes n'a formé son système
» que comme un mécanicien qui imagine une
» belle machine sans faire attention à l'exécution ;
» le système de ce philosophe est contraire à une
» infinité de phénomènes de la nature que le bon-
» homme n'avait pas prévus. » Le minime sembla
» se ranger à l'avis de Chapelle par un second *hom!*

1665. » *hom!* Molière, outré de ce qu'il triomphait,
» redoubla ses efforts avec une chaleur de philo-
» sophe, pour détruire Gassendi par de si bonnes
» raisons, que le religieux fut forcé de s'y rendre
» par un troisième *hom! hom!* obligeant, qui sem-
» blait décider la question en sa faveur. Chapelle
» s'échauffa; et, criant du haut de la tête pour con-
» vertir son juge, il ébranla son équité par la force
» de son raisonnement. « Je conviens que c'est
» l'homme du monde qui a le mieux rêvé, ajouta
» Chapelle; mais, morbleu! il a pillé ses rêve-
» ries partout, et cela n'est pas bien. N'est-il pas
» vrai, mon père, dit-il au minime ? » Le moine,
» qui convenait de tout obligeamment, donna aus-
» sitôt un signe d'approbation sans proférer une
» seule parole. Molière, sans songer qu'il était au
» lait, saisit avec fureur le moment de rétorquer
» les argumens de Chapelle. Les deux philosophes
» en étaient aux convulsions, et presque aux invec-
» tives d'une dispute philosophique, quand ils ar-
» rivèrent devant les Bons-Hommes. Le religieux
» pria qu'on le mît à terre. Il les remercia gracieu-
» sement et applaudit fort à leur profond savoir;
» mais, avant que de sortir du bateau, il alla pren-
» dre, sous les pieds du batelier, sa besace, qu'il y
» avait mise en entrant. C'était un frère-servant;
» les deux philosophes n'avaient point vu son en-
» seigne, et, honteux d'avoir perdu le fruit de leur

»dispute devant un homme qui n'y entendait rien, 1665.
» ils se regardèrent l'un l'autre sans se rien dire.
» Molière, revenu de sa confusion, dit à Baron,
» qui était de la compagnie, mais d'un âge à né-
» gliger une pareille conversation : « Voyez, petit
» garçon, ce que fait le silence, quand il est ob-
» servé avec conduite [1]. »

Les plaisanteries de Molière contre la Faculté
ne troublèrent jamais l'union qui exista entre
lui et un homme qu'il appelait en riant son
médecin, et qui s'honora toujours d'être son
ami, M. de Mauvillain. C'est pour le fils de ce
docteur qu'il adressa à Louis XIV le dernier des
placets qui précèdent le *Tartuffe*. Ils se trouvaient un jour ensemble à Versailles, au dîner
du Roi, quand le prince dit à son valet-de-
chambre : « Voilà donc votre médecin? Que vous
» fait-il ? — Sire, répondit Molière, nous raison-
» nons ensemble; il m'ordonne des remèdes, je
» ne les fais point, et je guéris [2]. »

Il voyait aussi quelquefois le célèbre Lulli. Il
s'amusait de ses contes et de ses bouffonneries ;
et, quand il voulait égayer ses convives, il disait
à cet excellent pantomime : « Baptiste, fais-nous

---

1. Grimarest, p. 221. — *Vie de Chapelle* (par Saint-Marc),
p. lxix.
2. Grimarest, pag. 78. — *Menagiana*, édit. de 1715, t. IV, p. 7.
— Voltaire, *Vie de Molière*, 1739, pag. 23.

1665. » rire [1]. » Boileau, au contraire, jugeait Lulli avec une sévérité, qui semble dégénérer en la plus cruelle injustice, si, comme le prétend l'auteur du *Bolæana* [2], c'est lui qu'il voulut peindre dans ces vers de l'épître à M. de Seignelay :

> En vain, par sa grimace, un bouffon odieux
> A table nous fait rire et divertit nos yeux,
> Ses bons mots ont besoin de farine et de plâtre ;
> Prenez-le tête-à-tête, ôtez-lui son théâtre,
> Ce n'est plus qu'un cœur bas, un coquin ténébreux ;
> Son visage essuyé n'a plus rien que d'affreux.

Mais ce prétendu portrait est si hideux, il peint en traits si noirs un homme qui ne passe guère que pour avoir eu peu de dignité dans le caractère, qu'on est porté à croire que Montchesnay fut mal instruit en alléguant ce fait, accueilli trop légèrement par plusieurs commentateurs de Boileau (34).

Molière, comme nous avons déjà eu occasion de le dire, avait loué, à Auteuil, une maison dans laquelle, lorsque les soins de sa direction et son service à la cour le lui permettaient, il allait respirer l'air de la campagne, que le mauvais état de sa santé lui rendait nécessaire, et chercher l'oubli des ennuis et des chagrins qui le

---

1. *Bolæana*, p. 65.
2. *Ibidem*, p. 62.

poursuivaient chez lui. Ses amis venaient sou- 1665.
vent l'y visiter. Un jour qu'il souffrait plus que
de coutume de l'affection de poitrine qui abré-
gea ses jours, Despréaux, Chapelle, Lulli, de
Jonsac et Nantouillet arrivèrent très-disposés à se
bien réjouir. Molière, forcé de garder la chambre, remit à Chapelle le soin de faire les honneurs de la maison. Celui-ci s'en acquitta si bien
et doubla, pendant le souper, l'amphitryon avec
un tel zèle, que tous les convives eurent bientôt
perdu la raison, tous, jusqu'au sage Boileau lui-
même. Ils discutèrent alors divers points de morale très-sombres et se livrèrent aux réflexions
les plus plaisamment sérieuses. Enfin, s'étant
appesantis sur cette maxime des anciens « que
» le premier bonheur est de ne point naître, et
» le second de mourir promptement, » ils prirent l'héroïque résolution d'aller sur-le-champ
se jeter dans la rivière. Elle n'était pas loin,
et ils se préparaient à s'y rendre, quand Molière, qu'on était allé réveiller, arriva en toute
hâte, et, voyant combien ils étaient peu disposés à entendre la voix de la raison, leur dit :
« Comment, messieurs, que vous ai-je fait pour
» former un si beau projet sans m'en faire part?
» Quoi! vous voulez vous noyer sans moi? Je vous
» croyais plus de mes amis. — Il a parbleu raison,
» dit Chapelle; voilà une injustice que nous lui

1665. » faisions. Viens donc te noyer avec nous. — Oh!
» doucement, répondit Molière; ce n'est point
» ici une affaire à entreprendre mal à propos; c'est
» la dernière action de notre vie, il n'en faut pas
» manquer le mérite. On serait assez malin pour lui
» donner un mauvais jour, si nous nous noyions
» à l'heure qu'il est. On dirait à coup sûr que
» nous l'aurions fait la nuit comme des désespérés
» ou comme des gens ivres. Saisissons le moment
» qui nous fasse le plus d'honneur, et qui réponde
» le mieux à notre conduite. Demain, sur les huit
» ou neuf heures du matin, bien à jeun, et de-
» vant tout le monde, nous irons nous jeter dans
» la rivière. — Il a raison, dit Chapelle; oui, mes-
» sieurs, ne nous noyons que demain matin; et,
» en attendant, allons boire le vin qui nous reste. »
Le jour suivant changea leur résolution : ils ju-
gèrent à propos de supporter encore les misères
de la vie. Boileau a raconté plus d'une fois cette
folie de sa jeunesse [1] (35).

On a prétendu que ce fut à Thomas Corneille
que Molière voulut faire allusion quand, dans
l'École des Femmes, il se railla de

.....Ce paysan qu'on appelait Gros-Pierre,
Qui, n'ayant pour tout bien qu'un seul quartier de terre,

1. Grimarest, p. 152 et suiv. — Le même, *Addition à la vie de M. de Molière*, 1706, p 29. — *Mémoires sur la vie de*

Y fit tout à l'entour faire un fossé bourbeux
Et de monsieur de l'Isle en prit le nom pompeux,

et que ces vers firent naître la mésintelligence
entre Molière et Pierre Corneille. Son frère avait
en effet, pour se distinguer de lui, pris le nom
assez bannal de de l'Isle. Mais cette personnalité, qu'aucun nuage antérieur ne saurait expliquer, serait trop offensante; les déclamations
de d'Aubignac, d'après lequel on a répété ce fait,
sont trop peu dignes de foi pour qu'on y prêtât
le moindre crédit, lors même qu'on n'aurait pas
pour preuve de l'union de Molière et du grand
Corneille, l'opéra de *Psyché*, fruit de l'heureuse
association de leurs veilles. Ce dernier confia
d'ailleurs, à la troupe du Palais-Royal, sa tragédie d'*Attila*, qui fut représentée au mois de
mars 1667, et dans laquelle mademoiselle Molière, qui débutait dans la tragédie, sut se faire
remarquer par son talent [1]. Si l'on ne voit pas le
nom de Corneille figurer parmi ceux des habitués
de la rue du Vieux-Colombier et d'Auteuil, on
ne doit l'attribuer qu'à une assez grande dispro-
portion d'âge, à son humeur casanière, et au peu

J. Racine (par L. Racine), Lausanne, 1747. p. 119.—*Vie de Chapelle*, par Saint-Marc, p. xliij.

1. L'abbé d'Aubignac, *Quatrième dissertation sur le poëme
épique.* — *Récréations littéraires*, par Cizeron-Rival, p. 5. —
Histoire du Théâtre français, t. X, p. 152. -- Petitot, 48.

1665. de plaisir qu'il eût eu à y rencontrer Racine,
son rival (36). Du reste, sa belle ame était faite
pour comprendre celle de Molière, et tout porte
à croire qu'il lui rendit toujours une complète
justice. Celui-ci désignait par une image originale et vraie l'engourdissement trop fréquent
du génie de l'auteur de *Cinna*. « Il a un lutin,
» disait-il, qui vient de temps en temps lui souf-
» fler d'excellens vers, et qui ensuite le laisse là
» en disant : *Voyons comme il s'en tirera quand il*
» *sera seul;* et il ne fait rien qui vaille, et le lutin
» s'en amuse [1]. »

Chéri par des hommes dont les talens, dont
le génie firent la gloire de leur siècle et sont
l'admiration du nôtre, Molière ne fut pas re-
cherché avec moins d'empressement par deux
femmes qui se sont acquis une égale réputation ;
l'une, par son inconstance en amour; l'autre, par
sa fidélité envers ses amis; toutes deux par leur
grace et leur esprit, Ninon de l'Enclos et madame de La Sablière. Il soumettait tous ses ouvrages à la première, et attachait d'autant plus
d'importance à ses avis, qu'il la regardait comme
la personne sur laquelle le ridicule faisait une
plus prompte impression. L'abbé de Château-

1. *Éloge de Despréaux*, par d'Alembert. Note 12, t. II,
p. 393 de l'édition de ses *OEuvres*. Paris, 1821.

neuf, qui rapporte ce fait comme le tenant de 1665.
Molière lui-même, ajoute que cet auteur ayant
été lui lire son *Tartuffe*, « elle lui fit le récit d'une
» aventure qui lui était arrivée avec un scélérat à
» peu près de cette espèce, dont elle lui traça le
» portrait avec des couleurs si vives et si natu-
» relles que si sa pièce n'eût pas été faite, disait-il,
» il ne l'aurait jamais entreprise, tant il se serait
» cru incapable de rien mettre sur le théâtre d'aussi
» parfait que le *Tartuffe* de Ninon¹ (37) ». Quant
à madame de La Sablière, son inviolable attachement pour La Fontaine la portait à rechercher la
société des amis du fabuliste. Un auteur presque
contemporain nous apprend que c'est en dînant
avec elle et Ninon de l'Enclos, que Despréaux
et Molière s'amusèrent à composer la cérémonie
macaronique du *Malade imaginaire*².

La juste guerre de représailles que Molière
avait déclarée aux marquis ridicules, ne l'avait
point privé de l'estime des hommes de la cour
faits pour l'apprécier; et une circonstance qui
les honore, c'est qu'à l'exemple du Roi ils fou-
lèrent aux pieds le préjugé qui lançait une sorte
d'anathème social contre l'auteur. Le maréchal

---

1. *Dialogue sur la musique des Anciens*, par l'abbé de
Châteauneuf; in-12, 1725. — *Anecdotes dramatiques*, t. II,
p. 204 et 205.
2. *Bolæana*, p. 34.

1665. de Vivonne, connu par son attachement pour
Boileau et par les graces de son esprit bien digne
d'un Mortemart, secoua tout le premier ce joug
ridicule. Il voua une vive amitié à notre auteur,
et, selon l'expression de Voltaire, vécut avec lui
comme Lélius avec Térence [1].

Le grand Condé professait également pour Molière la plus haute estime; souvent il le faisait
mander pour s'entretenir avec lui. « Molière,
» lui dit-il un jour, je vous fais venir peut-être
» trop souvent ; je crains de vous distraire de
» votre travail. Ainsi, je ne vous enverrai plus
» chercher; mais je vous prie, à toutes vos heu-
» res vides, de me venir trouver. Faites-vous an-
» noncer par un valet-de-chambre ; je quitterai
» tout pour être avec vous. » En effet, lorsque Molière venait, le prince congédiait tout le monde,
et ils demeuraient souvent trois et quatre heures ensemble. On l'a entendu dire, après une
de ces conversations : « Je ne m'ennuie jamais
» avec Molière ; c'est un homme qui fournit de
» tout : son érudition et son jugement ne s'épui-
» sent jamais. » La douleur que lui causa la mort
de notre premier comique le porta à une boutade de franchise un peu brutale envers un abbé
qui lui présentait une épitaphe pour ce grand

---

1. Grimarest, p. 294. — Voltaire, *Vie de Molière*, 1739, p. 24.

poète. « Ah! lui dit le prince, que n'est-il en état
» de faire la vôtre. »

Molière était également adoré, de toutes les
personnes qui l'entouraient. Parmi celles que
sa bonté et leur gratitude lui avaient rendues
le plus fidèles, nous ne devons pas oublier la
bonne La Forêt. Cette estimable servante n'é-
tait pas seulement utile à son maître par les
soins qu'elle lui prodiguait; elle lui rendait encore plus d'un service par ses avis sur les productions qui étaient de la compétence de son bon
sens et de son naturel. « Molière, dit Boileau,
» lui lisait quelquefois ses comédies; et il m'assu-
» rait que lorsque des endroits de plaisanterie ne
» l'avaient point frappée, il les corrigeait, parce
» qu'il avait plusieurs fois éprouvé, sur son théâ-
» tre, que ces endroits n'y réussissaient point. »
Un jour, pour éprouver son tact et son goût,
il lui lut plusieurs scènes de *la Noce du Village*
de Brécourt, en les lui donnant pour son ouvrage. La vieille La Forêt ne prit point le change;
et, après avoir entendu la lecture de quelques
morceaux, elle soutint à son maître qu'il n'en

1. Grimarest, p. 293. — Le même, *Addition à la vie de Molière*, p. 61 et 62. — *Menagiana*, 1715, t. I. p. 197.
2. *Réflexions critiques sur quelques passages de Longin*. — *Réflexion première*, t. III, page 158, note, des *Œuvres de Boileau*,
avec un commentaire par M. de Saint-Surin.

1665. était pas l'auteur [1]. Malherbe consultait sa servante, même sur ses vers [2]; et Voltaire se soumettait aussi à la juridiction de sa bonne Barbara,
ou, comme il l'appelait, *Baba*, « dans le moment
» même, a dit lady Morgan, où il exerçait un em-
» pire absolu sur les opinions de la moitié de
» l'Europe littéraire... Baba et La Forêt appar-
» tiennent autant à la postérité que les génies il-
» lustres qu'elles avaient l'honneur de servir [3]. »

J.-J. Rousseau a dit : « Si Molière a consulté
» sa servante, c'est sans doute sur *le Médecin mal-*
» *gré lui*, sur les saillies de Nicole, et la querelle
» de Sosie et de Cléanthis; mais, à moins que
» la servante de Molière ne fût une personne fort
» extraordinaire, je parierais bien que ce grand
» homme ne la consultait pas sur *le Misanthrope*,
» ni sur *le Tartuffe*, ni sur la belle scène d'Alc-
» mène et d'Amphitryon. » Il n'y avait rien que
de très-judicieux dans cette distinction; mais
Cailhava, beaucoup plus absolu, s'écrie : « Je de-
» mande si la bonne La Forêt n'aurait pas senti
» tout le piquant des conseils dont Célimène
» paie ceux d'Arsinoé? » Nous répondrons, avec
Rousseau, à Cailhava : « Non, elle ne l'aurait pas
» senti; à moins toutefois que la servante La

1. Brossette, note sur le passage de Boileau déjà cité.
2. Boileau, morceau déjà cité.
3. *La France*, par lady Morgan, t. I, p. 257 et 258.

» Forêt ne fut pas seulement *bonne*, mais qu'elle 1665.
» fut en même temps une *personne fort extraor-*
» *dinaire* pour le rang où elle se trouvait. » La
coquetterie comme l'exerce Célimène, et la pruderie comme la conçoit Arsinoé, ne peuvent être
appréciées par une femme du peuple; tandis que
la colère et la rancune de Martine, l'insouciance
et l'humeur battante de Sganarelle sont des
scènes dont elle peut être juge, parce qu'elle en
est sans cesse témoin et souvent actrice.

Cette reconnaissance que Molière trouva dans
une simple servante, nous la cherchons en vain
dans la conduite d'un poète célèbre qui, après
s'être dit son ami, ne sembla payer que par l'ingratitude les services qu'il en avait reçus. Re-
prenons à sa source cette histoire, que le nom
du coupable rend plus pénible à retracer.

Racine, comme nous l'avons montré, fut dès
son adolescence l'objet des soins de notre comique, qui guida ses premiers pas dans la carrière littéraire, l'accueillit dans sa société intime,
produisit son talent à la cour et le combla de ses
libéralités. On a lieu de s'attendre à voir Racine,
pénétré de gratitude pour tant de bienfaits, les
proclamer hautement de tous côtés. Hélas! il n'en
est rien; et c'est avec un vif sentiment de regret
que l'on ne rencontre que deux fois ce nom qui
eût dû lui être si cher dans sa correspondance

11.

1665. assez volumineuse ; une fois encore pour dire :
« Montfleuri a fait une requête contre Molière,
» et l'a présentée au Roi. Il accuse Molière
» d'avoir épousé sa propre fille : MAIS MONTFLEURI
» N'EST POINT ÉCOUTÉ A LA COUR [1] (38). ». Quoi ! celui qu'il appelait son ami, que l'on peut appeler son bienfaiteur, est lâchement et injustement accusé d'un crime horrible, et Racine
rapporte cette incrimination sans le moindre sentiment d'indignation contre son auteur ! Ce n'est
pas, selon lui, l'incorruptible honneur du calomnié qui doit ôter sa force et son danger à cette
infâme calomnie, c'est le peu de crédit de l'ac-
cusateur à la cour ! Racine serait-il donc demeuré
persuadé, si cette requête eût été présentée par
tout autre que Montfleuri.

Quelque temps après, sa conduite fut aussi
peu délicate que ses soupçons avaient été offen-
sans. Mademoiselle Du Parc était alors l'actrice
la plus parfaite dans les deux genres, et un des
plus fermes soutiens de la troupe de Molière (39).
Racine, qui avait le projet de ne plus donner ses
pièces qu'aux acteurs de l'hôtel de Bourgogne,
supérieurs à tous les autres dans la tragédie, sans
considération pour les intérêts de son ami, auto-

---

1. *Lettres de J. Racine et Mémoires sur sa vie* ; Lausanne,
1747, t. I, p. 89.

risa la troupe rivale à représenter son *Alexandre*, 1665.
que Molière avait fait monter avec beaucoup de
soin et qui venait de réussir sur son théâtre, et
enrôla mademoiselle Du Parc pour l'hôtel de
Bourgogne, où elle débuta par le rôle d'Andromaque[1]. Molière apprécia ce procédé comme il
devait le faire ; et, dès ce moment, il cessa de voir
Racine. Honteux du rôle qu'il avait joué, celui-
ci essaya de redevenir juste envers l'auteur, s'il
s'était montré ingrat envers l'homme. Le lendemain de la première représentation du *Misan-*
thrope, représentation qui fut assez froide, un
spectateur, croyant lui plaire, accourut lui dire :
« La pièce est tombée ; rien n'est si faible. Vous
» pouvez m'en croire ; j'y étais. — Vous y étiez,
» lui répondit Racine, et je n'y étais pas ; cepen-
» dant je n'en croirai rien, parce qu'il est impos-
» sible que Molière ait fait une mauvaise pièce. Re-
» tournez-y, et examinez-la mieux[2] (40). » Mais
il demeura trop peu de temps dans cette bonne
disposition ; car, persuadé qu'une mauvaise pa-

1. *Mémoires sur la vie de J. Racine* (par L. Racine), Lausanne,
1747, p. 55 —*Histoire du Théâtre français*, t. X, p. 370. — *Ré-*
créations littéraires, par Cizeron-Rival, p. 20. — *OEuvres de*
Molière, édition donnée par M. Aimé-Martin, t. IV, p. 331.—
Histoire de la vie et des ouvrages de La Fontaine, par M. Walckenaer, 3ᵉ édit., p. 149 et 150. —Petitot, p. 43.

2. *Mémoires sur la vie J. Racine* (par L. Racine), Lausanne, 1747, p. 55.

11.

1665. rodie d'*Andromaque* (*la folle Querelle*, de Subligny) était l'ouvrage de Molière, il se joignit aux détracteurs de *l'Avare*. Il reprochait
un jour à Boileau d'avoir ri seul à une des premières représentations de ce chef-d'œuvre. « Je
» vous estime trop, lui répondit le satirique, pour
» croire que vous n'y ayez pas ri vous-même, du
» moins intérieurement. » Molière, qui, n'ayant
aucun reproche à se faire, avait le droit d'en adresser beaucoup à Racine, sut se venger à sa manière
des procédés de son ennemi. Assistant à la première représentation des *Plaideurs*, qui furent
joués dans la même année que *l'Avare*, il s'écria :
« Cette comédie est excellente ; et ceux qui s'en
» moquent mériteraient qu'on se moquât d'eux [2]. »
Racine n'avait fait que louer un homme qu'il
avait injustement offensé ; Molière loua son
rival.

Quelques écrivains, pour disculper Racine,
ont prétendu qu'il ne s'était déterminé à prendre ce parti qu'après avoir vu les comédiens
de Molière jouer de la manière la plus désespé-
rante sa tragédie d'*Alexandre* [3]. Cette excuse,

1. *Bolœana*, p. 105. — *Récréations littéraires*, par Cizeron-Rival, p. 21.

2. *Mémoires sur la vie de J. Racine* (par L. Racine), Lausanne, 1747, p. 76.

3. *Histoire de la Poésie française* (par l'abbé Mervesin),
p. 236. — *Bolœana*, p. 104. — *Fureteriana*, p. 104 et 105.

bien faible lors même qu'elle serait digne de quelque foi, n'est qu'une erreur volontaire. Le gazetier du temps, Robinet, autorité irrécusable en cette question, parle de la bonne exécution de la pièce et donne les éloges les plus flatteurs aux acteurs du Palais-Royal [1]. Il ne faut donc pas chercher à se dissimuler que Racine eut les plus grands torts envers son bienfaiteur. Il est triste de penser qu'on rencontre plus d'une page semblable dans la vie de l'auteur d'*Athalie*. Sa conduite envers Chapelain avait déjà rendu moins surprenans ses torts envers Molière. Il ne tint pas à lui qu'il ne rompît également avec Boileau. Celui-ci, ayant un jour, à l'Académie des Inscriptions, avancé par mégarde une proposition erronée, Racine ne s'en tint pas à une plaisanterie, qui part souvent du premier feu de la dispute; mais, poussant rudement son ami à bout, il alla jusqu'à l'insulter; si bien, dit Montchesnay, que Boileau fut obligé de lui dire : « Je con- » viens que j'ai tort; mais, j'aime mieux encore » l'avoir que d'avoir aussi orgueilleusement raison » que vous l'avez [2].

Les justes griefs de Molière contre Racine ren-

1. Lettres en vers de Robinet, du 20 décembre 1665 et 3 janvier 1666. — *Histoire du Théâtre français* (par les frères Parfait), t. IX, p. 386 et suiv.

2. *Bolœana*, p. 102.

1665. daient plus rares les réunions d'Auteuil et de la rue du Vieux-Colombier. La vie continuellement dissipée de Chapelle leur avait déjà porté un coup funeste; quelque froideur qui survint entre La Fontaine et Boileau les fit cesser entièrement[1].

1666. Dans le même temps où Molière perdait son ami, la mort vint lui enlever une protectrice. La Reine, mère de Louis XIV, termina sa carrière au commencement de 1666. L'espèce de recueillement de douleur que cet évènement devait imposer à tous les gens attachés à la cour, l'empêcha pendant un certain temps de donner aucun ouvrage nouveau à son théâtre. Lorsqu'il eut laissé expirer le terme qu'exigeait l'étiquette, qui pour lui se trouvait d'accord avec la reconnaissance, pressé à la fois par l'intérêt de sa gloire, qui ne s'était que soutenue depuis son *École des Femmes*, et par celui de sa troupe, qui devait soupirer après une pièce nouvelle, il se détermina à faire représenter, le 4 juin, le plus correct de ses chefs-d'œuvre, *le Misanthrope* (41).

Tous les éditeurs de Molière, tous les auteurs

---

1. *Vie de Chapelle*, par Saint-Marc, p. lxiij.—*Description du Parnasse Français* de Titon du Tillet, in-12, p. 141. *Molière*, drame, par Mercier, Ire. édit., 1776, p. 214; note.—*Histoire de la vie et des ouvrages de La Fontaine*, par M. Walckenaer, 3e. édit., p. 150.

sifflés ou peu applaudis, pour donner une preuve 1666.
convaincante de l'injustice du parterre, se sont
accordés à faire valoir la courte faveur qu'obtint
cette production, ou plutôt l'accueil glacial qu'elle
essuya dès la troisième représentation, et la nécessité où se trouva l'auteur, pour la soutenir, de
l'appuyer du *Médecin malgré lui*. Ce petit trait
d'histoire littéraire, d'ailleurs fort piquant, et
par conséquent sûr d'être accueilli sans autre
examen, a cela de commun avec beaucoup de
traits de l'histoire proprement dite, qu'il est original, mais controuvé : c'est là son seul défaut.
Le registre de la comédie fait foi que, représenté
vingt et une fois de suite, nombre de représentations auquel un ouvrage atteignait difficilement alors, si l'on en excepte toutefois les tragédies de Thomas Corneille, *le Misanthrope*,
seul, sans petite pièce qui l'accompagnât et
malgré les chaleurs de l'été, procura au théâtre
dix-sept recettes très-productives et quatre autres
de bien peu moins satisfaisantes. Quant aux obligations qu'il avait, dit-on, contractées envers *le*
Médecin malgré lui, elles sont faciles à reconnaître ; puisque ce ne fut qu'à la douzième représentation de cette farce qu'on la donna avec ce
chef-d'œuvre, et cela cinq fois seulement[1]. Ce-

1. *OEuvres de Molière* avec un commentaire, par M. Auger,
t. V, p. 263.

1666 pendant, il n'en est pas moins certain que grâce à l'heureuse folie de son dialogue, plus faite pour plaire à la multitude que les traits mâles du *Misanthrope*, il obtint encore plus de succès que lui ; mais la simple vérité, quelque singulière qu'elle pût être, ne le parut pas encore assez à l'auteur de la fable que nous venons de réfuter, parce qu'il voyait chaque jour se reproduire de nouveaux exemples de cette rectitude de goût du parterre. Il fit passer son conte : voilà comme on écrit l'histoire ! Chacun s'empressa de l'adopter : voilà comme on l'étudie !

Devisé, qui s'était toujours montré le véhément détracteur de Molière, soit qu'il rougît enfin du rôle que la passion et l'envie lui faisaient jouer, soit que ses yeux commençassent seulement alors à se dessiller, devint le plus chaud partisan du *Misanthrope*. Il composa sur ce chef-d'œuvre une lettre apologétique assez mal écrite, mais mieux pensée, qui fut imprimée à la tête de la première édition. Grimarest a prétendu que Molière, furieux contre son libraire, en fit jeter au feu tous les exemplaires[1]. Pour admettre ce conte, il faut supposer que Devisé lui laissa ignorer entièrement le projet qu'il avait formé de faire l'apologie de son ouvrage,

_____

1. Grimarest, p. 184.

et que le libraire se permit d'imprimer à la tête
du *Misanthrope*, sans le consentement de son
auteur, un éloge emprunté à la plume d'un écrivain qui la veille encore le poursuivait d'injustes
critiques. Il est plus naturel de penser que Molière ne vit pas sans plaisir se déclarer pour sa
pièce, en butte aux attaques acharnées de la
médiocrité ombrageuse et de l'envie, le folliculaire qui exerçait alors le plus d'influence sur
l'esprit du public (42).

Ce morceau curieux, en même temps qu'il
constate cette subite conversion littéraire, donne
aussi la mesure du goût du parterre, qui n'était
pas fait encore à des beautés aussi franches. Re-
trouvant dans le sonnet d'Oronte ce qu'ils admi-
raient dans les poésies de leurs auteurs les plus
à la mode, les antithèses et les traits brillantés,
et prenant encore en cette circonstance Philinte pour l'organe de l'auteur, les spectateurs
s'empressèrent d'applaudir comme lui au chantre
de Philis, et témoignèrent par leurs bravos qu'ils
trouvaient que

La chûte *était* jolie, amoureuse, admirable.

Aussi se figure-t-on facilement l'étonnement
ou plutôt le dépit de nos admirateurs enthou-
siastes, quand ils entendirent Alceste, plus fidèle à la vérité qu'aux convenances, prouver à

1666. Oronte, par bonnes et convaincantes raisons, que son sonnet ne valait rien [1]. Un commentateur de Molière a taxé cette mystification d'invraisemblance, *parce qu'Alceste, pour faire connaître ce qu'il pense du sonnet, n'attend pas que la lecture en soit achevée.* Il n'y a pas ici, selon nous, de motifs suffisans pour ne pas ajouter foi au récit circonstancié d'un témoin oculaire; car il serait peu naturel de penser que le parterre ait pu être détrompé par les brusqueries que l'approbation de Philinte arrache à chaque strophe à Alceste. Ces exclamations furibondes ne sont point une critique raisonnée, et rien ne pouvait prouver au parterre que le Misanthrope fût plus sensé en les laissant échapper qu'en s'emportant contre Philinte, parce qu'il avait répondu avec affabilité à l'accueil empressé d'un homme qu'il connaissait peu. Ce n'est donc qu'après que le sonnet est entièrement lu, et conséquemment après que le parterre a eu le temps d'exprimer ce qu'il en pense, qu'Alceste en fait véritablement la critique; jusque-là on doit être au moins dans l'incertitude sur l'avis de l'auteur, puisque le sonnet est approuvé par l'homme modéré de

1. *Lettre écrite sur la comédie du Misanthrope*, t. IV, p. 12 de notre édition des *OEuvres de Molière.* — Grimarest, p. 265. — *Mémoires sur la vie et les ouvrages de Molière* (par La Serre), p. xxxv.

la pièce. Ce panneau, dans lequel donna le pu- blic, dut nécessairement nuire un peu à la vogue de l'ouvrage ; mais il contribua indubitablement à augmenter l'effet que produisit sur le mauvais goût cette scène, qui n'eut pas moins d'influence que les meilleures satires de Boileau.

Le Misanthrope est une véritable galerie des travers et des ridicules alors en faveur à la cour. Le temps, en effaçant quelques-uns des noms placés par les contemporains au bas de ces portraits, en a respecté quelques autres consacrés par la tradition d'autorités malignes. Si ceux des originaux dont Arsinoé, Acaste, Clitandre, passaient pour être les copies sont aujourd'hui ignorés ; si l'on ne connaît pas davantage l'homme entêté de sa qualité, le grand flandrin qui crache dans un puits pour faire des ronds, ni les autres personnages condamnés par contumace dans la fameuse scène des portraits, on nous a transmis du moins d'une manière plus ou moins certaine les noms des individus que Molière avait eus en vue en traçant quatre de ses rôles.

Timante le mystérieux, n'est autre que l'antagoniste de La Fontaine, M. de saint Gilles, qui a déjà figuré dans cette histoire[1].

Célimène, selon les uns, est cette fameuse

1. Petitot, *Vie de Molière*, p. 40.

1666. madame de Longueville¹ qui pour une misérable querelle avec madame de Montbazon suscita entre son amant et celui de cette dame un duel fameux qui eut lieu sur la Place Royale et auquel elle assista cachée derrière une jalousie. Selon les autres, et c'est le plus grand nombre, c'était cette même femme de la cour dont Boileau a dit dans la Satire X :

> Nous la verrons hanter les plus honteux brelans,
> Donner chez la Cornu rendez-vous aux galans² .

Oronte passa pour la réflexion du duc de saint Aignan (43). Enfin la principale figure de cette grande composition, Alceste, fut généralement regardé comme le portrait du duc de Montausier. Voici ce qu'un anonyme, auteur de quelques notes tracées sur le manuscrit du Journal de Dangeau, rapporte à ce sujet :

« Molière fit *le Misanthrope ;* cette pièce fit » grand bruit eut et grand succès à Paris, avant » d'être jouée à la cour. Chacun y reconnut M. de » Montausier, et prétendit que c'était lui que » Molière avait eu en vue. M. de Montausier le sut

---

1. Lettre insérée au *Journal Encyclopédique,* du 1ᵉʳ mal 1776.

2. *OEuvres de Molière,* avec les remarques de Bret, t. III, p. 537, note.

3. *OEuvres de Molière,* avec les remarques de Bret, 1773, t. III, p. 417.

»-et s'emporta jusqu'à faire menacer Molière de 1666.
» le faire mourir sous le bâton. Le pauvre Molière
» ne savait où se fourrer. Il fit parler à M. de
» Montausier par quelques personnes ; car peu
» osèrent s'y hasarder, et ces personnes furent
» fort mal reçues. Enfin le Roi voulut voir *le*
» *Misanthrope;* et les frayeurs de Molière redou-
» blèrent étrangement, car MONSEIGNEUR allait
» aux comédies suivi de son gouverneur. Le dé-
» nouement fut rare ; M. de Montausier, charmé
» du *Misanthrope,* se sentit si obligé qu'on l'en
» eût cru l'objet qu'au sortir de la comédie il
» envoya chercher Molière pour le remercier.
» Molière pensa mourir du message, et ne put
» se résoudre qu'après bien des assurances réi-
» térées. Enfin il arriva toujours tremblant chez
» M. de Montausier qui l'embrassa à plusieurs
» reprises, le loua, le remercia, et lui dit qu'*il*
» *avait pensé à lui en faisant le Misanthrope, qui*
» *était le caractère du plus parfaitement honnête*
» *homme qui pût être, et qu'il lui avait fait trop*
» *d'honneur, et un honneur qu'il n'oublierait jamais.*
» Tellement qu'ils se séparèrent les meilleurs
» amis du monde, et que ce fut une nouvelle
» scène pour la cour, meilleure encore que celles
» qui y avaient donné lieu¹ (44). »

1. *Essai sur l'Établissement monarchique de Louis XIV*, pré-

1666.   Malgré tout ce qu'il y a d'évidemment faux
dans ce récit et le soin manifeste qu'a pris l'anonyme, pour le rendre plus dramatique, de faire
jouer à Molière un rôle inconciliable avec la noblesse de son caractère, il fournit du moins la
preuve certaine que le parterre ne s'était pas
trompé dans son application, et que l'original,
loin d'être fâché qu'on l'eût fait poser, craignait
encore de ne pas assez ressembler à son portrait.

Mais ce qui était un éloge flatteur aux yeux
du duc de Montausier passe pour une odieuse
calomnie à ceux de J. J. Rousseau, qui ne voit
dans la conception du rôle d'Alceste que l'intention de faire rire aux dépens de la vertu [1].
Les attaques du citoyen de Genève contre cette
pièce ont été victorieusement réfutées par La
Harpe, Marmontel et d'Alembert. Cependant il
est juste de dire qu'il n'a pas dans cette circonstance émis une de ces opinions tout-à-fait paradoxales que l'on rencontre quelquefois dans
ses ouvrages et qui n'ont pas trouvé encore de
partisans réfléchis; car outre le sage philosophe
dont nous rapporterons bientôt la critique, on a
vu Fabre d'Églantine, plein de l'idée de Rous

cédé de nouveaux *Mémoires de Dangeau;* par P. E. Lémontey,
p. 57 et suiv.

3. *Lettre à d'Alembert, sur les spectacles.*

seau ; travailler sur le plan que celui-ci avait pour '1666.
ainsi dire tracé. Son entreprise, si elle fut connue d'avance, dut sembler bizarre et téméraire ;
et ce serait encore le jugement qu'on en porte-
rait aujourd'hui, si un succès, légitimé lui-même
par sa durée, n'était venu la couronner. Il y a
deux choses seulement à reprendre dans cet
ouvrage : la première, c'est le style, qui semble
d'autant plus faible que le titre de la pièce en
rappelle un autre non moins vigoureux et bien
plus facile, plus rapide et plus élégant ; la seconde, qui est moins importante, il est vrai,
c'est ce titre même de *Philinte de Molière*, titre
faux , injurieux envers Molière, puisqu'il est
constant que celui-ci avait donné à son Philinte
plus d'un trait de son propre caractère, et précisément cette tolérance qui en était l'ornement,
et qui a excité l'indignation de l'intolérant Rousseau. « Les maximes de Philinte, dit-il, ressem-
» blent beaucoup à celles des fripons. » Fabre
d'Églantine a pris ces déclamations pour point
de départ.

Il est une tâche plus difficile à remplir que
celle de réfuter Rousseau, qui, en voulant empêcher de regarder la misanthropie comme un
ridicule, était évidemment dirigé par un intérêt
personnel, c'est de répondre à un homme dont
le goût, non moins pur que son ame, ne porta

1666.* jamais de faux jugemens que contre notre auteur.
Fénélon, dans sa *Lettre à l'Académie Française*,
dit : « Un autre défaut de Molière que beaucoup
» de gens d'esprit lui pardonnent, et que je n'ai
» garde de lui pardonner, est qu'il a donné un
» tour gracieux au vice avec une austérité ridi-
» cule et odieuse à la vertu. » Nul doute que Fénelon ne lui ait adressé ce reproche au sujet du
Misanthrope; ce n'est que le rôle d'Alceste mal
saisi qui a pu lui faire prendre le change. Mais
l'intention de l'auteur est trop manifeste pour
qu'on ne sente pas au premier examen que cette accusation est sans fondement. Molière, qui jusqu'a-
lors avait toujours retracé les mœurs de bons
bourgeois, n'avait eu besoin ni de recourir à
l'adresse, ni d'user de détours pour traduire sur
la scène quelques défauts, bien palpables, quelques ridicules qui s'offraient avec franchise à la
malignité de l'observateur, et dont l'esprit de
société n'avait pas encore émoussé la pointe. Mais
frappé des travers sans nombre qu'il remarquait
dans les gens de cour, il résolut de les mettre en
scène. Pour les faire paraître dans tout leur jour,
un autre auteur eût peut-être enlevé à ses personnages ce vernis de bon ton, cet usage du
monde qui leur servait à les dissimuler, ou les
eût fait accompagner d'un homme droit et sincère qui eût soulevé avec modération le voile

dont ils se couvraient. Le premier moyen ne 1666.
pouvait convenir à Molière : il était contraire à la
vérité. Le second était antidramatique. La perfection ne saurait être mise en scène; elle dé-
sespère plutôt qu'elle n'encourage; d'ailleurs il
n'eût pas été sans danger. Faire mettre la cour
en accusation par un homme qui n'eût pas laissé
le plus petit travers à reprendre en lui, c'était
attaquer avec des armes trop redoutables un
corps presque aussi fort que celui des tartuffes,
et Molière savait ce qu'il en coûtait pour traiter
de la sorte de tels sujets. Il désirait accroître
le nombre de ses admirateurs sans augmenter
encore celui de ses ennemis; mais il voulait avant
tout, fidèle observateur de la morale, immoler
les vices : et comment y serait-il parvenu en
faisant rire aux dépens de la vertu? Quel meilleur
moyen, et nous osons le dire, quel moyen plus
moral pouvait-il employer pour arriver à ce but,
que de mettre en scène un homme plein de
droiture, mais poussant à l'extrême le besoin de
dire tout ce qu'il pense; portant aux méchans
une haine vigoureuse, mais poursuivant d'une
indignation trop chaleureuse certains défauts
qui ne méritaient que sa pitié? Cette manière
d'envisager son sujet lui fournissait encore l'occasion de reprendre, avec les ménagemens qu'il
mérite, un excès qu'on rencontrait alors chez

1666. quelques personnes, en bien petit nombre il est
vrai, un amour outré de la vérité et une vertu
trop rigoureuse. « Si jamais, a dit Chamfort,
» auteur comique a fait voir comment il avait
» conçu le système de la société, c'est Molière
» dans le *Misanthrope*. C'est là que, montrant
» les abus qu'elle entraîne nécessairement, il
» enseigne à quel prix le sage doit acheter les
» avantages qu'elle procure; que, dans un sys-
» tème d'union fondé sur l'indulgence naturelle,
» une vertu parfaite est déplacée parmi les hommes
» et se tourmente elle-même sans les corriger :
» c'est un or qui a besoin d'alliage pour prendre
» de la consistance et servir aux divers usages de
» la société. Mais en même temps l'auteur mon-
» tre, par la supériorité constante d'Alceste sur
» tous les autres personnages, que la vertu, mal-
» gré les ridicules où son austérité l'expose ,
» éclipse tout ce qui l'environne ; et l'or qui a
» reçu l'alliage n'en est pas moins le plus précieux
» des métaux. »

Arsinoé est la peinture frappante et admirable
d'une classe de femmes très-nombreuse alors.
Dans un temps où les tartuffes étaient puissans,
les prudes devaient abonder. Il y a bien près de
l'hypocrite en religion à l'hypocrite en vertu.
Une femme long-temps adonnée aux plaisirs du
monde et qui les voyait s'enfuir loin d'elle, pour

paraître y renoncer de plein gré, se jetait dans 1666.
la dévotion, fulminait contre les moindres écarts
de celles que son exemple avait naguère entraî-
nées, et semblait frémir à l'idée seule d'étour-
deries qu'elle ne commettait plus faute de complices. Ce caractère, comme presque tous ceux
qu'a tracés Molière, est étroitement lié à l'histoire des mœurs de son siècle.

L'habit d'Oronte, ce bel esprit de cour, moins
modeste encore qu'un poète de profession, qui
a toute la rancune de l'orgueil blessé et toute la
lâcheté de la sottise, allait à la taille d'une foule
de grands seigneurs, comme à celle du duc de
Saint-Aignan. Versailles abondait en rimeurs,

De leurs vers fatigans lecteurs infatigables.

Toutefois il était des grands qui s'étaient scru-
puleusement tenus en garde contre ce ridicule.
L'un d'eux, qui avait parfaitement réussi à s'en
préserver, a fourni à M. Jourdain un de ses meilleurs traits : « Comment donc, ma fille? dit ma-
» dame de Sévigné dans une de ses lettres, j'ai
» fait un roman sans y penser. J'en suis aussi
» étonnée que M. le comte de Soissons quand on
» lui découvrit qu'il faisait de la prose. »

« Molière, dit Grimarest, avait lu son *Misan-*
» *thrope* à toute la cour avant que de le faire re-
» présenter; chacun lui en disait son sentiment;

12.

»mais il ne suivait que le sien ordinairement
» parce qu'il aurait été souvent obligé de refondre
» ses pièces s'il avait suivi tous les avis qu'on lui
» donnait. Et d'ailleurs, il arrivait quelquefois
» que ces avis étaient intéressés.... Il ne plaçait au-
» cuns traits qu'il n'eût des vues fixes. C'est pour-
» quoi il ne voulut point ôter du *Misanthrope ce*
» *grand flandrin qui crachait dans un puits pour*
» *faire des ronds*, que MADAME défunte lui avait
» dit de supprimer lorsqu'il eut l'honneur de lire
» sa pièce à cette princesse. Elle regardait cet
» endroit comme un trait indigne d'un si bon
» ouvrage. Mais Molière avait son original, il vou-
» lait le mettre sur le théâtre[1]. »

Ce refus, où brille la noble indépendance de
notre premier comique, prouve que s'il règne
dans quelques-unes de ses épîtres dédicatoires
un ton d'humilité obséquieuse, il ne s'en faut
prendre qu'au protocole du temps auquel il se
conformait en cela, Corneille, qui n'était nullement courtisan, a sacrifié au même usage.

On sait qu'alors, séparés d'un accord mutuel,
Molière et sa femme ne se voyaient plus qu'au théâtre. Le pauvre mari, qui n'eut d'autre tort que
d'aimer une coquette, avait, malgré cette rupture,
conservé pour elle des sentimens qu'elle ne mé-

---

1. Grimarest, p. 188 et 189.

ritait pas. La représentation du *Misanthrope* 1666.
rouvrit nécessairement toutes les plaies de son
cœur, et ralluma tout son amour. Il s'était chargé
du rôle d'Alceste; mademoiselle Molière remplissait celui de Célimène, et il n'est pas permis
d'attribuer au hasard la similitude de leur position avec celle de ces deux personnages de la
pièce. Plein de ses justes griefs, plus plein encore de sa passion, il avait donné à Célimène
toute la coquetterie d'Armande, en même temps
qu'il l'avait ornée de tous ses charmes, de
tout son art séducteur. Pour Alceste, il l'avait dépeint tel qu'il était honteux de se voir lui-même,
bien persuadé de toute sa faiblesse, bien convaincu
de l'indignité de celle qui en était l'objet, et
dominé par un penchant qu'il déplorait, mais
qu'il ne pouvait ni subjuguer, ni conduire. *Non,*
répond Alceste aux représentations de Philinte,
comme Molière à celles de Chapelle,

Non, l'amour que je sens pour cette jeune veuve
Ne ferme point mes yeux aux défauts qu'on lui treuve ;
Et je suis, quelque ardeur qu'elle m'ait pu donner,
Le premier à les voir comme à les condamner.
Mais, avec tout cela, quoi que je puisse faire,
Je confesse mon faible, elle a l'art de me plaire :
J'ai beau voir ses défauts et j'ai beau l'en blâmer,
En dépit qu'on en ait elle se fait aimer ;
Sa grace est la plus forte : et, sans doute, ma flamme
De ces vices du temps pourra purger son ame [1].

1. *Le Misanthrope*, act. I, sc. 1.

1666. Avec quelle vérité, avec quel accent de l'ame, Molière ne devait-il pas prononcer ces vers ! Le dénouement du *Misanthrope* prouve qu'Alceste se berçait d'un faux espoir : les efforts de Molière ne furent pas moins malheureux.

Nous avons déjà dit que le *Médecin malgré lui* fut applaudi le 6 août 1666. On sut apprécier dès la première représentation le dialogue rapide de cet ouvrage, l'esprit vif et naturel, les traits brillans, mais sans apprêt, dont il est continuellement semé, enfin cette gaieté de bonne grace, cette joyeuse folie mises aujourd'hui à l'index et condamnées au bannissement par ce que nous sommes convenus de nommer le bon goût. Les successeurs de Molière, ne pouvant y atteindre, les ont proscrites. Un auteur seul a osé imiter le style de cette pièce, c'est Beaumarchais. Mais ses personnages, toujours spirituels, ne sont pas toujours vrais; et c'est plus souvent l'auteur qui parle que le tuteur de Rosine et l'amant de Suzanne. Quoi qu'il en soit, on reconnaît facilement le modèle dont il s'est servi; et il est étonnant qu'on n'ait pas encore remarqué que le *Médecin malgré lui* a peut-être autre chose à revendiquer au Barbier de Séville que la rapidité du dialogue. Sganarelle, véritable Roger-Bontems, ayant servi six ans un frater, estropiant quelques mots de latin, partageant son temps entre les fagots, la paresse et le vin, et ^{1666.} docteur sans s'en être aperçu; Sganarelle, disions-nous, a bien l'air d'être chef de la famille de ce Figaro, ex-valet d'Almaviva, ayant *consilio manuque* pour enseigne ; toujours aux pieds de sa maîtresse, la paresse; se laissant dominer par le vin, son serviteur, et administrant des remèdes aux chevaux dont il s'est fait le médecin. Ils vivent tous deux au jour le jour; à la vérité l'on ne voit pas Figaro battre Suzanne, mais il n'en est encore qu'à la cérémonie. On est d'ailleurs assez porté à croire par l'humeur de la belle, que si Sganarelle *n'a pas eu à se louer*, comme il le dit, *la première nuit de ses noces*, le nouvel époux pourrait bien n'être pas non plus à l'abri des infortunes conjugales par anticipation.

Selon Menage, Molière en composant son rôle de Sganarelle eut en vue le perruquier Didier-l'Amour, que Boileau a de son côté fait figurer dans *le Lutrin*. Cet homme, auquel sa taille gigantesque et son caractère altier avaient donné un certain empire dans son quartier, la cour de la Sainte-Chapelle, avait épousé en premières noces une femme vive et emportée qu'il *étrillait* comme Sganarelle *sans s'émouvoir*. Mais devenu veuf il en épousa une jeune et jolie, qui vengea la défunte par la domination qu'elle exerça sur lui. Boileau, qui avait été quelquefois témoin

1666. des querelles du premier ménage, les rapporta à
son ami, qui en sut faire son profit [1].

Celui-ci ne parlait de son *Fagotier*, c'est ainsi
qu'il appelait cette pièce, que comme d'une farce
sans conséquence. Subligny lui reprocha cette
injuste modestie dans des vers qui ne sont pas
les plus mauvais de *la Muse Dauphine* :

> Molière, dit-on, ne l'appelle
> Qu'une petite bagatelle :
> Mais cette bagatelle est d'un esprit si fin,
> Que, s'il faut que je vous le die,
> L'estime qu'on en fait est une maladie
> Qui fait que, dans Paris, tout court au *Médecin* [2].

A la fin de cette même année, Louis, toujours avide de plaisirs, voulut donner à sa cour
une fête plus galante encore que les précédentes. Les acteurs de l'hôtel de Bourgogne
se réunirent pour cette fois à ceux du Palais-
Royal. La fameuse tragédie de *Pyrame et Thisbé*
fut choisie pour cette solennité, et Benserade
fut chargé de composer un ballet où chacune
des Muses déployât tous les prestiges de ses
attributs. Le poète de cour chargea Molière de
remplir la partie du cadre que devaient occuper

1. *Menagiana*, édit. de 1715, t. III, p. 16 et suiv. — *Récréations littéraires*, par Cizeron-Rival, p. 23.

2. *La Muse dauphine*, de Subligny ; voir l'*Histoire du Théâtre
français* (par les frères Parfait), t. X, p. 125.

Thalie et Euterpe. Les deux premiers actes de 1666.
Mélicerte, que Molière n'acheva jamais, et *la Pastorale comique*, dont il brûla depuis le manuscrit[1],
formèrent le contingent qu'il avait à fournir
en cette occasion. Mais ce qui contribua à rendre
cette fête plus piquante, ce furent les graces
réunies de mademoiselle de La Vallière, de madame de Montespan et des principales beautés
de la cour, qui y remplirent des rôles dansans.[1]

Baron, alors âgé de treize ans, fut chargé du
personnage de Myrtil dans *Mélicerte*. Mademoiselle Molière, qui voyait d'un mauvais œil tous
ceux qui semblaient reconnaissans envers son
mari des bienfaits qu'ils en recevaient, se laissa
aller à sa haine contre son jeune protégé jusqu'à lui donner un soufflet. Baron voulait quitter
la troupe aussitôt; mais on parvint à lui faire
sentir qu'il devait du moins attendre, pour exécuter ce projet, que la représentation devant le
Roi eût eu lieu. Il s'enrôla immédiatement après
dans une troupe de province. Bientôt il sentit
de vifs regrets de s'être éloigné de son bienfaiteur, les exprima, et se rendit à la première

1. *OEuvres de Molière*, avec les remarques de Petitot, 1812,
t. III, *Réflexions sur Melicerte et la Pastorale comique*. —
OEuvres de Molière, avec un commentaire par M. Auger, t. V,
p. 433.

2. *Histoire du Théâtre français*, t. X, p. 133 et suiv.

1666. invitation qu'il lui fit de revenir [1] (45). Molière
obligé de s'interposer entre sa femme et Baron!
Mademoiselle Molière frappant ce jeune acteur,
et celui-ci la fuyant! Les sentimens et les rôles
de ces divers personnages devaient bientôt changer de nature; mais n'anticipons pas sur les événemens.

Le *Sicilien* nous paraît avoir dû faire aussi partie du *Ballet des Muses* [2]. Cette production charmante a été regardée par tous les littérateurs
comme l'essai heureux d'un genre frais et animé.
Voltaire la cite comme un modèle de grace;
Bret y voit le type de toutes les pièces de Saint-
Foix; mais on a fait observer avec raison que
le *Sicilien* a sur les ouvrages de ce dernier auteur
le mérite de la vraisemblance et du naturel [3], ce
qui est bien quelque chose aux yeux des gens
dont l'imagination n'est pas assez facile aux illusions pour les transporter dans la grotte d'une
fée, ou dans le séjour enchanté d'une divinité.
Le livret de la fête dit que cette pièce n'avait
été composée que pour offrir des Turcs et des
Maures aux yeux du Roi. Où est le temps où de

1. Grimarest, p. 111.
2. Voir t. IV, p. 417 de notre édition des *OEuvres de Molière*.
3. *OEuvres de Molière*, avec un commentaire par M. Auger,
t. V, p. 492.

semblables caprices enfantaient de semblables 1666.
ouvrages? *Le Ballet des Muses* fut représenté une
seconde fois à Saint-Germain, au mois de janvier
1667. Mais l'absence de Baron, et la justice que
Molière avait faite de *Mélicerte* en négligeant de
l'achever, le déterminèrent à la faire disparaître
de ce divertissement. On représenta seulement
la Pastorale comique et *le Silicien.* Cette dernière pièce ne fut jouée à la ville que le 10 juin
suivant. Une lettre en vers de Robinet, du 11,
nous apprend que ce retard fut occasioné par
une crise survenue à l'auteur acteur, dont une
toux invétérée avait délabré la poitrine :

> Depuis hier pareillement
> On a pour divertissement
> *Le Sicilien* que Molière,
> Avec sa charmante manière,
> Mêla dans le ballet du Roi,
> Et qu'on admire, sur ma foi.
> . . . .
> Et lui, tout rajeuni du lait
> De quelque autre infante d'Inache
> Qui se couvre de peau de vache,
> S'y remontre enfin à nos yeux
> Plus que jamais facétieux.[1]

1. *Lettre en vers*, de Robinet, du 11 juin 1667. — *Histoire du
Thédtre français* (par les frères Parfait), t. X, p. 151.

LIVRE TROISIÈME.

1667—1673.

Si *le Tartuffe* n'était pas fait il ne se
ferait jamais.

PIRON.

1667. «Vous.verrez bien autre chose, » disait Molière
à Boileau, qui le félicitait à l'occasion du *Misanthrope.* Il voulait parler du *Tartuffe.* En abordant
le récit de la représentation de ce chef-d'œuvre,
nous pourrions dire aussi aux lecteurs qu'ont ré-
voltés les précédentes menées des ennemis de ce
grand homme : Vous verrez bien autre chose !

Après *le Festin de Pierre*, Molière n'eut que
trop d'occasions de se confirmer dans les opinions
qu'il avait prêtées à Don Juan sur l'inviolabilité
des charlatans de religion [1]. Applaudi chez le frère
du Roi, *le Tartuffe* avait été honoré des suffrages des deux Reines (1), du grand Condé, et de
tout ce que la cour comptait d'hommes franchement religieux. Louis XIV lui-même, dont les
idées naturellement grandes et généreuses n'é-

---

1. Voir *le Festin de Pierre*, act. V, sc. 2.

taient pas encore étouffées par les efforts d'un 1667. Le Tellier ou d'une Maintenon, ne cédait qu'avec impatience aux désirs de la cabale puissante qui sollicitait chaque jour l'éternelle suspension du *Tartuffe*. Huit jours après qu'il eut ajourné la représentation de ce chef-d'œuvre, on joua au spectacle de la cour une pièce intitulée *Scaramouche hermite*, qui abondait en situations d'une révoltante immoralité (2). « Je voudrais bien sa- » voir, dit-il en sortant au prince de Condé, pour- » quoi les gens qui se scandalisent si fort de la » comédie du *Tartuffe* ne disent rien de celle de » *Scaramouche ?*—La raison de cela, répondit le » prince, c'est que la comédie de *Scaramouche* » joue le ciel et la religion, dont ces messieurs » ne se soucient point; mais celle de Molière les » joue eux-mêmes, et c'est ce qu'ils ne peuvent » souffrir [1]. »

Le légat et les principaux prélats, consultés par le monarque, pour la sécurité de sa conscience, sur le danger prétendu de cette comédie, parta- gèrent ses dispositions favorables [1]; mais les tar- tuffes redoublèrent d'efforts. D'affreux pamphlets récusèrent ces respectables autorités. « A enten- » dre Molière, disait l'un d'eux, il semble qu'il ait

1. *Préface de Molière, à la tête du Tartuffe.*
2. *Premier placet au Roi, à la tête du Tartuffe.*

1667. » un bref particulier du Pape pour jouer des
» pièces ridicules, et que M. le Légat ne soit
» venu en France que pour leur donner son ap-
» probation [1]. »

Ceux qui avaient assez d'impudence pour attaquer de tels protecteurs pouvaient bien aussi ne
pas rougir de révoquer en doute le talent du protégé. Pour donner une idée de ces critiques, nous
rapporterons ici quelques passages d'un libelle
publié en 1665, ayant pour titre, *Observations
sur une comédie de Molière, intitulée* LE FESTIN
DE PIERRE. Nous en avons déjà fait mention à
l'occasion de cette dernière pièce; mais son examen trouvera plus naturellement place en cet
endroit; car les ennemis de Molière, en attaquant son *Don Juan*, ne faisaient que préluder
à la guerre contre le *Tartuffe*.

« J'espère, dit l'auteur, que Molière recevra
» ces observations d'autant plus volontiers que
» la passion et l'intérêt n'y ont point de part. Je
» n'ai pas le dessein de lui nuire; je veux au con-
» traire le servir. On n'en veut point à sa personne,
» mais à son athée. L'on ne porte point envie à
» son gain ni à sa réputation; ce n'est pas un sen-
» timent particulier, c'est celui de tous les gens

---

1. *Observations sur une comédie de Molière intitulée*, LE
FESTIN DE PIERRE, par le sieur de Rochemont, 1665.

» de bien; et il ne doit pas trouver mauvais que 1667.
» l'on défende publiquement les intérêts de Dieu
» qu'il attaque ouvertement, et qu'un chrétien
» témoigne de la douleur en voyant le théâtre ré-
» volté contre l'autel; la farce aux prises avec
» l'Évangile, un comédien qui se joue des mys-
» tères et qui fait raillerie de tout ce qu'il y a de
» plus saint et de plus sacré dans la religion.

» Il est vrai qu'il y a quelque chose de galant
» dans les ouvrages de Molière, et je serais bien
» fâché de lui ravir l'estime qu'il s'est acquise; il
» faut tomber d'accord que, s'il réussit mal à la
» comédie, il a quelque talent pour la farce; et,
» quoiqu'il n'ait ni les rencontres de Gautier-
» Garguille, ni les impromptus de Turlupin, ni
» la bravoure du capitan, ni la naïveté de Jodelet,
» ni la panse de Gros-Guillaume, ni la science du
» docteur, il ne laisse pas de plaire quelquefois
» et de divertir en son genre. Il parle passable-
» ment français; il traduit assez bien l'italien et
» ne copie pas mal les auteurs; car il ne se pique
» pas d'avoir le don de l'invention, ni le génie
» de la poésie; ce qui fait rire en sa bouche fait
» souvent pitié sur le papier; et l'on peut dire que
» ses comédies ressemblent à ces femmes qui font
» peur en désbahillé et qui ne laissent pas de
» plaire quand elles sont ajustées, ou à ces petites
» tailles qui, ayant quitté leurs patins, ne sont

1667. » plus qu'une partie d'elles-mêmes. Toutefois, on
» ne peut dénier que Molière n'ait bien de l'a-
» dresse ou du bonheur de débiter avec tant de
» succès sa fausse monnaie, et de duper tout
» Paris avec de mauvaises pièces. Voilà en peu de
» mots ce que l'on peut dire de plus obligeant et
» de plus avantageux pour Molière......

» Si cet auteur n'eût joué que les précieuses,
» s'il n'en eût voulu qu'aux pourpoints et aux
» grands canons, il ne mériterait pas une censure
» publique et ne se serait pas attiré l'indignation
» de toutes les personnes de piété. Mais qui peut
» supporter la hardiesse d'un farceur qui fait plai-
» santerie de la religion, qui tient une école de
» libertinage, et qui rend la majesté de Dieu le
» jouet d'un maître et d'un valet de théâtre? Ce se-
» rait trahir visiblement la cause du ciel dans une
» occasion où sa gloire est ouvertement attaquée,
» où la foi est exposée aux insultes d'un bouffon
» qui fait commerce de ses mystères et en pro-
» fane la sainteté, qui foudroie et renverse tous
» les fondemens de la religion à la face du Louvre,
» dans la maison d'un prince chrétien, à la vue
» de tant de sages magistrats et si zélés pour les
» intérêts de Dieu, en dérision de tant de bons
» pasteurs que l'on fait passer pour des *Tartuffes!*
» Et c'est sous le règne du plus grand et du plus
» religieux monarque du monde! Cependant que

» ce généreux prince occupe tous ses soins à main-
» tenir la religion, Molière travaille à la détruire ;
» le Roi abat la tempête de l'hérésie, et Mo-
» lière élève des autels à l'impiété ; et, autant que
» la vertu du prince s'efforce d'établir dans le
» cœur de ses sujets le culte du vrai Dieu, par
» l'exemple de ses actions, autant l'humeur li-
» bertine de Molière tâche d'en ruiner la créance
» dans leurs esprits, par la licence de ses ou-
» vrages.

» Certes, il faut avouer que Molière est lui-
» même un tartuffe achevé et un véritable hypo-
» crite. Si le véritable but de la comédie est de
» corriger les hommes en les divertissant, le des-
» sein de Molière est de les perdre en les faisant
» rire, de même que ces serpens dont les piqûres
» mortelles répandent une fausse joie sur le visage
» de ceux qui en sont atteints. Organe du Démon,
» il corrompt les mœurs, il tourne en ridicule le
» paradis et l'enfer, il décrie la dévotion sous le
» nom de l'hypocrisie, il prend Dieu à partie et
» fait gloire de son impiété à la face de tout un
» peuple. Après avoir répandu dans les ames ces
» poisons funestes qui étouffent la pudeur et la
» honte, après avoir pris soin de former des co-
» quettes et de donner aux filles des instructions
» dangereuses ; après des écoles fameuses d'im-
» pureté, il en a tenu d'autres pour le libertinage ;

13

1667. » et, voyant qu'il choquait toute la religion et que
» tous les gens de bien lui seraient contraires, il a
» composé son *Tartuffe* et a voulu rendre les dé-
» vots des ridicules ou des hypocrites. Certes,
» c'est bien à faire à Molière, de parler de la re-
» ligion, avec laquelle il a si peu de commerce et
» qu'il n'a jamais connue, ni par pratique ni par
» théorie.

» Son avarice ne contribue pas peu à échauffer
» sa verve contre la religion. Il sait que les choses
» défendues irritent le désir, et il sacrifie haute-
» ment à ses intérêts tous les devoirs de la piété;
» c'est ce qui lui fait porter avec audace la main
» au sanctuaire; et il n'est point honteux de lasser
» tous les jours la patience d'une grande reine,
» qui est continuellement en peine de faire ré-
» former ou supprimer ses ouvrages.....

» Auguste fit mourir un bouffon qui avait fait
» raillerie de Jupiter, et défendit aux femmes
» d'assister à ses comédies; plus modestes que
» celles de Molière. Théodose condamna aux
» bêtes des farceurs qui tournaient en dérision
» les cérémonies; et néanmoins cela n'approche
» point de l'emportement de Molière. Il devrait
» enfin rentrer en lui-même et considérer qu'il
» est très-dangereux de se jouer à Dieu, que l'im-
» piété ne demeure jamais impunie, et que, si
» elle échappe quelquefois aux feux de la terre,

» elle ne peut éviter ceux du ciel. Il ne doit pas 1667.
» abuser de la bonté d'un grand prince, ni de la
» piété d'une reine si religieuse, à qui il est à
» charge et dont il fait gloire de choquer le sen-
» timent. L'on sait qu'il se vante hautement qu'il
» fera paraître son *Tartuffe* d'une façon ou d'au-
» tre, et que le déplaisir que cette grande reine en
» a témoigné n'a pu faire impression sur son es-
» prit ni mettre des bornes à son insolence. Mais
» s'il lui restait encore quelque ombre de pudeur,
» ne lui serait-il pas fâcheux d'être en butte à
» tous les gens de bien, de passer pour un liber-
» tin dans l'esprit de tous les prédicateurs, et
» d'entendre toutes les langues que le Saint-
» Esprit anime condamner publiquement son blas-
» phème; et enfin, je ne crois pas faire un juge-
» ment téméraire d'avancer qu'il n'y a point
» d'homme si peu éclairé des lumières de la foi
» qui, sachant ce que contient cette pièce, puisse
» soutenir que Molière, *dans le dessein de la jouer,*
» soit capable de la participation des sacremens,
» qu'il puisse être reçu à pénitence sans une ré-
» paration publique, ni même qu'il soit digne
» de l'entrée des églises après les anathèmes que
» les conciles ont fulminés contre les auteurs de
» spectacles impudiques ou sacrilèges. »

Auteurs de nos jours, qui voyez vos ouvrages
écartés de la scène par une politique ombrageuse,

13.

1667. ce langage de la délation mystique ne vous est point inconnu. Plus d'une fois vos persécuteurs hypocrites auront, sans pudeur, compromis les noms les plus augustes, pour essayer de justifier leurs lâches proscriptions. Consolez-vous en vous rappelant que Molière but jusqu'à la lie ce calice amer dont on voudrait vous abreuver! Consolez-vous en pensant que la postérité a fait justice de ces outrages!

Ce libelle insidieux fut présenté au Roi [1] ; et l'adroite perfidie avec laquelle l'auteur s'était couvert du manteau de la religion, pour déverser sur Molière ses calomnies, imposèrent à ce prince et le jetèrent dans un nouvel embarras. « Quand celui qui se sert d'un tel prétexte, dit » fort bien l'auteur d'une réponse à ces *Observa-* » *tions*, n'aurait pas raison, il semble qu'il y au-. » rait une espèce de crime à le combattre. Quel- » ques injures qu'on puisse dire à un innocent, » on craint de le défendre lorsque la religion y est » mêlée ; l'imposteur est toujours à couvert sous » ce voile, l'innocent toujours opprimé, et la vé- » rité toujours cachée. On craint de la mettre au » jour, de peur d'être regardé comme le défen- » seur de ce que la religion condamne, encore » qu'elle n'y prenne point de part, et qu'il soit

---

1 *Premier Placet au Roi*, à la tête du *Tartuffe*.

» aisé de juger qu'elle parlerait autrement si elle 1667.
» pouvait parler elle-même [1] »

Ces attaques concertées produisirent malheureusement cet effet sur le monarque. Il sentit
tout ce qu'il y avait d'odieux dans les calculs des
ennemis de Molière cherchant à jeter la dis-
corde jusque dans sa propre famille, et à représenter la Reine, sa mère, comme révoltée de
l'impiété de cet auteur, et comme sollicitant sans
cesse, mais en vain, la suppression de ses ouvrages. Néanmoins l'adroit prétexte de l'accusation
le fit encore passer pendant un certain temps par
dessus la perfidie des accusateurs. Il combla
toutefois, comme nous l'avons déjà vu, Molière
et sa troupe de faveurs nouvelles, mais il ne leva
pas l'interdiction.

C'est sans aucun doute à l'imprudente audace
d'une nouvelle attaque que l'on doit attribuer
la cessation de cette rigoureuse mesure. Pour
essayer de justifier leurs hostilités acharnées,
les ennemis de l'auteur du *Tartuffe* firent paraître
un infâme libelle qu'ils répandirent sous son
nom [2] (3). Il est probable que ce fut l'excessive
lâcheté de ce moyen qui valut à Molière la permission que son premier placet n'avait pu encore

1. *Lettre sur les observations d'une comédie du sieur Molière,
intitulée* le Festin de Pierre, Paris, 1665.
2. Grimarest, p. 186.

1667. arracher au Roi. Ce prince sentit qu'il ne pouvait s'opposer plus long-temps à ce qu'il confon-
dît ses détracteurs par l'innocence de son ouvrage. Il permit donc avant son départ pour
l'armée de la Flandre que cette comédie fût
soumise au jugement du parterre, mais en y
mettant pour condition que l'auteur donnerait
à son principal personnage un autre nom que
celui de *Tartuffe*, qui était devenu, même avant
la représentation, la plus cruelle injure pour les
plus fieffés hypocrites; que quelques passages, qui
avaient eu plus particulièrement l'honneur de
soulever la cabale, seraient ou supprimés ou
adoucis; enfin, que l'on ne pourrait être porté
par aucun détail à supposer que l'auteur eût
eu l'intention de prendre son original parmi les
ministres des autels. Croyant acheter une paix
durable, Molière consentit avec résignation à
tout ce que demandait la conscience timorée
du Roi. Sa pièce fut appelée *l'Imposteur*, son
principal personnage *Panulphe*, tous les passages
suspects furent supprimés, et l'hypocrite fut vêtu
de manière à ce qu'avec la plus mauvaise foi
imaginable on ne pût reconnaître en lui un
caractère sacré [1].

Ce fut le 5 août que *l'Imposteur*, ainsi châtié,

1. *Second placet au Roi*, à la tête du *Tartuffe*.

fut représenté pour la première fois en public. Il ,667,
serait, dans toute autre circonstance, assez superflu de dire qu'il obtint un très grand succès ; mais
ici on ne saurait trop appuyer sur ce fait, puisque c'est lui qui augmenta encore la colère, la
fureur des ennemis de l'auteur. Les applaudissemens du parterre ranimèrent leur rage à peine
endormie, et Molière eut bientôt lieu de se
repentir de son triomphe.

Le lendemain de cette première représentation, le premier président de Lamoignon, au
nom du parlement, fit signifier à la troupe de
Molière la défense de jouer *l'Imposteur*. La
première permission ayant été donnée verba-
lement, on se trouva dans l'impossibilité de la
représenter, et force fut d'attendre un nouvel
ordre de Sa Majesté [4].

Le 8 août, deux acteurs de la troupe, La Thorillière et La Grange partirent de Paris en poste,
pour aller présenter au Roi, qui se trouvait alors
au siège de Lille, le second des placets qui précèdent *le Tartuffe*. Le Prince lui répondit qu'à
son retour *il ferait de nouveau examiner la pièce
et qu'ils la joueraient*. Confians en cette promesse

---

1. *Extrait des recettes et des affaires de la Comédie, depuis
Pâques de l'année* 1659 *jusqu'au* 31 *août* 1685, *appartenant
au sieur de La Grange, l'un des comédiens du Roi*; in 4°. manuscrit.

1667. qui ne devait recevoir que bien tard son exécution,
ils revinrent à Paris; et le théâtre de Molière, qui
avait suspendu ses représentations pendant toute
la durée de leur absence, les reprit le 25 septembre [1].

On s'étonnerait probablement que nous pas-
sassions sous silence une anecdote plus piquante
que vraisemblable, et par cela même généralement accréditée. C'est cependant le parti que
nous prendrions, si cette popularité ne nous
faisait un devoir d'en démontrer la fausseté. Il
n'est personne qui n'ait lu dans tous les *ana* que
le 7 août, au moment où le public, accouru pour
la seconde représentation, comptait voir commencer ses jouissances, la toile se leva, et que
Molière, après les trois saluts d'usage alors
comme aujourd'hui, dit en s'adressant à l'assemblée : « Messieurs, nous comptions avoir l'hon-
» neur de vous donner la seconde représentation
» du *Tartuffe*, mais M. le premier président ne
» veut pas qu'on le joue. » L'inventeur de cette
pasquinade, qui tenait à paraître donner les propres paroles de Molière, aurait dû se rappeler
qu'une défense royale avait prohibé ce titre de
Tartuffe, et qu'il ne se serait par conséquent
servi que de celui de *l'Imposteur ;* mais il semble

1. Registre précité.

avoir oublié surtout que Molière ne se fût pas 1667.
permis en public une aussi grossière attaque envers un homme dont toutes les vertus ne pouvaient être effacées à ses yeux par une mesure
qui était celle du parlement et non la sienne
propre. Non, Molière, qui a donné tant de preuves de son respect pour les convenances, ne les
eût point violées à l'égard d'un citoyen chez qui la
vertu était austère, mais sans rudesse, la religion
zélée, mais sans aveuglement. Le protecteur et
l'ami de Boileau et du grand Corneille, le magistrat qui montra une courageuse bienveillance
envers Fouquet malheureux, avait trop de titres
à la reconnaissance des hommes de lettres et à
l'estime du public, pour que quelqu'un eût pu
le croire *joué*; et Molière, en admettant qu'il
eût été assez peu modéré, ce que nous ne saurions
rions croire, pour se laisser aller à cet injuste
jeu de mots, eût bientôt vu ses défenseurs jusque-là les plus constans l'abandonner, et le laisser seul aux prises avec la cabale. Ceux d'ailleurs
pour qui ces raisons ne seraient point encore
assez convaincantes voudront bien remarquer
que Grimarest, qui, la plupart du temps, ac-
cueille avec un aveugle empressement les anecdotes fausses ou vraies débitées sur notre auteur,
n'a point fait entrer celle-ci dans sa *Vie*. Nous
avons tout lieu de croire que le folliculaire obscur

1667. qui a accusé Molière de cette charge, n'a pas même
le mérite, assez triste il est vrai, de l'avoir inventée.

« On avait fait à Madrid une comédie sur l'Alcade :
» il eut le crédit de la faire défendre ; néanmoins
» les comédiens eurent assez d'amis auprès du
» Roi pour la faire réhabiliter. Celui qui fit l'an-
» nonce, la veille que cette pièce devait être
» représentée, dit au parterre : Messieurs, *le Juge*
» (c'était le nom de la pièce) a souffert quelques
» difficultés : l'Alcade ne voulait pas qu'on le
» jouât ; mais enfin Sa Majesté consent qu'on le
» représente [1]. » Cette anecdote, qu'on lit dans le
Menagiana, a évidemment fourni l'idée et le trait
de celle où l'on s'est calomnieusement plu à
faire figurer Molière (5).

Grimarest a prétendu que notre auteur, dé-
couragé par tant de persécutions, en avait conçu
un profond chagrin, et que souvent on lui avait
entendu dire en parlant de cette comédie : « Je
» me suis repenti plusieurs fois de l'avoir faite [2]. »
Rien ne serait plus opposé qu'une telle exclamation, qu'une telle pensée, au caractère de
Molière, qui ne connut de faiblesses qu'en
amour. Rien dans ses ouvrages, dans ses actions, ne peut porter à croire qu'il ait eu jamais

---

1. *Menagiana*, édit. de 1715, t. IV, p. 173 et 174.
2. Grimarest, p. 205.

le dessein de fuir devant de tels ennemis, ou 1667.
le regret de se les être attirés. On le vit au contraire solliciter sans relâche des permissions du
Roi, dans des placets qui respiraient une noble
fermeté et une tranquille indépendance, et ajouter dans ces écrits, par des traits et des sarcasmes
nouveaux, à tous les griefs que la cabale pouvait
avoir déjà contre lui. « Pourquoi, répondit-il à
» ceux qui lui faisaient un reproche d'avoir pro-
» fané la morale en la mettant en scène, pourquoi
» ne me serait-il pas permis de faire des sermons,
» tandis qu'on permet au père Mainbourg de faire
» des farces [1] ? » Les chefs-d'œuvre et les folies
que nous allons voir se succéder rapidement
réfuteront d'ailleurs plus que suffisamment ce
prétendu abattement d'esprit, ce décourage-
ment, ce profond chagrin.

J.-B. Rousseau, dans une de ses lettres à Brossette, dit que *l'aventure du Tartuffe se passa
chez la duchesse de Longueville.* L'abbé de Choisy
nous apprend dans ses mémoires que Molière
en traçant son principal rôle eut en vue l'abbé
de Roquette, depuis évêque d'Autun, un des
plus empressés courtisans de cette dame, le même
dont Boileau a fait valoir les droits à la propriété
de ses sermons :

---

1. *Supplément à la vie de Molière,* par Bret, édition des
OEuvres de Molière, 1773, t. I, p. 66.

1667.
> On dit que l'abbé Roquette
> Prêche les sermons d'autrui.
> Moi qui sais qu'il les achète,
> Je soutiens qu'ils sont à lui.

Madame de Sévigné, sans nous faire connaître
davantage l'aventure en question, confirme plei-
nement l'assertion de l'abbé de Choisy quand
elle écrit : « Il a fallu dîner chez M. d'Autun ;
» *le pauvre homme!* » et une autre fois, à propos
de l'oraison funèbre prononcée pour cette même
duchesse par le même prélat : « Ce n'était point
» Tartuffe, ce n'était point un pantalon, c'était
» un prélat de conséquence (6). »

Nous avons indiqué où Molière avait pris son
modèle, il nous reste maintenant à faire connaître l'origine du titre de sa pièce. Cette généa-
logie d'un mot pourrait paraître minutieuse en
toute autre occasion ; mais rien de ce qui concerne le chef-d'œuvre de notre scène ne saurait
manquer d'intérêt. Quelques commentateurs,
entre autres Bret, ont prétendu que Molière, plein
de l'ouvrage qu'il méditait, se trouvait un jour
chez le nonce du Pape avec plusieurs saintes
personnes. Un marchand de truffes s'y présenta,
et le parfum de sa marchandise vint animer les
physionomies béates et contrites des courtisans
de l'envoyé de Rome : *Tartufoli, signor nunzio,*

Tartufoli, s'écriaient-ils en lui présentant les plus 1667.
belles. Suivant cette version, c'est ce mot de
Tartufoli, prononcé avec une sensualité toute
mondaine par ces bouches mystiques, qui aurait
fourni à Molière le nom de son imposteur[1]. Le premier nous avons combattu cette fable, et l'honneur que nous a fait un de nos littérateurs les
plus distingués en adoptant notre opinion nous
engage à la reproduire ici :

On disait généralement encore, du temps de
Molière, *truffer* (pour *tromper*), dont on avait fait
le mot *truffe*, qui convient très-bien à l'espèce de
fruit qu'il sert à désigner, à cause de la difficulté
qu'on a à le découvrir. Or il est bien certain qu'on
employait autrefois indifféremment *truffe* et *tartuffe*, ainsi qu'on le voit dans une ancienne traduction française du traité de Platina intitulé
De honestá Voluptate, imprimée à Paris en 1505,
et citée par Le Duchat dans son édition du
Dictionnaire Étymologique de Menage. L'un des
chapitres du livre IX de ce traité est intitulé
des Truffes ou Tartuffes; et, comme Le Duchat et
autres étymologistes regardent tous le mot *truffe*
comme dérivé de *truffer*, il est probable que
l'on n'a dit aux quinzième et seizième siècles

---

1. *OEuvres de Molière*, avec les remarques de Bret, 1773,
t. IV, p. 399.

1667. *tartuffe* pour *truffe*, que parce qu'on pouvait dire
également *tartuffer* pour *truffer*. « Les *truffes*,
» ajoute M. Étienne après avoir indiqué la même
» étymologie, viendraient donc de la tartufferie :
» peut-être n'est-ce point parce qu'elles sont dif-
» ficiles à découvrir qu'on leur a donné ce nom,
» mais parce qu'elles sont un moyen puissant de
» séduction, et que la séduction n'a guère d'autre
» but que la tromperie. Ainsi, d'après une antique
» tradition, les grands dîners qui ont aujourd'hui
» une si haute influence dans les affaires de l'État
» seraient des dîners de tartuffes. Il y a des éty-
» mologies beaucoup moins raisonnables que
» celle-là. »

Le caractère de Tartuffe est certainement le
plus profondément tracé de tous ceux qui ont été
mis sur la scène jusqu'à ce jour. C'est l'ame d'un
hypocrite devinée ou surprise, car elle ne se dé-
voile pas d'elle-même, elle ne se livre à personne ;
et La Harpe a bien su apprécier l'intention de
Molière et la difficulté qu'il a eue à vaincre, lorsqu'il l'a loué de n'avoir donné à son Tartuffe ni
confident ni monologue, de n'avoir montré ses
vices qu'en action.

La Bruyère, dont l'amour-propre a, dans cette
circonstance, faussé le jugement, essaya, dans
son chapitre *de la Mode*, de tracer un caractère
de faux dévot qui fût la contre-partie et la criti-

que de celui de Molière. Son Onuphre n'est qu'une 1667.
création sans mouvement et sans vie, et qui par
conséquent ne saurait être appropriée à la scène;
et ce qui prouve d'ailleurs combien le censeur est
demeuré loin de l'auteur qu'il a osé critiquer,
c'est que jamais aucun des originaux qui s'étaient
reconnus dans le premier portrait, et qui avaient
maudit leur peintre, ne fit entendre la moindre
clameur contre le second. Ce silence parle plus
haut que toutes les critiques.

Outre les reproches adressés par le Théophraste
français à ce rôle, on lui a encore fait celui d'être
odieux, et par conséquent presque insupportable
à la scène. Ce dernier n'est pas mieux fondé que
les autres; car Molière, pendant quatre actes, a
principalement fait envisager le côté ridicule du
personnage; et si, au cinquième, il lui a donné
une audace plus ouverte, ce n'était, comme l'a
dit J.-B. Rousseau, que pour y apporter le dernier coup de pinceau[1]; d'ailleurs, le châtiment
ne se fait pas long-temps attendre, et, dès les
premiers vers que prononce l'exempt, le spectateur respire et son cœur se desserre.

Quel art! quelle variété dans la peinture de cet
admirable tableau! Madame Pernelle a tout l'en-

---

1. Lettre à M. Chauvelin, t. V, p. 325 de l'édition des *OEuvres de J.-B. Rousseau*, donnée par M. Amar.

1667. têtement, toute la prévention de l'âge et de la
bigoterie ; Cléante, toute la modération et toute
la tolérance d'un homme éclairé et sagement religieux ; Orgon est violent dans son fanatisme,
aveugle dans son engouement ; Elmire, vertueuse
sans pruderie, sage sans ostentation : le caractère de Damis est impétueux et irréfléchi ; celui
de Valère est sensible et généreux ; Mariane montre
une âme aimante et douce, Dorine un esprit mordant qui s'exerce même aux dépens d'une famille
qu'elle sert avec attachement. Enfin, dans cette
admirable conception, il n'est pas une seule idée,
il n'est pas un seul détail qui ne réponde à la sagesse, à la perfection de l'ensemble.

Molière n'avait rien négligé non plus pour que
l'exécution scénique fût également irréprochable.
Il s'était chargé du rôle d'Orgon, et avait confié
celui d'Elmire à sa femme. Comme elle prévoyait
bien que cette pièce attirerait beaucoup de monde,
mademoiselle Molière avait à cœur de s'y faire remarquer par l'éclat de sa toilette : elle commanda
donc un habit magnifique sans en rien dire à son
mari, et, le jour de la représentation, elle se mit
de très-bonne heure en devoir de s'en vêtir. Molière, en faisant sa ronde, entra dans sa loge pour
voir si elle se préparait. « Comment donc, dit-il
» en la voyant si parée, que voulez-vous dire avec
» cet ajustement ? Ne savez-vous pas que vous êtes

» incommodée dans la pièce ? et vous voilà éveillée
» et ornée comme si vous alliez à une fête. Désha-
» billez-vous vite, et prenez un habit convenable
» à la situation où vous devez être ¹. »

Nos Elmires ignorent probablement cette anecdote, ou du moins les soins de l'amour-propre
l'emportent chez elles sur leur respect pour les
intentions de l'auteur. Il est vrai que, s'il fallait
les observer toutes fidèlement, la représentation
de ce chef-d'œuvre serait aujourd'hui impossible :
il n'est guère d'acteurs qui eussent le droit d'y
prendre un rôle. L'anecdote suivante fait connaître les qualités, bien rares de nos jours, que
Molière exigeait de ses interprètes :

Un soir qu'on représentait le *Tartuffe*, Champ-
mêlé, qui ne faisait pas encore partie de la troupe,
alla voir Molière dans sa loge près du théâtre. Ils
n'en étaient qu'à l'échange des premiers complimens d'usage, quand Molière, se frappant la tête
avec les marques du plus violent désespoir, se
mit à crier : *Ah! chien! ah! bourreau!* Champ-
mêlé crut qu'il tombait en démence, et ne savait
trop quel parti prendre ; mais Molière, qui s'aperçut de son embarras, lui dit : « Ne soyez pas sur-
» pris de mon emportement : je viens d'entendre
» un acteur déclamer faussement et pitoyablement

---

1. Grimarest, p. 259 et 260.

14

1667. » quatre vers de ma pièce ; et je ne saurais voir
» maltraiter mes enfans de cette force-là sans souf-
» frir comme un damné. ' »

Le trait que nous allons rapporter fera également connaître avec quel tact Molière savait apprécier l'aptitude de ses camarades.

Une actrice nommée Bourguignon, après avoir
parcouru la Hollande avec des comédiens ambu-
lans, s'engagea dans une troupe qui se trouvait à
Lyon. Elle était d'un caractère altier et dominant,
et la crainte de trouver un maître dans un mari
l'avait jusque-là détournée de former une union. Il
y avait dans la troupe où elle venait d'être enrôlée
un homme d'une simplicité à toute épreuve, qui
n'était que gagiste, et que son intelligence bornée
semblait condamner à jamais à l'emploi dont il était
alors chargé, celui de moucher les chandelles.
Beauval, c'était son nom, parut à la jeune Bourguignon un sujet précieux pour le mariage : aussi con-
vinrent-ils de s'unir. Le chef de la troupe, père
adoptif de la fiancée, voulut mettre des obstacles
à l'exécution de ce projet; il parvint même à
obtenir de l'archevêque de Lyon une défense
à tous les curés de son diocèse de marier ces
deux amans. Mais l'esprit inventif de la future
trouva un singulier moyen pour éluder cet ordre. Elle se rendit à sa paroisse un dimanche

1. Grimarest, p. 202.

matin avant l'office , accompagnée de Beauval , 1667.
qu'elle fit cacher sous la chaire où le curé faisait
le prône ; et, lorsqu'il l'eut fini, elle se leva et déclara à haute voix qu'elle prenait., en présence
de l'église et des assistans, Beauval pour son légitime époux. Celui-ci sortit aussitôt de sa ca-
chette et fit la même déclaration. Après cet
éclat, on ne jugea pas prudent de leur refuser
un sacrement dont ils menaçaient de se passer..

Quelque temps après, Beauval et sa femme passèrent dans la troupe du Palais-Royal. Celle-ci créa
plusieurs rôles avec un véritable talent ; et son
mari , dont on avait désespéré jusque-là , représenta de la manière la plus satisfaisante certains
personnages des comédies de notre auteur, notamment Thomas Diafoirus du *Malade imaginaire*.
Molière, à une des répétitions de cette pièce,
parut mécontent des acteurs qui y jouaient, et
principalement de mademoiselle Beauval, qui faisait Toinette. Cette actrice, peu endurante, après
lui avoir répondu assez brusquement, ajouta :
« Vous nous tourmentez tous, et vous ne dites
» mot à mon mari ? — J'en serais bien fâché,
» reprit Molière, je lui gâterais son jeu ; la na-
» ture lui a donné de meilleures leçons que les
» miennes pour ce rôle[1]. » Ces divers faits prou-

1. *Histoire du Théâtre français* (par les frères Parfait), t. XIV
p. 257 et suiv

14.

1667. vent suffisamment qu'il n'y a rien d'exagéré dans les éloges que Segrais a donnés à « cette troupe » accomplie de comédiens, formée de la main de » Molière, dont il était l'ame, et qui ne peut avoir » de pareille[1]. »

Quinze jours après la défense du parlement on vit paraître, à la date du 20 août, une *Lettre sur la comédie de l'Imposteur*, qui dut nécessairement être très-recherchée alors. Beaucoup de personnes n'avaient ni entendu de lectures particulières, ni assisté à l'unique représentation de la pièce : c'était pour elles une bonne fortune que la publication d'une analyse aussi détaillée du chef-d'œuvre dont une défense doublement cruelle les privait à la scène et à la lecture. Cet examen raisonné, que l'auteur anonyme donne comme écrit de mémoire après la représentation, offre un extrait d'une scrupuleuse fidélité tant pour l'enchaînement des scènes que pour la citation des passages les plus remarquables et des vers les plus saillans. Cette exactitude, l'adresse avec laquelle l'auteur de la *Lettre* se constitue le défenseur de la pièce, le tact et le goût dont il fait preuve dans ce compte rendu, tout nous porte à croire que cette analyse ne put sortir que de la plume de Molière. Cependant plusieurs littéra-

1. *Mémoires de Segrais*, pag. 173. — Perrault, *Éloge des hommes illustres*, p. 79.

teurs, n'apercevant pas dans cette brochure toute ₁₆₆₇.
l'économie de son style, ont pensé qu'il ne fallait
l'attribuer qu'à quelque ami qui l'aurait composée, sous ses yeux. Il importait trop à Molière
de confondre les infames calomnies répandues
contre lui et son ouvrage, pour confier ce soin
même à un ami. D'un autre côté il sentait que sa
défense n'arriverait au but qu'il se proposait qu'autant qu'on ne pourrait deviner qu'il en fût l'auteur. Son plus sûr moyen était donc de chercher
à déguiser son style : c'est le parti qu'il prit en
cette occasion. Mais quiconque aura étudié la
manière d'écrire de l'auteur du *Tartuffe* retrou-
vera dans la *Lettre sur l'Imposteur* des tours et
des expressions qui ne sont qu'à lui. Cette pièce,
une des plus importantes de ce grand procès,
sert à constater quelques changemens qui diffé-
rencient *l'Imposteur* et *le Tartuffe.*

Cinq mois après la première représentation ₁₆₆₈.
de ce chef-d'œuvre, au milieu des orages qui s'a-
massaient et éclataient sans cesse sur sa tête,
quand l'air retentissait encore des vociférations
effrénées qu'une fanatique hypocrisie avait pro-
férées contre lui, Molière, dont le génie avait à
tâche de prouver son mépris pour de si basses
attaques, enrichit notre scène de l'imitation la
plus heureuse et la plus enjouée du drame le
plus original qui ait jamais été représenté sur

1668. aucun théâtre, *Amphitryon*. La folâtre gaieté
dont le rôle du nouveau Sosie est empreint, les
boutades si comiques de Cléanthis, en prouvant
dans leur auteur une entière liberté d'esprit, dé-
voilent suffisamment à ceux qui se reportent au
temps et aux circonstances qui les virent naître
et la grande ame de Molière et sa noble philosophie.

Ce contraste entre la situation de l'auteur et
la disposition de son esprit nous amène à en
faire ressortir un non moins saillant dans la conduite de ses ennemis. Certes, s'il est dans tout
son théâtre un ouvrage où la décence soit presque continuellement blessée, c'est bien *Amphitryon*. Cependant parmi ces mêmes hommes qui
s'étaient montrés si acharnés à crier au scandale
à l'occasion du *Festin de Pierre* et du *Tartuffe*,
il ne s'en trouva pas un seul dont les sorties et
les surprises souvent plus que gaies de Cléanthis
et de Sosie, d'Alcmène et d'Amphitryon, cho-
quassent la religion, ou alarmassent la pudeur.
Cette inconséquence ne peut, ne doit s'expliquer
que par la réponse du prince de Condé à Louis XIV
à l'occasion de *Scaramouche Hermite :* le sujet de
l'une blessait la morale, dont ils ne se souciaient
point; les autres les jouaient eux-mêmes, ce qu'ils
ne pouvaient souffrir.

Ce fut le 13 janvier que cette œuvre nouvelle fut

représentée, pour la première fois, sur le théâtre 1668.
du Palais-Royal. Elle obtint un succès des plus
grands, constaté par vingt-neuf représentations
consécutives. Imprimée dans la même année, elle
parut précédée d'une dédicace au prince de Condé:
c'était un hommage rendu par l'auteur d'*Amphitryon* au protecteur zélé du *Tartuffe*.

Le sujet de cette pièce n'appartient pas plus
à Plaute qu'à Molière. Bien avant lui, Euripide
et Archippus l'avaient traité; et, si l'on en croit
le colonel Dow, cette fable a pris naissance chez
les brachmanes. Voltaire donne la traduction d'un
passage d'un livre des Indiens, écrit dans un langage que l'on parlait de temps immémorial aux
bords du Gange, et recueilli par le savant colonel;
ce morceau renferme une anecdote qui, au dénouement près, a la plus grande conformité
avec l'aventure du général thébain. La voici :

«Un Indou, d'une force extraordinaire, avait
» une très-belle femme : il en fut jaloux, la battit,
» et s'en alla. Un égrillard de dieu, non pas un
» Brama, ou un Vishnou, ou un Sib, mais un
» dieu de bas étage, et cependant fort puissant,
» fait passer son ame dans un corps entièrement
» semblable à celui du mari fugitif, et se présente,
» sous cette forme, à la dame délaissée. La doc-
» trine de la métempsycose rendait cette super-
» cherie vraisemblable.

1668.   » Le dieu amoureux demande pardon à sa pré-
» tendue femme de ses emportemens, obtient
» sa grace et les faveurs de la belle, féconde son
» sein [1] et reste le maître de la maison. Le mari,
» repentant et toujours amoureux de sa femme,
» revient se jeter à ses pieds. Il trouve un autre
» lui-même établi chez lui; il est traité par cet
» autre d'imposteur et de sorcier. Cela forme un
» procès.... L'affaire se plaide devant le parlement
» de Bénarès. Le président était un brachmane,
» qui devina tout d'un coup que l'un des deux
» maîtres de la maison était une dupe et que
» l'autre était un dieu. »

Ici nous sommes forcé d'abandonner le tra-
ducteur, dont les expressions pourraient paraître
à beaucoup de lecteurs un peu trop naturelles.
Il serait maladroit et impardonnable à nous d'en-
courir le reproche d'indécence, en parlant
d'une pièce où l'auteur a su vaincre tant de difficultés pour respecter les convenances. Nous
nous bornerons donc à dire que le tribunal,
connaissant le mari de la belle en litige pour
le plus robuste de tout le pays, ordonna, par
une mesure assez semblable à celle de l'ancien congrès, qu'elle accorderait successive-

---

1. Nous croyons devoir changer quelques-unes des expressions
du récit de Voltaire.

ment ses faveurs aux deux prétendans; et que 1668.
celui qui donnerait le plus de preuves d'amour
et de vigueur serait présumé être fondé dans
sa demande. Le véritable époux atteignit, au
grand étonnement de ce singulier jury, le nombre des travaux d'Hercule. Déjà les assistans,
persuadés de l'inutilité des efforts de son rival,
voulaient que, sans plus attendre, on prononçât
en sa faveur; mais, le tribunal en ayant ordonné
autrement, quelle fut la surprise de l'assemblée,
lorsqu'elle vit le nouvel athlète se montrer digne
d'être, seul, l'époux des cinquante filles de Da-
naüs! On allait lui adjuger le prix, quand le président s'écria : « Le premier est un héros; mais
» il n'a pas dépassé les forces de la nature hu-
» maine : le second ne peut-être qu'un dieu qui
» s'est moqué de nous. » Le dieu avoua tout, et
s'en retourna au ciel en riant[1].

Presque tous les théâtres de l'Europe ont eu
leur *Amphitryon*. Au siècle dernier, on en représentait un à Vienne, dans lequel le dieu, en
lorgnant Alcmène au travers d'un nuage, en de-
venait amoureux et revêtait la forme de son mari.
Mais il profitait beaucoup plus de son déguise-
ment pour faire des dettes au nom de celui qu'il
remplaçait, que pour user de ses droits conju-

---

[1]. Voltaire, *Fragmens historiques sur l'Inde*, édit. de Lequien,
t. XXV, p. 500.

1668. gaux [1]. Camoens a donné aussi, sous ce titre,
une imitation de Plaute, très-pâle et très-indigne
de l'auteur des *Lusiades*; mais tel était l'attrait
de ce sujet, que ces imitations, toutes faibles
qu'elles étaient, ont obtenu des succès de vogue
dans les lieux qui les virent naître : l'original, on
le pense bien, n'avait pas reçu un accueil moins
éclatant à Rome ; car, quelques siècles encore
après la mort du poète latin, on le représentait
aux fêtes de Jupiter. Les Romains avaient pensé
que ce drame convenait mieux à cette solennité
que le tableau en action de quelque haut fait
de ce maître du monde. En effet, si nous jugeons
des dieux par les mortels, ils devaient être plus
fiers de se voir érigés en hommes à bonnes fortunes qu'en héros.

Si tout Paris était allé rire des malheurs d'Amphitryon, peu de réjouissances avaient signalé à
la cour le carnaval de 1668. La conquête de la
Franche-Comté avait tenu éloignés de Versailles
le Roi et tous les jeunes seigneurs. Mais le glorieux traité d'Aix-la-Chapelle étant venu mettre
fin à ces débats sanglans et rendre les vain-
queurs aux douceurs de la paix, Louis XIV voulut
qu'une fête brillante servît à célébrer les succès
de ses armes, et à réparer le temps perdu pour

1. *Lettres de Lady Montagu*, lettre huitième.

les plaisirs. Le talent de Molière fut de nouveau 1668.
mis à contribution pour ajouter au charme de
cette journée. Empressé de plaire au monarque,
de qui dépendait le sort du *Tartuffe*, il saisit ses
admirables pinceaux et traça le plaisant tableau
de *George Dandin.* Le 18 juillet[1], jour de la
fête, cette charmante comédie obtint les suffrages des courtisans, qui virent leur décision confirmée par la ville, le 9 novembre suivant, époque où, dégagée de ses intermèdes, elle fut soumise au jugement des habitués du théâtre du
Palais-Royal.

Cette pièce, une de celles auxquelles on est
convenu de donner le nom de *farces*, fronde un
ridicule qui, pour être aujourd'hui plus rare que
du temps de Molière, n'en existe pas moins, et
sera probablement durable encore, puisqu'il repose sur l'un des grands mobiles du cœur humain,
la vanité. Toutefois les idées qu'une génération
nouvelle a adoptées nous donnent lieu d'espérer
que, dans un siècle où le lustre d'un homme ne
réside plus guère qu'en lui-même, l'alliance avec
les Sotenvilles deviendra de jour en jour moins
attrayante pour les Georges Dandins.

Le but de Molière était louable parce qu'il

---

1. *Relation de la fête de Versailles, du 18 juillet*, par Féli-
bien; et non le 15, comme l'ont dit presque tous les éditeurs de
Molière.

1668. était utile; les moyens qu'il a employés pour l'atteindre ont été jugés blâmables, parce qu'ils sont, dit-on, dangereux. Riccoboni, le premier écrivain un peu renommé qui se soit élevé contre l'immoralité de cette pièce, la range parmi celles *qui ne peuvent être admises sur un théâtre où les mœurs sont respectées.* Cette opinion a été adoptée avec chaleur par un de nos plus célèbres auteurs, qui a dit, dans une de ses trop fréquentes et trop violentes déblatérations contre Molière : « Voyez comment, pour multiplier ses »plaisanteries, cet homme trouble tout l'ordre »de la société; avec quel scandale il renverse »tous les rapports les plus sacrés sur lesquels »elle est fondée; comment il tourne en dérision »les respectables droits des pères sur leurs en- »fans, des maris sur leurs femmes, des maîtres »sur leurs serviteurs! Il fait rire, il est vrai, et »n'en devient que plus coupable, en forçant par »un charme invincible les sages mêmes de se »prêter à des railleries qui devraient attirer leur »indignation. J'entends dire qu'il attaque les »vices : mais je voudrais bien que l'on comparât »ceux qu'il attaque avec ceux qu'il favorise.... »Quel est le plus criminel d'un paysan assez fou »pour épouser une demoiselle, ou d'une femme »qui cherche à déshonorer son époux? Que pen- »ser d'une pièce où le parterre applaudit à l'in-

» fidélité, au mensonge, à l'impudence de celle-ci, 1668.
» et rit de la bêtise du manant puni[1]? »

Certes on s'étonnera toujours avec raison d'entendre porter par qui que ce soit contre Molière un jugement dont les considérans sont généralement aussi peu fondés, dont les expressions sont aussi acerbes. Mais combien la surprise n'est-elle pas plus grande encore, quand on songe que c'est l'auteur de *Julie*, J. J. Rousseau, qui l'a prononcé. Oui, c'est cet écrivain dont la plume a tracé le voluptueux tableau des séduisantes faiblesses de mademoiselle d'Étanges, et qui crut avoir tout racheté en nous peignant madame de Wolmar fidèle à ses devoirs qu'elle maudit intérieurement plus d'une fois! C'est lui qui vient accuser Molière *d'avoir troublé tout l'ordre de la société, d'avoir renversé avec scandale tous les rapports les plus sacrés sur lesquels elle est fondée*, parce que, afin d'éclairer sur leurs dangers des hommes entraînés par une sotte vanité à des liaisons disproportionnées, il a exposé à leurs yeux une fille de qualité, légère mais non criminelle, faisant damner le manant que le honteux calcul de ses parens lui a imposé pour mari. A Dieu ne plaise qu'émule de nos modernes Zoïles nous allions mêler notre voix à leur

1. *Lettre à d'Alembert sur les spectacles.*

1668. concert quotidien de clameurs contre le philosophe Génevois! C'est parce que nous ap-
précions tout son talent, tout son génie, c'est
parce que ses arrêts exercent sur le public une
influence puissante, que nous avons voulu démontrer l'injuste rigueur de celui-ci; c'est parce
que la mémoire de l'auteur d'*Émile* mérite et
obtient sans cesse de nouveaux tributs d'estime
et d'admiration qu'on lui eût peut-être accordés
avec peine s'il n'eût produit que la *Nouvelle
Heloïse*, que nous avons entrepris de justifier
de ses accusations, par une simple récrimination,
l'auteur de *George Dandin*, qui est aussi celui
du *Tartuffe* : *amicus Plato, magis amica veritas.*

Nous sommes cependant loin de prétendre,
ainsi que l'ont fait un grand nombre de littérateurs, que l'on doive regarder Molière comme
tout-à-fait irrépréhensible à ce sujet. Nous pensons qu'en voulant nous guérir de la folle manie
des alliances superbes il a exposés les maris à
ce même malheur dont ces unions finissent par
les rendre victimes. Angélique étourdie et in-
conséquente, recevant les œillades et les billets-
doux d'un amant, acceptant ses offres galantes de
service et ses rendez-vous nocturnes, n'est-elle
pas un tableau aussi dangereux pour les femmes
que la moralité adressée aux hommes peut être
utile? Nous ne demanderons pas avec Rous-

seau lequel est le plus criminel du manant ou 1668.
de la coquette : ce n'est point ce dont Molière
avait à s'occuper ; nous ferons seulement observer avec La Harpe que la conduite impudente
de celle-ci est peut-être plus faite pour augmenter le nombre des Angéliques, que le sort
de celui-là n'est propre à diminuer le nombre des
Georges Dandins. Mais si les mauvais exemples
de cette nature produisent plus d'effet que les
plus sages leçons, leur danger n'accuse pas l'immoralité de l'auteur qui les met en scène, mais
des spectatrices qu'ils peuvent séduire.

Toutefois ce vice de l'ouvrage n'en compromit
pas un seul instant le succès. La cour rit et fut
désarmée ; la ville, comme nous l'avons déjà
dit, ne montra pas des dispositions moins favorables. Suivant Grimarest, Molière, pour apla-
nir tous les obstacles qui pouvaient nuire à
l'accueil de sa comédie, se trouva cependant
forcé de faire une démarche qui paraîtra singulière même à ceux qui ne la jugeront pas invraisemblable. Un de ses amis lui fit observer qu'il
y avait dans le monde un Dandin dont les infortunes conjugales étaient en plus d'un point semblables à celles du héros de sa pièce, et qui, s'il
venait à se reconnaître dans ce personnage, pourrait, par l'influence de sa famille, non-seulement
décrier l'ouvrage, mais même se venger de l'au-

1668. teur. Molière chercha le moyen de parer ce coup
et le trouva bientôt. Ce mari trompé était un des
habitués de son théâtre. Il s'approcha de lui la
première fois qu'il l'y aperçut, et lui demanda
en grace de lui donner une heure, voulant, dit-il,
lui lire une comédie et la soumettre à son jugement. Le confrère du mari d'Angélique s'empressa de lui indiquer le lendemain soir. Plein
d'une orgueilleuse satisfaction, il se mit dans cet
intervalle à courir publier de tous côtés l'honneur
que Molière lui faisait, et convoquer pour l'heure
dite toutes les personnes qu'il connaissait. Le lendemain Molière arrive, et n'est pas peu surpris de
se voir attendu par une aussi nombreuse assemblée. Cependant cet auditoire improvisé ne le dé-
concerte pas ; il fait sa lecture, et recueille les
applaudissemens de chacun. L'hôte surtout se
fit remarquer par les fréquentes marques de sa
bruyante admiration, et quand la pièce fut jouée
il s'en montra le plus chaud prôneur [1] : tant est
vrai ce qu'a dit de la comédie l'auteur de l'*Art
poétique* :

> Chacun, peint avec art dans ce nouveau miroir,
> S'y *voit* avec plaisir, ou *croit* ne s'y pas voir.

Molière fit suivre cette production riante d'une

1. Grimarest, pag. 195 et suiv.

composition d'un ordre beaucoup plus élevé. Le 1668.
9 septembre 1668 [1], il exposa aux yeux du public le tableau des vilenies d'Harpagon. Cette
comédie fut froidement accueillie dans sa nouveauté ; aujourd'hui encore les représentations
en produisent peu d'effet. Cherchons à expliquer
l'espèce d'indifférence des spectateurs de notre
siècle pour ce chef-d'œuvre ; nous dirons ensuite
les causes de l'injustice des contemporains de
l'auteur.

L'*Avare* est, ainsi que *les Femmes savantes*, une
page immortelle de l'histoire de nos mœurs ; mais
le vice auquel Molière avait déclaré la guerre dans
la première de ces pièces était passager comme
le ridicule qu'il frondait dans la seconde. Depuis
long-temps déjà de nouveaux défauts, de nouveaux travers sont venus leur succéder ; et ce n'est
qu'à l'espèce d'impossibilité où le spectateur se
trouve aujourd'hui de constater la ressemblance
de ces portraits en les confrontant avec les originaux, devenus trop rares, et de faire de malignes
applications de leurs traits admirables, que l'on

---

1. Voir notre édition des *OEuvres de Molière*, t. VIII,
p. 459. Avant les recherches auxquelles M. Beffara s'est livré, on
avait toujours cru que l'*Avare* avait été joué dès la fin de janvier
1668, et que le 9 septembre n'était que l'époque de la reprise.
Grimarest et Voltaire avaient même prétendu qu'elle avait été
représentée en 1667.

15

doit attribuer l'accueil peu empressé que reçoivent
aujourd'hui ces ouvrages. Il y aura dans tous les
temps des Célimènes : on nous assure avoir, naguère encore, rencontré des Tartuffes ; mais il n'est
plus de Philamintes ; on chercherait long-temps
des Harpagons. Si cette circonstance ne justifie
pas les froides dispositions de notre parterre et
de nos acteurs pour *l'Avare,* elle peut servir, du
moins à l'expliquer.

Au siècle de Molière, au contraire, on voyait
à la vérité les hommes de cour dissiper le plus
souvent l'héritage de leurs pères ; l'immense ma-
jorité, en cherchant la fortune dans le jeu et l'intrigue, et dans le luxe et le scandale une rapide
célébrité ; un petit nombre, en servant la patrie avec désintéressement, plus jaloux de laisser à leurs enfans un nom sans tache et de bons
exemples que des titres pompeux et une opulence suspecte ; mais la bourgeoisie, comptée
pour très-peu de chose dans l'État, vivait obscure
et retirée. Les lettres, dont l'amour enflammait
les rangs élevés de la société, étaient généralement inconnues à cette classe, qui, tout entière
au commerce ou à l'administration parcimonieuse
de ses biens, voyait dans l'accroissement de sa
fortune le seul but de son existence.

On peut, sans crainte d'être taxé d'une aveugle
admiration pour Molière, attribuer à ses sages

leçons, et surtout. à .ses..mordans sarcasmes ; le 1668.
retour sur lui-même d'un sexe fait pour plaire et
pour aimer ; mais il y aurait ignorance et engouement à vouloir le proclamer le vainqueur de l'a-
varice : ce défaut n'a , long-temps encore. 'après
lui, cédé qu'aux progrès d'un défaut contraire: La
civilisation, étendant ses. progrès sur toutes les
classes de citoyens, répandit partout le goût de
la dépense et de la prodigalité. Les trésors si lon-
guement amassés disparurent en peu de temps :
la soif de l'or fit place à la folle dissipation, qui,
sans doute, est un blâmable excès, mais n'est
pas, du moins, comme la manie des Harpagons,
un délit de lèse-société.

Les glaciales préventions des premiers juges de
l'*Avare* n'avaient évidemment d'autre cause que
l'envie, qui trouva un appui dans la sottise. Il
n'eut, dans le principe, que neuf représentations, pas même consécutives. Repris deux mois
après, il disparut encore après avoir été joué onze
fois.

On a souvent répété que ce fut l'étrangeté
d'une pièce en cinq actes et en prose qui compromit le sort de celle-ci ; mais l'allégation
est complètement fausse. Une comédie en cinq
actes et en prose n'était pas alors une chose
assez nouvelle pour paraître bizarre. *Le Pédant
joué*, de Cyrano de Bergerac, *la Princesse d'Élide*

15.

1668 et *le Festin de Pierre*, avaient dû y habituer le public. Il est bien plus naturel de croire que les ennemis de Molière, qui, en lui accordant par un adroit calcul assez de talent pour la farce et le comique de second ordre, voulaient lui interdire la haute comédie comme au-dessus de ses moyens, embarrassés pour motiver l'arrêt qu'ils avaient rendu contre *l'Avare*, se fondirent sur ce ridicule grief. Grimarest rapporte les plaisantes exclamations d'un duc qu'il ne nomme pas, à qui l'on avait probablement persuadé, comme on aurait pu le faire à ce bon M. Jourdain, qu'il était de mauvais ton de s'amuser en entendant autre chose que des vers : « Molière est-il fou ? disait » le grand seigneur bel esprit, et nous prend-il » pour des benêts de nous faire essuyer cinq actes » de prose ? A-t-on jamais vu plus d'extravagance? » Le moyen d'être diverti par de la prose ! ¹ » Le moyen de n'être pas révolté en entendant de semblables critiques !

Le public revint bientôt de l'aveuglement dans lequel l'avaient plongé des Zoïles adroits et acharnés. La prose et *l'Avare* avec elle obtinrent une complète réhabilitation ; et, comme pour faire oublier l'excès auquel l'injustice les avait poussés, ces mêmes censeurs, trop long-temps

---

1. Grimarest, p. 107.

abusés, se laissèrent bientôt aller à un excès contraire. Menage trouva la prose de Molière bien
préférable à ses vers[1]; cet avis fut partagé par
un assez grand nombre de littérateurs, et le
chantre de Télémaque l'accueillit avec plus d'empressement que tout autre. Dans sa *Lettre sur
l'éloquence*, adressée à l'Académie Française,
Fénelon dit, en parlant de Molière : « En pen-
» sant bien il parle souvent mal. Il se sert des
» phrases les plus forcées et les moins naturelles.
» Térence dit en quatre mots, avec la plus élé-
» gante simplicité, ce que celui-ci ne dit qu'avec
» une multitude de métaphores qui approchent
» du galimatias. J'aime bien mieux sa prose que
» ses vers; par exemple, *l'Avare* est moins mal
» écrit que les pièces qui sont en vers.... Mais
» en général il me paraît, jusque dans sa prose,
» ne parler point assez simplement pour exprimer
» toutes les passions. »

Le style de Molière ne nous semble pas aujourd'hui plus irréprochable qu'à Fénelon; mais
nous ferons observer que la plus grande partie
des négligences et des tours forcés qui le dé-
parent appartiennent au temps où vivait notre
comique. Né au commencement de 1622, c'est-
à-dire près de dix-huit ans avant Racine, et

---

1. *Menagiana*, édit. de 1715, t. I, p. 144.

1668. mort en 1673, il ne pût écrire comme cet auteur ni comme Bossuet, qui mirent à profit tous les progrès de la langue. C'est déjà beaucoup pour lui de s'être montré si supérieur à ses véritables contemporains les Scarron et autres; et, pour ne parler que de son style poétique, que Fénelon a plus vivement attaqué, nous pouvons affirmer, sans crainte d'être démenti, qu'aucun des auteurs qui se sont présentés depuis sa mort jusqu'à ce jour pour recueillir sa succession n'a atteint à ce naturel, à cette vivacité et à cette énergie qui distinguent la poésie du *Misanthrope* et des *Femmes savantes*, et principalement celle des quatre premiers actes du *Tartuffe*.

Ce que nous venons de dire des vers de Molière, nous pouvons le répéter de sa prose. Celle des auteurs dramatiques que la fin du dix-septième siècle et le dix-huitième tout entier ont vus naître est restée à une immense distance de la sienne. Personne n'a su comme lui y répandre ce comique, ce sel et cette vigueur qui font le charme de ses spectateurs et le désespoir de ses rivaux; mais, tout en l'admirant, nous trouvons qu'il y aurait prévention à la mettre au-dessus de son style poétique, qu'elle égale mais ne surpasse pas.

La Harpe, tout en rendant justice au dialogue vraiment comique de cet ouvrage, dit dans son

Cours de littérature : « Si Molière ne versifia pas 1668.
» *l'Avare*, c'est qu'il n'en eut pas le temps[1]. » Jamais assertion ne nous a paru plus étrangement
aventureuse. Quoi ! l'on peut penser que la prose
de Molière n'est que celle d'un cavenas; qu'elle
ne nous est restée que parce que Molière ne
trouva pas le temps de versifier son ouvrage, et
qu'en la laissant échapper de sa plume il ne la
regardait que comme une espèce d'argument
détaillé de ses scènes ! La Harpe ne réfléchissait
donc pas, en avançant ce fait, qu'il est de ces traits
rapides et concis, qui perdraient la plus grande
partie de leur charme s'il fallait les allonger
selon le besoin du vers? Qui pourrait penser à
versifier la scène d'Harpagon et de la Flèche, du
premier acte; celle du diamant au troisième, et
tant d'autres dont les expressions si naturelles ne
le sembleraient plus autrement disposées? Non,
l'Avare, *le Médecin malgré lui*, ont été écrits
pour demeurer en prose; il suffit de les lire après
le Festin de Pierre pour sentir que le changement que Thomas Corneille fit subir à celui-ci
est impraticable pour ceux-là. La prose de Molière est bien supérieure à celle de Beaumarchais : eh bien ! qu'on essaie de rimer *le Barbier*

_____

1. *Cours de Littérature,* par La Harpe, édit. Verdière, 1821,
t. VI, p. 299.

1668. *de Séville* et *le Mariage de Figaro*, et la pâle couleur de ce nouveau vêtement, auprès du brillant éclat du véritable, donnera la mesure de la folie dont on s'est plu si gratuitement à faire soupçonner notre auteur.

Les reproches que Rousseau adresse généralement à Molière portent toujours sur des points beaucoup plus graves que le style. C'est encore aux intentions morales de l'auteur qu'il s'en prend à l'occasion de *l'Avare* : « C'est un grand vice » d'être avare, et de prêter à usure, dit-il ; mais » n'en est-ce pas un plus grand encore à un fils » de voler son père, de lui manquer de respect, » de lui faire mille insultans reproches, et, quand » un père irrité lui donne sa malédiction, de ré- » pondre d'un air goguenard, *qu'il n'a que faire de* » *ses dons?* Si la plaisanterie est excellente, en » est-elle moins punissable? et la pièce où l'on » fait aimer le fils insolent qui l'a faite, en est-elle » moins une école de mauvaises mœurs¹ ? »

Comme il nous est pénible de combattre sans cesse J.-J. Rousseau, et que d'ailleurs il nous serait impossible de défendre Molière mieux que Marmontel ne l'a fait en cette occasion, nous laisserons ce littérateur lui répondre. « Supposons » que, dans un sermon, l'orateur dît à l'avare :

---

1. *Lettre à d'Alembert, sur les Spectacles.*

« Vos enfans sont vertueux, sensibles, reconnais- 1668.
» sans, nés pour être votre consolation : en leur
» refusant tout, en vous défiant d'eux, en les fai-
» sant rougir du vice honteux qui vous domine,
» savez-vous ce que vous faites? Votre inflexible
» dureté lasse et rebute leur tendresse. Ils ont
» beau se souvenir que vous êtes leur père ; si vous
» oubliez qu'ils sont vos enfans, le vice l'empor-
» tera sur la vertu ; et le mépris dont vous vous
» chargez étouffera le respect qu'ils vous doivent.
» Réduits à l'alternative, ou de manquer de tout
» ou d'anticiper sur votre héritage par des res-
» sources ruineuses, ils dissiperont en usure ce
» qu'en usure vous accumulez; leurs valets se li-
» gueront pour dérober à votre avarice les secours
» que vos enfans n'ont pu obtenir de votre amour.
» La dissipation et le larcin seront le fruit de vos
» épargnes; et vos enfans, devenus vicieux par
» votre faute et pour votre supplice, seront en-
» core intéressans pour le public que vous ré-
» voltez. »

» Je demande si cette leçon serait scandaleuse?
» Eh bien! ce qu'annoncerait l'orateur, le poète
» n'a fait que le peindre ; et la comédie de Mo-
» lière n'est autre chose que cette morale en ac-
» tion. Ni l'orateur, ni le poète ne veulent encou-
» rager par là les enfans à manquer à ce qu'ils
» doivent à leurs pères ; mais tous les deux veu-

1668. » lent apprendre aux pères à ne pas mettre à
» cette cruelle épreuve la vertu de leurs enfans [1]. »

L'Avare fut, en 1733, transporté avec un
prodigieux succès sur la scène anglaise, par un
homme de talent et de génie, Fielding, qui, s'il
ne fut pas heureux dans les changemens qu'il fit
subir au plan de l'ouvrage, sut du moins ajouter
au dialogue de nouveaux traits que Molière n'eût
certes pas désavoués. Mais, du vivant même de
notre premier comique, un autre auteur anglais,
dont le nom est aujourd'hui presque aussi ignoré
à Londres qu'il l'a toujours été à Paris, Shadwell,
avait donné une imitation de *l'Avare*, qui eût pu
passer pour une copie fidèle, si l'auteur ne se fût
avisé d'y ajouter de ces grossièretés qu'une plume
française se refuse à rapporter. C'est cependant
par de tels changemens que l'écrivain d'outre-
mer s'est cru autorisé à dire dans sa préface : « Je
» crois pouvoir avancer sans vanité, que Molière n'a
» rien perdu entre mes mains. Jamais pièce fran-
» çaise n'a été maniée par un de nos poètes, quel-
» que méchant qu'il fût, qu'elle n'ait été rendue
» meilleure. Ce n'est ni faute d'invention, ni faute
» d'esprit, que nous empruntons des Français ;
» mais c'est par paresse : c'est aussi par paresse
» que je me suis servi de *l'Avare* de Molière [2]. »

1. Marmontel, *Apologie du Théâtre.*
2. Voltaire, *Vie de Molière*, 1739, p. 90.

Que la paresse ne l'a-t-elle empêché de la souil- ler de son travail! Une telle absurdité soulèverait notre indignation, si ce n'était à la pitié à en faire justice. Molière gagnant à être remanié par les plus sots barbouilleurs de la Grande-Bretagne! Lemière a dit :

Le trident de Neptune est le sceptre du monde;

Shadwell veut qu'il soit aussi la lyre d'Apollon.

Le plus bel éloge de ce chef-d'œuvre est l'enthousiasme qu'il causa à un avare, de bonne foi, auquel on entendit dire, après la représentation : « Il y a beaucoup à profiter dans la » pièce de Molière ; on en peut tirer d'excel- » lens principes d'économie [1]. » Nous pouvons aussi en tirer quelques documens pour cette Histoire. Molière, ici comme dans plusieurs autres de ses ouvrages, fait allusion à lui et aux siens ; il se plaint à Frosine de sa toux, *qui lui prend de temps en temps ;* et dit, en parlant de La Flèche : « Je ne me plais point à voir ce chien de » boiteux-là [2]. » Fort incommodé peut-être de son affection de poitrine, et gêné dans son jeu

1. *Cours de Littérature*, par La Harpe, édit. Verdière, 1821, t. VI, p. 234.

2. Voir *l'Avare*, act. I, sc. 3, et act. II, sc. 6. — *Préface des OEuvres de Molière*, édit. de 1682 (par La Grange).

1668. par des crises de toux, Molière aura voulu, en
donnant cette même indisposition à son personnage, se faire pour ainsi dire pardonner la
sienne par les spectateurs. Il prit la même précaution pour Béjart cadet. Cet acteur, se trouvant sur la place du Palais-Royal, aperçut deux
de ses amis qui venaient de mettre l'épée à la
main, l'un contre l'autre. Il se jeta au milieu
d'eux, et, en rabattant avec la sienne l'arme de
l'un des combattans, il se blessa au pied d'une
manière si grave qu'il en demeura estropié. Il y
avait peu de temps que ce malheur lui était arrivé, et l'on devait être embarrassé dans la troupe
de savoir si le parterre pourrait souffrir un acteur boiteux. Molière aplanit la difficulté en
donnant la même infirmité à La Flèche ; et Béjart put ensuite boiter impunément dans tous ses
rôles. Ce comédien étant très aimé du parterre,
les acteurs qui étaient chargés de son emploi
en province cherchaient à reproduire son jeu
autant que cela leur était possible ; ils poussèrent l'imitation jusqu'à boiter non-seulement
dans le rôle de La Flèche, où la phrase d'Harpagon le rendait nécessaire, mais indistincte-
ment dans tous ceux que jouait Béjart [1].

1. *Histoire du Théâtre français*, t. XI, p. 305. — *Récréations
littéraires*, par Cizeron-Rival, p. 14.

Les succès d'*Amphitryon* et de *George Dan-* 1669.
din, la fortune incertaine de *l'Avare*, n'avaient
point fait perdre de vue à leur auteur le fruit
trop long-temps proscrit de sa verve comique.
Il n'avait pas interrompu un seul instant ses
recours en grâce pour *le Tartuffe*. Le prince de
Condé, comme pour venger Molière de l'injuste
rigueur qu'on exerçait contre lui, avait bien
encore fait représenter cette comédie à Chan-
tilly, le 20 septembre 1668 [1]; mais ces conso-
lans égards ne pouvaient suffire à notre auteur;
et, à force de démarches nouvelles, il obtint enfin la permission qu'il appelait depuis si long-
temps de tous ses vœux. Le 5 février 1669,
le Tartuffe fut rendu à la juste impatience du
public, que quarante-quatre représentations consécutives satisfirent à peine; et, depuis, cet admirable ouvrage n'a cessé de figurer au répertoire
courant que dans nos temps de révolution, où
l'hypocrisie de religion eût été, sinon une vertu,
du moins un acte de courage; et naguère, lorsque des personnages influens, semblant voir une
personnalité dans le chef-d'œuvre de Molière,
ont voulu le punir d'avoir offert un miroir à leurs
yeux.

1. *OEuvres de Molière*, avec les remarques de Bret, 1773,
t. IV, p. 253.

1669. La pièce subit quelques changemens de l'une à l'autre représentation. La *Lettre sur la comédie de l'Imposteur*, dont nous avons déjà parlé, sert à constater quelques modifications ou suppressions dans sept ou huit scènes ; en outre, Molière rendit à son personnage le nom de *Tartuffe*, la pièce ne porta plus qu'en second son titre de *l'Imposteur*, et reprit celui qu'elle avait d'abord et sous lequel elle est depuis long-temps uniquement connue. La tradition prétend aussi qu'à la première représentation, celle d'août 1667, Tartuffe disait, dans la scène 7 de l'acte III, en parlant du fils d'Orgon :

O ciel ! pardonne-lui comme je lui pardonne !

et que les ennemis de Molière, ayant voulu y reconnaître un prétendu travestissement du *Dimitte nobis debita nostra, sicut et nos dimittimus debitoribus nostris* de l'Oraison dominicale, il fut forcé, à la seconde représentation, de remplacer ce vers par celui que dit aujourd'hui le saint homme :

O ciel ! pardonne-lui la douleur qu'il me donne, !

Nous ne voyons rien que de très-vraisemblable

1. Voltaire, *Vie de Molière*, 1739, p. 97 et 98. — *OEuvres de Molière*, avec les remarques de Bret, 1773, t. IV, p. 252.

dans cette anecdote : les tartuffes nous ont habitués à tout croire en fait de persécutions.

La cabale ne négligea aucun moyen pour révoquer en doute le mérite de cette immortelle production et pour en balancer le succès ; c'est dans
ce dernier but que l'on représenta, six semaines
après, sur le théâtre de l'hôtel de Bourgogne, *la
Femme juge et partie*, de Montfleuri fils ; production qu'ils regardaient, avec raison, comme propre à piquer vivement la curiosité publique. En
effet, le sujet de la pièce, fourni à l'auteur par
l'aventure romanesque du marquis de Fresne,
qui avait réellement vendu sa femme à un cor-
saire, excita tant d'empressement, que ce médio-
cre ouvrage obtint à peu près le même nombre
de représentations que le chef-d'œuvre de notre
scène [1]. « Ce dernier fait, disent les historiens de
» notre théâtre, n'a rien que de fort ordinaire ; on
» aurait plus lieu de s'étonner si le bon goût avait
» prévalu. »

On nous pardonnera peut-être d'intervertir
l'ordre des temps, en parlant ici d'une comédie
en un acte et en vers, qu'un anonyme fit paraître, en 1670, sous le titre de *la Critique du Tartuffe*. Il est fort douteux que cette rapsodie ait

---

[1]. Grimarest, p. 203. — Voltaire, *Vie de Molière*, p. 98. —
Histoire du Théâtre français (par les frères Parfait), t. X, p. 405.
— *Anecdotes dramatiques*, t. I, p. 352. — Petitot, p. 57.

1669. jamais été représentée[1]. Elle était précédée d'une satire contre le même chef-d'œuvre, adressée à l'auteur par un de ses amis. Les noms de ces deux pamphlétaires sont demeurés ignorés. Mais Bret a fait observer, avec quelque apparence de raison, que l'on doit peut-être attribuer à Pradon et à sa secte tout l'honneur de la dernière de ces estimables productions. Quelques vers ont un air de famille avec le sonnet contre la *Phèdre* de Racine (7). L'on se borne toutefois, dans cette épître, à attaquer la réputation littéraire de Molière, et le mérite de son ouvrage, dont on dit :

> Un si fameux succès ne lui fut jamais dû,
> Et s'il a réussi, c'est qu'on l'a défendu.

Il n'en est pas de même de *la Critique* dont nous venons de parler. Après avoir parodié de la manière la plus scandaleuse les principales situations de la pièce de Molière, l'auteur examine l'action sous le point de vue moral, et démontre qu'elle ne peut sortir que du cerveau d'un ennemi du Roi. Il faudrait être bien obstiné, pour ne pas se rendre à la force d'argumens semblables :

---

1. *Histoire du Théâtre français* (par les frères Parfait). t. X., p. 411. — Voltaire prétend le contraire; mais il est continuellement en défaut pour tous ces détails historiques.

En fidèle sujet, il (Tartuffe) va trouver son Roi ,
Et l'instruit d'un secret qui le tire de peine :
Mais , parce qu'il commence à nuire sur la scène,
Pour l'en faire sortir , cet auteur sans raison
Fait commander au Roi qu'on le mène en prison ;
Et, contre son devoir, quoi qu'Orgon ait pu faire ,
Et sachant ce secret, quoiqu'il ait su s'en taire ,
Qu'il ait blessé par là l'auguste majesté ,
Il triomphe , bien loin d'en être inquiété.
Qu'importe à cet auteur d'élever l'injustice,
Pourvu qu'heureusement son poëme finisse ?
Qu'une telle action est bien digne de toi ,
Et que tu connais mal le cœur d'un si grand roi !

C'est ainsi que les ennemis de Molière se parta-
geaient la besogne. L'un était chargé de le pour-
suivre comme ennemi de la religion ; l'autre ,
comme ennemi du trône. Prose et vers, drames
et pamphlets, tout était bon à leurs saints anathèmes, à leurs délations monarchiques; et il semblait
qu'ils prissent à tâche , par leur apparence de désintéressement , de laisser mieux constater encore
la vérité du rôle que Molière avait créé à leur
image.

Deux personnages, plus éminens sans doute
que ces deux anonymes , s'élevèrent aussi contre
lui. Le célèbre Bourdaloue, dans son sermon
pour le septième dimanche après Pâques, prétend que « comme la vraie et la fausse dévotion
» ont un grand nombre d'actions qui leur sont

16

1669. » communes ; et, comme les dehors de l'une et
» de l'autre sont presque tous semblables, les
» traits dont on peint celle-ci défigurent celle-là. »
Il en conclut que Molière, qu'il ne fait que désigner, mais plus que suffisamment, a tourné en
ridicule les choses les plus saintes. Eh quoi!
Bourdaloue avait-il oublié et la belle tirade de
Cléante, le sage de la pièce, sur la vraie et la
fausse dévotion, et ce reproche qu'un zèle pieux
lui fait adresser à Orgon :

> Quoi ! parce qu'un fripon vous dupe avec audace
> Sous le pompeux éclat d'une fausse grimace,
> Vous voulez que partout on soit fait comme lui,
> Et qu'aucun vrai dévot ne se trouve aujourd'hui ?
> Laissez aux libertins ces sottes conséquences.

Le second antagoniste de Molière était un
écrivain plus célèbre encore ; c'était l'aigle de
Meaux, Bossuet, que sa conduite envers le vertueux Fénelon n'honore pas plus que ses diatribes contre le grand homme dont nous prenons
ici la défense.

Dans ses *Maximes et Réflexions sur la comédie*,
l'orateur chrétien, réfutant l'opinion de ceux
qui regardent les comédies comme innocentes,
s'écrie avec colère : « Il faudra donc que nous
» passions pour honnêtes les impiétés et les in-
» famies dont sont pleines les comédies de Molière,

» ou qu'on ne veuille pas ranger parmi les pièces 1669.
» d'aujourd'hui celles d'un auteur qui a expiré ,
» pour ainsi dire, à nos yeux, et qui remplit
» encore à présent tous les théâtres des équi-
» voques les plus grossières dont on ait jamais
» infecté les oreilles des chrétiens.... Songez seu-
» lement si vous oserez soutenir à la face du ciel
» des pièces où la vertu et la piété sont toujours
» ridicules , la corruption toujours excusée et
» toujours plaisante?....

« La postérité saura peut-être la fin de ce poète
» comédien qui, en jouant son *Malade Imaginaire*,
» reçut la dernière atteinte de la maladie dont il
» mourut peu d'heures après, et passa des plai-
» santeries du théâtre , parmi lesquelles il rendit
» presque le dernier soupir, au tribunal de celui
» qui dit : *Malheur à vous qui riez, car vous pleu-*
» *rerez?* »

Eh quoi, Mathan, d'un prêtre est-ce là le langage?

« Quelle dureté fanatique en cette apostrophe,
» a dit M. Lemercier, quelle délectation cruelle à
» se retracer la mort d'un homme de génie qui
» expira non sur la scène, mais dans les bras de
» deux religieuses, sœurs de la charité, dont il
» avait toujours pris soin, qui furent inconsolables
» de sa perte, et qui se jetèrent en pleurant aux

16.

1669. »pieds des gens d'église, pour en obtenir une
» sépulture refusée à leur bienfaiteur, circons-
» tance, que *Bénigne* Bossuet omet insidieuse-
» ment. Quel ton d'intolérance en cette doctrine!
» quel appareil de rigueur! quelle emphatique
» sévérité! et, ce qui doit plus étonner en lui,
» que d'assertions calomnieuses à l'égard de la
» plus morale des comédies[1]! »

Voilà quel fut le sort de *Tartuffe*, que tant de
persécutions et de clameurs doivent faire regarder non seulement comme un chef-d'œuvre,
mais encore comme une bonne action, comme
un acte de courage. Puisse ce noble exemple, dans
l'intérêt de notre gloire littéraire comme dans
celui de nos mœurs, rencontrer de nos jours un
imitateur! Qu'il se borne à trouver des couleurs
et un pinceau : le siècle pourra lui fournir plus
d'un modèle..

La reconnaissance de ses camarades contribua
encore à faire oublier à Molière tous les chagrins
que sa pièce lui avait occasionés. Voyant la foule
qu'elle leur attirait, ils exigèrent qu'il prélevât
une double part toutes les fois qu'on la repré-
senterait, et cette mesure fut maintenue jusqu'à
sa mort[2].

1. *Cours analytique de littérature générale,* par N. L. Lemercier , t. II , p. 458 et 459 .

2. Grimarest , p. 196. — *Anecdotes dramatiques,* t. II , p. 209.

Le 6 octobre, Chambord retentit des applau- 1669. dissemens que provoqua la farce si plaisante de *Monsieur de Pourceaugnac*. Cette pièce fut représentée devant Louis XIV, et la gaieté et le comique de ses situations captiva tous les suffrages. Des divertissemens qu'on a supprimés depuis, et dont Lulli avait fait la musique, ajoutaient encore à l'effet qu'elle pouvait produire. Le 15 du mois suivant, Paris s'égaya à son tour de la mystification du hobereau limousin.

C'est une opinion commune à Limoges que Molière voulut se venger par cette charge de l'accueil peu agréable que sa troupe et lui avaient reçu dans cette ville [1]; mais Grimarest assure que ce fut le ridicule qu'un gentilhomme de ce pays étala dans une querelle qu'il eut un jour sur le théâtre avec les comédiens, qui donna l'idée à Molière de mettre en scène un personnage de cette sorte [2]. Le gazetier Robinet confirme cette assertion :

> L'original est à Paris.
> En colère autant que surpris
> De se voir dépeint de la sorte,
> Il jure, il tempête, il s'emporte,
> Et veut faire ajourner l'auteur

1. *OEuvres de Molière*, édition donnée par M. Aimé-Martin, t. I, p. cxl, note.
2. Grimarest, p. 255 et 256.

En réparation d'honneur,
Tant pour lui que pour sa famille,
Laquelle en *Pourceaugnacs* fourmille [1].

Quel génie que celui auquel une aventure aussi simple a su fournir la matière de la pièce la plus originale, les scènes les plus riantes, et les traits les plus piquans! Oui, l'on peut dire avec Diderot : « Si l'on croit qu'il y ait beaucoup plus » d'hommes capables de faire *Pourceaugnac* que » *le Misanthrope*, on se trompe [2]. »

Mais on s'exposerait à une bien moindre erreur si l'on regardait le poëme de *la Gloire du Val-de-Grace*, qu'il publia la même année pour rendre hommage au talent de Mignard, comme peu digne de lui. Quelques morceaux ne laissent pas sans doute que de témoigner pour le talent de leur auteur; mais en général le style en est lâche, et l'on trouve peu de poésie dans ce sujet qui en comportait beaucoup. Toutefois l'intention qu'avait Molière en le composant l'honore plus qu'aurait pu le faire une production meilleure. Colbert, dont Le Brun avait su capter la faveur, n'accordait pas à Mignard la même protection. Sa vanité souffrait de ce que cet artiste célèbre ne grossissait

1. *Lettre en vers* de Robinet, du 23 novembre 1669. — *Histoire du Théâtre français* (par les frères Parfait), t. X, p. 419.
2. Diderot, *de la Poésie dramatique*, t. IV, p. 632 de ses OEuvres; Belin, 1818.

pas la foule de ses flatteurs. Molière prend à 1669. tâche de justifier la conduite de son ami dans des vers qui démontrent toute l'indépendance et toute la noblesse de son caractère.

> Les grands hommes, Colbert, sont mauvais courtisans,
> Peu faits à s'acquitter des devoirs complaisans.
> ....
> L'étude et la visite ont leur talent à part.
> Qui se donne à la cour se dérobe à son art.
> ....
> Ils ne sauraient quitter les soins de leur métier,
> Pour aller chaque jour fatiguer ton portier.
> Ni partout près de toi, par d'assidus hommages,
> Mendier des prôneurs les éclatans suffrages.
> ....
> Souffre que dans leur art s'avançant chaque jour,
> Par leurs ouvrages seuls ils te fassent leur cour.

Le ministre ne fut sans doute que faiblement persuadé par ces raisons, car une femme, pour se faire bien venir de lui, adressa à Molière une réponse dans laquelle elle déverse sur Mignard les plus injustes mépris;

> Si tu fais bien des vers, tu sais peu la peinture,

dit-elle à notre auteur, dans sa lettre d'envoi, pour récuser son autorité. Nous ne pensons pas que cette pièce plus que faible ait été imprimée au temps où elle fut composée; mais en 1700 on la comprit dans un volume de Mélanges, l'*Anonymiana*, dont l'auteur nous apprend qu'elle

1669. *réjouit* beaucoup Colbert [1]. C'est, nous le croyons, tout ce que demandait l'auteur de cette réponse, qui eût obtenu plus difficilement les suffrages du public.

Gui-Patin prétend dans sa correspondance que Molière songea à mettre à la scène une histoire plaisante qui eut lieu à la fin de 1669, et dont nous empruntons le récit à ce malin épistolaire : « Il y a ici un procès devant M. le lieute-
» nant-criminel pour un de nos docteurs nommé
» Cressé, fils d'un jadis chirurgien fameux. Il
» a dans son voisinage, vers la rue de la Verrerie,
» un barbier barbant, nommé Griselle, qui avait
» une femme fort jolie, à ce qu'on dit. Le médecin
» a été appelé chez le barbier pour y voir quel-
» qu'un malade ; dès qu'il fut entré dans la cham-
» bre, où il faisait sombre, quatre hommes se
» jetèrent sur lui, lui mirent une corde autour
» du cou, et lui voulurent lier les mains et les
» pieds. Il se mit en défense, et se remua si bien
» contre ces quatre hommes qu'ils n'en pouvaient
» venir à bout. Le bruit et sa résistance vigou-
» reuse firent que les voisins vinrent au secours
» et frappèrent à la porte. Cela obligea les quatre
» hommes de le lâcher et de s'enfuir. Le mé-

---

1. *Anonymiana, ou Mélanges de poésies, d'éloquence et d'érudition*, in-12, 1700, p. 238 et suiv.

» decin alla aussitôt faire sa plainte chez le com- 1669.
» missaire, après quoi le barbier a été mis en
» prison, où il est et sera jusqu'à la fin du procès.
» Quelques-uns disent qu'il y a quelques amou-
» rettes cachées et quelque intelligence secrète
» entre le médecin et la femme du barbier, qui
» en est jaloux.... Charron en sa *Sagesse* (ô le
» beau livre! il vaut mieux que des perles et des
» diamans!) a dit quelque part qu'un avare est
» plus malheureux qu'un pauvre, et un jaloux
» qu'un cocu. Il me semble que ce grand homme
» a dit vrai là, aussi-bien là qu'ailleurs. *Nota* que
» ledit médecin est marié et de plus qu'il est bien
» glorieux [1]. »

Les lettres qui suivent celle dont nous venons
d'extraire ce récit donnent à entendre que la femme
du barbier était le véritable malade que le médecin allait visiter de temps à autre, et que les
coups que celui-ci avait reçus des robustes man-
dataires du jaloux avaient été plus particulièrement dirigés sur les reins débarrassés de tout
vêtement. « Molière, ajoute Gui-Patin, veut,
» dit-on, en faire une comédie ridicule sous le
» titre du *Médecin fouetté et le Barbier cocu* [2]. »

1. *Lettres choisies de feu M. Gui-Patin*, La Haye, 1707,
p. 337; lettre du 21 novembre 1669.
2. *Ibidem*, lettres des 23 novembre, 13, 18 et 25 décembre 1669.

1669. L'affaire fut assoupie, et l'on n'entendit jamais
parler du prétendu projet de Molière. Il nous paraît même démontré qu'il ne put jamais l'avoir,
car ce Cressé était son parent, et avait par conséquent droit, sinon à toute sa pitié, du moins
à son silence sur ses infortunes cuisantes.

1670.   Au mois de janvier 1670 parut la comédie
d'*Élomire hypocondre ou les Médecins vengés*, que
nous avons déjà eu occasion de citer. Le nombre
démesuré de personnages qui y figurent, et surtout la confusion et la platitude de ce drame satirique, en rendaient la représentation impossible. Son auteur, Le Boulanger de Chalussay,
fut obligé de s'en tenir à l'épreuve de la lecture ;
mais il est très-possible que la foule des ennemis
et des envieux de Molière ait procuré une sorte
de succès à ce misérable ouvrage.

C'est à une circonstance assez singulière que
Molière dut celui d'une de ses plus faibles productions. Louis XIV, qui jusqu'alors s'était borné
à applaudir au talent de son protégé, voulut pour
ainsi dire partager avec lui la gloire d'une composition nouvelle en lui en fournissant l'idée.
Il désirait donner à sa cour un divertissement
composé de tous ceux que le théâtre peut réunir ;
et, afin de les lier ensemble, « Sa Majesté, dit
»Molière, choisit pour sujet deux princes rivaux
»qui, dans le champêtre séjour de la vallée de

» Tempé, où l'on doit célébrer la fête des Jeux 1670.
» Pythiens, régalent à l'envi une jeune princesse
» et sa mère de toutes les galanteries dont ils se
» peuvent aviser [1] ».

Il est assez inutile de dire que Molière et son
collaborateur nouveau obtinrent les suffrages de
toute la cour. Mais cette réussite inévitable, ce
succès *de par le Roi*, ne fascina point les yeux de
notre auteur, et ne put servir à lui déguiser la
faiblesse de son ouvrage. Il ne le fit pas représenter sur son théâtre, et le garda en porte-feuille.
Ce ne fut qu'en 1682, dans l'édition de Vinot et
La Grange, qu'il fut imprimé pour la première
fois; et les Comédiens Français ne pensèrent
qu'en 1688 à le monter pour leur théâtre. Leur
zèle et l'espèce d'hommage qu'ils rendaient à la
mémoire de notre premier comique eussent mérité un succès plus brillant et plus productif que
ne le fut celui de cette comédie-ballet. Après
neuf représentations fort peu suivies, ils se virent forcés de l'abandonner à l'oubli dont ils
l'avaient tirée. En 1704, Dancourt fit une tentative non moins malheureuse en la voulant reproduire aux yeux du public, à l'aide de changemens
dans les intermèdes.

Cette pièce ne laisse pas cependant d'offrir en-

---

1. *Avant-propos des Amans magnifiques.*

1670. core un grand nombre de détails ingénieux. Elle se fait remarquer aussi par un caractère de plaisant de cour qui diffère de celui de *la Princesse d'Élide*, et surtout par la guerre fine et délicate que Molière y déclare à l'une des erreurs les plus accréditées de son temps.

Dans des siècles encore peu reculés du nôtre, l'astrologie judiciaire était aveuglément accueillie par une foule de personnes dont une grande partie, placées dans les hauts rangs de la société, auraient dû se trouver par cela même au-dessus de ces sots préjugés et de ces ridicules croyances. Mais l'amour-propre chez les grands, la cupidité chez les petits, ne servirent pas médiocrement à propager cette folie. Comment ceux-ci pouvaient-ils ne pas ajouter foi à la science qui devait dévoiler à qui la posséderait, l'inappréciable secret de la fabrication de l'or? N'était-il pas doux, n'était-il pas flatteur pour ceux-là de pouvoir se répéter que l'intelligence de l'homme sait dérober à la Divinité ses secrets et ses desseins; que leurs moindres faits, que leurs moindres gestes étaient écrits d'avance dans des mondes qui avaient avec eux une étroite connexité; enfin, que l'ordre de l'univers se rattachait à leur existence? Voilà pourtant les erreurs qui souillèrent, qui dégradèrent l'espèce humaine pendant tant de siècles, et qui comptèrent des croyans dans

les cours et jusque sur les trônes. Voltaire rapporte, avec Vittorio Siri, qu'Anne d'Autriche
voulut qu'un astrologue demeurât auprès de son
lit au moment où elle accoucha de Louis XIV.
Plus tard, le célèbre Morin quitta la médecine
pour se faire prophète, persuadé peut-être que
sa nouvelle science ne serait pas plus conjecturale
que celle qu'il abandonnait. L'engouement était
tel, que ce devin de nouvelle création, ayant
imprudemment annoncé la mort de Gassendi
pour le mois d'août 1650, ne vit pas son crédit
s'écrouler entièrement par le démenti que la nature prit sur elle de lui donner, en laissant
vivre le condamné. N'avons-nous pas vu, à la
fin du dix-huitième siècle, un intrigant mystérieux, Cagliostro, faire par un semblable charlatanisme de nombreux prosélytes; capter par
ses décevantes promesses, l'esprit d'un cardinal
trop célèbre, et l'entraîner dans des menées sourdes, dans une intrigue odieuse, où se
trouva si injustement compromis le nom le plus
auguste et le plus respectable? Enfin, de nos
jours, qui n'a plaint les crédules faiblesses pour
l'art de la divination, de cette femme, ange de
bonté, envoyée sur la terre pour exciter les élans
généreux, pour réprimer les mouvemens crimi-
nels d'un soldat habile et long-temps heureux?

Outre le plaisir obligé que les courtisans de-

1670. vaient prendre en écoutant un ouvrage dont l'idée première appartenait en quelque sorte à leur roi ; outre le plaisir plus libre que leur devait causer une pièce dont les intermèdes avaient été mis en musique par Lulli, si vanté et si fêté alors; et dans laquelle on pouvait reconnaître encore et Molière et son génie à quelques traits comiques, à une ou deux scènes ingénieusement filées, et au rôle spirituel de Clitidas, il en était un autre beaucoup plus vif et plus piquant, si l'on en croit un éditeur de Molière : c'était l'allusion que l'auteur avait faite, selon lui, à la passion de MADEMOISELLE pour M. de Lauzun, par l'amour d'Ériphile pour Sostrate. Voici le passage des *Réflexions* de Petitot sur cette pièce :

» Une grande princesse dut se reconnaître dans » le caractère d'Ériphile, qui préfère à des rois » dont elle est recherchée un simple gentil- » homme. On sait que MADEMOISELLE, petite-fille » de Henri IV, eut pour Lauzun une passion pa- » reille, mais qui fut bien moins heureuse. Un » an avant la représentation des *Amans magni-* » *fiques*, Louis XIV avait ordonné à cette prin- » cesse de renoncer à l'espoir d'épouser son » amant ; et, deux mois après, elle eut la dou- » leur de le voir enfermer à Pignerol. Louis XIV » donna le sujet de cette pièce à Molière; les mé- » moires du temps s'accordent à l'attester : mais

» lui prescrivit-il de faire cette allusion? rien n'est
» plus douteux. Il est naturel de croire que le Roi
» dit à l'auteur de faire une comédie où deux
» princes se disputeraient en magnificence pour
» éblouir et charmer une princesse; et que Mo-
» lière, afin de donner de l'intérêt à un sujet si
» simple et si peu susceptible de fournir cinq
» actes, y joignit cet amour dont la peinture dut
» singulièrement réussir en présence d'une cour
» qui savait toute cette intrigue. Il n'y eut que
» MADEMOISELLE qui dut souffrir. »

Le caractère bien connu de Molière serait une
réfutation suffisante de l'étrange assertion renfermée dans les lignes que nous venons de rapporter; car il n'est personne, nous l'espérons,
qui, après avoir lu le Misanthrope et le Tartuffe,
n'y ait reconnu, en même temps qu'un génie supérieur, un homme de bien, un cœur généreux.
Mériterait-il donc ces deux titres l'auteur qui,
abusant de la protection d'un monarque, irait,
en la mettant en scène aux yeux de toute la cour,
aux yeux de la France entière, insulter à la douleur d'une princesse malheureuse? Mais il est une
réponse plus positive à faire à cette supposition
offensante pour Molière : ELLE N'EST FONDÉE
QUE SUR UN ANACHRONISME. Petitot dit qu'un an
avant la représentation des Amans magnifiques
Louis XIV avait ordonné à MADEMOISELLE de re-

1670. *noncer à l'espoir d'épouser son amant.* Ce ne fut
que le jeudi 18 décembre 1670 que cette défense fut faite par le Roi à la princesse, ainsi
que le constatent les annales contemporaines,
et notamment la lettre très-détaillée de madame de Sévigné, du 19 décembre 1670. Or,
les Amans magnifiques avaient été représentés,
comme nous l'avons dit, dès le 7 septembre 1670,
c'est-à-dire plus de trois mois avant que l'on
connût ses chagrins et même sa passion, et non
un an après, comme il est dit dans le morceau
précité. Il était donc impossible que, quelque
malignes qu'eussent été les intentions de Molière, il eût fait allusion à cette intrigue ; à moins
que l'on ne suppose que, devin lui-même, il
n'ait eu recours dans cette circonstance à une
science qu'il semble cependant combattre de
bonne foi.

Les *Amans magnifiques* lui fournirent l'occasion de mystifier un poète de cour, dont il avait
à confondre l'orgueil. Benserade, chargé par le
Roi de la composition du *Ballet des Muses*, s'était
vu forcé d'appeler Molière à son aide. Celui-ci
avait, comme on l'a vu, composé pour cette fête
Mélicerte et la *Pastorale comique*. Le peu de succès de cette dernière production avait encouragé
l'avantageux Benserade à prendre des airs de hauteur avec son collaborateur plus modeste. Ayant eu

des premiers connaissance des *Amans magni-* 1670.
fiques, il dit, à l'occasion de ces deux vers du
troisième intermède

> Et tracez sur les herbettes
> Les images de vos chansons,

qu'il fallait sans doute lire :

> Et tracez sur les herbettes
> Les images de vos chaussons [1].

Molière probablement n'attachait pas grande importance à son distique ; mais il n'était pas d'humeur à se laisser turlupiner par un faquin. « Le mé-
» pris, disait-il, est comme une pilule qu'on peut
» bien avaler, mais qu'on ne peut mâcher sans
» faire la grimace [2]. » Il jura de se venger et tint
aussitôt parole. Benserade jouissait, à la cour,
d'une immense réputation comme poète de ballets (8) ; la fadeur et la recherche de ses compositions précieuses lui avaient assuré un grand
nombre d'admirateurs. Molière, pour en venir
à ses fins, inséra dans le premier intermède des
Amans magnifiques, pour le Roi, qui représentait Neptune, des vers tout-à-fait dans le genre
de ceux du poète bel-esprit. Il ne s'en déclara

---

1. *Vie de Benserade* à la tête de l'édition de ses OEuvres.
2. *Carpenteriana*, p. 46.

1670. pas l'auteur, et ne mit que le prince dans sa
confidence. Tous les courtisans, dupes de cette
ruse, accablèrent de complimens le complaisant
Benserade, qui par ses faibles dénégations acheva
de leur persuader que les stances étaient de lui.
Quels durent être sa confusion et son dépit
quand Molière, levant le masque, se déclara le
père de ce prétendu chef-d'œuvre[1]? Ce fut alors
qu'il sentit combien était vrai le dernier vers du
quatrain qu'il lui avait consacré dans le *Ballet des
Muses* :

> Le célèbre Molière est dans un grand éclat;
> Son mérite est connu de Paris jusqu'à Rome.
> Il est avantageux partout d'être honnête homme,
> Mais il est dangereux avec lui d'être un fat.

Celui-ci venait de se venger d'un rimeur qui se
croyait poète; il mit en scène, le mois suivant,
un de ces bons roturiers qui veulent trancher du
gentilhomme.

Nous ne craignons pas de dire qu'aucune de
ses pièces n'est d'une moralité plus générale,
d'une vérité plus étendue que celle dont M. Jourdain est le héros. Que dans *le Tartuffe* il ait cou-
rageusement démasqué l'infamie sous les traits
de la religion; qu'il se soit érigé dans *le Misan-*

---

1. Grimarest, p. 272 et suiv.

thrope en censeur de l'humeur morose et de 1676. l'esprit insociable; que *George Dandin* lui ait fourni un libre champ pour effrayer les petits bourgeois de l'alliance des Sotenvilles; qu'il ait, par le portrait d'Harpagon, tenté de faire rougir ses confrères en avarice; que ses traits malins et mordans aient été dirigés, dans *les Femmes savantes*, contre les pédans, et, dans *l'École des femmes* et *l'École des maris*, contre les infortunes conjugales, toujours est-il qu'il n'avait jusquelà atteint que les travers de certaines classes de la société, qu'il n'avait peint que certaines phases de nos mœurs. L'hypocrisie de religion, la manie des hautes alliances, ne sont que des vices, que des défauts passagers : car, il y a vingt ans, il n'y avait point de Tartuffes ; il n'est plus guère aujourd'hui de Georges Dandins. Les pédantesques prétentions, les mésaventures des maris ne sont que des ridicules, des malheurs particuliers : car on rencontre parfois des auteurs modestes, et d'ailleurs tout le monde n'est pas auteur; on trouve, en cherchant bien, des maris heureux, et, au reste, il est bon nombre de célibataires; mais des Jourdains, il en fut, il en est, il en sera toujours. L'excès d'amour-propre est chez nous un défaut essentiel, et par conséquent général et impérissable. Dans quelque classe que la fortune l'ait fait naître, il

17.

1670. n'est guère, d'homme qui ne s'associe aux ridicules
de M. Jourdain, sous le rapport du rang, de la fortune, ou de la prétention aux talens. Chacun s'enfle
comme la grenouille et veut paraître plus grand
que nature; enfin, comme l'a dit le bon, l'excellent La Fontaine,

Tout petit prince a des ambassadeurs,
Tout marquis veut avoir des pages.

Ce fut à Chambord, le 14 octobre 1670, que
l'on représenta, pour la première fois, ce riant
et important ouvrage. La cour était alors rassem-
blée dans ce royal séjour, et Molière comptait
pour juges tout ce que la France avait de plus
éminent. L'impénétrable impassibilité que le Roi
conserva pendant la représentation, et la crainte
qu'eurent les courtisans d'émettre un avis contraire à celui du monarque, les empêcha de se
prononcer. Au souper, Louis XIV ne se déclara
pas davantage, et l'on crut même remarquer qu'il
n'adressa pas la parole à Molière, qui remplissait
auprès de lui les fonctions de valet-de-chambre.
Ce silence suffit pour persuader aux marquis et
aux comtes, qui n'avaient point oublié leurs anciens griefs contre l'auteur, et auxquels le rôle
de Dorante en fournissait même de nouveaux,
que le Roi partageait leur sentiment sur la pièce;
alors ils cessèrent de le dissimuler. Les censures

les plus amères lui furent prodiguées; et certain 1670.
duc, dont la chronique a cru mal à propos devoir taire le nom, laissa plus particulièrement
éclater son dépit et sa fureur. « Molière, disait ce
» zoïle titré, nous prend assurément pour des
» grues, de croire nous divertir avec de telles
» pauvretés. Qu'est-ce qu'il veut dire avec son *Ha*
» *la ba, ba la chou?* Le pauvre homme extrava-
» gue, il est épuisé : si quelque autre auteur ne
» prend le théâtre, il va tomber dans la farce ita-
» lienne! » Voilà ce que la vanité, la sottise et
l'ignorance dictaient à monsieur le duc et à
ses nobles confrères ; voilà ce qu'ils répétè-
rent tous à l'envi, pendant cinq grands jours
que la seconde représentation se fit attendre.
Nous disons cinq grands jours, car que l'on se
peigne le malheureux Molière désespéré de ce
concert de diatribes, mais plus encore du silence
du Roi, renfermé dans sa chambre, dont il n'o-
sait sortir, et envoyant, de temps à autre, Baron
chercher des nouvelles qui n'avaient jamais rien
de consolant [1].

Enfin il arriva, ce jour qu'il redoutait même
en le désirant. La seconde représentation fut
aussi calme que la première; mais le Roi dit
à Molière après le spectacle : « Je ne vous ai

---

[1] Grimarest, p. 261 et 262.

1670. »point parlé de votre pièce le premier jour,
» parce que j'ai appréhendé d'être séduit par la
» manière dont elle avait été représentée; mais,
» en vérité, Molière, vous n'avez encore rien fait
» qui m'ait plus diverti, et votre pièce est excel-
» lente. » On rendrait difficilement la joie qu'un
tel jugement, qu'un tel acte de justice fit éprouver au malheureux patient; mais on aurait tort
de se figurer que ses critiques si violens et si
acharnés en demeurèrent confus. A peine l'approbation royale leur fut-elle annoncée, qu'ils
entourèrent Molière et l'accablèrent de louanges.
« Cet homme-là est inimitable, disait ce même
» duc, naguère si furieux; il y a un *vis comica*
» dans tout ce qu'il fait, que les anciens n'ont pas
» aussi heureusement rencontré[1]. » Et voilà les
bons amis de cour!

Paris fut tout d'abord de l'avis de Louis XIV;
et *le Bourgeois gentilhomme*, représenté dans
cette ville le 29 novembre 1770, contribua par
son succès à attirer au théâtre du Palais-Royal
une foule à laquelle la *Bérénice* de Corneille,
nouvellement mise à la scène, faisait rarement
prendre ce chemin. Bientôt après, il n'obtint pas
moins de succès à la lecture.

Cette charmante production avait encore pour

1. Grimarest, p. p 263 et 264.

les Parisiens un attrait de plus, le plus grand 1679
de tous à leurs yeux, celui de la malignité. Le
bruit se répandit généralement qu'un chapelier
millionnaire, nommé Gandouin, la fable de la capitale par sa prodigalité, avait été pour Molière
le type de monsieur Jourdain (9). Grimarest prétend que cette anecdote est controuvée. Quoi
qu'il en soit, elle n'a rien d'invraisemblable, parce
qu'un personnage aussi aveugle de vanité n'est
pas très-rare à rencontrer. N'a-t-on pas vu l'abbé
de Saint-Martin, homme estimable, qui enrichit
la ville de Caen de monumens agréables et d'éta-
blissemens utiles, recevoir très-gravement trois
prétendus ambassadeurs de Siam, qui venaient
au nom de leur monarque le prier de passer
dans ses états, où l'attendaient, disaient-ils, les
plus brillans honneurs. Il accueillit avec empressement ces propositions, leur en fit témoigner sa reconnaissance par leur truchement,
les combla de présens, et s'apprêtait à les suivre,
quand nos diplomates de contrebande crurent
devoir mettre fin à cette mystification [1]. Un auteur dramatique, quelquefois observateur fin
et délicat, Poinsinet, n'a-t-il pas, par sa facile
crédulité pour les contes burlesques de quel-

---

[1]. OEuvres de Molière, avec les remarques de Bret, t. V,
p. 763 et 764.

1670. ques mauvais plaisans, reculé les bornes du vraisemblable dans ce genre? La conférence avec
les ambassadeurs de Siam, et les épreuves subies
si patiemment par l'aspirant *écran du Roi*, justifient complétement la cérémonie du muphti.

On a aussi affirmé, du temps de Molière, qu'un
de ses amis, Rohaut, lui avait servi d'original
pour tracer son Maître de philosophie. On disait
même que, pour rendre la copie plus ressem-
blante au modèle, il avait envoyé Baron prier ce
philosophe de lui prêter son chapeau, qui était
d'une forme toute particulière; mais que Rohaut,
informé du rôle que l'on voulait faire jouer à son
chapeau, le refusa [1]. Cette anecdote ne saurait
être vraie; Rohaut n'avait pas à craindre d'être
mis en scène et d'être tourné en ridicule par celui
qui s'honorait de son amitié, et ce qui certainement n'est pas plus digne de foi, c'est que
son *Traité de physique* ait fourni à Molière, comme
on le prétendait encore, une partie de la leçon
de son philosophe. On se convainc de l'inexactitude de cette assertion en lisant cet ouvrage, qui
d'ailleurs ne parut qu'en 1671, c'est-à-dire un an
après *le Bourgeois gentilhomme*.

Ce fut mademoiselle Beauval, dont nous avons
déjà eu occasion de parler, qui joua d'original

1. Grimarest, p. 257 et suiv.

le rôle de Nicole. Le Roi, auquel elle n'avait pas 1670.
eu le bonheur de plaire, dit à Molière peu avant
la première représentation à Chambord, qu'il
fallait la remplacer. Le jour de la fête était trop
prochain pour qu'une autre actrice pût apprendre le rôle. Force fut donc de le laisser à mademoiselle Beauval, qui le remplit avec un tel
talent que Louis XIV après la pièce dit à Molière : « Je reçois votre actrice [1]. »

Le public avait abandonné depuis quelque temps
le théâtre de Molière pour se porter à celui de
Scaramouche, revenu à Paris, après une absence de trois ans. Cet acteur, ayant amassé dix
ou douze mille livres de rente qu'il avait placées
à Florence, sa patrie, avait eu le désir de s'y aller
fixer. Il y avait envoyé d'abord ses enfans et sa
femme, et était demeuré en France, jusqu'à ce
qu'il eût obtenu de son gouvernement l'assurance de n'être pas inquiété pour ses anciennes
condamnations, et de Louis XIV la permission
de retourner dans son pays. Le Roi la lui donna,
mais en le faisant prévenir qu'il ne devait pas
songer à obtenir jamais celle de revenir en France.
Scaramouche, dans les idées duquel il n'entrait
pas de projet de retour, s'embarrassa peu de la

1. *Histoire du Théâtre français* (par les frères Parfait),
t. XIV, p. 531.

1670. condition et partit. Mais à son arrivée à Florence, il reçut un accueil auquel il ne s'attendait guère. Sa femme, qui avait goûté tous les charmes du veuvage, lui fit une réception à le dégoûter de rester long-temps près d'elle. Comme elle s'était emparée des capitaux qu'il avait amassés, il fut forcé, pour vivre, de reprendre son métier de farceur. Après avoir parcouru pendant quelque temps l'Italie, il fit solliciter le Roi de France de l'autoriser à rentrer. Ce prince, malgré ses anciennes menaces, y consentit. La ville désapprouva fort cette condescendance ; mais elle s'empressa néanmoins de courir en masse aux représentations de ce nouvel enfant prodigue. M. Jourdain eut seul le talent de la ramener au Palais-Royal[1].

La troupe de Molière avait repris en 1660 une ancienne comédie intitulée *Don Quichotte ou les Enchantemens de Merlin*, arrangée par mademoiselle Madeleine Béjart[2]. Cette pièce, grace à l'intérêt que la belle-sœur de Molière avait à ce qu'on la jouât souvent, était restée au répertoire. L'auteur du *Tartuffe* et du *Misanthrope* y remplissait le rôle de Sancho. Un jour, qu'on la représentait, c'était en 1670, comme il

1. Grimarest, p. 125 et suiv. — *OEuvres de Molière*, édition donnée par M. Aimé-Martin, tom. I, p. lxxxviij, note.
2. *Dissertation sur Molière*, par M. Beffara, p. 21.

devait paraître sur son âne, il se mit dans la 1670.
coulisse pour ne pas se faire attendre, et pour
saisir le moment où il fallait entrer en scène.
« Mais l'âne, qui ne savait pas son rôle par cœur,
» dit Grimarest, n'observa point ce moment; et
» dès qu'il fut dans la coulisse, il voulut entrer,
» quelques efforts que Molière employât pour
» qu'il n'en fît rien. Il tirait le licou de toute sa
» force; l'âne n'obéissait point et voulait paraître.
» Molière appelait, *Baron! La Forêt! à moi; ce*
» *maudit âne veut entrer!...* Cette femme était
» dans la coulisse opposée, d'où elle ne pouvait
» passer par-dessus le théâtre pour arrêter l'âne;
» et elle riait de tout son cœur de voir son maître
» renversé sur le derrière de cet animal, tant il
» mettait de force à tirer son licou pour le re-
» tenir. Enfin destitué de tout secours et dé-
» sespérant de pouvoir vaincre l'opiniâtreté de
» son âne, il prit le parti de se retenir aux ailes
» du théâtre et de laisser glisser l'animal entre
» ses jambes pour aller faire telle scène qu'il ju-
» gerait à propos. Quand on fait réflexion au ca-
» ractère d'esprit de Molière, à la gravité de sa
» conversation, il est risible que ce philosophe
» fut exposé à de pareilles aventures et prit sur
» lui les personnages les plus comiques[1]. »

1. Grimarest, p. 140 et suiv. — *OEuvres de Molière*, édition
donnée par M. Aimé-Martin, t. xciv, et note.

1671. Il fut encore chargé (de composer une pièce à grand spectacle pour les fêtes du carnaval de 1671. Il songea à la fable de Psyché qui appartient à l'antiquité, et que La Fontaine en 1669 avait naturalisée dans notre littérature en rajeunissant et en adaptant à nos goûts des fictions surannées. Mais voyant arriver le terme qu'on lui avait assigné et n'ayant encore mis que la première main à son ouvrage, il prit le parti de s'adjoindre deux collaborateurs, Corneille et Quinault, qui travaillèrent sur le plan qu'il avait entièrement tracé. Il ne composa que le prologue, le premier acte et les premières scènes du second et du troisième. Corneille, dont la modeste complaisance en cette occasion dément sa prétendue inimitié contre Molière, fit le surplus, et à soixante-cinq ans retrouva toute la vigueur, tout le feu de sa jeunesse, pour écrire la scène brûlante de la déclaration de Psyché à l'Amour. Quant à Quinault, il se chargea d'entremêler chaque acte

.......de lieux communs de morale lubrique,

c'est-à-dire qu'il laissa échapper de sa plume les intermèdes de cette pièce à l'exception du premier, qui est de Lulli, semblant prendre à tâche de justifier d'avance, dans ces compositions éphémères, l'arrêt que Boileau devait un jour si injustement étendre jusqu'à ses opéra. Enfin le ^{1671.} cygne de Florence, Lulli mit en musique ce poëme qui fut soumis au jugement de la cour, en janvier 1671, sur le théâtre des Tuileries, et à celui de la ville, le 24 juillet suivant sur le théâtre du Palais-Royal[1].

On conçoit facilement le succès que dut avoir une pièce qui à l'intérêt même du sujet et à celui qu'inspiraient les noms de ses auteurs, joignait encore toute la féerie des arts, offrait aux yeux les tableaux les plus magiques des enfers, de la terre et des cieux. Aussi d'augustes et d'unanimes suffrages à la cour, et trente-deux recettes productives à la ville, furent-ils la récompense de cette importante association littéraire.

La chronique prétend que la représentation de cet ouvrage fut pour l'honneur marital de Molière un écueil nouveau, et d'autant plus affreux qu'il y était poussé par celui qu'il avait toujours traité comme son fils. « Tant que made- » moiselle Molière avait demeuré avec son mari, » dit l'auteur de *la Fameuse comédienne*, elle » avait haï Baron comme un petit étourdi qui les » mettait fort souvent mal ensemble par ses rap-

1. Voir notre édition des *OEuvres de Molière*, t. VII, p. 310, note.

167. » ports ; et, comme la haine aveugle aussi-bien que
» les autres passions, la sienne l'avait empêchée
» de le trouver joli. Mais quand ils n'eurent plus
» d'intérêts à démêler et qu'elle lui eut entière-
» ment abandonné la place, elle commença à le
» regarder sans prévention, et trouva qu'elle en
» pouvait faire un amusement agréable. La pièce
» de *Psyché*, que l'on jouait alors, seconda heu-
» reusement ses desseins et donna naissance à
» leur amour. La Molière représentait Psyché à
» charmer, et Baron, dont le personnage était
» l'Amour, y enlevait les cœurs de tous les spec-
» tateurs : les louanges communes qu'on leur
» donnait, les obligèrent de s'examiner de leur
» côté avec plus d'attention et même avec quel-
» que sorte de plaisir. Baron n'est pas cruel ; il
» se fut à peine aperçu du changement qui s'était
» fait dans le cœur de la Molière en sa faveur, qu'il
» y répondit aussitôt. Il fut le premier qui rompit
» le silence par le compliment qu'il lui fit sur le
» bonheur qu'il avait d'avoir été choisi pour re-
» présenter son amant ; qu'il devait l'approbation
» du public à cet heureux hasard ; qu'il n'était
» pas difficile de jouer un personnage que l'on
» sentait naturellement, qu'il serait toujours le
» meilleur acteur du monde, si l'on disposait les
» choses de la même manière. La Molière ré-
» pondit que les louanges que l'on donnait à un

»homme comme lui étaient dues à son mérite, 1671.
» et qu'elle n'y avait nulle part; que cependant
» la galanterie d'une personne qu'on disait avoir
» tant de maîtresses ne la surprenait pas, et qu'il
» devait être aussi bon comédien auprès des dames
» qu'il l'était sur le théâtre.

» Baron, à qui cette manière de reproches ne
» déplaisait pas, lui dit de son air indolent, qu'il
» avait à la vérité quelques habitudes que l'on
» pouvait nommer bonnes fortunes, mais qu'il
» était prêt à lui tout sacrifier, et qu'il estimerait
» davantage la plus simple de ses faveurs que le
» dernier emportement de toutes les femmes avec
» qui il était bien, et dont il lui nomma aussitôt
» les noms par une discrétion qui lui est natu-
» relle. La Molière fut enchantée de cette préfé-
» rence, et l'amour-propre, qui embellit tous les
» objets qui nous flattent, lui fit trouver un appas
» sensible dans le sacrifice qu'il lui offrait de tant
» de rivales[1]. »

Ce commerce fut heureusement de peu de
durée. Il serait consolant de pouvoir penser que
ce furent les remords de Baron qui l'en détour-
nèrent. Mais la coquetterie de mademoiselle
Molière, qui associait d'autres galans à son bonheur, la jalousie qu'il lui causait lui-même en

---

1. *La Fameuse comédienne*, p. 33 et suiv.

1671. continuant à voir les femmes qu'il avait promis
de lui immoler et en formant de nouvelles liaisons, firent seules naître le trouble entre les deux
amans, qui s'aperçurent trop tard qu'ils n'étaient
pas faits l'un pour l'autre.

Des intrigues nouvelles vinrent faire oublier
celle-ci à mademoiselle Molière. Quant à Baron,
pour tranquilliser le lecteur sur la douleur qu'il
put en ressentir, il suffit de dire qu'il s'est peint
très-fidèlement dans *l'Homme à bonnes fortunes.*
Le Sage, dans *Gil-Blas*, a laissé de son caractère
un portrait peu flatteur; mais, pour faire connaître sa vie et les mœurs de son siècle, nous
n'avons besoin que de citer une seule phrase de
la Bruyère : « Roscius [1], dit-il, en s'adressant à
» Lélie [2], ne peut être à vous; il est à une autre :
» et quand cela ne serait pas ainsi, il est retenu ;
» Claudie [3] attend pour l'avoir qu'il se soit dégoûté
» de Messaline [4]. »

Il eut en effet de grands succès auprès des
femmes de la cour, qui rougissaient quelquefois
de cette passion plus par vanité que par bienséance. Baron, qui s'en apercevait, s'en vengeait
avec impudence, mais toujours avec esprit. Si

1. Baron.
2. La fille du président Brisu.
3. La duchesse de Bouillon ou de La Ferté.
4. Madame d'Olonne. (LA BRUYÈRE, chap. III, *des Femmes*).

une duchesse déconcertée de le voir se présen- 1671.
ter en plein jour dans son salon, quand elle
lui avait signifié qu'elle ne voulait le recevoir
que la nuit dans son appartement, lui demandait avec hauteur ce qui pouvait l'amener, il
s'excusait, en disant qu'il venait chercher son
bonnet de nuit, qu'il avait oublié le matin. Si une
autre, rougissant de sa faiblesse et de l'objet de
son amour, s'écriait en regardant les portraits
de sa famille : « Que diraient mes ancêtres s'ils
» me voyaient dans les bras d'un histrion » ?.....
On sait ce que Baron répliquait.

Mais laissons les causes des chagrins de Molière
pour revenir à ses succès. Depuis l'apparition de
l'Avare, c'est-à-dire depuis plus de trois ans, il
n'avait exercé son talent et son génie que sur
des ouvrages demandés pour les plaisirs de la
cour. Cette sorte de dépendance, qui eût éteint
la verve de tout autre auteur, ne semble pas
avoir été préjudiciable à la sienne ; car, s'il est
vrai de dire que *Psyché* et surtout *les Amans
magnifiques* se ressentent du peu d'instans qu'il
eut à leur consacrer, on reconnaîtra du moins
que *George Dandin*, *Pourceaugnac*, et principalement *le Bourgeois gentilhomme*, annoncent
toute la liberté d'esprit, toute l'étendue de moyens
qu'il déploya dans ses productions les plus remarquables.

18

1671. .. *Les Fourberies de Scapin* furent le premier
ouvrage qu'il fit représenter après avoir acquitté
cet impôt, après avoir rempli cette fourniture
littéraire. Paris, auquel il n'avait pas depuis long-
temps offert les prémices de ses pièces, fit le
meilleur accueil à celle-ci, le 24 mai, et revint
la voir pendant un assez grand nombre de représentations.

A cette farce charmante succéda *la Comtesse
d'Escarbagnas;* elle fut jouée d'abord sur le
théâtre de la cour, à Saint-Germain-en-Laie, le
2 décembre. Elle composait, avec une *Pastorale*
dont il ne nous reste que la nomenclature des
personnages, un divertissement intitulé *le Ballet
des Ballets*, donné par le Roi, lors de l'arrivée à
Paris de la princesse de Bavière, que MONSIEUR
avait épousée, par procureur, à Châlons, le 16
novembre précédent.

Les longues excursions de Molière dans différentes provinces avaient fourni à son esprit contemplateur de favorables occasions d'y étudier
et d'y saisir mille ridicules divers. Alors plus
qu'aujourd'hui les habitudes des provinciaux con-
trastaient avec celles des habitans de la capitale.
Des relations plus rares avec Paris, une ignorance complète du luxe et de ses prestiges brillans,
peu d'amour des plaisirs, donnaient à la province une grande supériorité sur la métropole

sous le rapport des mœurs, mais l'empêchaient 1671. absolument de s'initier à ce savoir-vivre aimable que les grandes villes acquièrent presque toujours aux dépens de leur moralité, et de se dépouiller de cette simplicité grossière, source féconde de vertus comme de ridicules. Cependant notre premier comique, se contentant d'esquisser plus d'un de ces travers dans quelques cadres qu'ils ne remplissaient pas seuls ; comme dans *George Dandin*, n'y consacra entièrement que *la Comtesse d'Escarbagnas*.

Au milieu des scènes plaisantes où se dessinent les caractères de M. Harpin, receveur des tailles, premier acte d'hostilité de la comédie contre la finance, et de M. Thibaudier, type ébauché de ces magistrats, hommes à bonnes fortunes et fats surannés, aux dépens desquels on s'est plus d'une fois amusé au dix-huitième siècle ; au milieu de ces scènes, il en est une que dépare une équivoque grossière, celle où la Comtesse se récrie contre les leçons indécentes de M. Robinet, le précepteur de M. le Comte son fils, quand celui-ci répète son Despautère,

Omne viro soli quod convenit, esto virile,
Omne viri.............................

Nous avons été forcé de rappeler cette plaisanterie pour pouvoir dire qu'on prétend que Molière

18.

1671. voulut faire par-là allusion à une méprise du même genre. Ninon de l'Enclos aimait le marquis de Villarceaux, dont elle était aimée. L'épouse de ce seigneur, voulant faire admirer son fils par une réunion nombreuse qui se trouvait chez elle, pria son précepteur de l'interroger. Ce pédant lui dit gravement : *Quem habuit successorem Belus, rex Assyriorum?* — *Ninum*, répondit le petit prodige. Cette réponse choqua beaucoup sa mère; qui, frappée de ce *Ninum*, gronda le précepteur d'entretenir son élève des folies de son père ; et les protestations de cet autre Robinet, qui n'y entendait pas malice, ne purent servir à l'apaiser.

1672. Des prétentions des femmes de province aux beaux airs Molière passa aux prétentions des femmes de Paris au savoir. Nous avons, à l'occasion des *Précieuses ridicules*, dépeint les cercles où, avant le succès de cette piquante satire, tout ce que la littérature, la noblesse et le clergé comptaient de plus distingué venait chaque jour conspirer contre le bon goût et le naturel. Nous avons dit aussi l'influence que le manifeste de Molière exerça sur ces ridicules. L'alarme fut jetée aux rangs de ces nouveaux croisés, leurs dieux furent reniés, leurs autels renversés. Mais,

1. *Esprit de Molière* (par M. Beffara), t. I, p. 101.

semblables à des esclaves qui combattent pour
leurs fers, les fanatiques ne peuvent vivre sans
idoles. D'ailleurs, si l'hôtel de Rambouillet avait
abjuré le jargon de *Cyrus*, il ne pouvait aussi
facilement renoncer à l'espèce d'influence qu'il
exerçait sur la société ; et, pour la conserver,
il fallait ouvrir une nouvelle école. A la manie
des lettres succéda la fureur des sciences ; les
petits vers, au lieu d'être une occupation principale, ne furent plus que le délassement des
plus hautes spéculations ; l'astre de mademoiselle de Scudéri et de la Calprenède pâlit devant celui de Descartes ; et le bonnet de docteur remplaça sur le front des femmes la coiffure
des héroïnes de leurs romans.

Molière, qui avait cru le premier travers digne
de sa colère ou plutôt de sa gaieté, ne pouvait
garder le silence sur celui-ci, non moins menaçant, non moins redoutable. Il avait combattu
l'afféterie et la déraison prétentieuse qui exal-
taient les sentimens des femmes aux dépens du
naturel et de la grace ; pouvait-il ménager ce pédantisme glacial qui, les destituant entièrement
de leurs charmes, et pour ainsi dire de leur sexe,
en faisait des êtres équivoques et d'une nature incertaine? Non : vainqueur d'un ridicule,
c'était un devoir pour lui de reprendre les armes
contre le travers qui, phénix nouveau, renais-

1672. sait de ses cendres. Il descendit dans l'arène, et,
le 11 mars, le théâtre du Palais-Royal retentit
de nombreux et justes applaudissemens qui proclamèrent son triomphe et la nouvelle gloire que
les Femmes savantes promettaient à son nom.
Une longue série de représentations mit tout
Paris à même de confirmer l'arrêt des premiers
juges.

C'est ici l'occasion d'examiner un point d'histoire et de morale littéraire sur lequel on n'a
guère jeté encore qu'un jour très-incertain. Molière ne joua-t-il pas Cotin et Menage dans les
rôles de Trissotin et de Vadius? Quels motifs eût-
il pour exercer une telle vengeance contre eux?
Pouvait-il même en exister d'assez puissans pour
justifier une semblable conduite? Afin de ne donner lieu à aucun soupçon de partialité de notre
part en faveur de notre premier comique, nous
nous attacherons à ne retracer les faits que d'a-
près l'autorité d'écrivains qui ne peuvent, dans
cette occasion, être accusés ni de prévention ni
d'ignorance.

On lit dans plusieurs recueils que Molière
avait été reçu à l'hôtel de Rambouillet; qu'on s'y
était plu à lui faire le meilleur accueil; mais que
Menage et Cotin lui ayant adressé quelques mots
piquans, il n'y retourna plus, et mit ses deux ad-

versaires en scène [1]. Cette assertion a bien peu de 1672.
vraisemblance à nos yeux. Quand on songe au
mépris que l'on avait alors pour la profession
d'acteur, à la morgue de la noblesse de ce temps,
qui composait en grande partie la société de cet
hôtel, on ne peut croire que Molière, malgré
tout son talent, ait pu trouver grace auprès d'eux.
Madame de Sévigné et Bussy-Rabutin, qui mirent tant d'ardeur à faire casser le mariage de la
fille de celui-ci avec M. de la Rivière, parce que
ses trente-deux quartiers n'étaient pas incontes-
tables; madame de Sévigné, Bussy-Rabutin et
tant d'autres, eussent-ils pu prendre sur eux
de s'asseoir à côté d'un comédien? La version
suivante, appuyée sur de plus impcsans témoignages, nous semble digne d'une tout autre
confiance.

Au temps où Molière était poursuivi le plus
vivement par les ennemis que les représentations particulières et les lectures de son *Tar-*
tuffe lui avaient déjà suscités, l'abbé Cotin et
Menage, ce même Menage que nous avons vu
plus généreux, ou seulement plus prudent, lors
du succès des *Précieuses ridicules,* « s'étant trou-
» vés à la première représentation du *Misan-*

---

1. *Carpenteriana.* — *Récréations littéraires,* par Cizeron
Rival, p. 12.

1672. » *thrope*, dit l'abbé d'Olivet, poussèrent la haine
» contre Molière jusqu'à aller, au sortir de là,
» sonner le tocsin à l'hôtel de Rambouillet, di-
» sant qu'il jouait ouvertement le duc de Montau-
» sier, dont en effet la vertu austère et inflexible
» passait mal à propos, dans l'esprit de quelques
» courtisans, pour tomber dans la misanthropie.
» L'accusation était délicate : Molière sentit le
» coup[1]. » Il sut cependant contenir sa juste indignation ; et il est probable que, si Cotin ne
l'eût pas lui-même contraint à la vengeance par
de nouvelles attaques, il eût gardé sur son compte
le silence du mépris.

Mais irrité contre Despréaux, qui l'avait raillé
dans sa troisième satire sur le petit nombre d'auditeurs qu'il avait à ses sermons, le pauvre Cotin,
après avoir essayé de lui rendre traits pour traits
dans une plate satire, composa encore un pam-
phlet, *la Critique désintéressée sur les Satires du
temps*, où, non content de prodiguer à son
censeur les injures les plus grossières et de lui
imputer des crimes imaginaires, comme de ne
reconnaître ni Dieu, ni foi, ni loi, il eut la
maladroite infamie de ne pas moins ménager
Molière, dont le silence à son égard lui semblait

---

1. *Histoire de l'Académie Française* (par l'abbé d'Olivet),
t. II, p. 184.

probablement la plus cruelle injure [1]. Ce libelle 1672.
parut en 1666, et Molière prit encore le parti
de ne pas répondre à un homme dont il avait
méprisé la folie, dont il voulait mépriser la fureur. Ayant néanmoins résolu, quelque temps
après, de peindre le pédantisme, il se rappela ses
deux antagonistes qui pouvaient passer pour le
type de l'orgueilleuse sottise, et crut qu'ils lui
avaient, par leurs attaques, donné le droit de les
prendre pour modèles des beaux-esprits, et de
les livrer au rire vengeur du parterre.

Sans doute si Molière n'eût fait à l'égard de
Cotin que ce qu'il fit à l'égard de Menage, c'est-
à-dire s'il se fût étudié seulement à saisir ses travers pour en enrichir son personnage, Cotin lui-
même n'eût pas eu plus à se plaindre que le
conseiller Tardieu en voyant déclarer la guerre
à l'avarice. Mais il n'en fut malheureusement pas
ainsi : Molière ne se borna point à faire un portrait ressemblant du *père de l'Énigme française* [2],
de cet homme qui faisait retentir tour à tour, et
la chaire de vérité du texte sacré de l'Évangile,
et les ruelles de ses productions galantes; il mit

---

1. *Memoires pour servir à l'Histoire des gens de lettres*, par le
P. Niceron, t. XXIV. p. 225 et 226.

2. « Cette qualité me fut donnée par quelques personnes de mé-
» rite et de condition. » (*OEuvres Galantes de M. Cotin. Discours sur les énigmes.*)

1672. encore le nom de l'original au bas de la copie, par plus d'une allusion à ses ouvrages et à la guerre que Boileau leur avait déclarée, mais surtout en empruntant à son recueil deux de ses pièces, le sonnet à la princesse Uranie et le madrigal sur un carrosse, et en donnant le nom de Tricotin, puis de Trissotin, à l'idole de ses femmes savantes (10).

Tous ces traits ne pouvaient laisser au spectateur aucune espèce de doute sur le modèle qui avait posé pour ce rôle; et nous ne croyons pas que Molière ait pu abuser quelqu'un par la harangue qu'il prit la peine de faire deux jours avant la première représentation, pour détourner le parterre de l'idée d'y chercher quelque application[1] (11). Il était impossible même de demeurer dans le doute à ce sujet; car, s'il se fût trouvé quelqu'un aux yeux de qui tous les traits de ressemblance que nous avons déjà fait ressortir n'eussent pas semblé assez frappans, pouvait-il du moins conserver la moindre incertitude en se rappelant que la dispute de Trissotin et de Vadius n'était que la représentation d'une semblable scène dont Menage et Cotin avaient été les acteurs? Le dernier achevait de lire, chez MADE-MOISELLE, son sonnet à la princesse Uranie, quand

1. *Mercure Galant*, t. I, p. 213; lettre du 12 mars 1672.

Menage vint faire sa cour à la princesse. MADE-⸌1672.
MOISELLE fit-voir l'opuscule au nouvel arrivé, sans
lui en nommer l'auteur. Menage dit ouvertement
son avis, dont la juste sévérité excita la colère du père des vers condamnés, et fit naître
l'amusante dispute dont Molière a su tirer tant
de parti (12).

. Toutes ces particularités étaient autant de dé-
signations positives, et, sous ce rapport, Molière
est inexcusable. Sans doute Cotin avait eu avec
lui les plus grands torts; mais l'auteur du *Misan-*
thrope devait laisser aux comiques grecs le soin
de faire prendre à l'acteur un masque reprodui-
sant les traits de l'homme qu'ils voulaient vili-
pender. Ces réflexions, que les convenances
de la scène nous suggèrent ici, sont déjà venues
à l'esprit de plusieurs des commentateurs qui
nous ont précédé; aucun n'a mieux envisagé la
question, que celui qui a dit à ce sujet que *la*
meilleure satire qu'on puisse faire des mauvais
poètes, c'est de donner de bons ouvrages. Il est fâcheux toutefois que l'auteur de cette remarque,
qui, par la finesse de son esprit et la sublimité
de son génie, était, plus que personne, à même
d'user de cette sorte de vengeance, n'ait pas
toujours pris cette maxime pour règle de conduite. Mieux eût valu pour sa gloire, comme pour
nos plaisirs, qu'il eût employé à composer quel-

1672. que autre poëme dramatique le temps qu'il consacra à mettre Fréron en scène (13).

Menage, quelque piquante que fût l'attaque de
Molière, sut se tirer avec beaucoup d'esprit et
d'adresse de la fausse position où tout autre serait probablement demeuré. Il ne voulut pas se
reconnaître dans le personnage de Vadius, ne
laissa pas apercevoir la moindre marque de mécontentement contre l'auteur, et fut même des
premiers à rendre justice au mérite de cet ouvrage; car, allant voir madame de Rambouillet,
après la première représentation, à laquelle cette
dame avait assisté, il se borna à lui répondre,
lorsqu'elle lui dit, « Souffrirez-vous que cet im-
» pertinent de Molière nous joue de la sorte? —
» Madame, j'ai vu la pièce, elle est parfaitement
» belle; on n'y peut trouver rien à redire ni à
» critiquer ¹. » Il est probable que Molière, touché de la mesure d'une telle conduite, désavoua,
par égard, qu'il eût eu l'intention de le mettre
en scène, comme Menage prétend qu'il le fit ².

Mais Cotin, sur lequel le ridicule avait été plus
abondamment et plus directement déversé, fut
tellement loin de prendre aussi bien la chose,
« qu'il demeura, dit Bayle, consterné de ce
» coup; qu'il se regarda et qu'on le considéra

1. *Carpenteriana*, p. 48.
2. *Menagiana*, édit. de 1715, t. III, p. 23.

» comme frappé de la foudre ; qu'il n'osait plus se 1672.
» montrer ; que ses amis l'abandonnèrent ; qu'ils
» se firent une honte de convenir qu'ils eussent
» eu avec lui quelques liaisons, et, qu'à l'exem-
» ple des courtisans qui tournent le dos à un fa-
» vori disgracié, ils firent semblant de ne pas
» connaître cet ancien ministre d'Apollon et des
» neufs sœurs, proclamé indigne de sa charge et
» livré au bras séculier des satiriques [1]. »

Exemple effrayant du néant des réputations de
coteries, cet homme, si aveuglément admiré, si
pompeusement vanté, mourut ignoré, en janvier 1682 ; et « il y a toute apparence, dit encore
» Bayle, que le temps de sa mort serait inconnu,
» si la réception de monsieur l'abbé Dangeau, son
» successeur à l'Académie française, ne l'avait
» notifié. » Enfin, contre l'usage constamment
suivi jusque-là, et qu'on n'a jamais songé à violer
depuis, son nom fut à peine prononcé dans le
discours du récipiendaire, et le directeur de
l'Académie garda sur son compte le plus profond silence. On peut donc regarder ce quatrain,
qui vit alors le jour, comme sa seule oraison funèbre :

> Savez-vous en quoi Cotin
> Diffère de Trissotin ?

[1] Réponse aux questions d'un Provincial, t. I, p. 245.

Cotin à fini ses jours,
                   Trissotin vivra toujours.

Un de ces anecdotaires sous la plume desquels
le récit le plus vrai prend toujours, par les détails, l'apparence d'un roman, a dit que le chagrin que Cotin avait ressenti de se voir ainsi traité
l'avait conduit au tombeau. L'abbé d'Olivet et
Voltaire se sont trop légèrement faits les échos
de ce bruit ridicule. Cotin mourut dix ans après
la représentation des *Femmes savantes*, à l'âge
de quatre-vingt-cinq ans. L'on voit que si c'est
au chagrin qu'il faut attribuer sa mort, il fut pour
lui, comme le café pour Voltaire, un poison
lent.

Après le succès des *Femmes savantes*, les amis
de Molière renouvelèrent auprès de lui les ten-
tatives qu'ils avaient déjà infructueusement faites
pour le déterminer à renoncer à la profession de
comédien et à se livrer entièrement aux lettres.
L'Académie française offrait à ce prix une place
à l'auteur du *Misanthrope* et du *Tartuffe*. Boileau
fut chargé de cette négociation auprès de son
ami : « Votre santé, lui dit-il, dépérit, parce que
» le métier de comédien vous épuise ; que n'y
» renoncez-vous ? — Hélas ! lui répondit Molière
» en soupirant, c'est le point d'honneur. — Et
» quel point d'honneur ? répliqua Boileau. Quoi !
» vous barbouiller le visage d'une moustache de

» Sganarelle , pour venir sur un théâtre recevoir 1672.
» des coups de bâton ; voilà un beau point d'hon-
» neur pour un philosophe comme vous! » Ce
point d'honneur consistait à ne pas abandonner
plus de cent personnes que ses travaux faisaient vivre, et qui seraient tombées dans la misère s'il eût quitté le théâtre [1]. C'est aussi l'excuse
qu'il faisait valoir lorsqu'on lui reprochait de se
livrer quelquefois à un genre de compositions
qui n'était pas toujours digne de son génie : « Si
» je travaillais pour l'honneur, disait-il, mes ou-
» vrages seraient tournés tout autrement. Mais il
» faut que je parle à une foule de peuple et à peu
» de gens d'esprit pour soutenir ma troupe : ces
» gens-là ne s'accommoderaient nullement d'une
» élévation continuelle dans le style et dans les
» sentimens [2]. » Mais ces touchans sacrifices que
cet homme généreux ne balançait pas à faire
pour ses camarades ne lui assuraient pas toujours
leur zèle et leur reconnaissance; aussi s'écrie-t-il
dans son *Impromptu de Versailles* : « Les étranges
» animaux à conduire que des comédiens. »
On avait eu plus de succès à la fin de l'année

---

1. *Mémoires sur la vie de J. Racine* (par L. Racine), Lausanne, 1747, p. 121. — *Bolœana*, p. 35 et suiv. — *Récréations
littéraires*, par Cizeron-Rival, p. 20. — *OEuvres de Molière*,
avec les remarques de Bret, 1773, t. I, p. 68. — Petitot, p. 65.
2. Grimarest, p. 224.

1672. précédente dans les démarches qu'on avait faites pour le réconcilier avec sa femme. Molière se vit père pour la troisième fois, le 15 septembre 1672; mais il eut la douleur de perdre cet enfant le 11 du mois suivant [1] (14). Le 17 février précédent, Madeleine Béjart, sa belle-sœur, et le premier objet de son amour, avait également terminé sa carrière (15).

1673. L'état de sa poitrine devint plus inquiétant chaque jour; le parti qu'il avait pris pour complaire à sa femme de se soustraire au régime sévère qu'il avait observé jusque-là, le fit cruellement empirer. Ce fut précisément dans ce moment où tout autre se serait empressé de recourir aux médecins qu'il leur porta le coup le plus redoutable. *Le Malade imaginaire*, ce chant du cygne, fut représenté le 10 février 1673; mais, hélas! la Faculté devait être trop tôt vengée.

Le succès de ce dernier ouvrage ne fut pas un seul instant incertain; cependant, une plaisanterie grossière qu'il renfermait choqua le premier jour les spectateurs. Béralde, dans la scène où il congédie monsieur Fleurant, l'apothicaire de son frère, lui disait : *Allez, Monsieur, on voit bien que vous avez coutume de ne parler qu'à des c...* Le par-

---

1. *Dissertation sur Molière*, par M. Beffara, p. 16.

terre manifesta son improbation ; et, à la seconde
représentation, Béralde fit subir à sa phrase cette
variante ingénieuse : *Allez, Monsieur, on voit
bien que vous n'avez pas accoutumé de parler à
des visages.* « C'est dire la même chose », comme
le fait observer Boursault, qui rapporte cette
anecdote ; « mais le dire plus finement [1]. »

Si l'on en croit une ancienne tradition de Lyon,
Molière, pendant le séjour qu'il y fit avec sa
troupe en 1653, passant un jour dans la rue Saint-
Dominique de cette ville, aperçut, sur le seuil de
la boutique d'un apothicaire, un homme dont la
figure pharmaceutique le frappa. « Monsieur, mon-
» sieur ; comment vous nommez-vous? lui dit-il en
» l'abordant. — Pourquoi?... Mais... » —Molière
insiste. « Eh bien! je m'appelle Fleurant! —
» Ah ! Je le pressentais, que votre nom ferait
» honneur à l'apothicaire de ma comédie; on par-
» lera long-temps de vous, M. Fleurant! » Suivant
cette croyance des Lyonnais, ce serait cette plaisanterie qui lui aurait fourni ce nom [2]. Cette
anecdote, recueillie par les historiens du département du Rhône, a été racontée par le petit-fils
de ce monsieur Fleurant à un de nos plus sa-

---

1. *Lettres de Boursault.* Paris, 1722, t. I, p. 120.

2. *Lyon tel qu'il était et tel qu'il est*, par A. G*** (M. l'abbé
Aimé Guillon). Paris, 1797, p. 33.

1673. vans bibliographes qui nous l'a transmise. Mais nous sommes porté à croire que ce descendant du prétendu interlocuteur de Molière ne la tenait pas de son grand-père lui-même, et qu'il n'était que l'écho d'un conte populaire; car, comment supposer que Molière songeât dès lors à son *Malade imaginaire*, qui ne fut joué que vingt ans plus tard? Il est plus naturel de penser que, pour donner à son personnage un nom significatif, il avait fait choix du participe présent du verbe *fleurer* (sentir, exhaler une odeur), alors très-usité. La plaisanterie est d'assez mauvais goût; mais elle a pour nous le grand mérite de la vrai-semblance.

Le jour de la quatrième représentation de cette riante production [1], le 17 février 1673, premier anniversaire de la mort de Madelaine Béjart, sa belle-sœur, Molière, qui remplissait le rôle d'Argan, se sentit plus malade que de coutume. Baron et tous ceux qui l'entouraient le sollicitèrent en vain de ne pas jouer : « Comment » voulez-vous que je fasse? leur répondit-il; il y a » cinquante pauvres ouvriers qui n'ont que leur » journée pour vivre, que feront-ils si l'on ne joue » pas? Je me reprocherais d'avoir négligé de leur

---

1. Et non la troisième, comme l'ont dit la plupart des éditeurs. *Registre de la Comédie.* — *Histoire du Théâtre français* (par les frères Parfait), t. X, p. 81, note.

» donner du pain un seul jour, le pouvant absolu-
» ment. » Il fut convenu seulement que la représentation aurait lieu à quatre heures précises. Sa
fluxion le fit si cruellement souffrir, qu'il lui fallut
faire de grands efforts intérieurs pour achever son
rôle. Dans là cérémonie, au moment où il prononça le mot *juro*, il lui prit une convulsion qui
put être aperçue par quelques spectateurs, et
qu'il essaya aussitôt de déguiser par un rire
forcé [2] (16). La représentation ne fut pas interrompue ; mais immédiatement après ses porteurs
le transportèrent chez lui, rue de Richelieu. Là,
sa toux le reprit avec une telle violence, qu'un des
vaisseaux de sa poitrine se rompit. Dès qu'il se sentit en cet état, il tourna toutes ses pensées vers le
ciel [3], et demanda un prêtre pour recevoir les secours de la religion. Deux ecclésiastiques de Saint-
Eustache s'étant refusés à venir lui administrer les
sacremens, il s'écoula quelque temps avant qu'on
en trouvât un troisième, plus pénétré des devoirs
de son ministère [4]. Mais, pendant ces démarches,

1. Grimarest, p. 286.

2. *Préface* des *OEuvres de Molière*, édition de 1682 (par La
Grange).—Grimarest, p. 287.

3. *Ibidem*.

4. Requête adressée au nom de la veuve de Molière, à
l'archevêque de Paris, p. 347 des *Études sur Molière*, par
Cailhava.

1673. Molière perdit l'usage de la parole, fut bientôt suffoqué par l'abondance du sang qu'il rendait par la
bouche, et expira entouré des siens et de deux
pauvres sœurs de la Charité qui venaient quêter
à Paris pendant le carême, et trouvaient chaque
année, chez l'auteur du *Tartuffe*, une touchante
hospitalité [1].

1. Grimarest, p. 291. — *Mémoires sur la vie et les ouvrages
de Molière* (par La Serre), p. 1. — *Vie de Molière*, par Voltaire, 1739, p. 30. — Petitot, p. 68.

LIVRE QUATRIÈME.

Le siècle de Louis, le siècle des beaux-arts,
N'accorda qu'à regret, vaincu par la prière,
Du pain au grand Corneille, une tombe à Molière.

M. C. DELAVIGNE.

MOLIÈRE était mort sans les secours de la religion. Mais le coupable fanatisme de deux prêtres
avait été, comme on l'a vu, la seule cause de
cette sorte d'abandon; car il avait appelé de tous
ses vœux les saintes consolations; ses derniers
regards s'étaient tous portés vers le ciel. Rien toutefois ne put lui faire trouver grace auprès d'un
prélat fameux, L'archevêque de Paris, Harlay de
Champvalon, que ses débauches menèrent au tombeau, et qui cherchait à racheter, par une barbare
intolérance, toutes les bassesses de sa vie, voulut que celui dont la carrière entière n'avait été
qu'une bonne œuvre, dont la mort avait été celle
d'un vrai chrétien, demeurât sans sépulture [1] (1).
Le comédien vertueux ne put trouver grace auprès
de ce comédien hypocrite. Cette persécution posthume arracha ces vers à l'indignation de Chapelle :

1. *Vie de Molière*, par Voltaire, 1739, p. 31. — Petitot, p. 66.

Puisqu'à Paris on dénie
La terre après le trépas,
A ceux qui, pendant leur vie,
Ont joué la comédie,
Pourquoi ne jette-t-on pas
Les bigots à la voirie?
Ils sont dans le même cas [1].

Mademoiselle Molière, au moment de la mort
de son mari, garda un maintien qui, s'il n'était
pas celui d'une douleur sincère et profonde, témoignait du moins qu'elle était fière encore de
porter un tel nom. « Quoi! s'écria-t-elle; on re-
» fusera la sépulture à celui qui, dans la Grèce,
» eût mérité des autels [2]. » Elle alla à Versailles,
se jeter aux pieds du Roi, et se plaindre de l'injure qu'on faisait à la mémoire de son mari. Mais,
emportée par une sincérité irréfléchie, elle indis-
posa un peu Louis XIV, en lui disant que *si son
mari était criminel, ses crimes avaient été autorisés
par Sa Majesté-même.* L'argument était trop sans
réplique pour ne pas paraître inconvenant à une
oreille habituée aux flatteries des courtisans. Pour
surcroît de malheur, elle s'était fait accompagner par le curé d'Anteuil, afin qu'il témoignât
des bonnes mœurs du défunt; et ce pasteur, au
lieu de s'en tenir à cette mission, entreprit mal

1. *Récréations littéraires*, par Cizeron-Rival, p. 72.
2. *Note de Brossette*, sur l'épître VII de Boileau. — Peti-
lot, p. 68.

à propos de se justifier d'une accusation de jan-
sénisme dont il croyait qu'on l'avait chargé auprès du Roi. Ce contre-temps acheva de tout
gâter. Le prince les congédia assez brusquement
l'un et l'autre, en disant à mademoiselle Molière,
que l'affaire dont elle lui parlait dépendait de l'ar-
chevêqué de Paris [1].

Toutefois, comme la désobligeante maladresse
de la femme ne diminuait en rien l'estime que
Louis XIV avait pour la mémoire du mari, il ordonna secrètement à Harlay de Champvalon de
lever sa défense contre l'inhumation de Molière.
Celui-ci ne s'exécuta qu'à moitié ; car il prescrivit
au curé de Saint-Eustache, paroisse du défunt, de
refuser son ministère à cette cérémonie funèbre.
Il fut convenu que le corps, accompagné de deux
ecclésiastiques, serait conduit directement au cimetière, sans être présenté à l'église [2].

Le jour désigné pour les funérailles, une foule
de gens du peuple se réunit devant la maison de
Molière, en manifestant des intentions hostiles.
Il est plus que probable que les tartuffes et les ennemis de ce grand homme n'étaient pas étrangers
à ce rassemblement. Sa veuve en fut épouvan-
tée. On lui donna le conseil de jeter de l'argent

---

1. *Note manuscrite de Brossette*, citée p. 23 des *Récréations*
littéraires, par Cizeron Rival.

2. *Vie de Molière*, par Voltaire, 1739, p. 3.

à cette populace ; elle n'hésita pas, et une somme
de mille francs environ, semée par les fenêtres,
changea ses dispositions tumultueuses. Ces mêmes
individus qui étaient venus pour troubler l'enterrement du grand homme, accompagnèrent silen-
cieusement ses restes. Le corps fut conduit, le
21 février au soir, au cimetière de Saint-Joseph,
rue Montmartre, par deux prêtres et un cortège
de cent personnes, composé de tous les amis de
Molière, et de tous ceux qui l'avaient particulièrement connu, portant chacun un flambeau [1].
Contre l'usage du temps, on ne fit entendre aucun
chant funèbre [2].

On a déjà fait observer que ce ne fut pas dans
l'ombre que Garrick fut conduit à sa dernière demeure ; une foule de carrosses accompagnèrent sa
cendre aux caveaux de Westminster : et Garrick
n'était cependant que l'interprète habile du génie.

Si l'on put craindre que notre premier comique n'obtint pas un tombeau, on ne fut pas
exposé à avoir les mêmes inquiétudes pour une

1. Grimarest, p. 295 et suiv. — *Vie de Molière*, à la tête de l'é-
dition de ses *OEuvres*, Amsterdam, Wetstein, 1725, p. 106 et
107. — *Mémoires sur la vie et les ouvrages de Molière* (par La
Serre), p. lj. — *Vie de Molière*, par Voltaire, 1719, p. 31 et 32.
— Petitot, p. 68 et 69.
2. *Vie de Molière*, à la tête de l'édition de 1725, p. 106. —
Description du Parnasse français, par Titon du Tillet, in-12,
1727, p. 267.

épitaphe ; car à peine fut-il mort, qu'on en fit courir avec profusion dans Paris. La plus remarquable de toutes est celle que les regrets de l'amitié
inspirèrent à La Fontaine :

Sous ce tombeau gisent Plaute et Térence,
Et cependant le seul Molière y gît.
Leurs trois talens ne formaient qu'un esprit
Dont le bel art réjouissait la France.
Ils sont partis, et j'ai peu d'espérance
De les revoir. Malgré tous nos efforts
Pour un long-temps, selon toute apparence,
Térence, et Plaute, et Molière sont morts.

Chapelle montra également la plus vive douleur
à la mort de son ami. « Il crut avoir perdu toute
» consolation, tout secours, dit Grimarest ; et il
» donna des marques d'une affliction si vive, que
» l'on doutait qu'il lui survécût long-temps [1]. »

Les camarades de Molière ne sentirent pas
moins toute l'étendue de la perte qu'ils venaient
de faire. Leur théâtre demeura fermé pendant six
jours, et ils ne le rouvrirent que le 24 février,
par le *Misanthrope*. Les représentations du *Malade imaginaire*, suspendues par la mort d'*Argan*,
reprirent le 3 mars suivant (2). Ce fut Rosimont,
transfuge de l'hôtel de Bourgogne, qui assuma la
tâche difficile de remplacer Molière dans ce rôle.

Cette charmante comédie continua à leur attirer

1. Grimarest, p. 295.

la foule. Mais peu d'entre eux se souciaient de rester
sous la direction de mademoiselle Molière : aussi, à
la rentrée de Pâques, vit-on les représentations suspendues par suite de l'émigration de Baron, de La
Thorillière, de Beauval et de sa femme, qui avaient
des rôles dans beaucoup de pièces, et que l'hôtel de Bourgogne venait d'engager. Pour comble
d'infortune, la salle du Palais-Royal fut accordée
à Lulli ; qui avait obtenu le privilège pour la représentation des tragédies lyriques. Sans théâtre
et sans premiers sujets, mademoiselle Molière
fut obligée de recourir aux bontés du Roi, qui,
par égard pour le nom qu'elle portait, autorisa
sa troupe à s'installer dans la salle d'opéra que
le marquis de Sourdeac avait fait construire rue
Mazarine, vis-à-vis la rue Guénégaud. Dans la
même année, on y réunit celle du Marais ; et,
sept ans plus tard, en 1680, la troupe de l'hôtel
de Bourgogne vint également s'y fondre. Il n'y
eut plus dès lors, à Paris, qu'une société de Comédiens Français sous le titre de *Troupe du Roi* [1].

Molière mourut âgé de cinquante et un ans un
mois et deux jours. C'est dans la force de son
talent qu'il fut enlevé à ces nobles travaux qui

---

[1]. Le *Théâtre-Français* (par Chapuzeau), p. 199 et suiv. —
Préface de l'édition des *OEuvres de Molière*, 1682 (par La
Grange). —*Histoire du Théâtre français* (par les frères Parfait) ;
t. XI, p. 284 et suiv. — Petitot, p. 72.

firent la gloire de son nom et la consolation de
sa vie. Sans cette mort prématurée, que de chefs-
d'œuvre eussent encore enrichi notre scène! Que
de sujets se présentaient à son génie, inépuisable
comme les ridicules des hommes! Sans sortir de
la cour, n'avait-il pas à peindre encore, comme il
l'avait dit dans son *Impromptu de Versailles*, « ceux
» qui se font les plus grandes amitiés du monde,
» et qui, le dos tourné, font galanterie de se dé-
» chirer l'un l'autre? ces adulateurs à outrance?
» ces flatteurs insipides qui n'assaisonnent d'au-
» cun sel les louanges qu'ils donnent, et dont
» toutes les flatteries ont une douceur fade qui
» fait mal au cœur à ceux qui les écoutent? ces
» lâches courtisans de la faveur, ces perfides
» adorateurs de la fortune, qui vous encensent
» dans la prospérité et vous accablent dans la dis-
» grace? ceux qui sont toujours mécontens de la
» cour? ces suivans inutiles; ces incommodes as-
» sidus; ces gens qui, pour services, ne peuvent
» compter que des importunités, et qui veulent
» qu'on les récompense d'avoir obsédé le prince
» dix ans durant? ceux qui caressent également
» tout le monde, qui promènent leurs civilités à
» droite et à gauche et courent à tous ceux qu'ils
» voient, avec les mêmes embrassades et les mêmes
» protestations d'amitié? Oui, Molière, dit-il lui-
» même, aura toujours plus de sujets qu'il n'en

» voudra ; et tout ce qu'il a touché jusqu'ici n'est
» rien que bagatelle au prix de ce qui reste [1]. »

Si l'on ne savait qu'il *ignorait en écrivant le
travail et la peine,* on pourrait, en songeant à sa
trop courte carrière , s'étonner du nombre des
pièces qu'il a composées , avec d'autant plus de
raison que son service de valet-de-chambre du
Roi et la direction de sa troupe ne devaient lui
laisser que peu de loisirs. Encore lui fallait-il en
consacrer une partie à l'étude de ses rôles. Il
joua dans presque tous ses ouvrages ; ce fut lui
qui créa Mascarille de *l'Étourdi* et des *Précieuses
ridicules,* Albert du *Dépit amoureux,* Sganarelle
du *Cocu imaginaire,* de *l'École des maris,* du
Mariage forcé, du *Festin de Pierre,* de *l'Amour
médecin* et du *Médecin malgré lui,* don Garcie, Éraste
des *Fâcheux,* Arnolphe de *l'École des femmes,*
Molière de *l'Impromptu de Versailles,* Moron et
Lyciscas de *la Princesse d'Élide,* Alceste du *Misanthrope,* don Pèdre du *Sicilien,* Orgon du *Tartuffe,* George Dandin, Harpagon de *l'Avare,*
Pourceaugnac, Clitidas des *Amans magifiques,*
Jourdain du *Bourgeois gentilhomme,* Zéphyre de
Psyché, Géronte des *Fourberies de Scapin,* Argan
du *Malade imaginaire.*

Il remplissait également les fonctions d'orateur

---

1. *L'Impromptu de Versailles,* scène III.

de la troupe ; et ses contemporains se sont généralement accordés à dire qu'il affectionnait beaucoup cet emploi, parce qu'il lui fournissait l'ocsion de haranguer souvent le parterre. Chapuzeau nous apprend en quoi consistait cette charge. « C'est, dit-il, à l'orateur de faire la harangue... Le » discours qu'il vient faire à l'issue de la comédie » a pour but de captiver la bienveillance de l'as- » semblée. Il lui rend grace de son attention » favorable, il lui annonce la pièce qui doit » suivre celle qu'on vient de représenter, et l'in- » vite à la venir voir par quelques éloges qu'il lui » donne ; et ce sont là les trois parties sur les- » quelles roule son compliment. Le plus souvent » il le fait court et ne le médite point, et quelque- » fois aussi il l'étudie, quand ou le Roi, ou » Monsieur, ou quelque prince du sang se trouve » présent. Il en use de même quand il est besoin » d'annoncer un pièce nouvelle qu'il est besoin de » vanter ; dans l'adieu qu'il fait au nom de la » troupe le vendredi qui précède le premier di- » manche de la Passion et à l'ouverture du théâtre » après les fêtes de Pâques, pour faire reprendre » au peuple le goût de la comédie. Dans l'annónce » ordinaire l'orateur promet aussi de loin des » pièces nouvelles de divers auteurs pour tenir le » monde en haleine et faire valoir le mérite de la » troupe, pour laquelle on s'empresse de travailler..

» Ci-devant, quand l'orateur venait annoncer,
» toute l'assemblée prêtait un très-grand silence,
» et son compliment, court et bien tourné, était
» quelquefois écouté avec autant de plaisir qu'en
» avait donné la comédie. Il produisait chaque
» jour quelque trait nouveau qui réveillait l'audi-
» teur, et marquait la fécondité de son esprit, et
» soit dans l'annonce, soit dans l'affiche, il se mon-
» trait modeste dans les éloges que la coutume
» veut que l'on donne à l'auteur et à son ouvrage,
» et à la troupe qui le doit représenter » (3).

» Molière, dit le même historien, ne composait
» pas seulement de beaux ouvrages, il s'acquittait
» aussi de son rôle admirablement. Il faisait un
» compliment de bonne grace, et était à la fois
» bon poète, bon comédien et bon orateur, le vrai
» trismégiste du théâtre. Mais outre les grandes
» qualités nécessaires au poète et à l'acteur, il
» possédait celles qui font l'honnête homme. Il
» était généreux et bon ami, civil et honorable
» en toutes ses actions, modeste à recevoir les
» éloges qu'on lui donnait, savant sans le vouloir
» paraître, et d'une conversation si douce et si
» aisée que les premiers de la cour et de la ville
» étaient ravis de l'entretenir. »

Il ne nous est parvenu aucune donnée sur la

1. Le Théâtre Français (par Chapuzeau), p. 197 et 198.

fortune de Molière. Nous ignorons s'il laissa à sa
mort quelques biens-fonds. Après son retour à Paris, il demeura successivement rue Saint-Honoré,
vis-à-vis le Palais-Royal; dans la même rue, plus
près de Saint-Eustache; rue Saint-Thomas-du-
Louvre, et rue de Richelieu dans la maison aujourd'hui numérotée 34[1]. Mais il n'était que
locataire des propriétés qu'il habita (4). Il n'avait
également qu'à loyer la maison d'Auteuil, qui lui
servait d'asile contre les poursuites des fâcheux
et les tourmens domestiques[2]. Il est probable que
sa générosité, son esprit de bienfaisance et les
dispositions de sa femme à la dépense ne lui
permirent pas de faire de très-grandes écono-
mies. Il est certain du moins que grace aux
succès de sa troupe et à la fréquente représentation de ses ouvrages, il vécut dans une aisance
brillante, surtout pour le temps. Il avait quatre
parts de sociétaire dans les bénéfices de son
théâtre; une pour sa femme, une comme acteur
et deux comme auteur[3]. On s'est généralement

1. *Dissertation sur Molière*, par M. Beffara, p. 7, 14, 15,
16 et 17.

2. *Récréations littéraires*, par Cizeron-Rival, p. 23. — *Mémoires sur la vie de J. Racine* (par L. Racine), Lausanne, 1747,
p. 119.

3. *Les Amours de Calotin*, comédie en 3 actes et en vers (par
Chevalier), in-12, 1664, p. 5. — *Description du Parnasse français* par Titon du Tillet, in-12, 1727, p. 256.

accordé à dire que ses revenus se montaient à
vingt-cinq ou trente mille livres, somme consi-
dérable au dix-septième siècle[1].

Mademoiselle Molière ne conserva pas long-
temps ce respect que toute femme se doit à elle-
même, mais qu'elle devait plus particulièrement
à la mémoire de son mari. Nous l'avons vue, il est
vrai, solliciter vivement pour les restes de Molière
l'abri d'une tombe; mais c'était l'amour-propre
et non la douleur qui la guidait dans ces démarches. D'ailleurs, si l'on en croit l'historienne
de sa vie, les derniers devoirs sont toujours ceux
qu'une épouse rend avec le plus de plaisir à la mémoire de son mari[2]. Elle osa remonter sur la scène
peu de jours après la perte qu'elle et la France venaient de faire[3]. Ce révoltant mépris de toutes les
convenances aide beaucoup à faire la part des regrets et celle d'une vanité ostenteuse dans le fait suivant, rapporté avec une admiration un peu cré-
dule par Titon du Tillet : « La veuve de Molière fit
» porter une grande tombe de pierre qu'on plaça
» au milieu du cimetière de Saint-Joseph, où on

---

1. 50,000 livres, Grimarest, p. 142. — 25,000 livres, *Description du Parnasse français*, par Titon du Tillet, in-12, 1727,
p. 255 et 256. — 50,000 livres, Voltaire, *Vie de Molière*, 1739,
p. 22. — 50,000 livres, Petitot, p. 44.
2. *La Fameuse comédienne*, p. 40.
3. *Lettres de Bussy-Rabutin*, t. IV, p. 36.

» la voit encore (1732). Cette pierre est fendue
» par le milieu ; ce qui fut occasioné par une
» action très-belle et très-remarquable de cette
» demoiselle. Deux ou trois ans après la mort de
» Molière, il y eut un hiver très-froid. Elle fit
» voiturer cent voies de bois dans ledit cimetière ;
» lequel bois fut brûlé sur la tombe de son mari
» pour chauffer tous les pauvres du quartier : là
» grande chaleur du feu ouvrit cette pierre en deux.
» Voilà ce que j'ai appris, il y a environ vingt ans,
» d'un ancien chapelain de Saint-Joseph, qui me
» dit avoir assisté à l'enterrement de Molière, et
» qu'il n'était pas inhumé sous cette tombe, mais
» dans un endroit plus éloigné attenant à la maison
» du chapelain [1]. »

Les intrigues amoureuses de cette veuve in-
consolable se croisèrent avec une nouvelle acti-
vité. A cette époque de sa vie, on voit figurer
parmi ses adorateurs un sieur Du Boulay, qui
réunissait les principales vertus des amans de ces
sortes de femmes, l'opulence et la prodigalité.
Personne plus que mademoiselle Molière n'estimait ces qualités : aussi accueillit-elle gracieu-
sement celui qui en était doué. Mais comme par un
excès de modestie elle se méfiait de son propre talent, elle eut recours dans cette occasion aux lu-

1. *Le Parnasse français*, par Titon du Tillet, in-folio, p. 320.

20

mières et à l'expérience d'une honnête.personne
nommée la Châteauneuf pour savoir la conduite
qu'elle avait à tenir avec ce nouvel aspirant. Cette,
confidente, jugeant, d'après les détails qui lui
furent donnés, Du Boulay assez épris pour ne
pas être trop éloigné de l'épouser, lui recommanda expressément de forcer nature s'il le fallait, mais de demeurer cruelle.

Mademoiselle Molière remplit d'abord assez
bien son rôle; mais elle avait affaire à forte partie. Éclairé sur son projet par quelques mots,
Du Boulay sembla très-disposé à former une union
avec elle, promit même de ne laisser écouler
que peu de temps avant de lui donner son nom,
enfin, joua si bien la bonne foi et l'amour, qu'on
le rendit heureux par anticipation. L'amante
trompée vit trop tard quels pièges sont sans cesse
tendus à la vertu des femmes; et sentant qu'il
fallait renoncer à l'espoir de légitimer ses faiblesses pour le perfide, elle s'en consola en le
ruinant et en formant d'autres liaisons.

Une de ses camarades, mademoiselle Guyot,
entretenait depuis long-temps un commerce
amoureux avec Guérin d'Estriché, comédien de la
même troupe. Elle conçut le dessein de troubler
cet accord et chercha à captiver l'amant de cette
actrice. Heureux de trouver un prétexte pour
rompre avec elle, Du Boulay, dès qu'il s'aperçut

de ce manège, feignit la jalousie et la laissa tout
entière à ses nouveaux projets de conquête [1].

Elle se trouva, à peu près dans le même temps,
compromise, grace à deux intrigantes et à sa mauvaise réputation, dans une aventure scandaleuse-
ment romanesque. Nous abrégeons le récit qu'en
fait l'auteur de *la Fameuse comédienne*, qui n'a
rien négligé pour faire connaître à fond la moralité de son héroïne.

Un président du parlement de Grenoble, nommé
Lescot, séduit par les charmes et le talent de mademoiselle Molière, qu'il n'avait jamais vue qu'au
théâtre, en était devenu éperdument amoureux.
N'entrevoyant aucun moyen d'arriver directement à elle, il s'adressa à une dame Le Doux,
dont l'honorable emploi consistait à lever les difficultés et à rapprocher les personnes. Ce diplomate
femelle, qui ne connaissait nullement mademoiselle Molière, mais qui se serait reproché
toute sa vie d'avoir perdu une aussi belle occasion de faire une dupe, se rappela qu'il y avait
à Paris une fille entretenue, nommée La Tourelle, qui ressemblait parfaitement à l'idole du
président Lescot. Elle fit donc espérer à celui-ci
que, par ses soins et ses démarches, elle par-
viendrait à faire combler ses vœux. L'amoureux

1 *La Fameuse comédienne*, p. 41 et suiv.

20.

magistrat promit d'égaler sa générosité à son
bonheur.

Madame Le Doux se concerta avec mademoiselle La Tourelle; et, après un délai de quelques
jours, qu'elle feignit d'avoir consacré à vaincre
la résistance de la belle, elle prévint le président
que l'objet de son amour consentait enfin à se
rendre chez elle le lendemain, et qu'il pourrait
l'y voir et l'y entretenir tête à tête. On devine aisément que notre amant, heureux en espérance,
ne fut pas le dernier au rendez-vous. La Sosie de
mademoiselle Molière y arriva en affectant ses
airs et ses minauderies, et fit comprendre à son
adorateur combien il devait être fier de lui avoir
fait vaincre l'horreur qu'elle avait pour de tels
lieux. Celui-ci, enivré de bonheur et d'amour,
l'invita à déterminer elle-même le tribut de sa reconnaissance; mais mademoiselle La Tourelle,
laissant adroitement à sa complice le soin de dépouiller leur dupe, affecta le désintéressement
et ne consentit à accepter qu'un collier d'un prix
très-modique. Tant de délicatesse ravit le pauvre
président. Il ne manquait pas un seul jour d'aller au théâtre, admirer mademoiselle Molière,
qui remplissait alors avec talent le rôle principal de la tragédie de *Circé*, de Thomas Corneille (5); mais il se gardait bien de lui parler ou
même de lui adresser le moindre signe pour ne

pas violer la défense qui lui en avait été faite ; de peur, avait-on dit, de fournir un prétexte à la médisance des autres actrices.

Cette intrigue continua ainsi pendant quelque temps ; mais, un jour que mademoiselle La Tourelle avait promis à Lescot de venir déjeuner avec lui chez madame Le Doux, elle manqua au rendez-vous. Son amant, inquiet et jaloux, après l'avoir attendue une partie de la journée, se rendit le soir à la comédie, malgré les instances de la duègne, qui semblait avoir un pressentiment de la catastrophe de ce roman. Il monta sur le théâtre, pour chercher à parler secrètement à sa belle. Mademoiselle Molière ne comprit rien à ses signes et ne fit aucune attention à ses discours, croyant avoir affaire à un fou. Enfin, la pièce terminée, il la suit dans sa loge et lui adresse les plus vifs reproches sur ce qu'elle a trompé son impatience. Mademoiselle Molière lui ayant ordonné de se retirer, sa colère éclata, et il s'emporta contre elle au point de lui prodiguer les plus injurieuses invectives devant plusieurs comédiennes qu'elle avait fait appeler ; il poussa même la fureur jusqu'à lui arracher le collier qu'elle portait, et qu'il croyait être celui dont il avait fait emplette. On envoya chercher un commissaire et la garde, et le président fut conduit en prison.

Le lendemain, il en sortit sous caution, et soutint tout ce qu'il avait avancé la veille, prétendant toujours avoir eu le droit d'en agir ainsi
avec une femme dont il était l'amant, et qui semblait ne lui témoigner que par le mépris sa reconnaissance pour les soins qu'il avait eus d'elle.
De son côté, l'actrice outragée demandait une
réparation formelle; elle fit même commencer
une information, et voulut être confrontée avec
l'orfèvre chez qui le président et sa maîtresse
étaient allés acheter un collier. L'orfèvre déclara
la reconnaître, tant sa ressemblance avec mademoiselle La Tourelle était étonnante. Cette circonstance, jointe à la célébrité galante de mademoiselle Molière, commençait à convaincre
beaucoup de personnes de la véracité de l'assertion de Lescot, quand, par bonheur pour elle,
on parvint à arrêter madame Le Doux, qui s'était
jusque-là dérobée à toutes les recherches de la
justice. Elle découvrit la retraite de sa complice,
et rien ne s'opposa plus à la complète instruction
de ce procès.

Une sentence du Châtelet, du 17 septembre 1675, condamna le président Lescot à faire
à mademoiselle Molière une réparation verbale
en présence de témoins, et les deux intrigantes
à subir nues la peine du fouet devant la porte
du Châtelet et devant la maison de mademoiselle

Molière, et en outre à un bannissement de trois
ans de la ville de Paris.

Madame Le Doux subit seule son jugement,
qui, sur son appel, avait été confirmé par le
parlement, le 17 octobre suivant. La Tourelle
était parvenue à s'évader[1] (6). Un auteur dont
le nom ne nous est pas parvenu reproduisit toutes
les situations de ce roman, dans un drame qui
ne fut pas représenté, *la fausse Clélie*. Thomas
Corneille y fit aussi allusion dans sa comédie de
l'Inconnu, et la présence de mademoiselle Molière, qui y remplissait un rôle, dut donner du
piquant aux représentations de cette pièce[2] (7).

On a déjà fait remarquer que cette trame
scandaleuse, que cette fille perdue chargée de
représenter une autre femme et d'abuser des
yeux crédules par sa ressemblance avec elle,
que ce collier, une des pièces les plus importantes de ce procès, en rappellent un autre trop
célèbre où le nom d'une reine infortunée se
trouva injustement compromis avec ceux d'une
intrigante et d'un prélat, dont le rôle fut sinon celui d'un fripon, du moins celui d'une dupe imprudente. L'évasion de madame de La Motte donne

---

1. *La Fameuse comédienne*, p. 66 et suiv.
2. *Dictionnaire des Théâtres*, par Léris, 2ᵉ édit., 1763, p. 183.
— *Abrégé de l'Histoire du Théâtre français*, par de Mouhy,
1780, t. I, p. 185.

encore à son histoire et à celle de La Tourelle
une plus grande conformité.

. On se figure facilement combien l'issue de ce
procès dut rendre mademoiselle Molière triom-
phante. Elle en ressentit d'autant plus de joie
qu'elle espéra faire croire que tous les bruits qui
avaient précédemment couru sur elle n'étaient
pas plus fondés. Elle continua ses poursuites
auprès de Guérin, et fit valoir à ses yeux le brevet de vertu que le Châtelet venait de lui octroyer.
Cet acteur, qui regardait comme une fortune
pour lui de devenir son époux, abandonna mademoiselle Guyot ; il parut si passionné et si
soumis auprès de sa nouvelle maîtresse, et la
mit dans une position si critique pour une veuve,
qu'elle fut forcée, pour ne pas achever de se
perdre dans l'opinion publique, de donner en
toute hâte sa main à cet homme, dont l'esprit et
la réputation n'avaient rien d'assez attrayant pour
devoir faire renoncer au nom de Molière. Mais
la grossesse prématurée dont parle *la Fameuse
comédienne* et le penchant prononcé que lui
suppose le quatrain suivant donnent l'explication
de cette manière d'agir :

Les graces et les ris régnent sur son visage ;
Elle a l'air tout charmant et l'esprit tout de feu.

Elle avait un mari d'esprit qu'elle aimait peu ;
Elle en prend un de chair qu'elle aime davantage 1.

Leur mariage fut célébré le 31 mai 1677¹. Mais
le sacrement rendit à Guérin tout son esprit de
domination ; et sa femme, qui *voulait être applau-
die en tout, n'être contredite en rien*³, s'aperçut,
mais trop tard, que son esclave deviendrait son
maître. Peut-être commença-t-elle alors à regretter sincèrement Molière.

Elle continua de faire l'agrément de la scène
jusqu'au 14 octobre 1694, époque à laquelle
elle prit sa retraite avec une pension de mille
livres. Retirée dans son ménage, elle y mena, disent les auteurs de l'*Histoire du Théâtre Français*,
une conduite exemplaire, retour tardif sur elle-
même, auquel ses quarante-neuf ans ôtaient
malheureusement de son mérite⁴. Elle termina
sa carrière le 30 novembre 1700⁵. Son mari ne
mourut que vingt-huit ans plus tard. Il avait
perdu vers la fin de 1707, ou au commencement
de 1708, un fils issu de leur mariage, qui refit et

1. *La Fameuse comédienne*, p. 85 et 90.
2. *Dissertation sur Molière*, par M. Beffara, p. 17.
3. *La Fameuse comédienne*, p. 62 et 86.
4. *Histoire du Théâtre français* (par les frères Parfait), t. X,
p. 320.
5. Voir son acte de décès ci-après, aux Notes du livre II,
note 15.

acheva *Mélicerte.* Le triste succès de cet essai
apprit au téméraire que son père avait bien pu
succéder au mari, mais qu'il ne lui appartenait
pas, à lui, de refaire et de continuer l'auteur.

Des trois enfans que Molière avait eus, un seul
lui survécut ; c'était sa fille : elle était grande et
bien faite; peu jolie, mais en revanche très-
spirituelle. Elle se trouvait au couvent lors du
second mariage de sa mère, qui espérait l'y voir
rester à jamais. Cette jeune personne ayant témoigné une aversion insurmontable pour l'état
religieux, mademoiselle Guérin fut obligée de
l'en retirer. Ce fut un grand crève-cœur pour sa
coquetterie : une fille déjà formée était comme
un acte de naissance qui la suivait incessamment.
Celle-ci s'aperçut de son dépit; aussi Chapelle,
qui depuis la mort de Molière avait à peu près
perdu de vue et la mère et la fille, lui demandant
un jour l'âge qu'elle avait : « Quinze ans et demi,
» lui répondit-elle tout bas; mais, ajouta-t-elle
» en souriant, n'en dites rien à maman. » Lasse
d'attendre un parti du choix de sa mère, elle
se laissa enlever vers 1685 ou 1686, c'est-à-dire
de vingt à vingt et un ans par le sieur Rachel de
Montalant, homme d'une quarantaine d'années,
et veuf avec quatre enfans. Mademoiselle Guérin
commença quelques poursuites. Mais des amis
communs accommodèrent l'affaire. Ils s'unirent,

et allèrent habiter Argenteuil, où madame de
Montalant mourut le 23 mai 1723, et son mari
le 4 juin 1738, sans avoir eu d'enfans de leur
mariage [1] (8). Ainsi s'éteignit la descendance de
Molière.

Si la profession de comédien ne l'avait pas
destitué de l'estime de gens distingués par leur
rang et leur esprit, si le grand Condé, le duc
de Vivonne et d'autres grands seigneurs se faisaient, comme on l'a vu, un plaisir de le fréquenter, l'Académie crut se compromettre en
le recevant dans son sein. La Motte a cependant
répété plus d'une fois que cette compagnie, à
l'instigation de Colbert, l'avait, peu de temps avant
sa mort, désigné pour remplir la première place
qui viendrait à vaquer, et que le futur académicien avait, par suite de cet arrangement, promis
de ne plus paraître que dans des rôles de haut
comique [2]. Nous ignorons si cette convention a
réellement existé; mais cela est peu vraisemblable;
car nous demanderons, ainsi qu'on l'a déjà de-

[1]. *Histoire du Théâtre français* (par les frères Parfait), t. XI,
p. 319, note 6. — *Récréations littéraires*, par Cizeron-Rival,
p. 14. — *Mémoires sur Molière*, faisant partie de la *Collection
des Mémoires sur l'art dramatique*, p. 208.

[2]. *Histoire du Théâtre français* (par les frères Parfait), t. X,
p. 104. — *Récréations littéraires*, par Cizeron-Rival, p. 10. —
OEuvres de Molière, avec les remarques de Bret, 1773, t. I,
p. 63.

mandé, quelle différence essentielle on doit faire
entre l'acteur qui reçoit des coups de bâton et
celui qui les donne.

Un des auteurs de nos jours qui ont fait valoir
le plus de droits à une partie de la succession de
Molière, M. Picard a dit dans une excellente
notice sur l'auteur du *Joueur* : « Regnard ne fut
» point de l'Académie. C'est surtout aux poètes
» comiques que l'entrée du temple semble avoir
» été interdite. Je ne sais quel écrivain spirituel
» a prétendu qu'on ferait une Académie bien com-
» plète de tous les bons auteurs qui ne furent pas
» académiciens. Regnard y tiendrait une belle
» place au-dessous de Molière, et entouré de
» Le Sage, Piron, Du Fresny, Bruéis, Palaprat,
» Dancourt, d'Allainval, et Beaumarchais. » On
peut encore ajouter à ces noms ceux de Baron,
Le Grand, Fagan, Collé, Saint-Foix et Fabre
d'Églantine (9).

Les académiciens du dix-septième siècle cherchèrent à faire oublier le ridicule de leurs devanciers. Le buste de Molière fut placé dans
leur enceinte avec cette inscription proposée par
Saurin,

Rien ne manque à sa gloire, il manquait à la nôtre.

Bientôt aussi ils payèrent un autre tribut tardif
à la mémoire de ce grand homme. En 1769, son

éloge fut mis au concours, et le prix fut décerné
à un littérateur misanthrope qui s'essaya dans plusieurs genres, mais qui, par un singulier contraste, serait aujourd'hui presque inconnu des
lecteurs sans ses épigrammes en prose et ses
éloges. Chamfort, aux ouvrages duquel des critiques qui ne pouvaient craindre de se condamner
eux-mêmes ont reproché de pécher par excès
d'esprit, sut s'affranchir du protocole usé de ces
sortes de panégyriques, et apprécia dignement
le génie de Molière dans un morceau rempli
d'aperçus ingénieux dont la finesse n'exclut pas
la profondeur. Parmi les rivaux qui lui dispu-
tèrent la couronne, on remarquait Bailly, qui
depuis fut comme lui la victime de cette révolution dont ils avaient été les apôtres. Il obtint le
troisième accessit. Mais son éloge *ne valait rien;
un prix d'Académie ne saurait rien prouver : la
plupart des ouvrages couronnés ne sont que des
folies de jeunesse.* Cet arrêt sévère fut porté par
Bailly lui-même; et personne, après avoir lu son
ouvrage, ne sera tenté d'en appeler[1]. -

Pour donner plus de solennité à cette réparation posthume, l'Académie Française fit-pren-
dre, le jour de la lecture publique de l'*Éloge* de

---

1. *Mémoires de Bailly*, Baudouin frères, 1822, t. III, p. iij,
faisant partie de la *Collection des Mémoires sur la révolution
française.*

Chamfort, une place honorable à deux arrière-
cousins de Molière; M. Poquelin, vieillard plus
qu'octogénaire, conseiller-référendaire à la Cour
des Comptes, et M. l'abbé de La Fosse, fils
d'une Poquelin et du commissaire La Fosse, le
même qui assurait à Piron qu'il avait un frère
homme d'esprit [1]. M. Poquelin mourut en 1772,
sans postérité. Quant aux autres membres de
cette famille, qui existaient encore à cette époque, nous croyons pouvoir affirmer qu'ils mou-
rurent avant l'année 1780. Depuis plus de quarante ans, le nom de Poquelin est éteint (10);
celui de Molière vivra toujours.

En 1792, le champ du repos où les restes de
l'auteur du *Misanthrope* avaient été déposés,
Saint-Joseph, devint le siège d'une des sections
de la commune de Paris. D'autres se décoraient
des noms de Brutus et de Scévola; celle-ci, par
un patriotisme mieux entendu, préféra choisir
ses patrons dans les fastes de notre gloire littéraire, et prit le titre de *Section armée de Molière
et de La Fontaine*. Les administrateurs, mus par
un louable sentiment d'admiration pour ces deux
immortels écrivains, ordonnèrent que leurs
cendres seraient exhumées, pour être déposées

---

1. *Supplément à la Vie de Molière*, par Bret, t. I, p. 67 de
son édition des *OEuvres de Molière*, 1773.

dans des monumens dignes de cette destination.

Le 6 juillet, on procéda aux fouilles; mais il
est à peu près certain que ce ne furent pas les
ossemens de La Fontaine qu'on retira; il est
douteux qu'on ait été, plus heureux pour Molière (11).

Quoi qu'il en soit, les dépouilles funèbres
qu'on recueillit comme étant celles des deux illustres amis ne reçurent pas les honneurs pour lesquels on avait troublé leur repos. Pendant sept ans,
ces mânes précieux furent transportés successivement dans plusieurs lieux, où ils demeurèrent
dans un profane abandon. Enfin, M. Alexandre
Lenoir, conservateur des Monumens Français,
rougissant pour notre patrie de sa coupable indifférence, obtint, par ses instantes démarches,
la translation des deux cercueils aux Petits-
Augustins; elle eut lieu sans aucune pompe, le
7 mai 1799.

Le Musée des Monumens Français ayant été
supprimé, le 6 mars 1817, les restes présumés
de Molière et de La Fontaine, après avoir été présentés en grande pompe à l'église paroissiale de
Saint-Germain-des-Prés, furent transportés au
cimetière du Père-la-Chaise. C'est là que deux
tombeaux voisins, dont les noms qu'ils portent
sont le plus bel ornement, rappellent à l'étranger qui visite ces lieux deux des titres les plus in-

contestables de notre gloire littéraire. Puisse
l'émotion que ces grands souvenirs font naître
dans son cœur l'empêcher de remarquer la mes-
quinerie de l'hommage que leur patrie leur a
rendu ! Puisse-t-elle surtout lui dérober cette
épitaphe latine, dont l'auteur ignorait même
l'âge auquel Molière cessa de vivre, et que la
malignité publique attribue cependant à l'Académie des Inscriptions (12).

Ici finit notre rôle d'historien; mais il nous
reste encore à venger Molière de prétentions injustes et de reproches sans fondement. Déjà
nous avons essayé de repousser les attaques que
J.-J. Rousseau a dirigées contre lui et qui n'ont
rien gagné à être reproduites par Mercier, dans
son piquant *Essai sur l'Art dramatique;* entre-
prenons encore de répondre à quelques autres
de ses détracteurs.

L'envie et la médiocrité, qui, ne pouvant
s'élever jusqu'aux hommes de génie, voudraient
du moins les rabaisser jusqu'à elles, ont prétendu que ce grand comique n'avait rien créé,
et que ses pièces, souvent traduites, étaient le
reste du temps imitées d'auteurs français et étrangers. Les Italiens surtout ont revendiqué, pour
les imbroglios et les canevas de leur théâtre,
l'honneur d'avoir fourni à Molière l'idée, le plan,
les caractères et même le dialogue de la plupart

de ses chefs-d'œuvre. *Le Misanthrope*, à les en croire, est un vol manifeste fait à leur scène [1]. Ces prétentions ont cela de commode, qu'elles dispensent de les réfuter : « Soyez surtout bien » en garde, a dit J.-B. Rousseau, contre ce que » les Italiens, toujours admirateurs d'eux-mêmes, » nous racontent des courses que Molière a faites » sur leurs terres. Il n'y en a pas au monde de » plus désertes ni de plus stériles que les leurs [2] ».

Nous ne prétendons pas nier cependant que Molière ait emprunté à ses devanciers des idées qu'il a su faire fructifier. Nos vieux écrivains ont été mis par lui à contribution avec un rare bonheur. Il n'a pas dédaigné surtout ce conteur plein de verve et d'originalité, Rabelais, qu'on ne lit plus assez depuis que Voltaire, qui a su faire son profit d'un grand nombre de ses plaisanteries, l'a condamné par un jugement aussi tranchant que superficiel ; « comme un gourmand, a dit un » homme d'esprit, qui crache au plat pour en dé- » goûter ses convives. » Mais, qu'on prenne un seul instant la peine de rapprocher Molière des auteurs qu'il a mis à contribution, et l'on verra si imiter de la sorte ce n'est pas inventer.

Un critique dont l'Allemagne littéraire s'enor-

---

1. Voir ci-après la note 41 du livre II.

2. *OEuvres de J.-B. Rousseau*, édition donnée par M. Amar, t. V, p. 500 ; lettre à Brossette, du 24 mars 1731.

gueillit avec raison, M. Schlegel, dans son *Cours de littérature dramatique*, porte sur Molière un jugement plus que rigoureux. Nous nous bornerons à faire observer qu'un poète comique qui peint la plupart du temps les mœurs de son siècle et de son pays, ne saurait être jugé par des hommes d'un autre âge, nés dans d'autres contrées dont les goûts, les penchans, et par conséquent les travers et les ridicules, diffèrent essentiellement. Les brillans marquis du *Misanthrope* doivent paraître aussi faux à des Allemands que les vers de Goëthe et les noms de ses personnages paraissent barbares et antiharmonieux aux Français qui ne savent pas les prononcer.

Mais ce n'est plus contre l'amour-propre rival d'auteurs étrangers, ou contre les erreurs d'un critique récusable qu'il nous faut maintenant défendre Molière. C'est de la sévérité, tranchons le mot, c'est de l'injustice avec laquelle Boileau, qui du reste ne cessa un seul instant de se montrer son ami sincère, jugea trop long-temps ses productions que nous devons chercher à le venger.

Du vivant de l'auteur du *Misanthrope* et du *Tartuffe*, Boileau ne parla guère que deux fois de lui dans ses ouvrages : la première, et c'est celle où l'éloge fut le plus délicat, pour lui demander

..............Térence.

Sut-il mieux badiner que toi ? [1]

La seconde, pour lui dire :

Enseigne-moi, Molière, où tu trouves la rime. ,

Marmontel, qui se montre quelquefois pré-
venu contre Boileau, témoigne, ainsi que nous l'a-
vons déjà dit, un étonnement spécieux de ce que
cette facilité à rimer ait pu être regardée comme
le principal mérite de Molière[3]. Nous n'imiterons
pas dans sa fausse bonne foi, *le critique de Nicolas*,
comme l'appelait Voltaire ; mais nous prendrons
sur nous d'affirmer que notre satirique n'appréciait pas entièrement l'énergie entraînante et
le génie profond et observateur de notre premier
comique. La pureté du style était à ses yeux la
première qualité, ou plutôt une qualité sans
laquelle toutes les autres n'étaient rien. Chez lui
cette exigence était d'autant plus impérieuse
qu'elle se fondait sur l'amour-propre. Nul doute
donc que Térence, toujours froid, mais toujours
pur, délicat et châtié, n'ait séduit exclusivement
Boileau, et ne l'ait rendu injuste envers le rival,
envers le vainqueur du successeur de Plaute.

1. Boileau, Stances sur *l'École des Femmes*.
2. Boileau, épître II.
3. Marmontel, *les Charmes de la nature*, Épître aux poètes.

En 1674 parut *l'Art Poétique*. Molière n'y est
point oublié; mais, comme le dit M. Daunou
dans son *Discours préliminaire* sur l'auteur de ce
poëme, « les huit vers qui le concernent mêlent
» à la louange une si rigoureuse censure, qu'on
» aimerait mieux pour Molière, et surtout pour
» Boileau, qu'ils n'y fussent pas : »

> Étudiez la cour, et connaissez la ville,
> L'une et l'autre est toujours en modèles fertile.
> C'est par là que Molière, illustrant ses écrits,
> *Peut-être* de son art eût remporté le prix,
> Si, moins ami du peuple, en ses doctes peintures,
> Il n'eût point fait souvent grimacer ses figures,
> Quitté pour le bouffon l'agréable et le fin,
> Et, sans honte, à Térence allié Tabarin.
> Dans ce sac ridicule où Scapin s'enveloppe
> Je ne reconnais plus l'auteur du *Misanthrope*.

Il nous serait doux de penser avec certains commentateurs de Boileau que le poète par *le prix
de son art* a voulu dire la perfection absolue et
non pas la perfection relative. Mais, nous le ré-
pétons, le législateur du Parnasse nous semble ici,
et dans plus d'un autre endroit, donner une préférence marquée au comique latin[1]. Dire que Molière *a, sans honte, à Térence allié Tabarin*, c'est
dire que, souvent au-dessous de Térence, il
l'égale quelquefois, mais ne le surpasse jamais.

---

1. Le *Bolæana* le dit d'ailleurs formellement, p. 5o.

Pour mieux justifier sa préférence , il a faussement prétendu que Molière s'était montré *l'ami
du peuple* dans *ses doctes peintures.* Serait-ce dans
le *Misanthrope* , dans le *Tartuffe* , dans *l'Avare*
ou dans les *Femmes savantes?* Dans lequel de
ces chefs-d'œuvre a-t-il *fait grimacer ses figures?*
Tous ces traits ne pourraient donc tomber tout
au plus que sur les farces de Molière, qu'il n'a
jamais eu la prétention de donner pour de *doctes
peintures*, mais dont Boileau a fait bien involon-
tairement le plus bel éloge en disant qu'il n'y
reconnaissait pas l'auteur du *Misanthrope.* Eût-il
donc pu, notre immortel comique, se glorifier de
cette variété féconde., des ressources inépuisables
qu'il possédait, si la nature de son génie l'eût
forcé à se servir du même pinceau, des mêmes
couleurs, pour rendre et la fureur d'Alceste et le
désespoir de George Dandin? Boileau le voudrait-il
blâmer de n'avoir pas toujours exercé son talent
sur des sujets nobles et élevés? Mais, J.-B. Rousseau l'a dit,

Aristophane, aussi-bien que Ménandre,
Charmait les Grecs assemblés pour l'entendre,
Et Raphaël peignit, sans déroger,
Plus d'une fois maint grotesque léger :
Ce n'est point là flétrir ses premiers rôles,
C'est de l'esprit embrasser les deux pôles,
Par deux chemins c'est tendre au même but,
Et s'illustrer par un double attribut.

Enfin, de quelque manière qu'on doive inter-
préter ce passage, on voit que Boileau, pour un
jeu de scène, qui passe à la vérité les bornes vou-
lues de la plaisanterie, a trouvé mille défauts qui
se sont jusqu'à ce jour cachés à tous les yeux.
Mais ce qu'on n'a pas encore remarqué, que
nous sachions, c'est que ce critique, en relevant
une inconvenance dans les œuvres de son ami et
en leur prêtant d'innombrables imperfections,
ajoute encore que sans ces imperfections, sans
cette inconvenance, *il eût* PEUT-ÊTRE *remporté le*
prix de son art... Le *peut-être* ne compromet-il
pas beaucoup le goût du censeur qui craint tant
de se compromettre? Non; il ne faut pas attan-
cher à ce mot plus d'importance qu'il n'en mérite. Ce n'est pas la raison, ce n'est pas la justesse de l'idée qui l'ont fait entrer dans cette
phrase; c'est le seul besoin du vers : mais il faut
avouer que jamais cheville n'a plus malheureusement dénaturé la pensée du versificateur qui l'a
appelée à son secours.

On doit regretter que cet arrêt ait été porté
contre Molière, quand ses restes étaient à peine
refroidis. Boileau, il est vrai, dans son épître
adressée, en 1677, à Racine [1], n'affaiblit par aucune censure les éloges qu'il accorda aux chefs-

---

[1]. Épître VII.

· d'œuvre de son ami. Mais des éloges généraux
ne pouvaient détruire l'effet de critiques particulières; la plus belle réparation que Boileau
ait faite de ce qu'on nous permettra d'appeler
ses torts, est dans sa réponse à Louis XIV lui
demandant quel était le plus grand écrivain de
son siècle. « Sire, c'est Molière.—Je ne le croyais
» pas, répondit le Roi; mais vous vous y connais-
» sez mieux que moi¹. » La réponse de Boileau
l'honore; celle de Louis XIV le fait aimer.

Nous n'ajouterons rien à ce noble aveu d'un
rival : il parle plus haut que toutes les déclamations. Nous nous bornerons, en terminant cet
essai, à faire remarquer l'influence sur son siècle
de cet écrivain qui renversa le faux goût avant les
Satires; posa les règles de la comédie avant *l'Art
poétique*; le ramena à son véritable genre, l'imitation de la société; découvrit son véritable but,
la critique de nos ridicules et le châtiment de nos
vices. Si des travers nouveaux succédèrent à ceux
qu'il avait censurés, ce n'est point à lui, c'est au
cœur humain qu'il faut s'en prendre. On a com-
paré avec raison les ridicules aux modes : on ne
s'en corrige pas, on en change; quant au vice,

---

1. *Mémoires sur la vie de J. Racine* (par L. Racine), Lausanne, 1747, p. 122.

le poète comique peut le stigmatiser, mais non
le détruire. Il résista aux chefs-d'œuvre de Molière : nous avons lieu de craindre que, comme
eux, il ne vive toujours.

NOTES.

NOTES.

LIVRE PREMIER.

(1) Voici la teneur de l'acte de baptême de Molière,
inscrit sur les registres de la paroisse Saint-Eustache,
et découvert par M. Beffara en 1821, époque jusqu'à
laquelle tous ses biographes, à l'exception de Bret [1],
l'ont fait naître en 1620 ou en 1621 :

« Du samedi, 15 janvier 1622, fut baptisé Jean,
» fils de Jean Pouguelin, tapissier, et de Marie Cresé,
» sa femme, demeurant rue Saint-Honoré ; le parrain,
» Jean Pouguelin, porteur de grains ; la marraine,
» Denise Lescacheux, veuve de feu Sébastien Asselin,
» vivant marchand tapissier. »

Le parrain, Jean Pouguelin, était aïeul paternel
de Molière. Le véritable nom de cette famille était
POQUELIN ; mais les registres de l'état civil, fort mal
tenus alors, portent tantôt *Pouguelin,* et tantôt *Poç-
guelin, Poguelin, Poquelin, Pocquelin,* et même *Po-
clin, Poclain* et *Pauquelin.*

---

1. Bret, dans son *Supplément à la Vie de Molière,* édit de 1773, p. 77,
dit qu'il ne vécut que cinquante-un ans. Il le fait par conséquent
naître en 1622.

Pendant l'impression de cette Histoire, il a paru une édition des *OEuvres de Molière,* précédées d'une Notice de M. Picard. Cet académicien pense que M. Beffara ne représentant qu'un acte de baptême, il faut s'en tenir à la version de Grimarest et des autres écrivains qui font naître Molière en 1620. Pour peu qu'on ait été condamné par le besoin· de quelque document biographique à compulser les registres des. paroisses au dix-septième siècle, on sait que quand un enfant n'était pas baptisé le jour de sa naissance, on en énonçait l'époque (*né hier,* ou *né le...*). L'absence de cette date doit donc faire supposer qu'il était né; ce même jour, 15 janvier 1622. D'ailleurs, ce qui ne· peut laisser de doute sur ce point, c'est que ses père· et mère avaient été fiancés et mariés les 25 et 27 avril 1621, c'est-à-dire environ neuf mois auparavant. On objecterait en vain que Molière aurait pu être né avant le mariage. Outre que, d'après les rapproche-mens ci dessus, ce fait est invraisemblable, l'acte de ses père et mère, inscrit aux registres de Saint-Eus-tache, ne porte aucune reconnaissance d'enfant né antérieurement, formalité qu'ils n'eussent certes pas négligée, qu'on ne néglige jamais en pareille circon-stance, pour donner à l'enfant qui se trouve dans ce cas l'état et les droits d'enfant légitime.

1. C'est d'après un acte de baptême exactement conforme au précé-dent, que tous les biographes de La Fontaine ont fixé l'époque de sa naissance au 8 juillet 1621 (Voir l'*Histoire de la vie et des ouvrages de La Fontaine,* par M. Walckenaer, 3ᵉ édit., p. 584.). Personne n'a encore songé à récuser cette autorité.

(2) Grimarest, Voltaire, et tous les autres biographes de Molière, prétendent, d'après une tradition non interrompue, que la maison où est né notre
premier comique est située sous les piliers des Halles
(rue de la Tonnellerie, la seconde porte à gauche en
entrant par la rue Saint-Honoré, aujourd'hui numérotée 3). Le 28 janvier 1799, M. Alexandre Lenoir,
conservateur du Musée des Monumens Français, a,
de concert avec le propriétaire de cette maison, fait
placer sur la façade le buste de Molière, et une inscription portant : « *Jean Poquelin de Molière est né
dans cette maison en 1620.* » Entre le buste et l'inscription on a peint la devise : *Castigat ridendo mores*. Mais
l'acte de naissance découvert depuis et transcrit
dans la note précédente, et ceux des frères et de la
sœur de Molière, indiquent la demeure de leurs père
et mère rue Saint-Honoré (dans quelques-uns on
ajoute *près de la Croix du Tiroir* ou *du Trahoir*). Il est
donc bien évident que la tradition est aussi inexacte
sur le lieu que sur l'époque de la naissance de Molière. Peut-être a-t-il reçu le jour dans une maison
près de la rue de la Tonnellerie, mais toujours est-il
constant qu'elle était située rue Saint-Honoré. On
pourrait penser, pour accorder ces actes authentiques et cette tradition incertaine, que ses parens
habitaient la maison qui fait le coin de la rue Saint-
Honoré et de celle de la Tonnellerie, mais rien ne le
prouve d'une manière positive.

(3) La mère de Molière ne se nommait pas *Anne
Boulet*, comme Voltaire l'a dit, ni *Boudet*, comme l'a

prétendu Grimarest. L'acte de naissance de son fils,
que nous venons de rapporter, son propre acte de
fiançailles et de mariage inscrit aux registres de Saint-
Eustache, les 25 et 27 avril 1621, l'acte de mariage
de Molière inscrit aux registres de Saint-Germain-
l'Auxerrois, le 20 février 1662, et son propre acte
de décès ci-après relaté, prouvent d'une manière irrécusable qu'elle se nommait *Marie Cressé*. Son nom
est écrit sur les registres tantôt *Cressé*, et tantôt *Cresé*,
Cresez et *de Cressé*. Elle était d'une famille de tapis-
siers établis à la Halle. La sœur de Molière avait épousé
un *André Boudet*, c'est ce qui aura donné lieu à cette
erreur.

(4) Les parens de Molière investis de ces fonctions,
furent, d'après un manuscrit faisant partie de la Bibliothèque Mazarine :

En 1647 Robert Poquelin, du corps de la mercerie.

En 1661 Louis Poquelin, mercier.

En 1663 Robert Poquelin, l'aîné, mercier.

En 1668 Guy Poquelin, drapier.

En 1685 Pierre Poquelin, mercier.

Bret dit aussi dans son *Supplément à la Vie de Molière* : « Un nommé Poquelin, Écossais, fut un de
» ceux qui composèrent la garde que Charles VII atta-
» cha à sa personne, sous le commandement du géné-
» ral Patilloc. Les descendans de ce Poquelin s'éta-
» blirent les uns à Tournai, les autres à Cambrai, où
» ils ont joui long-temps des droits de la noblesse :
» les malheurs des temps leur firent une nécessité du

»commerce, dans lequel quelques-uns d'entre èux
»vinrent faire oublier leurs privilèges à Paris. »

(5) Pour la naissance des cinq autres enfans, voir
la *Dissertation sur J.- B. P. Molière*, par M. Beffara,
page 6.

Grimarest et Voltaire font entendre explicitement
que Jean Poquelin était *valet-de-chambre-tapissier chez
le Roi* à l'époque de la naissance de Molière. Ce fait
est au moins très-incertain ; car dans l'acte de naissance de son fils, transcrit Note I, il ne prend que
la simple qualité de *tapissier*. On ne le voit y adjoindre pour la première fois celle de *tapissier et
valet-de-chambre ordinaire du Roi* que dans l'acte de
décès de sa femme du 11 mai 1632, transcrit ci-après
Note 6.

(6) La mère de Molière mourut au mois de mai
1632. Voici la teneur de son acte de décès, découvert
il y a peu de temps sur les registres de la paroisse
Saint-Eustache, par M. Beffara, qui nous en a donné
copie.

« Mardi, 11 mai 1632, convoi et service complet
»de 50 livres, pour deffuncte honorable femme
»Marie Cressé, vivante femme de honorable homme
»Jehan Pauquelin, marchand tapissier et valet-de-
»chambre ordinaire du Roi, demeurant rue Saint-
»Honoré, inhumée aux Innocens. »

Ce ne put être que Louis Cressé, marchand tapissier aux Halles, son grand-père maternel, inhumé à Saint-Eustache, le 5 octobre 1638., qui le
mena aux représentations de l'hôtel de Bourgogne ;

son grand-père paternel, Jean Poquelin, était mort le 14 avril 1826. (*Dissertation sur J.-B. P. Molière*, par M. Beffara, page 7, et note manuscrite du même).

(7) Bellerose (Pierre le Meslier) entra à l'hôtel de Bourgogne en 1629, où son talent le plaça bientôt au premier rang. Il créa avec succès le rôle de *Cinna*, et plusieurs autres des tragédies de Corneille; il joua aussi d'original celui du *Menteur;* le cardinal de Richelieu lui fit présent pour cette représentation d'un habit magnifique.

Outre les reproches d'afféterie adressés par Scarron à cet acteur, le cardinal de Retz, dans ses *Mémoires*, nous apprend encore que Madame de Montbazon ne pouvait se résoudre à aimer M. de la Rochefoucault, parce qu'il ressemblait à Bellerose, qui avait, disait-elle, l'air trop fade. Bellerose mourut au mois de janvier 1670. (*Histoire du Théâtre Français;* tom. V, p. 25; *Lettre sur Molière* insérée au *Mercure de France*, mai 1740; *Galerie historique du Théâtre-Français*, par M. Lemazurier, tom. I, p. 149 et suiv.).

Pour Gautier-Garguille, Gros Guillaume et Turlupin, voir, ci-après la Note 18 de ce livre.

(8) Armand de Bourbon, prince de Conti, frère du grand Condé, né le 11 octobre 1629, mort à Pézenas, le 21 février 1666. Il épousa Anne Martinozzi, nièce du cardinal Mazarin. De protecteur de Molière il devint détracteur violent des spectacles. Il composa contre eux un ouvrage intitulé *Traité de*

la comédie et des spectacles selon la tradition de l'église,
Paris, 1667. Il est auteur de plusieurs autres écrits.

(9) François Bernier, né à Angers, écrivit des ouvrages de philosophie qu'on ne lit plus. Mais on
trouve encore de l'intérêt à ses *Voyages contenant la
description des États du Grand Mogol, de l'Indoustan,
du royaume de Cachemire*. Le Roi lui demandant à
son retour quel était de tous les pays qu'il avait vus
celui qu'il aimerait le mieux habiter : *La Suisse,
Sire*, répondit Bernier, avec trop de sincérité.

(10) Claude Emmanuel LHUILLIER CHAPELLE, maître
des comptes, naquit en 1626 près Paris, au village
de *la Chapelle* dont il prit le nom. Il est connu par
son *Voyage* fait en commun avec Bachaumont, et par
quelques pièces fugitives qui ont été recueillies en
un volume. Il mourut à Paris en 1686.

(11) Jean Hesnaut, auteur du fameux Sonnet de
l'Avorton. Voici celui qu'il composa contre Colbert,
lors du procès de Fouquet :

> Ministre avare et lâche, esclave malheureux,
> Qui gémis sous le poids des affaires publiques ;
> Victime dévouée aux chagrins politiques,
> Fantôme révéré sous un titre onéreux ;
>
> Vois combien des grandeurs le comble est dangereux,
> Contemple de Fouquet les funestes reliques,
> Et tandis qu'à sa perte en secret tu t'appliques,
> Crains qu'on ne te prépare un destin plus affreux.
>
> Sa chute quelque jour te peut être commuée ;
> Crains ton poste, ton rang, la cour et la fortune,
> Nul ne tombe innocent d'où l'on te voit monté.

22

Cesse donc d'animer ton prince à son supplice,
Et, près d'avoir besoin de toute sa bonté,
Ne le fais pas user de toute sa justice.

Effrayé de l'inflexible rigueur avec laquelle fut traité le surintendant, Hesnaut s'empressa de détruire tous les exemplaires qu'il en put retrouver. Colbert, à qui l'on parla de ce sonnet injurieux, demanda si le Roi y était offensé. On lui dit que non. « *Je ne le suis donc pas* », répondit le ministre avec une modération de parade.

Une partie de ses *OEuvres diverses* a été recueillie en un volume in-12, Paris, 1670. Il mourut en 1682.

(12) Cirano de Bergerac donna en 1653, deux ans avant sa mort, une tragédie d'*Agrippine*, qui fut froidement accueillie. Il disait de Montfleuri père, comédien de l'hôtel de Bourgogne très-largement constitué : « A cause que ce coquin-là est si gros qu'on ne »peut le bâtonner tout entier en un jour il fait le »fier. » Ayant eu querelle avec cet acteur il lui avait défendu de sa propre autorité de monter sur le théâtre. « Je t'interdis, lui dit-il, pour un mois. » A deux jours de-là, Bergerac se trouvant à la comédie, Montfleuri parut et vint faire son rôle à son ordinaire. Bergerac du milieu du parterre lui cria de se retirer en le menaçant, et il fallut que Montfleuri, crainte de pis, se retirât. (*Menagiana*, édit. de 1715, tom. III, p. 240.)

(13) Grimarest a dit que Molière fut obligé de faire le voyage à cause du grand âge de son père. L'assertion est inexacte : le père de Molière ne pouvait avoir

alors plus de 46 ans, puisque ses père et mère se ma-
rièrent le 11 juillet 1594. (*Dissertation sur Molière*,
par M. Beffara, pages 25 et 26.)

(14) Voici le passage de la comédie d'*Élomire hypocondre*, acte IV, sc. 2 :

.... En quarante et quelque peu devant,
Je sortis du collège, et j'en sortis savant;
Puis venant d'Orléans, où je pris mes licences,
Je me fis avocat au retour des vacances;
Je suivis le barreau pendant cinq ou six mois,
Où j'appris à plein fond l'ordonnance et les lois.
Mais, quelque temps après, me voyant sans pratique,
Je quittai là Cujas, et je lui fis la nique :
Me voyant sans emploi, je songe où je pouvais
Bien servir mon pays des talens que j'avais;
Mais ne voyant point où, que dans la comédie,
Pour qui je me sentais un merveilleux génie,
Je formai le dessein de faire en ce métier
Ce qu'on n'avait point vu depuis un siècle entier,
C'est à dire, en un mot, ces fameuses merveilles
Dont je charme aujourd'hui les yeux et les oreilles.

(15) Voici ce que dit Tallemant des Réaux, en terminant la revue des acteurs qu'il avait vus jouer : « Il
» faut finir par la Béjard : je ne l'ai jamais vue jouer,
» mais on dit que c'est la meilleure actrice de toutes.
» Elle est dans une troupe de campagne. Elle a joué
» à Paris ; mais ça été dans une troisième troupe,
» qui n'y fut que quelque temps. Un garçon, nommé
» Molière, quitta les bancs de la Sorbonne pour la
» suivre. Il en fut long-temps amoureux, donnait des
» avis à la troupe, et enfin s'en mit et l'épousa. Il a
» fait des pièces où il y a de l'esprit, mais ce n'est pas

22.

» un merveilleux acteur, si ce n'est pour le ridicule.
» Il n'y a que sa troupe qui joue ses pièces. Elles sont
» comiques. »

On voit qu'il est difficile d'être plus mal instruit
que Tallemant des Réaux. Il confond Madelaine Béjart, l'actrice de *l'Illustre théâtre* avec Armande-Gré-
sinde-Claire-Elisabeth Béjart ; sa jeune sœur, que *le
garçon nommé Molière* épousa. Celle-ci était à peine
née, lors de la prétendue sortie de Molière de la
Sorbonne.

(16) Cette tradition se trouve consignée dans le
quatrain placé au bas du portrait de Scaramouche :

> Cet excellent comédien
> Atteignit de son art l'agréable manière ;
> Il fut le maître de Molière,
> Et la nature fut le sien.

(*Le Poète sans fard, ou discours satiriques*, par le sieur
G. (Gacon), Cologne, 1696, p. 162, in-12).

(17) Le nom de MOLIÈRE avait déjà été porté par
l'auteur d'un roman en un volume in-8, publié en
1620, intitulé *la Semaine amoureuse* (par François
Molière, sieur d'Essertines), et par celui d'un autre
roman ayant pour titre, *Polixène*, publié en trois
volumes dans la même année, et réimprimé plusieurs fois, notamment en 1635, en deux volumes.
On lit dans la *Vie de Molière*, par Voltaire, et dans
plusieurs *Dictionnaires* et *Histoires du Théâtre-français*,
que ce dernier homonyme de notre auteur était comédien, et qu'il fit une tragédie intitulée *Polixène* ;
comme on n'y mentionne pas son roman du même

titre, il nous paraît constant qu'il y aura eu erreur
de la part de ces historiens, qui auront fait un tragique de ce romancier.

Les contemporains de notre auteur l'ont tantôt
nommé *Molière*, tantôt *de Molière.* On trouve aussi
l'un et l'autre sur le titre et dans les privilèges des
éditions originales de ses pièces ; mais dans aucune
des signatures que l'on possède de lui, il n'a fait précéder son nom de la particule nobiliaire ; et dans
l'Impromptu de Versailles, il nomme sa femme *Mademoiselle Molière.* Il est à remarquer que dans tous les
actes de l'état civil le concernant, faits pendant sa
vie, qui nous sont parvenus, on ne l'a appelé que
Molière simplement, et que ce n'est qu'à partir de son
acte de décès qu'on l'a gratifié de la particule. Il y a
même à la Bibliothèque du Roi une quittance d'arré-
rages de rente, donnée par sa veuve, où il est appelé
Poquelin Sieur de *Molière*, désignation qui n'appartenait qu'aux gentilshommes, tout au moins écuyers. Il
est évident que ces différences ne doivent s'expliquer
que par la vanité de Mademoiselle Molière. La Fontaine fut mis à l'amende pour avoir également pris
une qualité qui ne lui appartenait pas ; mais on ne
peut guère supposer au *Bonhomme* le même mobile
qu'à la femme de son ami.

(18) Les frères Parfait disent dans leur *Histoire du
Théâtre-Français*, tom. IV, p. 238 : « Gros-Guillaume
»jouait à visage découvert, et ses deux camarades
»Gautier-Garguille et Turlupin toujours masqués. Il
»eut la hardiesse de contrefaire un magistrat à qui

» une certaine grimace était familière , et il le contre-
» fit trop bien ; car il fut décrété, lui et ses compa-
» gnons. Ceux - ci prirent la fuite ; mais Gros-Guil-
» laume fut arrêté et mis dans un cachot : le saisisse-
» ment qu'il en eut lui causa la mort ; et la douleur
» que Gautier-Garguille et Turlupin en ressentirent
» les emporta aussi dans la même semaine. »

Gautier-Garguille composa des chansons qui furent
imprimées en 1634, et réimprimées en 1658. Le privilège du Roi qui les accompagne est trop curieux
pour que nous ne le citions pas ici, du moins en
partie : « Notre cher et bien-aimé Hugues Guéru, dit
» Fléchelles, l'un de nos comédiens ordinaires , nous
» a fait remontrer, qu'ayant composé un petit livre
» intitulé, *les nouvelles Chansons de Gautier-Garguille*,
» il le désirait mettre en lumière et faire imprimer ;
» mais il craint qu'autres que lui... ne le contre-
» fissent, et n'ajoutassent quelques chansons *plus dis-*
» *solues que les siennes.....* »

(19) DOMINIQUE, surnommé *Arlequin*, acteur de la
troupe italienne, laissa son nom à son emploi. Au
théâtre, et sous son masque, il savait exciter le rire
des spectateurs les plus sérieux ; mais, à la ville, il
était mélancolique et triste. Étant allé un jour chez
un fameux médecin pour le consulter sur la maladie
noire dont il était attaqué, celui-ci, qui ne le connaissait pas, lui dit qu'il n'y avait d'autre remède pour
lui que d'aller souvent rire aux bouffonneries d'Arlequin. « En ce cas, je suis mort, répondit le pauvre
» malade ; car c'est moi qui suis Arlequin. » Les Ita-

liens jouaient, des pièces françaises ; les comédiens
nationaux prétendirent qu'ils n'en avaient pas le
droit. Le Roi voulut être le juge de ce différend ;
Baron se présenta pour défendre la prétention des
comédiens français, et Arlequin vint pour soutenir
celle des Italiens. Après le plaidoyer de Baron, Arlequin dit au Roi : « Sire, comment parlerai-je ? —
» *Parle comme tu voudras*, répondit le Roi. —*Il n'en*
» *faut pas davantage*, dit Arlequin, *j'ai gagné ma cause.*»
On assure que cette décision, quoique obtenue par
subtilité, eut son effet, et que depuis les comédiens
italiens jouèrent des pièces françaises (*Histoire de*
Paris, par Dulaure, 1re édit. ; tom. IV, pag. 549.)

Dans les mémoires de Dangeau, on lit sous la date
du 2 août 1638 : « Arlequin est mort aujourd'hui à
» Paris. On dit qu'il laisse 300,000 livres de bien.
» On lui a donné tous les sacremens, parce qu'il a pro-
» mis de ne plus monter sur le théâtre. » Cet Arlequin
était le sieur Dominique, comédien plaisant, salé,
mettant du sien sur-le-champ et avec variété, ce qu'il
y avait de meilleur dans ses rôles ; il était sérieux,
studieux et très-instruit. Le premier président de
Harlay, qui le rencontra souvent à la bibliothèque
de Saint-Victor, fut si charmé de sa science et de sa
modestie, qu'il l'embrassa et lui demanda son amitié.
Depuis ce temps-là jusqu'à la mort de ce rare acteur,
M. de Harlay le reçut toujours chez lui avec une
estime et une distinction particulière ; le monde qui
le sut prétendait qu'Arlequin le dressait aux mines,
et qu'il était plus savant que le magistrat ; mais que

celui-ci était aussi bien meilleur comédien que Dominique. » (Note d'un anonyme, *Nouveaux Mémoires de
Dangeau*, publiés par M. Lemontey.)

(20) *Scaramouche.* Le véritable nom de cet acteur
était *Tiberio Fiorelli.* A son arrivée à Paris, il fut présenté à Louis XIV. Dès qu'il fut en présence du jeûne
prince, il laissa tomber son manteau, et parut en
costume de son personnage, avec son chien, son
perroquet et sa guitare ; alors s'accompagnant avec
cet instrument, il chanta deux couplets italiens, où
son perroquet et son chien, qu'il avait dressés,
firent leur partie. Cet étrange concert plut beaucoup
au Roi, qui conserva pour Scaramouche une sorte
d'affection. Cet acteur devint à la mode; il était très-
immoral. Un de ses tours était de se donner un soufflet avec le pied, et il conserva cette souplesse dans
l'âge le plus avancé. Il mourut en 1685 à plus de 80
ans. (*Vie de Scaramouche,* 1095, chap. XXIV ; *Histoire de Paris,* par Dulaure ; 1re édition, tom. IV,
pag. 549 ; *Mémoires de Dangeau,* publiés par madame de Genlis, tom. 1, pag. 105.)

(21) Une déclaration du Roi, du 16 avril 1641,
enregistrée au parlement le 24 du même mois, défendait *que l'état d'acteur pût être désormais imputé à
blâme,* et *préjudiciât* à la réputation de *comédien
dans le commerce public.* (*Supplément à la Vie de Molière,* faisant partie de l'édition des *OEuvres de Molière,* avec les remarques de Bret, Paris, 1773, t. I,
pag. 53.) On lit aussi dans le privilège accordé en
1672 par Louis XIV à Lulli, pour l'organisation de

l'Académie. royale de. Musique, que ce théâtre est
érigé. « sur le pied des académies d'Italie, où les
» gentilshommes chantent publiquement en musique
» sans déroger : VOULONS ET NOUS PLAÎT, ajoute le Roi,
» que tous gentilshommes et damoiselles puissent
» chanter auxdites pièces et représentations de notre
» Académie. royale, sans que pour ce ils soient censés
» déroger audit titre de noblesse, et à leurs privi-
» lèges, charges, droits et immunités. »

(22) Grimarest substitue au maître de pension un
ecclésiastique, et trouve ainsi moyen de rendre ce
récit grossièrement ridicule.

Cette anecdote a fourni à MM. Deschamps, Ségur
aîné et Desprez le sujet d'un vaudeville, représenté
au théâtre de la rue de Chartres, en juin 1799, sous
le titre de *Molière à Lyon.*

Grimarest semble donner à entendre que Mademoiselle Du Parc, De Brie, sa femme, et Ragueneau,
père de Mademoiselle La Grange, faisaient également partie de *l'Illustre théâtre.* Mais l'auteur de la
*fameuse Comédienne, ou histoire de la Guérin, aupara-
vant femme et veuve de Molière,* page 8 de cet ouvrage,
et M. Lemazurier dans sa *Galerie* déjà citée, s'accordent à dire que ces acteurs ne se réunirent à Molière
que pendant ses voyages en province (à Lyon,
comme on le verra ci-après). Cependant ces deux
historiens ne sont pas d'accord pour ce qui concerne
Mademoiselle Du Parc. M. Lemazurier prétend qu'elle
faisait partie de la troupe de Molière lorsqu'elle quitta
Paris en 1645 ; l'auteur de *la fameuse Comédienne*

prétend ·que Molière l'engagea à Lyon en 1653. Les historiens du Théâtre Français, les frères Parfait, tome X, pages 367 et 368 rapportent ces deux avis sans se prononcer pour aucun. Le dernier, que Petitot a adopté, nous semble aussi plus digne de confiance ; car Mademoiselle Du Parc, qui mourut en 1668, le 10 ou le 11 décembre, était encore à sa mort une des plus jolies femmes et des plus recherchées de son temps (voir la *Lettre en vers* de Robinet, du 15 décembre 1668) ; ce qui ne laisserait pas d'être assez inconcevable si elle eût fait partie de *l'Illustre théâtre* en 1645. Elle n'eût pu avoir guère moins de quarante-cinq ans à sa mort, âge auquel il lui eût été difficile de voir ses charmes compter d'aussi nombreux adorateurs : il est donc probable que Du Parc ne l'épousa qu'à son arrivée à Lyon en 1653, jeune encore. Ce qui prouve d'ailleurs que Mademoiselle Du Parc n'entra dans la troupe de Molière qu'en même temps que Mademoiselle De Brie, c'est que tous les biographes de Molière se sont accordés à dire que celui-ci devint épris des attraits de la première dès qu'il la vit, et qu'en ayant été rebuté, il s'en consola aussitôt avec la seconde.

(24) Comme nous n'aurons pas occasion de reparler de Béjart aîné, nous devons dire ici qu'il fit partie de la troupe jusqu'au 21 mai 1659, jour de sa mort. On interrompit le spectacle du 21 mai au 1er juin à cause de la perte de cet acteur. (*Dissertation sur Molière*, par M. Beffara, pag. 20). On lit dans les *Lettres choisies de Gui-Patin*, Amsterdam,

1725, tome III, pag. 376, lettre du 27 mai 1659 : « Il est mort ici depuis trois jours un comédien »nommé Béjart, qui avait 24,000 écus en or. ».

(25) Béjart père et mère eurent une troisième fille Geneviève Béjart, connue sous le nom de *Mademoiselle Hervé* (nom de sa mère). Elle était dans la troupe de Molière à son retour à Paris (voir la *Dissertation sur Molière*, par M. Beffara, pag. 25); il est également probable qu'elle faisait partie de la troupe de *l'Illustre théâtre* avec ses frères et sa sœur aînée. Elle mourut le 3 juillet 1675.

(26) Ce ne fut certainement qu'à ce retour à Paris que le prince de Conti accueillit Molière. Car il n'aurait pas pu dès 1645, c'est-à-dire avant son premier départ, l'engager à venir aux États de Languedoc en 1654. Il ne pouvait savoir aussi long-temps d'avance qu'il les dût présider.

Des biographes de Molière ne le font partir de Paris qu'en 1653. Ce départ était le second, comme on le voit par le manuscrit de Tralage. Il avait séjourné avec sa troupe à Bordeaux vers la fin de 1645.

(27) Chapuzeau, qui se trouve en contradiction sur la plupart de ces faits avec tous les autres historiens, semble, peut-être par l'ambiguité de ses expressions, ajouter à ces noms dans son *Théâtre Français*, pages 193 et 194, ceux de La Grange et de Du Croisy. Petitot a reproduit cette opinion. M. Beffara dans sa *Dissertation sur Molière*, page 25, ne les comprend pas au nombre des acteurs qui faisaient

partie de la troupe de Molière à son arrivée à Paris
en 1658. Ils n'y entrèrent qu'à Pâques 1659. Ce fait
à été vérifié sur l'ouvrage manuscrit intitulé : *Extrait
des recettes et des affaires de la comédie depuis Pâques
de l'année* 1659 *jusqu'au* 31 *août* 1685, *appartenant au
sieur de La Grange, l'un des comédiens du Roi*, faisant
partie des archives de la Comédie Française.

Nous ferons remarquer ici que nous ne donnons
dans cette *Histoire*, même aux actrices mariées, que la
qualification de *Mademoiselle*, parce que c'est la seule
qu'on leur donnât alors. Le titre de *Madame* n'appartenant qu'aux femmes de qualité. Molière, dans
l'Impromptu de Versailles, nomme sa femme *Mademoiselle Molière*, et La Fontaine dit toujours dans sa
correspondance en parlant de sa femme *Mademoiselle
La Fontaine;* nous pourrions encore citer pour preuve
les *Satyres sur les femmes bourgeoises qui se font appeler* MADAME, par J. Félix, réimprimées à la Haye
en 1713. Si nous eussions pris un autre parti, notre
texte et les citations d'auteurs contemporains qu'il
renferme eussent offert des disparates désagréables,
quelquefois même embarrassantes pour le lecteur.

(28) Grimarest prétend que Madeleine Béjart et le
comte de Modène avaient contracté un hymen secret;
il n'y a rien de plus invraisemblable que cette assertion ; car s'il en eût été ainsi, en admettant que le
comte de Modène n'eût pas voulu cohabiter avec sa
femme de peur de s'attirer des reproches de sa famille ; il l'eût du moins soustraite à l'existence pré-

caire d'une comédie une de province et ne l'eût point
laissée au théâtre jusqu'à sa mort.

Le comte de Modène se nommait Esprit de Rai-
mond de Mormoiron, comte de Modène; il était né
dans le comté Venaissin, à Sarrians, près Carpen-
tras, le 19 novembre 1608. Il est auteur d'une *Histoire des révolutions de la ville et du royaume de Naples*,
3 vol. in-12, Paris, 1665—1667. (*Histoire de la noblesse du comté Venaissin d'Avignon et de la principauté
d'Orange*, par Pithon-Curt), Paris, 1750, tome III,
pag. 19 et suiv.; *Biographie universelle*, article *Modène*
(par M. Hippolyte de la Porte); *Dissertation sur le
mariage du célèbre Molière*, par M. le marquis de
Fortia d'Urban, à la suite de la troisième édition de
sa *Dissertation sur le passage du Rhône et des Alpes*,
par Annibal, Paris, novembre 1821, p. 131 et suiv.)
Nous avons dit que Madeleine Béjart était aussi
âgée que Molière. Elle ne pouvait être plus jeune,
puisqu'elle donna le jour le 3 juillet 1638 à la fille
qu'elle eut de son commerce avec le comte de Modène, et qui depuis fut confondue avec la femme de
Molière comme nous aurons occasion de le dire.
(*Dissertation sur Molière par M. Beffara*, p. 13.)

(29) Ce fauteuil était, au mois de ventôse an VII, en
la possession du sieur Astruc, officier de santé de
Pézenas. Ce fait est consigné dans une lettre adressée par un habitant de cette commune, le sieur Poi-
tevin de Saint-Cristol, à Cailhava, qui l'a insérée
dans ses *Études sur Molière*, page 307. Nous avons
donné les termes mêmes de la lettre.

Deux faits qui y sont également rapportés prouvent
l'intérêt que le prince de Conti portait à Molière. Il
écrivit aux consuls de Pézenas pour leur ordonner
d'envoyer des charrettes à Marseillan, afin de transporter de là à la Grange-des-Prais, Molière et sa
troupe. On voit aussi dans les archives de Marseillan,
qu'il fut établi une contribution sur les habitans
de ce bourg pour indemniser Molière qui était allé
avec sa troupe y jouer la comédie.

(30) Outre ces cinq farces, Molière passe encore
pour avoir composé les suivantes; dont les titres se
trouvent sur les registres de sa troupe. Voici ces titres
et les dates des représentations :

Le 14 septembre 1661; *Le Fagotier;*
Le 13 avril 1663,   *Le Docteur pédant;*
Le 15   — —   *La Jalousie du Gros-René;*
Le 17   — —   *Gorgibus dans le sac;*
Le 20   — —   *Le Fagoteux;*
Le 20 janvier 1664,   *Le grand benêt de fils;*
Le 27 avril,   *Gros-René, petit enfant;*
Le 25 mai,   *La Casaque;*
Le 9 septembre,   *Le Médecin par force.*

Il est à présumer que *le Fagotier, le Fagoteux* et *le
Médecin par force* sont des farces qui ont servi de
prélude au *Médecin malgré lui;* Molière donnait souvent lui-même à cette dernière pièce le titre du *Fagoteux;* que *Gorgibus dans le sac* est l'idée d'une des
scènes des *Fourberies de Scapin,* et que *le grand Benêt
de fils* a pu servir d'esquisse au portrait comique de
Thomas Diafoirus. Voir l'*Histoire du Théâtre français*

par les frères Parfait, tome X , pages 108 et suiv.

(31) L'auteur d'un recueil de prose et de vers,
l'*Anonymiana*, Paris, Pepie, 1700, prétend que Molière était épris des charmes de la fille de son ami,
mariée depuis à M. de Feuquières. Nous n'avons découvert aucun passage d'auteur contemporain qui
puisse venir le moins du monde à l'appui de cette
assertion. On sait seulement qu'elle fut marraine du
troisième et dernier enfant de Molière.

(32) La troupe de Molière jouait sur ce théâtre les
mardi, jeudi et samedi, et les Italiens les autres
jours. La troupe de l'hôtel de Bourgogne ne jouait
non plus que trois fois par semaine, excepté lorsqu'il y avait des pièces nouvelles. (Voltaire, loc.
cit. page lv.) Richer donne la description de cette
salle, tome IV du *Mercure Français*, pag. 9 et 10,
année 1614; elle est rapportée par les frères Parfait
dans leur *Histoire du Théâtre Français*, tome VIII,
p. 239, note.

(33) C'est à tort que les frères Parfait ont dit que
Du Croisy se réunit à la troupe de Molière en province. Il n'en fit partie que le 25 avril 1659.

Après la mort de Molière, Du Croisy, étant gout-
teux, se retira à Conflans-Sainte-Honorine, bourg
près de Paris où il avait une maison. Il s'y fit distinguer par les vertus d'un honnête homme et s'attira particulièrement l'affection de son curé, qui le
regardait comme un de ses plus estimables pa-
roissiens. Il y mourut en 1695. Le curé fut si fort
touché de cette perte, qu'il n'eut pas le courage de

célébrer lui-même la cérémonie funèbre, et pria un ecclésiastique de remplir pour lui ce ministère. (*Histoire du Théâtre-français*, par les frères Parfait, tome XIII, p. 295).

La Grange avait épousé la fille de Ragueneau., acteur subalterne de la troupe de Molière. Elle en faisait elle-même partie ; mais on n'est pas d'accord sur l'époque à laquelle elle y entra. Elle avait été , avant son mariage, femme de chambre de Mademoiselle De Brie, et n'était connue alors que sous le nom de Marotte. Sa coquetterie et sa laideur lui avaient attiré l'épigramme suivante :

> Si, n'ayant qu'un amant, on peut passer pour sage,
>   Elle est assez femme de bien;
>   Mais elle en aurait davantage,
>   Si l'on voulait l'aimer pour rien.

(*Histoire du Théâtre-Français*, par les frères Parfait, tome XIII, p. 299.)

(34) L'hôtel de Rambouillet, si souvent cité dans tous nos mémoires et dans les lettres de Madame de Sévigné, était situé rue Saint-Thomas-du-Louvre. Dans cette même rue se trouvait également l'hôtel de Longueville, non moins célèbre dans l'histoire de la Fronde que le premier dans les fastes de la littérature.

(35) L'auteur des *Maximes* aimait avec passion les romans de la Calprenède et autres. Voir une lettre de Madame de Sévigné à Madame de Grignan, du 12 juillet 1671.

(36) Menage dit dans l'édition qu'il a donnée des

Poésies de Malherbe (*Observations sur le livre* 5.) :

« Ce mot d'*Arthénice* que Malherbe fit pour Madame
» de Rambouillet lui est demeuré; car c'est ainsi que
» tous les écrivains l'ont depuis appelée dans leurs ou-
» vrages ; et elle s'est elle-même ainsi appelée dans
» ces vers qu'elle fit pour son épitaphe, quelque temps
» avant sa mort :

> Ici gît Arthénice, exempte des rigueurs
> Dont la rigueur du sort l'a toujours poursuivie ;
> Et si tu veux, passant, compter tous ses malheurs,
> Tu n'auras qu'à compter les momens de sa vie.

» C'était au reste une personne d'un mérite extraor-
» dinaire que cette Madame la marquise de Ram-
» bouillet. Voiture l'a traitée de divine. »

(37) « Les Précieuses, dit l'abbé Cottin, s'envoyaient
» visiter par un rondeau ou une énigme , et c'est par
» là que commençaient toutes les conversations. »
Aussi Cottin donna-t-il en 1648 un recueil d'énigmes,
et l'année suivante un recueil de rondeaux.

(38) Boileau composa ses *Héros de roman* en 1710;
mais ils ne furent publiés qu'en 1713, deux ans après
sa mort.

(39) Angélique-Claire d'Angennes, autre fille de
Madame de Rambouillet et première femme de M. de
Grignan, lequel épousa en secondes noces Marie-
Angélique du Pui-du-Fou , et devint en troisièmes
noces gendre de Madame de Sévigné.

(40) Le prix du parterre fut porté de 10 sous à 15.
(*Lettre sur Molière* insérée au *Mercure de France*,

mai 1740.) Le prix des autres places fut doublé.
(*Préface* de l'édition des *OEuvres de Molière*, 1682,
par La Grange.) La Grange et après lui presque tous
les littérateurs qui ont écrit sur Molière ont dit que
le prix des places avait été doublé, sans faire d'exception pour le parterre. C'est une erreur, comme le
constate la première autorité citée, et comme ces vers
de Boileau, faits postérieurement à cette représentation, servent à le prouver :

> Un clerc, pour *quinze sols*, sans craindre le holà,
> Peut aller au parterre attaquer Attila.

Quant au succès, il fut tel que Doneau, auteur
d'une petite comédie intitulée *les Amours d'Alcippe*
et de Céphise, ou la Cocue imaginaire, in-12, 1660, dit,
dans sa préface, que l'*on est venu à Paris de vingt lieues*
à la ronde afin d'en avoir le divertissement.

(41) Préface des *Précieuses ridicules*. C'est cette
adroite précaution oratoire de Molière, et ce qu'il a fait
dire, scène I, à La Grange, *deux Pecques provinciales*,
qui auront fait croire à Grimarest, et après lui à Voltaire et à La Serre, que cette pièce avait été jouée auparavant dans la province et faite pour elle. Deux folli-
culaires contemporains, Somaise et Devisé, nous font
connaître le peu de fondement de cette assertion.
(*Nouvellés Nouvelles*, par Devisé, 3ᵐᵉ partie, p. 217
et suivantes; Avertissement des *Véritables Précieuses*,
comédie en un acte, en prose, (par Somaise), in-12,
1660; *Histoire du Théâtre-Français*, par les frères Par-

fait, tome VIII, page 314 et suivantes ; Petitot, p. 16.)
Ce n'était qu'à Paris que Molière pouvait bien étudier ce ridicule.

Dans sa *Préface*, il distingue les *précieuses ridicules*
des *véritables précieuses*. Segrais a dit dans des vers à
madame de Châtillon :

> Obligeante, civile, et *surtout précieuse ;*
> Quel serait le brutal qui ne l'aimerait pas ?

(42) Ces accusations se trouvent consignées dans
les *Nouvelles Nouvelles*, de Devisé, et dans l'Avertissement des *Véritables Précieuses*, de Somaise, déjà
citées.

Selon l'*Histoire du Théâtre-Français*, des frères
Parfait, et l'*Histoire de Paris*, par M. Dulaure,
1re édition, tome IV, p. 165, ce Guillot-Gorju,
également surnommé Saint-Jacques, et dont le véritable nom était *Bertrand* HAUDRIN, selon l'un, et
Nicolas HARDUIN, selon les autres, succéda à Gautier Garguille, Gros Guillaume et Turlupin. Il avait
étudié en médecine, même en pharmacie, et renonça à ces sciences pour embrasser la carrière du
théâtre. Il jouait ordinairement les rôles de médecins
ridicules, et les faisait rire eux-mêmes. Il était grand,
noir et fort laid ; il avait une excellente mémoire, et
nommait avec une volubilité extraordinaire les drogues des apothicaires et les instrumens de chirurgie.
Après avoir joué des farces pendant huit ans, il se
retira à Melun, où il exerça la profession de médecin.
Ennuyé de son nouvel état, il tomba dans une mélan-

colie qui l'obligea à revenir à Paris, où il mourut en
1648. Petitot prétend que Somaise ne fit ses *Véritables Précieuses* qu'à l'instigation des comédiens de
l'hôtel de Bourgogne, jaloux de Molière. Voir notre
Notice sur *les Précieuses ridicules*, tome 1, page 384,
de notre édition des *OEuvres de Molière.*

(43) Bussy Rabutin, qui avait cherché à séduire
Madame de Sévigné, sa cousine, et qui avait vu ses
vœux rebutés, se vengea de ses mépris en l'attaquant
dans son *Histoire amoureuse des Gaules*, t, 1, p. 234,
édit. de 1754, in-12 (voir dans cet ouvrage l'*Histoire
de Madame de Sévigny*). L'auteur pour qui la réputation d'aucune femme ne fut sacrée, se borne à taxer
de licence l'imagination de la beauté cruelle : « Toute
» sa chaleur est à l'esprit... Si l'on s'en rapporte à ses
» actions, je crois que la foi conjugale n'a point été
» violée; si l'on regarde l'intention c'est tout autre
» chose. Pour parler franchement, je crois que son
» mari s'est tiré d'affaire devant les hommes, mais je
» le tiens c... devant Dieu. » C'est aussi d'elle qu'il a
voulu parler quand il a dit dans ses *Mémoires secrets*
(édition de 1721, t. 2, p. 108) : « Il arriva encore,
» pour achever de me mettre mal avec lui (Fouquet),
» qu'il devint amoureux de ✱✱✱, et que celle-ci n'étant
» pas favorable à ses vœux, il s'en prit à moi, me crut
» bien avec elle, et ne put s'imaginer qu'une dame pût
» résister aux graces qui accompagnent les Surinten-
» dans, si elle n'était prévenue d'une grande passion.
» Quelque temps après, elle le désabusa sans qu'il lui
» en coûtât la moindre faveur : il changea son amour

»en estime pour une vertu qui lui avait été jusqu'alors
»inconnue. »

(44) Le 4 ou le 5 novembre 1660. (*Histoire du
Théâtre-Français* par les frères Parfait, t. IX, p. 13.)
Cette salle était contiguë au Palais-Royal, du côté
de la rue des Bons-Enfans. C'est après l'incendie qui
la consuma en 1781 que l'on bâtit celle de la Porte
Saint-Martin, qui fut élevée et mise en état de recevoir les dieux de l'Olympe en quarante jours. (*Histoire de Paris*, par Dulaure, 1re édition in-8o, t. 4,
p. 157 et 158).

(45) Presque tous les éditeurs de Molière fixent,
nous ne savons pourquoi, la première représentation
de cette pièce au 24 juin 1661. La *Muse historique* de
Loret, dans sa feuille du 17 juin, annonçait qu'elle
avait été jouée le 12 de ce mois, chez le surintendant
Fouquet devant la reine d'Angleterre, MONSIEUR et
MADAME, et *que cet ouvrage faisait le charme de tout
Paris*. On aura donc écrit à tort le 24 pour le 4.

(46) Les *Mémoires* du temps, et entr'autres ceux
de Saint-Simon, de Bussy-Rabutin, et de Choisy; les
lettres de Madame de Sévigné, etc., etc., contiennent
sur Fouquet un grand nombre des faits qui précèdent.
M. Walckenaer, dans le cadre duquel cet épisode
et tous ses détails rentraient nécessairement, en a
tracé un tableau fort intéressant, auquel nous croyons
devoir renvoyer nos lecteurs, *Histoire de la Vie et des
Ouvrages de La Fontaine*, in-8o, 3me édition, pag. 75,
et suivantes.

(47) Grimarest, page 49, dit que ce ne fut pas

M. de Soyecourt, mais *une personne qu'il a des rai-*
sons pour ne pas nommer, qui dicta cette scène tout
entière à Molière dans un jardin. Nous avons aussi
nos raisons pour accorder plus de confiance à Menage, auquel on doit la première version , qu'à Grimarest.

(48) Outre la comédie des *Fâcheux*, faite, apprise et
jouée en quinze jours, nous voyons encore Molière
composer et faire jouer, en huit jours , *l'Impromptu*
de Versailles , en cinq , l'*Amour médecin.*

(49) La Monnaye , trompé probablement par ce
bruit , dit, en parlant de Chapelle , dans la préface
de son *Recueil de pièces choisies tant en prose qu'en vers*,
La Haye, 1714; « C'est à lui qu'est due une grande
» partie de ce qu'ont de plus beau les comédies de
» Molière, qui le consultait sur tout ce qu'il faisait, et
» qui avait une déférence entière pour la justesse et
» la délicatesse de son goût. »

Callières a adopté la même opinion (voir p. ij de la
préface des *OEuvres de Chapelle et de Bachaumont* ,
1755.) On lit aussi dans la *Vie de Molière* , par Grimarest, pages 226 et 227, èt dans le dictionnaire
de Moréri , qu'à la suite d'un défi porté par Molière à
Chapelle, celui-ci traita le sujet du *Tartuffe* dont
Molière lui avait donné le plan, et que « une famille
» de Paris, jalouse avec justice de la réputation de
» Chapelle, se vantait de posséder l'original du *Tar-*
» *tuffe*, écrit et raturé de sa main. » Il n'est pas douteux que Molière sachant très-bien, par la scène des
Fâcheux, à quoi s'en tenir sur le talent de Chapelle

pour la comédie, n'aura pas été lui.proposer une sorte de cartel littéraire; il l'est encore moins qu'il n'aura nullement pu profiter de l'œuvre de son ami.

LIVRE SECOND.

---

(1) *L'Histoire du Théâtre-Français* des frères Parfait contient (tom. XI, pag. 323, 324 et 325), plusieurs passages d'auteurs contemporains, qui tous
font l'éloge de la grace et des talens de la femme de
Molière. On y voit « qu'elle avait la voix extrême-
» ment jolie, qu'elle chantait avec un grand goût le
» français et l'italien, et que personne n'a mieux su
» se mettre à l'air de son visage par l'arrangement
» de sa coiffure, et plus noblement par l'ajustement
» de son habit; que La Grange et elle faisaient voir
» beaucoup de jugement dans leur récit; et que leur
» jeu continuait encore lors même que leur rôle était
» fini; qu'ils n'étaient jamais inutiles sur le théâtre;
» qu'ils jouaient presque aussi bien quand ils écou-
» taient que lorsqu'ils parlaient...; que si mademoi-
» selle Molière retouchait quelquefois à ses cheveux,
» si elle raccommodait ses nœuds ou ses pierreries,
» ses petites façons cachaient une satire judicieuse et
» spirituelle; qu'elle entrait par là dans le ridicule
» des femmes qu'elle voulait jouer. »
On lit aussi dans une *Lettre sur la Vie et les ouvrages de Molière et sur les comédiens de son temps*,
insérée au *Mercure*, mai 1740, et attribuée à la femme
de l'acteur Poisson, fille de Du Croisy, laquelle fit,

comme son père, partie de la troupe de Molière, et
joua d'original le rôle de l'une des Graces de *Psyché :*
« Elle (mademoiselle Molière) avait la taille mé-
» diocre, mais un air engageant, quoique avec de
» très-petits yeux, une bouche fort grande et fort
» plate ; mais faisant tout avec grace, jusqu'aux plus
» petites choses, quoiqu'elle se mît très-extraordinai-
» rement, et d'une manière presque toujours opposée
» à la mode du temps. »

(2) Voici la teneur de leur acte de mariage,
inscrit aux registres de Saint-Germain-l'Auxerrois :
« Jean-Baptiste Poquelin, fils de sieur Jean Poquelin,
» et de feue-Marie Cresé d'une part, et Armande-Gre-
» sinde Béjard, fille de feu Joseph Béjard, et de Ma-
» rie Hervé, d'autre part, tous deux de cette paroisse,
» vis-à-vis le Palais-Royal, fiancés et mariés, tout en-
» semble, par permission de M. de Comtes, doyen de
» Notre-Dame et grand vicaire de monseigneur le
» cardinal de Retz, archevêque de Paris, en présence
» dudit Jean Poquelin, père du marié, et de André
» Boudet, beau-frère du marié, de ladite Marie Hervé,
» mère de la mariée, Louis Béjard et Madelaine Bé-
» jard, frère et sœur de ladite mariée. »

Cet acte est signé J-B. Poquelin (c'est Molière);
J. Poquelin (c'est son père); Boudet (son beau-
frère); Marie Hervé ; Armande-Gresinde Béjard ;
Louis Béjard et Béjart [1] (Madelaine), sœur de la
mariée.

1. Dans les actes qui concernent cette famille on trouve écrit, tantôt
Béjart et tantôt Béjard.

Grimarest a prétendu que Molière, redoutant le dépit jaloux de Madelaine Béjart, lui cacha pendant neuf mois son mariage avec Armande, et que ce ne fût qu'au bout de ce temps qu'un éclat de la jeune personne étant venu révéler ce mystère, il put consommer cette union. C'est une fable grossière. On ne tint point ce mariage caché à Madelaine Béjart, puisqu'elle signa l'acte de mariage de sa sœur.

(3) « Il y avait eu vraisemblablement entre Made-
» laine Béjart et Molière une association pour l'admi-
» nistration du spectacle; car on trouve sur le registre
» de La Grange, sous les dates des 20 juillet, 3 et 17
» août 1659, des sommes payées pour vieilles déco-
» rations et frais, à mademoiselle Béjart et à Molière. »
(*Dissertation sur Molière,* par M. Beffara, pag. 21.)

(4) Le comte du Broussin ne tint cette conduite que pour plaire au Commandeur. Molière ne lui en garda pas rancune ; car nous le verrons, en 1664, lire chez lui une partie du *Misanthrope;* mais Boileau, bien qu'il fréquentât ces deux seigneurs, dit en 1673, en parlant de Molière, dans son Epître VII :

L'ignorance et l'erreur à ses naissantes pièces
En habits de marquis, en robes de comtesses,
Venaient pour diffamer son chef-d'œuvre nouveau,
Et secouaient la tête à l'endroit le plus beau.
Le commandeur voulait la scène plus exacte;
Le vicomte indigné sortait au second acte.

(5) « *Le Portrait du Peintre* ne fut pas imprimé tel
» qu'il avait été offert sur le théâtre. » (*Œuvres de Mo-*

lière avec les remarques de Bret. Paris, 1773, t. II, pag. 576.)

Molière dit dans *l'Impromptu de Versailles,* en parlant de ses ennemis : « Je leur abandonne de bon » cœur mes ouvrages, ma figure, mes gestes... pour » en faire tout ce qui leur plaira....; mais, en leur » abandonnant tout cela, ils ne doivent faire la grace » de me laisser le reste, et de ne point toucher à des » matières de la nature de celles sur lesquelles on m'a » dit qu'ils m'attaquaient dans leurs comédies ; c'est » de quoi je prierai civilement cet honnête monsieur, » qui se mêle d'écrire pour eux. »

Ces matières graves sont, selon les uns, ses principes religieux, que Boursault semblait vouloir attaquer à propos du sermon d'Arnolphe :

> Votre ami, du sermon nous a fait la satire;
> Et, de quelque façon que le sens en soit pris,
> Pour ce que l'on respecte on n'a point de mépris.

D'autres pensent que c'était l'honneur marital de Molière, qui avait été attaqué dans un passage supprimé du *Portrait du Peintre.*

(6) Molière fait allusion dans *les Fâcheux,* acte I, scène 1, *aux convulsions de civilités* que les gens de cour prodiguaient aux personnes qu'ils rencontraient. Il revient encore à ce ridicule usage dans sa tirade du premier acte du *Misanthrope,* act. I, sc. 1 :

> Non , je ne puis souffrir cette lâche méthode
> Qu'affectent la plupart de nos gens à la mode, etc.

(7) L'anecdote suivante, empruntée au *Bolæana*, donnera la mesure de l'esprit du duc de la Feuillade, et de son amitié pour les hommes de talent :

« Le vieux duc de la Feuillade ayant rencontré M. Despréaux dans la galerie de Versailles, lui récita un sonnet de Charleval, adressé à une dame ; et le sonnet finissait par ces vers :

> Ne regardez point mon visage;
> Regardez seulement à ma tendre amitié.

« M. Despréaux lui dit qu'il n'y avait rien d'extraordinaire dans ce sonnet ; que d'ailleurs il ne donnait pas une idée riante de son auteur, et que, même à la rigueur, la dernière pensée pourrait passer pour un jeu de mots. Là-dessus, le maréchal ayant aperçu madame la Dauphine qui passait par la galerie, s'élança vers la princesse, à laquelle il lut le sonnet, dans l'espace de temps qu'elle mit à traverser la galerie. « Voilà un beau sonnet, M. le Maréchal, » répondit madame la Dauphine, qui ne l'avait peutêtre pas écouté. Le maréchal accourut sur-le-champ pour rapporter à M. Despréaux le jugement de la princesse, en lui disant d'un air moqueur, qu'il était bien délicat de ne pas approuver un sonnet que le Roi avait trouvé bon, et dont la princesse avait confirmé l'approbation par son suffrage. « Je ne » doute point, répliqua M. Despréaux, que le Roi » ne soit très-expert à prendre des villes et à gagner » des batailles ; je doute encore aussi peu que ma- » dame la Dauphine ne soit une princesse pleine d'es-

»prit et de lumière; mais, avec votre permission,
» M. le maréchal, je crois me connaître en vers-aussi
»bien qu'eux. » Là-dessus, le maréchal accourt chez
le Roi, et lui dit d'un air vif et impétueux : « Sire,
» n'admirez-vous pas l'insolence de Despréaux, qui
» dit se connaître mieux en-vers que Votre Majesté ?
. — Oh! pour cela, répondit le Roi, je suis fâché
» d'être obligé de vous dire, M. le maréchal, que Des-
» préaux a raison. »

(8) Devisé dit au sujet de cette raillerie contre les
marquis : « Il ne suffit pas de garder le respect que
» nous devons au *demi-dieu* qui nous gouverne; il faut
» épargner ceux qui ont le glorieux avantage de l'ap-
» procher, et ne pas se jouer de ceux qu'il honore de
» son estime. » (*Lettre sur les affaires du Théâtre.*) La
Harpe a répondu à ce censeur : « Les raisonnemens
» de ce Devisé sont aussi forts que ses intentions sont
» loyales. Il veut que les personnages de comédie
» soient *tous des héros*, parce que ce sont des gens de
» cour; il veut qu'ils ne puissent pas être *ridicules*,
» parce que ce sont des gentilshommes; il veut que
» chacun d'eux prenne Molière à partie, et il ne songe
» pas que des peintures générales ne peuvent jamais
» offenser personne. Il serait superflu d'opposer des
» vérités trop connues à une déclamation trop absurde.
» Je ne l'ai citée que pour faire voir qu'en tout temps
» les mauvais critiques ont été aussi des hommes très-
» méchans, et que, non contens de dénigrer l'ouvrage,
» ils se croient tout permis pour perdre l'auteur. »

(9)   « C'est une satire cruelle et outrée, a dit Vol-

» taire : la licence de l'ancienne comédie grecque n'allait
» pas plus loin. Il eût été de la bienséance et de l'hon-
» nêteté publique de supprimer la satire de Boursault
» et de Molière. Il est HONTEUX que des hommes de
» génie et de talent s'exposent, par cette petite guerre,
» à être la risée des sots. » Palissot, dans ses *Mémoires
sur la Littérature*, article MOLIÈRE, porte un jugement
semblable.

(10) Josias de Soulas, écuyer, sieur de Prinefosse,
né en Brie, était fils d'un gentilhomme d'origine
allemande, qui s'était retiré dans cette province après
avoir embrassé la religion catholique. Josias de
Soulas, ayant fini ses études, prit le parti que prenaient ordinairement les jeunes gentilshommes sans
fortune, celui des armes. Il entra d'abord dans le régiment des Gardes Françaises du Roi (Louis XIII),
puis passa dans le régiment de Rambure, avec le
grade d'enseigne. Quelques compagnies de ce corps
ayant été supprimées, de Soulas, compris dans cette
mesure et privé de ressources, embrassa la profession
de comédien, et prit le nom de *Floridor*. Il se vit
successivement applaudir en province, puis à Paris
au théâtre du Marais, et ensuite à celui de l'hôtel de
Bourgogne. Il obtint un égal succès comme auteur
et comme orateur de la troupe. Il avait beaucoup de
grace et de noblesse dans les manières. Il ne se borna
pas à se concilier les suffrages de tous les spectateurs;
il sut encore commander l'estime et la considération publique. Au milieu de la corruption du théâtre,
il menait une vie exemplaire. On l'aimait beaucoup

à la cour. Louis XIV lui-même, dont il était connu particulièrement, se fit un plaisir de lui accorder plusieurs graces tant pour lui que pour sa compagnie.

Étant tombé dangereusement malade vers la fin de 1671 ou au commencement de 1672, le curé de Saint-Eustache, M. Marlin,[1] qui l'assista, exigea de lui la promesse de ne jamais remonter sur le théâtre. Il revint de cette maladie et tint fidèlement sa promesse. Il ne survécut pas long-temps à sa retraite. (*Le Théâtre Français* par Chapuzeau, p. 182; *Lettre sur Molière et sur les comédiens de son temps*, Mercure de juin 1738, p. 1134 et 1135; *Histoire du Théâtre-Français* par les frères Parfait, t. VIII, p. 217 et suiv.; *Galerie du Théâtre-Français*, par M. Lemazurier, t. I., p. 263 et suiv.

(11). Le plus grand nombre des historiens du théâtre attribue à cette cause la fin tragique de Montfleuri. D'autres prétendent même que « le cer-» cle de fer qu'il était obligé d'avoir pour soutenir » le poids énorme de son ventre n'empêcha point » que, par les mêmes efforts, son ventre ne s'ou-» vrît[2]. » Les frères Parfait, qui rapportent ces deux » versions, p. 129 du tome VII de leur *Histoire du Théâtre-Français*, transcrivent aussi un passage d'une

---

1. Ce curé de Saint-Eustache au commencement de 1672, l'était probablement encore au mois de février 1673, où Molière termina sa carrière. Défense lui fut faite de recevoir le corps de cet homme de bien.

2. Voir le mot de Cirano de Bergerac, sur l'excessif embonpoint de Monfleuri, Note 12 du livre I.

lettre qui leur fut adressée, le 17 février 1739 , par
mademoiselle Desmarres, actrice, arrière-petite-
fille de Montfleuri : « A l'égard de Montfleuri père,
» il est faux que le rôle d'Oreste ait été la cause de
» sa mort, par une véine qu'il s'était cassée ; ma
» grand'mère m'a conté cette mort plusieurs fois ;
» mais les particularités paraîtraient des fables, si on
» les exposait au jour. Il est seulement certain que
» Montfleuri , étant chez un marchand de galons, un
» inconnu qui s'y trouva l'avertit de songer à lui,.
» parce qu'il était bien malade. Montfleuri ne fit pas
» grande attention aux discours d'un homme qu'il
» regardait comme un fou ; mais, de retour chez lui,
» ayant appris que la même personne était venue
» dire à ses domestiques que leur maître était en
» grand danger , il se sentit ému, frappé. Il alla le
» soir jouer Oreste, revint avec la fièvre ; et mourut
» en peu de jours.... Je ne puis vous en donner d'au-
» tres preuves que de l'avoir entendu dire à sa fille ,
» mademoiselle d'Ennebault, ma grand'mère. Elle
» m'a dit aussi que , comme son père était à l'article
» de la mort, plusieurs de ses camarades, les méde-
» cins et le confesseur étant dans la chambre, le
» même inconnu entra, et dit à Montfleuri, qui le re-
» connut : « Allons, Monsieur, cela ne sera rien ; que
» l'on me donne du vin et un verre. » Les médecins
» avaient condamné le malade, et soutinrent à sa
» femme que c'était un charlatan ; le confesseur, que
» c'était un sorcier. Le malade criait en vain qu'on
» donnât à cet homme ce qu'il demandait ; on fut

» sur le point de l'arrêter. C'était sur les neuf heures
» du soir ; il s'en alla, et, étant sur le pas de la
» porte, il dit : « J'en suis fâché ; j'aurais tiré ce pau-
» vre Montfleuri d'affaire ; mais il ne passera pas mi-
» nuit : » ce qui arriva ».

Sans doute cette rupture de veine n'est pas un
événement ordinaire ; mais on répugne moins à y
ajouter foi qu'à l'histoire du sorcier de la petite-fille
de Montfleuri. Cette première version est d'ailleurs
confirmée par un journal du temps, la Gazette de
Du Lorens, du 17 décembre 1667 (*Histoire du
Théâtre - Français*, par les frères Parfait, tome VII,
p. 132) ; et une semblable fin n'était pas sans exemple
parmi les acteurs de ce temps. Le célèbre Mondory
tomba en apoplexie et mourut peu après, pour
avoir joué avec trop de chaleur le rôle d'Hérode, de
la *Mariamne* de Tristan, (*Histoire du Théâtre-Français*,
par les frères Parfait, tome V, p. 97) ; et Brécourt
mourut, au mois de février 1685, pour s'être rompu
une veine dans le corps, en représentant, à la cour,
le principal rôle de sa comédie de *Timon*. (*Histoir*
du Théâtre-Français, t. VIII, p. 407).

Chapuzeau, dans *Le Théâtre - Français*, p. 177
et 178, parle de Montfleuri comme d'un excellent
comédien ; mais, avant que l'école de Molière l'eût
emporté, les cris forcés et l'exagération étaient loin
d'être regardés comme des défauts.

(12) Grimarest, qui rapporte une partie de ces faits,
en détruit, selon son habitude, la vraisemblance en
disant que Molière avait imposé à Racine la condition

24

de lui apporter *un acte par semaine*, et que celui-ci avait *pillé presque tout son travail* dans la pièce de Rotrou. Il commence aussi par dire que, lorsque Molière forma le dessein de lui proposer ce sujet, *il ne savait où le prendre* , et qu'il avait chargé ses comédiens *de le dé- terrer à quelque prix que ce fût.* Ne semblerait-il pas que Racine était alors complètement ignoré et qu'il était besoin de mettre vingt personnes à sa recher- che ? et cependant, il avait été plus d'une fois présenté au Roi ; il avait déjà composé plusieurs odes qui lui avaient valu des récompenses , et assez de célébrité pour être compris cette même année , avec Molière , dans une liste des gens de lettres les plus distingués , aux quels Louis XIV accorda des pensions.

L'abbé Mervesin , au témoignage duquel, dans cette circonstance , comme dans beaucoup d'autres , il ne faut pas ajouter une grande foi, prétend dans son *Histoire de la Poésie française*, p. 234 , que Ra- cine suivit plus, pour cette pièce , les conseils de Boileau que ceux de Molière. Cette assertion est contraire à toutes les autres autorités.

(13) Voici cette liste. Nous la transcrivons sans y rien changer :

Au sieur Pierre Corneille , premier poète dra- matique du monde , deux mille francs.

Au sieur Desmarets , le plus fertile auteur et doué de la plus belle imagination qui ait jamais été , douze cents francs.

Au sieur Menage , excellent pour la critique des pièces , deux mille francs.

Au sieur abbé de Pure, qui écrit l'histoire en latin pur et élégant, mille francs.

Au sieur Corneille jeune, bon poète français et dramatique, mille francs.

Au sieur Molière, excellent poète comique, mille francs.

Au sieur Benserade, poète français fort agréable, quinze cents francs.

Au père Lecointre de l'Oratoire, habile pour l'histoire, quinze cents francs.

Au sieur abbé Cottin, orateur français, douze cents francs.

Au sieur Vallier, professant parfaitement la langue arabe, six cents francs.

Au sieur Perrier, poète latin, huit cents francs.

Au sieur Racine, poète français, huit cents francs.

Au sieur Chapelain, le plus grand poète français qui ait jamais été et du plus solide jugement, trois mille francs.

Au sieur abbé Cassagne, poète, orateur et savant en théologie, quinze cents francs.

Au sieur Perrault, habile en poésie et en belles-lettres, quinze cents francs.

Au sieur Mézeray, historiographe, quatre mille francs [1].

---

1. Voici deux lettres peu connues, de Mézeray à Colbert, au sujet de cette pension exorbitante, qui donnent la mesure de l'indépendance des historiens au dix-septième siècle.

« Oserai-je vous réitérer, par cette seconde lettre, les mêmes prières » que j'ai déjà pris la hardiesse de vous faire par ma première, dont voici

24.

Racine n'était encore connu , à cette époque , que par quelques poésies assez faibles, qui justifient la modicité de sa pension ; mais rien ne saurait justifier l'exiguité de celle de Molière, les éloges donnés à Chapelain et l'omission de Boileau , déjà connu par des satires. Ce qui explique du moins toutes ces

» les mêmes termes. Ce que m'a dit M. Perrault de votre part a été
» un terrible coup de foudre qui m'a rendu tout-à-fait immobile, et qui
» m'a ôté tout sentiment; hormis celui de vous avoir déplu. Ma seule
» espérance est, Monseigneur, que Dieu vous ayant rendu la santé, vous
» ne me défendrez pas aujourd'hui de prendre part à la réjouissance
» publique; et que, pendant cette satisfaction universelle des gens de
» bien, vous ne voudrez pas que je sois le seul qui demeure dans une
» tristesse mortelle. Permettez-moi donc, s'il vous plaît, Monseigneur,
» dans cette heureuse conjoncture, d'implorer le secours de votre géné-
» reuse bonté ; je la supplie très-humblement d'intercéder pour moi
» auprès de vous, et de m'obtenir ma grace, que je vous demande avec
» une entière soumission et un profond respect. Je ne prétends point,
» Monseigneur, justifier mes manquemens autrement qu'en les répa-
» rant, et en justifiant la rectitude de mes intentions par une prompte
» et sincère obéissance; ce qui me sera d'autant plus facile, qu'une
» seconde édition de mon ouvrage étant augmentée de plus de trois
» cents articles, et d'un grand nombré de choses aussi utiles que rares
» et curieuses, effacera et anéantira bientôt la première; car , comme
» le savent ceux qui entendent le commerce des livres , c'est une ex-
» périence infaillible, que les impressions postérieures, quand elles
» se font du vivant des auteurs et qu'elles sont plus amples et plus cor-
» rectes, font périr tout-à-fait les précédentes, en sorte qu'on n'en tient
» plus compte et que même on n'en voit plus du tout. C'est dans cette
» disposition, Monseigneur, que j'ai prié M. Perrault de vous assurer
» que *je suis prêt à passer l'éponge* sur tous les endroits que vous juge-
» rez dignes de censure dans mon livre, et de vous protester en même
» temps que je veux employer tous mes efforts et si peu de talent que
» Dieu m'a donné pour faire connaître à toute la terre que vous n'avez

bizarreries, c'est que ce fut l'auteur de *la Pucelle* lui-
même qu'on chargea de dresser cette liste. Aussi li-

» jamais fait de créature qui soit à vous par un attachement plus vérita-
» ble, ni qui puisse avoir plus de passion pour tout ce qui vous touche
» qu'en aura, jusqu'au dernier jour de sa vie, etc.....

MÉZERAY.

AUTRE LETTRE.

« Je vous rends très-humbles graces de l'ordonnance de deux mille
» livres qu'il vous a plu de m'envoyer. Je l'ai reçue avec le même respect
» et avec la même reconnaissance que si elle eût été entière et telle que
» feu Monseigneur le Cardinal me l'avait obtenue du Roi, et que vous-
» même, Monseigneur, aviez eu la bonté de me la faire continuer durant
» plusieurs années; mais je vous avouerai franchement, Monseigneur,
» que j'ai sujet de craindre qu'on ne m'ait encore imputé quelque nou-
» velle faute, et que ce retranchement n'en soit une punition. Si j'en
» pouvais avoir connaissance, je me mettrais en devoir ou de m'en
» justifier ou de la réparer selon vos ordres. Je m'examine, pour cet
» effet, à la dernière rigueur ; je cherche jusqu'au fond de mon ame,
» et ma conscience ne me reproche rien. Je travaille, Monseigneur,
» selon vos intentions et selon les règles que vous m'avez prescrites.
» Je porte mes feuilles à M. Perrault, j'avance le travail autant qu'il
» m'est possible. Ainsi, Monseigneur, je ne puis trouver d'autre cause
» de ma diminution que mon peu de mérite; mais la générosité du
» plus grand des rois et la faveur de votre protection peuvent bien en-
» core suppléer à ce défaut comme elles y ont suppléé jusqu'à l'année
» présente. C'est avec cette espérance, Monseigneur, que je prends la
» hardiesse d'avoir recours à votre bonté, toujours si favorable aux gens
» de lettres et aux créatures de feu Monseigneur le Cardinal, dont
» la mémoire vous est si chère. Ne retranchez pas, s'il vous plait, une
» partie de vos graces à une personne qui perdrait plutôt la vie, que de
» rien diminuer du zèle qu'il a pour votre service, et de l'attachement
» inviolable avec lequel il fait gloire d'être, etc.

MÉZERAY, historiographe. »

sait-on dans les premières éditions de la Satire I de Boileau, ces vers qu'il a retranchés depuis :

> .... Je ne saurais, pour faire un juste gain ,
> Aller, bas en rempant, fléchir sous Chapelain.
> Cependant, pour flatter ce rimeur tutélaire,
> Le frère, en un besoin, va renier son frère,
> Et Phébus en personne y donnant la leçon,
> Gagnerait moins ici qu'au métier de maçon;
> Ou, pour être couché sur la liste nouvelle,
> S'en irait chez Bilaine, admirer *la Pucelle.*

(14) *L'Impromptu de Versailles* avait été représenté à la cour le 14 octobre, et au théâtre du Palais-Royal le 4 novembre 1663. Cette requête suivit de près l'une ou l'autre de ces représentations; car Racine en parle dans une lettre que nous aurons occade citer tout à l'heure, adressée par lui à M. Levasseur, au mois de décembre 1663. Petitot a omis de rapprocher ces dates, quand il a dit que cette requête était l'ouvrage des faux dévots, irrités contre lui à cause du *Tartuffe.* Trois actes seulement de cette comédie furent, pour la première fois, représentés à Versailles, le 12 mai 1664 ; c'est-à-dire six mois au moins après la requête.

(15) Voici cet acte de décès, inscrit aux registres des convois de la paroisse de Saint-Sulpice, pour l'année 1700, f° 41 :

« Ledit jour, 2 décembre 1700, a été fait le con-
» voi, service et enterrement de damoiselle Ar-
» mande-Grezinde-Claire-Élisabeth Béjart, femme
» de M. François-Isaac Guérin, officier du Roi, âgée

» de cinquante-cinq ans, décédée le dernier jour de
» novembre de la présente année, dans sa maison,
» rue de Touraine. Et ont assisté audit convoi, ser-
» vice et enterrement, Nicolas Guérin, fils de ladite
» défunte, François Mignot°, neveu de ladite dé-
» funte, et M. Jacques Raisin, officier du Roi et ami
» de ladite défunte, qui ont signé. Guérin, François
» Mignot et Jacques Raisin. »

(16) Les premiers écrivains qui ont donné des détails biographiques sur Molière et sur sa femme, ont
tous présenté celle-ci comme fille de Madelaine Béjart et du comte de Modène. L'inexactitude reconnue
de leurs autres assertions pouvait faire douter du
fondement de celle-ci, quand, en 1821, M. Beffara
publia dans sa *Dissertation sur Molière* l'acte de naissance de la fille de la Béjart et du comte de Modène,
constatant qu'elle est née en 1638, et a reçu le nom
de *Françoise* ¹, tandis que, suivant l'acte de mariage
de Molière, sa femme se nommait *Armande-Gresinde-
Claire Élisabeth*, était née en 1645, et avait pour père
et mère Joseph Béjart et Marie Hervé, sa femme ².
L'acte de décès de la veuve de Molière, rapporté dans

---

1. « On trouve dans les registres de naissance de la paroisse de Saint-
» Eustache, sous la date du dimanche 11 juillet 1638, un acte de bap-
» tème de *Françoise*, née du samedi 3 dudit mois, fille de mes-
» sire Esprit de Raymond, chevalier seigneur de Modène et autres
» lieux, chambellan des affaires de Monseigneur, frère unique du Roi;
» et de damoiselle Madeleine Béjard, sa mère, demeurant rue Saint-
» Honoré; le parrain, Jean-Baptiste de L'Hermitte, écuyer, sieur
» de Vauselle, tenant lieu de messire Gaston-Jean-Baptiste de Ray-

la note précédente, prouve également qu'elle est née
en 1645. Grimarest, Voltaire et les autres biographes
se sont donc trompés sur le nom, l'âge et la filiation
de la femme, comme sur l'époque et le lieu de la
naissance du mari et sur le nom de sa mère.

Un littérateur dont le talent et le caractère in-
spirent également l'estime et le respect, M. le marquis de Fortia d'Urban a, dans trois *Dissertations* publiées successivement, pris la défense de la
tradition, si souvent en défaut, contre l'imposante
autorité d'actes authentiques. Il était impossible de
tirer plus de parti d'une cause aussi faible. Nous ren-
voyons les lecteurs, qui voudraient être à même de
prononcer dans ce débat, aux trois *Dissertations* que
M. le marquis de Fortia a publiées sur ce sujet, (1821,
1824 et 1825), et à la *Lettre* que nous lui avons adressée, imprimée en 1824.

(17) Voici l'acte de baptême du filleul de Louis XIV
et de madame Henriette d'Orléans, relevé sur les
registres de Saint-Germain-l'Auxerrois :

«Du jeudi, 28 février 1664, fut baptisé Louis, fils de
» M. Jean-Baptiste Molière, valet-de-chambre du Roi, et
» de damoiselle Armande-Gresinde Béjart, sa femme,
» vis-à-vis le Palais-Royal ; le parrain, haut et puissant
» seigneur, messire Charles, duc de Créquy, premier

» mond, aussi chevalier, seigneur de Modène ; la marraine, damoi-
» selle Marie Hervé, femme de Joseph Béjard, écuyer. »

En marge de cet acte, est écrit : *Françoise, illégitime.* (*Dissertation
sur Molière,* par M. Beffara, p. 13.)

2. Voir l'acte de mariage, Note 2 de ce livre.

»gentilhomme de la chambre du Roi, ambassadeur
»à Rome; tenant pour Louis quatorzième, roi de
»France et de Navarre; la marraine, dame Colombe
»le Charron; épouse de messire César de Choiseuil,
»maréchal du Plessy, tenante pour madame Hen-
»riette d'Angleterre, duchesse d'Orléans. L'enfant
»est né le 19 janvier audit an. » *Signé* Colombet.

Cet enfant mourut avant son père.

(18) Dans les premiers temps de la passion du Roi
pour mademoiselle de la Vallière, « Belloc composa
»plusieurs récits qu'on mêlait à des danses, tantôt
»chez la Reine, tantôt chez Madame; et ces récits
»exprimaient avec mystère le secret de leurs cœurs,
»qui cessa bientôt d'être un secret. » (Voltaire,
Siècle de Louis XIV, édit. de Lequien, tom. XX.,
pag. 144.)

(19) M. Sevelinges, auteur de l'article *Lulli*, de
la *Biographie universelle*, prétend que Lulli n'eût jamais osé faire une semblable réponse à M. de Louvois. Lorsque ce littérateur a révoqué ce fait en
doute, il n'avait probablement pas présente à la mémoire la plaisanterie que Lulli se permit à l'égard du
Roi lui-même. Il avait été chargé à la cour de diriger
un divertissement. L'heure indiquée pour le lever
du rideau était passée depuis long-temps, et le spectacle ne commençait pas. Le Roi, ennuyé de ce retard, avait déjà envoyé dire à Lulli de faire commencer; mais ses ordres demeuraient sans effet. Il
envoya de nouveau dire au Florentin *qu'il se retirait,
qu'il ne pouvait plus attendre.* « Est-ce que le Roi n'est

»pas le maître? » répondit Lulli. (*Récréations litté-*
raires, par Cizeron-Rival.)

(20) Il ne sera pas inutile, dit d'Alembert, dans sa
note 27 sur *l'Éloge de Despréaux*, de rappeler ici le
trait principal de cet arrèt si étrange et si peu connu.
Les magistrats qui le liront auront pitié de leurs prédécesseurs, et craindront de leur ressembler.

« ARRÊT *contre* VILLON, BITAULT *et* DE CLAVES, *accusés*
d'avoir composé et publié des thèses contre la doctrine
d'Aristote.

« Ces trois philosophes antipéripatéticiens avaient
fait afficher leurs thèses ; Bitault devait les soutenir,
Villon en être le juge, et De Claves le président. Le
23 du mois d'août 1624 était le jour fixé pour la dispute ; elle devait se faire dans la salle du palais de la
reine Marguerite, où s'étaient déjà assemblées près
de mille personnes pour y assister. Mais avant qu'elle
commençât, le premier président défendit cette dispute ; De Claves fut mis en prison, et Villon, craignant le même sort, prit la fuite. Voici l'arrêt que le
parlement donna contre leurs thèses :

«Vu par la cour la requête présentée par *les doyens,*
»*syndics et docteurs de la Faculté de théologie en l'Univer-*
»*sité de Paris*, tendant à ce que, pour les causes y conte-
»nues, fut ordonné que les nommés Villon, Bitault
»et De Claves comparaîtraient en personne, pour
»avouer ou désavouer les thèses par eux publiées, et,
»ouï leur déclaration, être procédé contre eux ainsi

» que de raison ; cependant, permis de faire saisir
» lesdites thèses, et défenses faites de les disputer, etc.
» La cour, après que ledit De Claves a été admonesté,
» ordonne que lesdites thèses seront déchirées en sa
» présence, et que commandement sera fait par un
» des huissiers de ladite cour auxdits De Claves, Vil-
» lon et Bitault, en leurs domiciles, de sortir dans
» vingt-quatre heures hors de cette ville de Paris, avec
» défense de se retirer dans les villes et lieux du res-
» sort de cette cour, d'enseigner la philosophie en
» aucune des universités d'icelui, et à toutes les per-
» sonnes de quelque qualité et condition qu'elles
» soient, de mettre en dispute lesdites propositions
» contenues esdites thèses, les faire publier, vendre
» et débiter, *à peine de punition corporelle,* soit qu'elles
» soient imprimées en ce royaume ou ailleurs ; fait
» défenses à toutes personnes, A PEINE DE LA VIE, d'ob-
» tenir ou d'enseigner aucune maxime contre les an-
» ciens auteurs approuvés, et de faire aucune dispute
» que celles qui seront approuvées par les docteurs
» de ladite faculté de théologie ; ordonne que le pré-
» sent arrêt sera lu en l'assemblée de ladite Faculté
» de Sorbonne, mis et transcrit en leurs registres ; et
» en outre copies collationnées d'icelui baillées au
» recteur de l'Université, pour être distribuées par
» les collèges, à ce qu'aucun n'en prétende cause
» d'ignorance. Fait au parlement, le quatrième jour
» de septembre 1624. Ledit jour, ledit De Claves
» mandé, lesdites thèses ont été déchirées en sa pré-
» sence. »

(15) Le jeune enfant que l'on renfermait dans cet harmonieux étui devint un excellent comédien. C'est le fameux Raisin, artiste d'un vrai talent, qui joua avec un égal succès les rôles à manteau, ceux des valets rusés, des petits maîtres et des ivrognes. Homme du monde, plein d'originalité et d'esprit, conteur aimable, il n'avait qu'un seul défaut, celui de s'adonner au vin avec excès : il aurait, dit-on, troqué volontiers sa femme contre une bouteille de Champagne. Il mourut en 1693, année où le vin manqua. On fit à cette occasion le huitain suivant :

> Quel astre pervers et malin,
> Par une maudite influence,
> Empêche désormais qu'en France
> On puisse recueillir du vin ?
> C'est avec raison que l'on crie
> Contre la rigueur du destin,
> Qui nous ôte jusqu'au *Raisin*
> De notre pauvre comédie.

.(*Anecdotes dramatiques*, t. III, p. 422.)

(22) Baron, fils d'un acteur et d'une actrice, était alors orphelin; « sa mère était si belle, que »lorsqu'elle se présentait pour paraître à la toilette »de la Reine-mère, Sa Majesté disait aux dames qui »étaient présentes : « Mesdames, voici la Baron ; »et »elles prenaient la fuite. Son père mourut d'un acci-»dent très-singulier : il faisait le rôle de don Diègue, »dans *le Cid;* son épée lui était tombée des mains, »comme la circonstance l'exige dans la scène qu'il »avait faite avec le comte de Gormas ; et, en la re-

»poussant du pied avec indignation, il en trouva
»malheureusement la pointe, dont il eut le petit doigt
»piqué ; on traita le soir cette blessure comme une
»bagatelle ; mais quand il vit, deux jours après, que
»la gangrène faisait tout apprêter pour lui couper
»la jambe, il ne voulut pas le souffrir : « Non, non,
»dit-il ; un roi de théâtre comme moi se ferait huer
»avec une jambe de bois. » Il aima mieux attendre
»doucement la mort, qui l'emporta le lendemain. »
(*Lettre à mylord* ✱✱✱, *sur Baron et mademoiselle Le-*
couvreur ; par George Wink (d'Allainval), 1730).

(23) Le nom de famille de ce comédien était Mignot. La Serre dit que Molière *le consola et l'em-*
brassa.

(24) Le passage que nous insérons dans notre
texte est tiré de l'édition originale de la description
des *Plaisirs de l'Ile enchantée*, publiée en 1665, par
Ballard, et plusieurs fois réimprimée du vivant de
Molière. « Mais, dans l'édition de ses *OEuvres*, dit
»M. Auger, donnée en 1682, par La Grange et Vinot,
»le passage est altéré d'une manière fort remarqua-
»ble. Dans cette phrase, « son extrême délicatesse
»pour les choses de la religion ne put souffrir cette
»ressemblance du vice avec la vertu, » on a substitué
»aux mots *ne put souffrir*, ceux-ci, *eut de la peine à*
»*souffrir ;* et cette autre phrase. « Il la défendit pour-
»tant en public, et se priva soi-même de ce plai-
»sir », a été changée en celle-ci : « Il défendit cette
»comédie pour le public, *jusqu'à ce qu'elle fût entiè-*
»*rement achevée et examinée par des gens capables d'en*

»*juger;* pour n'en pas laisser abuser à d'autres moins
»capables d'en faire un juste discernement. » Ces
»changemens, faits après coup, ont évidemment
»pour objet de transformer en une suspension mo-
»mentanée la défense absolue et définitive qu'avait
»faite Louis XIV. Aurait-on voulu par là garantir
»du reproche d'inconséquence le monarque qui finit
»par permettre la représentation de cette même
»pièce qu'il avait d'abord jugé impossible de donner
»au public. » (*OEuvres de Molière*, avec un commen-
»taire par M. Auger, t. VI, p. 203, note).

(25) L'auteur de *la Fameuse comédienne* dit (p. 14),
que « le comte de Guiche comptait pour peu de for-
»tune le bonheur d'être aimé des dames » ; cependant d'autres contemporains prétendent qu'il fut
très-épris de madame Henriette d'Angleterre, duchesse d'Orléans.

(26) *La Fameuse comédienne* dit que Molière est re-
devable de ce service à l'abbé de Richelieu, qui le
premier avait eu mademoiselle Molière pour maîtresse, et qui, ayant saisi une lettre qu'elle avait
écrite au comte de Guiche dans le temps de sa passion pour lui, furieux d'avoir été pris pour dupe
et d'avoir payé si cher les faveurs d'une femme qui
les prodiguait à tant d'autres, instruisit le pauvre
mari de tout ce qui se passait. A en croire le récit
du biographe, Lauzun n'était pas seul chargé de la
consoler des froideurs du comte de Guiche. Elle
avait encore pris, dans ce but, *un lieutenant aux
Gardes et beaucoup d'autres jeunes gens.*

(27) Il mourut le 4 novembre 1664. Sa part fut continuée à sa femme jusqu'à Pâques 1665 (M. Lemazurier, t. III, p. 378 des *OEuvres de Molière*, avec un commentaire par M. Auger). Madeleine Béjart disait « qu'elle ne se consolerait jamais de la perte » de ses deux bons amis : l'un était *Gros-René*, et » l'autre le cardinal de Richelieu. » (*Pensées, remarques et observations de Voltaire*, ouvrage posthume, p. 121; Paris, Barba et Pougens, 1802).

(28) Brécourt se prit un jour de querelle avec un cocher, sur la route de Fontainebleau, et le tua d'un coup d'épée. Il fut obligé de fuir en Hollande, et entra dans une troupe française que le prince d'Orange avait organisée. Il n'obtint la permission de revenir dans sa patrie qu'en prenant, pour le ministère français, le rôle d'agent de police.

En 1678, étant à la chasse du Roi, à Fontainebleau, il fut attaqué par un sanglier qui l'atteignit à la botte et le tint long-temps en échec. Brécourt parvint à lui enfoncer son épée dans le corps jusqu'à la garde. Le Roi, qui avait été témoin de cette lutte, lui demanda s'il n'était pas blessé, et lui dit qu'il n'avait jamais vu donner un si vigoureux coup d'épée.

Un contraste assez singulier qu'on n'avait point encore fait ressortir, c'est que cet infatigable duelliste composa un écrit intitulé : *Louange au Roi sur l'édit des Duels*. Il est également auteur de quelques pièces de théâtre bien dignes de l'oubli où elles sont ensevelies depuis long-temps. Nous avons rapporté sa fin tragique, Note II de ce livre. Il mourut, laissant pour vingt mille francs de dettes au delà de sa suc-cession. (*Histoire du Théâtre-Français*, par les frères Parfait, t. VIII, p. 406 et suiv. ; *Le Théâtre-Français*, par Chapuzeau, p. 188).

Dans l'édition des OEuvres de Boileau, de 1701, au sujet de ce vers de la satire III,

> Molière avec Tartuffe y doit jouer son rôle,

on lit la note suivante, qui est de Boileau lui-même : « Le Tartuffe, en ce temps-là, avait été défendu et « tout le monde voulait avoir Molière, pour le lui « entendre réciter. »

(30) « N'est-il pas extrêmement vraisemblable, a dit » M. Étienne dans sa notice sur *le Tartuffe*, que le » sieur de Rochemont, qui en est l'auteur, n'est au-» tre que *le curé de*..., dont parle Molière dans son » premier placet au Roi? Qu'on rapproche en effet » les passages qu'on vient de lire (ceux que nous » avons cités), des expressions mêmes du poète co-» mique : « V. M. a beau dire, et M. le légat et » MM. les prélats ont beau donner leur jugement, » ma comédie, sans l'avoir vue, est diabolique, » et diabolique mon cerveau ; je suis un démon vêtu » de chair et habillé en homme ; un libertin, un » impie digne d'un supplice exemplaire. Ce n'est » point assez que le feu expie en public mon offense : » j'en serais quitte à trop bon marché. Le zèle cha-» ritable de ce galant homme de bien n'a garde de

»demeurer là ; il ne veut point que j'aie de misé-
»ricorde auprès de Dieu ; il veut absolument que je
»sois damné, c'est une affaire résolue. Ce livre,
»Sire, a été présenté à V. M. , etc... »

« Si l'on compare maintenant les dates, elles offri-
»ront une preuve au moins aussi décisive. On ne
»trouve malheureusement pas celle du placet de Mo-
»lière; mais il est certain qu'il fut présenté au Roi
»dans l'intervalle qui s'écoula entre la représenta-
»tion des trois premiers actes à Versailles, et le
»moment où il fut permis de jouer la pièce pour
»la première fois en public, c'est-à-dire de 1664
»à 1667 ; et précisément le libelle, signé *Rochemont*,
»a paru en 1665, et il a été imprimé *par permission
de M. le baillif du Palais*, du 8 avril de la même an-
»née. Telle est à coup sûr l'époque où Molière pré-
»senta son placet à Louis XIV. »

Ce qui vient encore à l'appui de l'opinion de
M. Étienne, c'est que tous les argumens de cet
antagoniste de Molière portent un cachet ecclésiastique : « S'il lui restait encore quelque ombre de pu-
»deur, ne lui serait-il pas fâcheux d'être en butte à
»tous les gens de bien, de passer pour un libertin
»dans l'esprit de tous les prédicateurs, et d'entendre
»toutes les langues que le Saint-Esprit anime con-
»damner publiquement son blasphème ; et, enfin,
»je ne crois pas faire un jugement téméraire d'avan-
»cer qu'il n'y a point d'homme si peu éclairé des lu-
»mières de la foi qui, sachant ce que contient cette
»pièce (*le Tartuffe*), puisse soutenir que Molière,

25

»dans le dessein de la jouer, soit capable de la par-
»ticipation des sacremens, qu'il puisse être reçu à
»pénitence sans une réparation publique; ni même
»qu'il soit digne de l'entrée des églises après les ana-
»thèmes que les conciles ont fulminés contre les au-
»teurs de spectacles impudiques ou sacrilèges. »

Enfin, ce qui achève de convertir cette conjecture
en certitude, c'est que ce nom de *Rochemont* et cette
qualité d'*avocat en Parlement* étaient supposés. C'est
ce qui semble résulter du moins de la *Réponse aux
observations touchant le Festin de Pierre de M. de Molière*, Paris, 1665. « Mais, dit l'auteur de cette ré-
»ponse, en parlant de ce libelle, lorsque je vois le
»livre de cet *inconnu*, etc... »

(31) Cette ordonnance du Roi, datée du 9 janvier 1673 « fait défense à toutes sortes de personnes
»de quelque qualité, condition et profession qu'elles
»soient, de s'attrouper et de s'assembler au-devant
»et aux environs des lieux où les comédies sont réci-
»tées et représentées; d'y porter aucunes armes à
»feu, de faire effort pour y entrer, d'y tirer l'épée
»et de commettre aucune violence ou d'exciter au-
»cun tumulte, soit au-dedans ou au-dehors, *à peine
»de la vie*, et d'être procédé extraordinairement con-
»tre eux, comme perturbateurs de la sûreté et de la
»tranquillité publique, » (*Le Théâtre Français*, par
Chapuzeau, p. 253 et suiv.)

(32) Ce second enfant était une fille qui survécut à
son père, et dont nous aurons occasion de parler plus
tard. Elle fut nommée *Esprit Madeleine;* elle eut pour

parrain le comte Esprit de Modène, et pour marraine Madeleine Béjart sa tante. (*Dissertation sur Molière,* par M. Beffara, p. 15.)

(33) On lit dans les *Mémoires* de L. Racine sur son père, Lausanne, 1747, p. 22, que lors de son premier ouvrage, il fut pris en amitié par Chapelain, « qui lui » offrit ses avis et ses services, et, non content de les » lui offrir, parla de lui et de son ode si avantageuse- » ment à M. de Colbert, que ce ministre lui envoya » cent louis, et peu après le fit mettre sur l'état pour » une pension de six cents livres en qualité d'homme » de lettres. »

On ne peut justifier Racine en disant qu'il n'atta- quait Chapelain que comme auteur, car outre que de semblables distinctions ne sont pas d'un cœur recon- naissant, personne d'ailleurs n'était plus que lui sen- sible à la critique : on sait qu'il pardonna difficilement à Chapelle, qu'il sollicitait de se prononcer sur sa *Bé- rénice,* de lui avoir répondu en riant : *Marion pleure, Marion crie, Marion veut qu'on la marie ;* et la rime indécente qu'Arlequin mettait à la suite de *la reine Bérénice* le chagrinait au point de lui faire oublier le concours du public à sa pièce, les larmes et les éloges de la cour. (*Mémoires sur Jean Racine,* Lausanne, 1747, p. 90.)

(34) Bret, dans son *Supplément à la vie de Molière* (tom. I, p. 78 de l'édition de 1773), dit qu'en 1676 Lulli eut à soutenir une affaire *horrible et criminelle* contre l'intendant-général des bâtimens de S. A. Mon- seigneur. Nous ignorons de quelle affaire Bret veut

parler; mais nous sommes porté à croire que, quelle qu'elle fût, elle n'était *ni horrible ni criminelle*, puisque le 9 septembre de l'année suivante, le Roi et la Reine lui firent l'honneur de tenir son fils sur les fonts de baptème (*Dissertation sur Molière*, par M. Beffara, p. 15), et que Louis XIV déplora sa perte en disant qu'*il avait perdu deux hommes qu'il ne recouvrerait jamais, Molière et Lulli*. (*Addition à la Vie de Molière*, par Grimarest, p. 62.)

(35) Voltaire prétend que l'histoire du souper d'Auteuil n'est pas digne de créance, et cite à ce propos quelques amis de Chapelle qu'il avait entendus assurer qu'elle n'en méritait aucune. Mais ils ne lui avaient pas rapporté que Chapelle leur en eût parlé dans ce sens. Ils avaient probablement tiré cette conséquence de son silence à ce sujet. Mais Louis Racine a dit dans ses *Mémoires* sur son père (p. 119) : « Ce fameux » souper, quoique peu croyable, est très-véritable... » Mon père heureusement n'en était point... Boileau » a raconté plus d'une fois cette folie de sa jeunesse. »

(36) Quoique Corneille ne fût pas un des habitués des réunions de Molière et de ses amis, il venait cependant quelquefois le voir et souper avec lui. C'est ce que prouve l'anecdote suivante, rapportée par Brossette et consignée dans les *Récréations littéraires* de Cizeron-Rival, p. 68 : « Baron, ce célèbre acteur, » devait faire le rôle de Domitien dans *Tite et Bérénice*, » et, comme il étudiait son rôle, l'obscurité de quel- » ques vers lui fit quelque peine, et il alla en deman- » der l'explication à Molière, chez qui il demeurait.

»Molière, après les avoir lus, dit qu'il ne les enten-
»dait pas non plus. — « Mais attendez, dit-il à Baron;
»M. Corneille doit venir souper avec nous aujour-
»d'hui, et vous lui direz qu'il vous les explique. »
»Dès que Corneille arriva, le jeune Baron alla lui
»sauter au cou comme il faisait ordinairement parce
»qu'il l'aimait ; et ensuite il le pria de lui expliquer
»ces vers, disant à Corneille qu'il ne les entendait
»pas. Corneille, après les avoir examinés quelque
»temps, dit : « Je ne les entends pas trop bien non
»plus ; mais récitez-les toujours : tel qui ne les en-
»tendra pas les admirera. »

(37) Voici l'aventure dont Ninon fit le récit à Molière : « Lorsque M. de Gourville, qui fut nommé vingt-
»quatre heures pour succéder à Colbert, et que nous
»avons vu mourir l'un des hommes de France les plus
»considérés ; lors, dis-je, que ce M. de Gourville, crai-
»gnant d'être pendu en personne, comme il le fut en
»effigie, s'enfuit de France, en 1661, il laissa deux
»cassettes pleines d'argent, l'une à Ninon, l'autre à
»un faux dévot. A son retour, il trouva chez Ninon sa
»cassette en fort bon état; il y avait même plus d'ar-
»gent qu'il n'en avait laissé, parce que les espèces
»avaient augmenté depuis ce temps-là. Il prétendit
»qu'au moins le surplus appartenait à la dépositaire ;
»elle ne lui répondit qu'en le menaçant de faire jeter
»la cassette par les fenêtres. Le dévot s'y prit d'une
»autre façon ; il dit qu'il avait employé son dépôt en
»œuvres pies, et qu'il avait préféré le salut de l'ame
»de Gourville à un argent qui sûrement l'aurait

»damné. » (*Anecdotes dramatiques,* tom. II, p. 205.)

(38) Nous savons que dans l'édition des *OEuvres de Racine* avec le commentaire de La Harpe, Paris, Agasse, 1807, et dans toutes les éditions publiées depuis, on lit : « Montfleuri a fait une requête contre »Molière, et l'a donnée au Roi. Il l'accuse d'avoir »épousé la fille et d'avoir autrefois vécu avec la mère; »mais Montfleuri n'est point écouté à la cour. » Voici les raisons qui nous ont déterminé à adopter l'autre version :

Il est d'abord bien constant que les ennemis de Molière firent courir le bruit qu'il avait épousé sa propre fille. Le mémoire contre Lulli, cité pag. 90 de cette *Histoire,* le passage de *la fameuse Comédienne,* transcrit pag. 130, et plusieurs autres écrits, en fournissent la preuve. Il serait donc absurde de penser que Montfleuri, qui voulait perdre Molière, se fût contenté de l'accuser d'une bassesse, quand d'autres personnes faisaient planer sur lui le soupçon d'un crime.

Cela admis, comment supposer ensuite que Racine ait dénaturé la requête de Montfleuri comme on le lui fait faire dans la version nouvellement adoptée. Cette requête avait reçu une grande publicité, et il lui était impossible de n'en pas connaître, ou d'en connaître mal l'objet.

On accuse Louis Racine d'avoir altéré le texte de son père en plusieurs endroits de sa Correspondance, et l'on a apporté à l'appui de ce reproche des autographes de ce grand écrivain qui offrent en effet quelques différences. Louis Racine a pu se permettre des

changemens qui ne portaient aucune atteinte à la mémoire de son père; mais, à coup sûr, il n'eût pas été
lui prêter des torts de cœur aussi grands envers son
bienfaiteur. Il nous paraît donc de toute vraisemblance que l'autographe sur lequel on s'est appuyé
pour faire subir ce changement au texte des anciennes
éditions n'était qu'un brouillon inexact, et que Louis
Racine n'avait donné le sien que d'après la lettre véritable. Cela ne fût-il pas, qui reconnaîtrait, même
dans cette seconde leçon, une de

> . . . . Ces haines vigoureuses
> Que doit donner le vice aux ames généreuses?

(39) Les acteurs de l'hôtel de Bourgogne ne pro-
fitèrent pas long-temps des talens de leur nouvelle
camarade : elle mourut le 11 décembre 1668. Molière
faisait grand cas de cette actrice. On en trouve la
preuve dans ce qu'il lui dit, scène première de *l'Impromptu de Versailles*. On peut la citer comme une
des femmes qui dansèrent les premières sur la scène.
Elle avait beaucoup de grace, et se distingua surtout
dans les danses hautes : « Elle faisait certaines ca-
»brioles remarquables, car on voyait ses jambes et
»partie de ses cuisses par le moyen d'une jupe qui
»était ouverte des deux côtés, avec des bas de soie
»attachés au haut d'une petite culotte. » (*Lettre sur
la Vie de Molière et des comédiens de son temps*. MERCURE
DE FRANCE, mai 1740, p. 846.)

(40) Cette version est celle de Louis Racine, dans
ses *Mémoires* sur son père. Comme elle a été généra-

lement adoptée, nous n'avons pas cru devoir lui préférer celle de Cizeron-Rival, qui prétend que *Racine
ne fut pas fâché du danger où la réputation de Molière
semblait être exposée.* (*Récréations littéraires*, p. 2.)
Cependant, il pourrait être permis d'hésiter entre le
témoignage avantageux d'un fils et l'autorité impar-
tiale d'un écrivain presque toujours exact.

(41) On a élevé, au sujet de ce chef-d'œuvre, une
réclamation trop plaisante pour que nous ne la rap-
portions pas ici. Elle est extraite d'un manuscrit
in-4° faisant autrefois partie de la Bibliothèque
Saint-Victor, et rempli de notes de M. Tralage.

»Le sieur Angelo, docteur de l'ancienne troupe
»italienne, m'a dit (c'est M. Tralage qui parle) que
»Molière, qui était de ses amis, l'ayant un jour ren-
»contré dans le jardin du Palais-Royal, après avoir
»parlé des nouvelles de théâtres et d'autres, le même
»Angelo dit à Molière qu'il avait vu représenter en
»Italie, à Naples, une pièce intitulée, *le Misanthrope,*
»et que l'on devrait traiter ce sujet; il le lui rap-
»porta tout en entier, et même quelques endroits
»particuliers qui lui avaient paru remarquables; en-
»tre autres ce caractère d'un homme de cour fai-
»néant, qui s'amuse à cracher dans un puits pour
»faire des ronds. Molière l'écouta avec beaucoup
»d'attention; et, quinze jours après, le sieur An-
»gelo fut surpris de voir, dans l'affiche de la troupe,
»la comédie du *Misanthrope* annoncée et promise;
»et, trois semaines, ou tout au plus tard un mois
»après, on représenta cette pièce. Je lui répondis là-

» dessus qu'il n'était pas possible qu'une aussi belle
» pièce que celle-là, en cinq actes, et dont les vers
» sont fort beaux, eût été faite en aussi peu de
» temps; il me répliqua que cela paraissait incroya-
» ble, mais que tout ce qu'il venait de me dire était
» très-véritable, n'ayant aucun intérêt de me dégui-
» ser la vérité. »

« Ce discours d'Angelo, disent les frères Parfait,
» auxquels nous empruntons cette citation (*Histoire*
» *du Théâtre - Français*, t. X, p. 66 et suiv.), est si
» fort éloigné de la vraisemblance, que ce serait abu-
» ser de la patience du lecteur que d'en donner la ré-
» futation. »

(42) M. Aimé-Martin a dit, au sujet de cette lettre,
t. I, p, cxiij, note, de son édition des *OEuvres de*
Molière : « Elle ne fut réimprimée qu'en 1682, et on
» ne la trouve pas dans la seconde édition du *Mi-*
» *santhrope*, publiée chez Claude Barbin, un peu plus
» d'un an après la mort de Molière. Cette circons-
» tance suffirait pour prouver la vérité de l'anecdote
» racontée par Grimarest... » L'assertion est inexacte,
et par conséquent on n'en peut tirer aucun argument en faveur du conte de Grimarest. Nous possédons une édition des *OEuvres de M. de Molière*, in-12,
Paris, 1674, Thierry, Barbin et Trabouillet; dans laquelle on a fait précéder *le Misanthrope* de la lettre
de Devisé.

(43)« On sait que le duc de Saint-Aignan, plai-
» santant M. de Montausier sur le personnage du Mi-
» santhrope, celui-ci lui répondit : « Eh ! ne voyez-

»vous pas, mon cher duc, que le ridicule de poète de
»qualité vous désigne encore plus clairement.» (*OEu-*
vres de Molière, avec les remarques de Bret, t. III,
p. 417.)

(44) Nous empruntons à l'annotateur anonyme des
Mémoires de Dangeau quelques détails peu connus
sur M. de Montausier et sa femme, la célèbre Julie
d'Angennes, dont nous avons déjà eu occasion de
parler, au sujet des *Précieuses ridicules.*

« M. de Montausier était Pressigny de Saint-Maure,
»et de fort bonne maison ; beaucoup de courage,
»d'esprit et de lettres. Une vertu hérissée et des
»mœurs antiques firent de lui un homme extraor-
»dinaire ; toutes choses qui devaient faire obstacle
»à sa fortune et qui la lui firent. Sa femme était An-
»gennes, fille de M. de Rambouillet.

»Mais on eut lieu d'être surpris de ce qu'une
»élève de l'hôtel de Rambouillet, et pour ainsi dire
»l'hôtel de •Rambouillet en personne, et la femme
»de l'austère Montausier, succédât dans la place de
»dame d'honneur de la Reine, à mademoiselle de
»Navailles, si glorieusement chassée pour n'avoir
»pu tolérer les entrées nocturnes du Roi dans la
»chambre des filles, et en avoir muré la porte par
»où il venait ; il trouva visage de pierre. Mais, ce qui
»surprit encore davantage, ce fut la protection que
»madame de Montespan trouva auprès de madame
»de Montausier, au commencement de son éclat
»avec son mari, pour les amours du Roi, et l'a-
»sile que le Roi lui-même lui donna, en choisis-

» sant monsieur et madame de Montausier pour y
» retirer madame de Montespan chez eux, au milieu
» de la cour, et pour l'y garder contre son mari. Il y
» pénétra pourtant un jour ; et, voulant arracher sa
» femme des bras de madame de Montausier, qui
» cria au secours de ses domestiques, il lui dit des
» choses horribles. Quelque temps après, descendant
» avec son écuyer et ses gens un petit degré pour
» aller de chez elle chez la Reine, elle trouva une
» femme assez mal mise, qui l'arrêta, lui fit des re-
» proches sanglans sur madame de Montespan, et
» lui parla même à l'oreille. Elle empêcha ses gens
» de la maltraiter ; et, toute éperdue, rentra chez
» elle, s'y trouva mal, et tomba incontinent dans une
» maladie de langueur qui lui fit fermer sa porte
» à tout le monde. On prétendit que sa tête se trou-
» blait souvent, et l'on ne sut si cette femme qui
» lui avait parlé en était une ou un fantôme. Enfin,
» madame de Montausier, qui ne parut jamais depuis
» cette aventure, en mourut à soixante-quatre ans,
» au mois d'avril 1671. » (*Essai sur l'établissement monarchique de Louis XIV*, précédé de *Nouveaux mémoires de Dangeau*, par P. E. Lemontey, p. 56
et 57.)

(45) Grimarest dit que Baron était âgé de treize
ans lors de cette scène (p. 111) ; elle eut par conséquent lieu dans le temps des répétitions de *Mélicerte*,
et non de celles de *Psyché*, comme l'a dit M. Dés-
prés. *Psyché* ne fut joué qu'en 1671, époque à laquelle il avait dix-huit ans et non pas treize ans.

Voici son acte de naissance, qui avait jusqu'à ce jour échappé à toutes les recherches, et que M. Beffara, de qui nous le tenons, a découvert sur les registres de la paroisse Saint-Sauveur :

» Du 8 octobre 1653. .Baptême de Michel, fils de » André Boyron, bourgeois de Paris, et de Jeanne » Ausou, sa femme ; le parrain, Michel Bachelier , » bourgeois de Paris, de la paroisse Saint-Eustache ; » la marraine, Catherine Jon, femme de Jacques » Guillhamar, avocat au parlement, de la paroisse » Saint-Eustache. »

Son acte de décès, inscrit aux registres de la paroisse Saint-Benoît, constate qu'il est mort le 22 décembre 1729. Il mourut par conséquent à plus de soixante-seize ans. Quelques historiens du théâtre se sont montrés plus généreux encore envers lui que la nature. Ils l'ont fait vivre quatre-vingts ans.

LIVRE TROISIÈME.

(1) « Si les deux Reines avaient été à la tête des
» ennemis de Molière, dit Bret, comme voulut l'insi-
» nuer l'auteur des *Observations sur le Festin de Pierre*,
» pag. 22, Monsieur, frère du Roi, n'aurait pas eu
» l'imprudence de faire représenter devant elles les
» trois premiers actes du *Tartuffe*, à Villers-Cotterets,
» le 24 septembre de la même année... » (*OEuvres de
Molière*, avec les remarques de Bret, 1773, tom. IV,
p. 244.)

(2) La farce de *Scaramouche hermite* présentait entre
autres situations indécentes celle d'un moine es-
caladant le balcon d'une femme mariée, et y repa-
raissant de temps en temps en disant que c'était ainsi
qu'il fallait mortifier la chair : *Questo e per mortificar
la carne.*

(3) Molière, dans *le Misanthrope*, acte V, scène 1,
fait allusion à la perfidie de ses ennemis qui composèrent et firent courir un libelle sous son nom :

> Et, non content encor du tort que l'on me fait,
> Il court parmi le monde un livre abominable,
> Et de qui la lecture est même condamnable;
> Un livre à mériter la dernière rigueur;

Dont le fourbe a le front de me faire l'auteur.

Et là dessus on voit Oronte qui murmure,

Et tâche méchamment d'appuyer l'imposture ;

Lui qui d'un honnête homme à la cour tient le rang.

(4) L'abbé Mervesin, au témoignage duquel il ne faut pas ajouter une pleine confiance, donne quelques dé-' tails sur les empêchemens apportés à la représentation du *Tartuffe*. Nous allons transcrire le passage de son *Histoire de la Poésie française* qui les renferme. Le récit que nous avons tracé, d'après les meilleures autorités, de ce grand événement de notre histoire littéraire mettra le lecteur à même de relever les inexactitudes de Mervesin, sans que nous ayons besoin de les signaler.

« Après qu'il (Molière) eut composé son *Tartuffe*, » il le fit voir à la cour. Le Roi, à qui une piété sin-» cère a toujours fait haïr l'imposture , permit de » jouer cette pièce ; mais tant de gens représentèrent » à Sa Majesté que cela pouvait avoir de dangereuses » conséquences , qu'elle révoqua la permission qu'elle » avait donnée. Quelque temps après , comme elle » était sur son départ pour la Flandre, Molière revint » à la charge ; il obtint ce qu'il souhaitait, et fit bien-» tôt afficher sa pièce. M. de Lamoignon , premier » président , crut qu'il voulait profiter de l'absence » du Roi ; il envoya des archers qui arrachèrent les » affiches , et se saisirent des portes de la comédie » lorsque les comédiens se préparaient à paraître. » Molière pria M. Despréaux de le présenter à cet » illustre magistrat , qui le reçut agréablement. « Je

» sais, lui dit-il., après avoir écouté ses raisons, que
» vous avez un mérite qui vous élève au-dessus de
» votre état ; je ne me suis pas opposé à la représen-
» tation de votre pièce pour vous empêcher de jouer
» des faux-dévots, mais seulement à cause que vous
» vous ingérez d'y mettre des moralités peu propres
» à être débitées sur le théâtre. Molière se détermina
» à retrancher beaucoup de choses de sa pièce, et ne
» put la donner que long-temps après. Tout Paris
» était cependant dans l'impatience de la voir ; on
» priait souvent l'auteur d'aller la lire chez des gens
» de qualité, et M. Despréaux, qui travaillait alors à
» la satire du Repas, fit dire à propos à celui qu'il
» introduit :

« Molière avec Tartuffe y doit jouer son rôle. »

(5) Le caractère de Molière rend bien cette anecdote invraisemblable à nos yeux ; mais nous ne voyons
pas, comme un de ses commentateurs, une impossibilité de fait dans le désappointement des spectateurs, ou du moins d'un certain nombre d'entre eux.
On avait donné, le vendredi 5, la première représentation du *Tartuffe*. A la fin du spectacle de ce jour,
l'orateur de la troupe dut, selon l'usage, annoncer la
composition de celui du dimanche [1]. Il devait sans
aucun doute se composer de la seconde représenta-

1. La troupe de Molière ne jouait, comme nous l'avons déjà dit, que
trois fois par semaine.

tion du chef-d'œuvre si bien accueilli. Le samedi 6,
le premier président de Lamoignon fait signifier à la
troupe défense de rejouer la pièce promise pour le
lendemain. Cet ordre, dont la plus grande partie de
Paris ne pouvait avoir connaissance dès le 7, ne fit
donc renoncer que très-peu de spectateurs qui en
étaient instruits, au projet de se rendre au théâtre
du Palais-Royal ; et ceux qui, comptant toujours
sur la promesse faite par les acteurs le 5, ne s'étaient
pas donné la peine de consulter les affiches, beaucoup plus rares alors dans Paris qu'elles ne le sont
aujourd'hui, ne purent être détrompés qu'à leur arrivée au théâtre.

(6) Cette tradition a de nos jours été adoptée par
l'auteur du quatrain suivant, Chénier :

> De Roquette en son temps, T........ dans le nôtre
> Furent tous deux prélats d'Autun.
> Tartuffe est le portrait de l'un :
> Si Molière eût connu l'autre!

(7) *Lettre en vers sur la comédie du* Tartuffe, *écrite à*
l'auteur de LA CRITIQUE.

> J'ai lu, cher Dorilas, la galante manière
> Dont tu veux critiquer et Tartuffe et Molière ;
> Et, sans t'importuner d'inutiles propos,
> Je vais rimer aussi la critique en deux mots.
> Dès le commencement, une vieille bigotte
> Querelle les acteurs, et sans cesse radote,
> Crie, et n'écoute rien, se tourmente sans fruit.
> Ensuite une servante y fait autant de bruit,
> A son maudit caquet donne libre carrière,

Réprimande son maître et lui rompt en visière,
L'étourdit, l'interrompt, parle sans se lasser ;
Un bon coup suffirait pour la faire cesser,
Mais on s'aperçoit bien que son maître, par feinte,
Attend, pour la frapper, qu'elle soit hors d'atteinte.
Surtout peut-on souffrir l'homme aux *réalités*
Qui, pour se faire aimer, dit cent impiétés ?
Débaucher une femme et coucher avec elle,
Chez ce galant bigot est une bagatelle.
A l'entendre, le ciel permet tous les plaisirs;
Il en sait disposer au gré de ses désirs;
Et, quoi qu'il puisse faire, il se le rend traitable.
Pendant ces beaux discours, Orgon sous une table,
Incrédule toujours, pour être convaincu,
Semble attendre en repos qu'on le fasse cocu.
Il se détrompe enfin, et comprend sa disgrace,
Déteste le Tartuffe et pour jamais le chasse.
Après que l'imposteur a fait voir son courroux;
Après qu'on a juré de le rouer de coups,
Et d'autres incidens de cette même espèce,
Le cinquième acte vient : il faut finir la pièce.
Molière là finit, et nous fait avouer
Qu'il en tranche le nœud qu'il n'a su dénouer.
Molière plait assez, son génie est folâtre;
Il a quelques talens pour le jeu du théâtre;
Et, pour en bien parler, c'est un bouffon plaisant,
Qui divertit le monde en le contrefaisant.
Ses grimaces souvent causent quelques surprises;
Toutes ses pièces sont d'agréables sottises.
Il est mauvais poëte et bon comédien.
Il fait rire; et de vrai, c'est tout ce qu'il fait bien.
Molière à son bonheur doit tous ses avantages:
C'est son bonheur qui fait le prix de ses ouvrages.
Je sais que *le Tartuffe* a passé son espoir,
Que tout Paris en foule a couru pour le voir;
Mais, avec tout cela, quand on l'a vu paraître,

26

On l'a tant applaudi, faute de le connaître.
Un si fameux succès ne lui fut jamais dû,
Et, s'il a réussi, c'est qu'on l'a défendu.

(8) Le privilège des *OEuvres* de Benserade dit que
« la manière dont il confondait le caractère des per-
» sonnages qui dansaient avec le caractère des person-
» nages qu'ils représentaient, était une espèce de se-
» cret personnel qu'il n'avait imité de personne, et que
» personne n'imitera peut-être jamais de lui. » Plaise
au ciel que cette prédiction ne soit jamais démentie.

(9) Ce Gandouin dépensa 50,000 écus avec une
femme à laquelle il fit en outre présent d'une très-
belle maison située à Meudon. Quand il se fut complètement ruiné, il demanda la restitution de cette
propriété. Pour en venir à ses fins, il s'adressa à son
neveu, qui était procureur ; mais celui-ci ayant exa-
miné sa cause, la lui déclara insoutenable. Gandouin,
de désespoir, lui porta un coup de couteau. Cet acte
de fureur détermina sa famille à le faire enfermer à
Charenton, d'où il parvint à s'évader. (GRIMAREST,
pag. 267.)

(10) Ce ne fut qu'après un certain nombre de représentations que le bel-esprit prit le nom de Trissotin ; il portait d'abord celui de Tricotin (*Histoire
du Théâtre-Français*, tom. XI, pag. 213). Menage
va même jusqu'à dire (*Menagiana*, 1715, t. III,
pag. 23) que *Molière fit acheter un des habits de Cottin
pour le faire porter à celui qui faisait ce personnage dans
la pièce.* Cette assertion de la part de Menage, qui cependant était en position d'être bien informé de toutes

les circonstances de cette affaire, nous fait douter
de la véracité de tous les autres faits qu'il rapporte;
car, lors même que Molière eût assez oublié les convenances pour s'abandonner à tant de licence, comment supposer que l'autorité eût permis que l'habit
ecclésiastique, car les prêtres ne le quittaient jamais
à cette époque, et Cottin était prêtre, parût sur la
scène, porté surtout par un personnage plus vil encore que ridicule; d'ailleurs il eût été absurde de
faire prendre un semblable vêtement à un homme
qui aspire à la main de la fille de la maison.

(11) Voici le passage du *Mercure galant* : « Bien
» des gens font des applications de cette comédie, et
» une querelle de l'auteur, il y a environ huit ans,
» avec un homme de lettres qu'on prétend être repré-
» senté par M. Trissotin, a donné lieu à ce qui s'en
» est publié; mais M. de Molière s'est suffisamment
» justifié de cela par une harangue qu'il fit au public
» deux jours avant la première représentation de sa
» pièce; et puis ce prétendu original ne doit pas s'en
» mettre en peine, s'il est aussi sage et aussi habile
» homme que l'on dit, et cela ne servira qu'à faire
» éclater davantage son mérite, en faisant naître l'en-
» vie de le connaître, de lire ses écrits, et d'aller à
» ses sermons. Aristophane ne détruisit point la ré-
» putation de Socrate en le jouant dans une de ses
» farces, et ce grand philosophe n'en fut pas moins
» estimé de toute la Grèce. »

(12) Carpentier (*Carpenteriana*, pag. 48.), Richelet (*Dictionnaire*, Genève, 1680, in-4º, au mot *repro-*

cher), et l'abbé d'Olivet (*Histoire de l'Académie Française*, tom. II, pag. 185), s'accordent tous à dire
que Menage fut le second acteur de cette scène.
Mais celui-ci, en la rapportant (*Menagiana*, 1715 ;
tom. III, pag. 23), ne fait pas connaître l'adversaire
de Cottin. L'auteur du *Bolæana* (pag. 34) prétend
que c'était Gilles Boileau, frère du satirique. L'autorité du seul Montchesnay, historien si souvent
inexact, ne saurait balancer à nos yeux celle de Carpentier, de Richelet, et de l'abbé d'Olivet. Il y a
d'ailleurs dans la scène de Molière nombre de traits,
qui, comme nous nous sommes attaché à le prouver,
ne peuvent servir à désigner que Menage. Cottin fit
d'ailleurs paraître en 1666 une satire contre lui, *la
Ménagerie*, qui prouve évidemment qu'il y avait eu
rupture entre eux.

(13) Voltaire se montra d'autant moins conséquent
avec lui-même, que dans *l'Écossaise* il ne se borna
pas à ridiculiser Fréron, il tenta encore de l'avilir.
Molière, au contraire, n'attaqua que l'esprit de Cottin ; car ce ne pouvait plus être, ce n'était plus lui
qu'il avait en vue, quand il traça la cupidité de Trissotin aspirant à l'hymen d'Henriette, Cottin étant
depuis long-temps dans les ordres.

(14) Cet enfant fut nommé *Pierre-Jean-Baptiste-
Armand ;* il fut baptisé le 1er octobre 1672, et eut
pour parrain Boileau Puimorin, frère de Despréaux,
et mademoiselle Mignard, fille du célèbre peintre,
pour marraine. (*Dissertation sur Molière*, par M. Beffara, pag. 16).

(15) Les registres des paroisses Saint-Germain-
l'Auxerrois et Saint-Paul-de-Paris contiennent les
uns le premier, les autres le second des actes qui
suivent :

« Le vendredi, 19 février 1672, le corps de feue
» damoiselle Marie-Madelaine Béjart, comédienne de
» la troupe du Roi, prise hier[1] dans la place du Pa-
» lais-Royal, et portée en convoi en cette église : par
» permission de monseigneur l'archevêque, a été
» portée en carrosse en l'église de Saint-Paul.» Signé
Cardé, exécuteur testamentaire, et de Voulges.

« Le 17 février 1672, demoiselle Magdelaine Béjart
» est décédée paroisse de Saint-Germain-l'Auxerrois,
» de laquelle le corps a été apporté à l'église Saint-
» Paul, et ensuite inhumé sous les charniers de ladite
» église, le 19 dudit mois. » Signé Béjard-l'Éguisé ;
J.-B.-P. Molière.

Nous avons rapporté ces actes parce qu'ils sont la
meilleure réponse aux écrivains, qui, prenant le
parti du clergé contre Molière, ont prétendu que les
canons, alors observés par l'Église, s'opposaient à ce
que les restes des comédiens obtinssent les cérémonies funèbres. La présentation du corps de Madelaine
Béjart à deux paroisses prouve que ce n'était pas le
comédien, mais l'auteur du *Tartuffe* que Harlay de
Champvalon et sa secte poursuivaient même au tombeau.

(16) L'auteur de *la Fameuse comédienne* a dit que

---

1. On aurait dû dire avant-hier.

Molière avait été pris d'un *vomissement de sang* sur la
scène, *ce qui effraya beaucoup les spectateurs*, et qu'*on
l'emporta chez lui aussitôt*. Quelques biographes de
Molière l'ont répété d'après cette autorité : le fait est
entièrement faux. La Grange, dont le témoignage ne
saurait être recusé ici, puisqu'il remplissait à cette
même représentation le rôle de Cléante, dit seulement dans sa *Préface* de l'édition des *OEuvres de Molière* de 1682 : « Il fut si fort travaillé de sa fluxion,
» qu'il eut de la peine à jouer son rôle ; *il ne l'acheva*
» qu'en souffrant beaucoup ; et le public connut aisé-
» ment qu'il n'était rien moins que ce qu'il avait voulu
» jouer : en effet, *la comédie étant faite*, il se retira
» promptement chez lui, etc... »

LIVRE QUATRIÈME.

(1) Nous avons pensé que l'on serait curieux d'avoir
des détails sur la vie d'un prélat qui crut devoir refuser les honneurs religieux aux restes d'un homme de
bien. En voici quelques-uns que nous avons puisés
à des sources authentiques :

HARLAY DE CHAMPVALON (François de), dit l'auteur
de l'*Histoire de Paris* (première édition, t. V, p. 39),
était fameux par ses galanteries ou plutôt par ses débauches. Il eut plusieurs maîtresses en titre, parmi
lesquelles figurait au premier rang la dame de Bretonvilliers, qui poussait la complaisance jusqu'à lui
fournir des doublures dans le rôle qu'elle jouait
près de sa grandeur. Voici ce qu'on lit dans une lettre
du 12 juillet 1675, de madame de Scudéri (*Supplément aux Mémoires et Lettres du comte Bussy-Rabutin*,
deuxième partie, page 190) : « Cela est assez étrange
» qu'on n'ait pu souffrir le scandale du.... et de ma-
» dame de...., et que l'on souffre celui de M. (l'arche-
» vêque) de Paris et de madame de Bretonvilliers :
» car, quoique le mari de celle-ci soit plus docile que
» celui de l'autre, il est toujours contre la bienséance
» à un évêque d'être toujours avec une jolie femme. »
Une lettre du 27 février 1680, du même recueil,
nous fournit l'anecdote suivante : « Madame de Bre-

» tonvilliers s'avisa, il y a quelque temps, pour mieux
» régaler M. l'archevêque de Paris, de lui faire venir
» la petite Varenne. L'archevêque la trouva plus jolie
» que *la cathédrale* (nom plaisant donné par le public à
» madame de Bretonvilliers), de sorte qu'il l'a mise de
» toutes les parties de Conflans. Pierre Pont, lieute-
» nant des gardes-du-corps, amant de la petite Va-
» rennes, et jaloux du prélat, s'appliqua à découvrir
» jusqu'où il en était avec sa maîtresse ; et, comme le
» curieux impertinent, il la trouva une nuit à une
» heure indue, sortant dans le carrosse de son rival :
» il se mit dedans avec elle, lui chanta pouille, et le
» dit partout. Cela d'abord a fait grand bruit contre
» l'archevêque ; mais enfin celui-ci a fait entendre au
» Roi que Pierre Pont était janséniste ; car vous savez
» bien que les rivaux des Pères de l'église ne sont pas
» de la vraie religion ; et sur cela il a été envoyé en
» son gouvernement. » Ce prélat eut plusieurs autres
maîtresses, notamment la marquise de Gourville,
sœur du maréchal de Tourville ; les chansonniers
s'égayèrent sur ses galanteries. On peut citer ce
couplet :

> Sire, dedans votre ville,
> On parle d'un grand malheur :
> La sacrilège de Gourville
> A gâté notre pasteur ;
> La donzelle n'est pas saine,
> Le prélat en a, etc.

(*Histoire de Paris*, première édition, tome V, p. 41.)
Il allait, dit-on, recevoir le chapeau de cardinal,

.quand il' mourut presque subitement, d'une attaque d'apoplexie. « Il s'agit maintenant, dit madame de » Sévigné (lettre du 12 août 1695),·de trouver quel- » qu'un qui se chargè de l'oraison funèbre du mort ; » on prétend qu'il n'y a que deux petites bagatelles qui » rendent cet ouvrage difficile, c'est la vie et la mort. » Mascaron refusa de la faire ; le Père Gaillard consen- tit à s'en charger, à condition qu'il ne parlerait pas du mort. .

Nous avons dit plus haut quelle espèce de service madame de Bretonvilliers rendait officieusement à l'archevêque ; cette dame sollicitait un jour très-vi- vement madame de Sévigné de venir chez elle ; celle- ci lui répondit *qu'elle n'avait qu'un fils*. (Lettre de ma- dame de Sévigné, du 15 juin 1680).

Harlay. de Champvalon était d'une beauté remar- quable. Il se trouvait un jour au milieu d'un cercle de jolies femmes ; une personne qui entra lui dit en le voyant ainsi entouré :

> Formosi pecoris custos.— Formosior ipse,

reprit galamment une des dames, dont on ignorait l'érudition.

Requête à l'archevêque de Paris, et ordonnance pour l'enterrement. '

A MONSEIGNEUR l'illustrissime et réuérendissime archeùesque de Paris.

» Supplie humblement Élisabeth-Claire-Grasinde-Bé- jard (les noms sont ainsi écrits), veufue de Jean-Baptiste Pocquelin de Molière, viuant valet de chambre et tapissier du Roy, et l'un des comédiens de sa troupe, et en son absence Jean Aubry son beau-frère ; disant que vendredy dernier, dix-septième du présent mois de feburier mil six cent soixante-treize, sur les neuf heures du soir, ledit feu sieur de Molière s'estant trouué mal de la maladie dont il décéda enuiron une heure après, il voulut dans le moment témoigner des marques de repentir de ses fautes et mourir en bon chrestien, à l'effect de quoy auecq instances il demanda un prestre pour receuoir les sacremens, et enuoya par plusieurs fois son valet et seruante à Sainct–Eustache, sa paroisse, lesquels s'adressèrent à messieurs Lenfant et Lechat, deux prestres habitués en ladicte paroisse, qui refusèrent plusieurs fois de venir, ce qui obligea le sieur Jean Aubry d'y aller luy-mesme pour en faire venir, et de faict fit leuer le nommé Paysant, aussi prestre habitué audict lieu ; et comme toutes ces allées et venues tardèrent plus d'une heure et demie, pendant lequel temps ledict feu Molière décéda, et ledict sieur Paysant arriua comme il venoit d'expirer ; et comme ledict sieur Molière est décédé sans auoir reçu le sacrement de confession, dans un temps où il venoit de représenter le comédie, monsieur le curé de Sainct-Eustache lui refuse la sépulture, ce qui oblige la suppliante de vous présenter la présente requeste pour luy estre sur ce pouruen.

« Ce considéré, Monseigneur, et attendu que dessus, et que ledict défunct a demandé auparauant que de mourir un prestre pour être confessé, qu'il est mort dans le sentiment d'un bon chrestien, ainsy qu'il a témoigné en présence de deux dames religieuses, demeurant en la mesme maison, d'un gentilhomme nommé M. Couton, entre les bras de qui il est mort, et de plusieurs autres personnes ; et que M. Bernard, prestre habitué en l'église Sainct-Germain , lui a administré les sacremens à Pasque dernier, il vous plaise de grace spécialle accorder à ladicte suppliante que son dict feu mary soit inhumé et enterré dans ladicte église Sainct-Eustache, sa paroisse, dans les voyes ordinaires et accoutumées, et ladicte suppliante continuera les prières à Dieu pour votre prospérité et santé, et ont signé. Ainsi signé Le Vasseur et Aubry, auecq paraphe.

« Et au-dessoubz est escript ce qui suit :

« Renvoyé au sieur abbé de Benjamin, nostre official, pour informer des faicts contenus en la présente requeste, pour information à nous rapportée estre ensuicte ordonné ce que de raison. Faict à Paris dans nostre Palais archyépiscopal, le vingtiesme feburier mil six cent soixante-treize. Signé, *Archeuesque de Paris*.

« Veu ladicte requeste, ayant aucunement esgard aux preuves résultantes de l'enqueste faicte par mon ordonnancé, nous auons permis au sieur curé de Sainct-Eustache de donner la sépulture ecclésiastique au corps de défunct Molière dans le cimetière de la paroisse, à condition néantmoins que ce sera sans aucune pompe et auecq deux prestres seulement, et hors des heures du jour, et qu'il ne se fera aucun seruice solennel pour luy, ny dans ladicte paroisse Sainct-Eustache ny ailleurs, même dans aucune églize des réguliers, et que nostre présente permission sera sans préjudice aux règles du rituel de nostre églize, que nous voulons estre obseruées selon leur forme et teneur. Donné à Paris, ce vingtiesme feburier mil six cent soixante-treize. Ainsy signé, *Archeuesque de Paris*, et au-dessoubs par monseigneur Morange, auecq paraphe. »

« Collationné en son original en papier, ce faict, rendu par les nottaires au Chastellet de Paris soubzsignez le

vingt-uniesme mars mil six cent soixante-treize. Signé
' Levasseur. »

(2) Chapuzeau dit que, après la mort de Molière,
le théâtre du Palais-Royal fut fermé pendant quinze
jours. Les frères Parfait, qui écrivaient leur *Histoire,* le registre de la comédie sous les yeux, disent
qu'il rouvrit, le 24 février, par *le Misanthrope,* c'est-
à-dire après six jours de relâche. Ce qui aura
donné lieu à l'erreur de Chapuzeau, c'est que *le Malade imaginaire* ne fut effectivement repris que quinze
jours après la perte que la troupe venait de faire,
le 3 mars suivant. Il aura confondu la reprise de ce
chef-d'œuvre avec l'ouverture du théâtre. Bussy-
Rabutin confirme indirectement l'assertion des
frères Parfait, en disant que mademoiselle Molière
joua treize jours seulement après la mort de son
mari. (*Lettres de Bussy-Rabutin,* t. IV, p. 36.)

(3) Molière, dix ans avant sa mort, pria La Grange
de se charger de l'emploi d'orateur de la troupe.
Cet acteur le remplit de la manière la plus satisfai-
sante, jusqu'à la scission de la troupe du Palais-
Royal, et ensuite dans la nouvelle troupe du Roi.
(*Le Théâtre Français,* par Chapuzeau, p. 282.)

(4) Molière demeurait *rue Saint-Honoré, vis-à-vis le
Palais-Royal,* paroisse Saint-Germain-l'Auxerrois,
à l'époque du baptême de son fils *Louis,* filleul du
Roi et de la duchesse d'Orléans, le 28 février 1664.

Il demeurait *rue Saint-Honoré,* mais sur la paroisse
Saint-Eustache, par conséquent dans l'extrémité

orientale de cette rue , lors du baptême de sa fille ,
le 4 août 1665.

Le 1er octobre de cette même année, il alla habiter une maison de la rue Saint-Thomas-du-Louvre ,
appartenant à un sieur Millet, maréchal-des-camps
et armées du Roi et à son épouse, *consistant en un
corps de logis , petite cour , porte cochère, avec leurs ap-
partenances et dépendances.* Cette maison lui fut donnée à loyer, *pour trois ans à partir de la Saint-Remy*
(1er octobre) 1665, moyennant la somme annuelle
de 1000 livres , par un acte récemment découvert,
passé devant Ogier, notaire à Paris , le 15 octobre 1665. Il dut y rester au moins jusqu'au premier
octobre 1668.

Au baptême de son troisième enfant, le 11 octobre 1672 , il demeurait rue de Richelieu, dans la
maison où il mourut. Elle était située près de
l'Académie des peintres , vis-à-vis la fontaine placée
au coin des rues Traversière et de Richelieu , et
donnait, par derrière, sur le jardin du Palais-Royal ,
(il n'existait pas alors de galeries). C'est, selon
toute probabilité, la maison aujourd'hui numérotée 34.

(5) *Circé*, tragédie de Thomas Corneille , fut représentée pour la première fois le 17 mars 1675.
Cette coïncidence rapportée par *la fameuse Comé-
aienne*, démontre clairement que quelques biographes de Molière, notamment Petitot, ont commis
une inexactitude en prétendant que cette intrigue commença du vivant de Molière. Elle n'est

que de très-peu de jours antérieure au 17 mars 1675,
et le dénouement doit en être arrivé vers le mois de
juin au plus tard; puisqu'il fallut le temps, jusqu'au 17 septembre suivant, d'instruire l'affaire et
de rendre la sentence au Châtelet.

On lit, dans les *Lettres choisies de feu M. Gui-Patin*,
docteur en médecine, La Haye, 1707, in-12, t. III,
p. 97, lettre du 25 septembre 1665 :

» On a tué ici un jeune homme, fils d'un président
» de Grenoble, nommé Lescot. Celui qui l'a tué est
» en prison. »

(6) Du 17 octobre 1675. — Arrêt de la cour du
parlement de Paris. — A la requête de madame
veuve Molière. — Sur le procès criminel intenté
contre M. François Lescot, Jeanne Le Doux,
veuve de Pierre Le Doux ; Marie Simonnet, se disant femme de Hervé de La Tourelle.

» Vu par la chambre des vacations le procès criminel fait
par le lieutenant criminel du Nouveau-Châtelet, à la requête de damoiselle Claire-Armande-Gresinde-Elisabeth
Béjard, veuve de Jean Pocquelain, sieur de Molière, de-
manderesse accusatrice; contre messire François Lescot,
conseiller du Roi, président au parlement de Grenoble;
Jeanne Le Doux, veuve de Pierre Le Doux et Marie Simonnet, se disant femme de Hervé de La Tourelle, deffen-
deurs et accusés. La dame Le Doux prisonnière ez-pri-
sons de la Conciergerie du Palais, appelante de la sentence
rendue contre elle, le 17 septembre 1675; par laquelle
ladite Le Doux aurait été déclarée duement atteinte et
convaincue d'avoir produit, sous le nom de ladite Mo-

lière ,.ladite Simonnet ; et ladite Simonnet d'avoir pris le
nom de ladite Molière, pour raison de ladite prostitution ;
pour réparation de quoi condamnées d'être fustigées, nues ,
de verges , au-devant de la principale porte du Châtelet et
devant la maison de ladite Molière. Ce fait , bannies pour
trois ans de la ville, prévoté et vicomté de Paris ; enjoint
à elles de garder leur ban, à peine de la hart et solidaire-
ment en 20 livres d'amende envers le Roi, 100 livres de
réparation civile , dommages et intérêts envers ladite Molière , et aux dépens ; et ordonné que dans quinzaine , pour
toutes préfixions et délais, le concierge des prisons du
Nouveau-Châtelet serait tenu de réintégrer ladite Simonnet ; autrement , et ledit temps passé , contraint même par
corps ; et à l'égard du sieur Lescot, les informations con-
verties en enquêtes et y faisant droit , condamné de faire
sa déclaration au greffe , en présence de la Molière et de
quatre personnes telles qu'elle voudrait choisir, que par
prémise et inadvertance il aurait usé de voies de fait contre
elle et tenu les discours injurieux mantionnés au procès,
l'ayant pris pour une autre personne ; de laquelle déclaration serait délivré acte à la dite de Molière ; et icelui
sieur Lescot condamné en ses dommages et intérêts liquidés
à la somme de 200 livres et aux dépens à son égard , et
son écrou rayé et biffé ; requête de ladite le Doux em-
ployée pour moyen de nullité , et ouïe et interrogée en
ladite chambre , ladite le Doux sur sa cause d'appel et cas
à elle imposé tout considéré ;

« Il sera dit que ladite chambre à l'égard de ladite
Jeanne le Doux a mis et met l'appellation par elle inter-
jettée au néant ; ordonné que la sentence dont est appel
sortira effet; la condamne ez dépens de la cause d'appel ;
et, pour faire mettre le présent arrêt à exécution , ladite

chambre a renvoyé et renvoye icelle Le Doüx pension-
naire, par devant ledit lieutenant criminel du Noüveau-
Châtelet ;

« Ordonne que par le conseiller-rapporteur, il sera informé à la requête du procureur-général du Roi de l'évasion de ladite Simonnet des prisons dudit Châtelet , que...
Marest, geolier desdites prisons, sera présentement pris au
corps par Fit huissier de service et amené en la conciergerie du palais et écrou fait de sa personne à la requête
dudit procureur-général, pour être ouy et interrogé par
ledit conseiller sur les faits résultans de ladite évasion ; que
MM. Vincent Nevelet et François de Verthamon, conseillers,
se transporteront es dites prisons du Nouveau-Châtelet
pour dresser procès-verbal de l'état d'icelles et du lieu ou
endroit par où l'on prétend que ladite Simonnet s'est éva-
dée ; que les cordes et les instrumens qui ont servi à ladite
évasion seront apportés au greffe de la cour pour servir à
l'instruction ce que de raison. Sera aussi ladite Simonnet
prise au corps et amenée prisonnière en ladite conciergerie
pour être pareillement ouïe et interrogée sur les faits résultans de ladite évasion et être procédé au jugement du
procès à son égard ainsi qu'il appartiendra. Fait en vacations le dix-septième octobre 1675. Signé de Longueil,
président ; Verthamon, rapporteur...»

Minute sur papier timbré aux archives, section
judiciaire, au Palais.

« Vu par la chambre des vacations la requête présentée
par Jeanne Le Doux à ce qu'attendu que l'arrest contre elle
rendu à la requête de la veuve Molière le 17 du présent
mois portant entr'autres condamnation du fouet, 100 livres

de réparation, dommages et intérêts, 20 livres d'amende, a été exécuté et qu'elle a consigné lesdites sommes, ez-mains du greffier du Nouveau-Châtelet, Il plaise à la cour ordonner qu'elle aura main-levée des saisies faites sur ses meubles et à la restitution, les gardiens et dépositaires contraints par corps ce faisant déchargés; vu le certificat du greffier du Châtelet comme l'arrest a été exécuté et que la suppliante a consigné lesdites sommes, attaché à la requête signée P. Fournier; ouï, le rapport de M. de Verthamon conseiller., tout considéré; ·

» Ladite chambre, en conséquence de ce que ledit arrest a été exécuté, et que la suppliante a consigné lesdites sommes de 100 livres de réparation et de 20 livres d'amende lui fait main-levée des biens et choses sur elle saisis; ordonne qu'ils lui seront rendus et restitués; à ce faire les gardiens et dépositaires contraints, ce faisant déchargés., pourvu que lesdits meubles ne soient saisis pour autres choses. Fait en vacations, le 25 octobre 1675. Signé de Longuel, président; de Verthamon, rapporteur. »

Minute aux archives du Palais.

« octobre 1665. — Arrest de la cour du Parlement, qui ordonne qu'il sera informé de l'évasion de Marie Simonnet, femme de Hervé de La Tourelle, des prisons du Nouveau-Chatelet, la nuit du 15 au 16 août 1675.

« Vu par la chambre des Vacations le procès-verbal fait par MM. Vincent Nevelet et François de Verthamon, conseiller en ladite cour, le 22 octobre 1675, en exécution de l'arrêté de ladite cour du 17 dudit mois, contenant leur transport ès-prisons du Nouveau-Châtelet, et la visite par

27

eux faite de la chambre d'où s'est sauvée Marie Simonnet,
la nuit du 15 au 16 août dernier, et à eux montrée par
Anne Marest, veuve de Nicolas Le Roy, demeurante en ladite prison, pour l'absence de Jacques Marest, son père,
geolier desdites prisons, et à présent prisonnier en la conciergerie du Palais; les interrogatoires de Jeanne-Angé-
lique Vierge Rouault et de ladite dame veuve Le Roy; interrogatoire prêté par ledit Jacques Marest, le 23 dudit mois
d'octobre, contenant ses réponses, confessions et dénégations; requête dudit Jacques Marest à ce qu'en conséquence
dudit interrogatoire il soit élargi et mis hors des prisons à la
caution juratoire de se représenter quand il plaira à la cour
ordonner; à ce faire les greffier et geolier contraints par
corps ce faisant déchargés; ladite requête signée P. Fournier et du suppliant, conclusions du procureur-général du
Roi; ouï le rapport de M. Vincent Nevelet, conseiller, tout
considéré;

« Ladite chambre, avant faire droit sur ladite requête,
a ordonné et ordonne qu'à la requête du procureur-général
du Roi, il sera informé par M. Vincent Nevelet, conseiller,
de l'évasion de ladite Simonnet pour l'information faite et
communiquée audit procureur-général être ordonné ce que
de raison. Fait en vacation le 26 octobre 1675. Signé de
Longueil, président; Nevelet, rapporteur. »

Minute aux archives du Palais.

C'est encore M. Beffara qui a retrouvé ces divers
jugemens.

(7) Dans *l'Inconnu*, de Corneille, où mademoiselle Molière remplissait le rôle de la comtesse, une
bohémienne qui dit la bonne aventure à ce personnage, lui adresse les vers suivans

Dans vos plus grands projets vous serez traversée,
Mais en vain contre vous la brigue emploira tout,
Vous aurez le plaisir de la voir renversée,
  Et d'en venir toujours à bout.
. . . .
Cette ligne qui croise avec celle de vie
Marque pour votre gloire un moment très-fatal :
Sur des traits ressemblans on en parlera mal,
  Et vous aurez une copie.
. . . .
  N'en prenez pas trop de chagrin :
  Si votre gaillarde figure
Contre vous quelque temps cause un fâcheux murmure,
  Un *tour de ville* y mettra fin
  Et vous rirez de l'aventure.

(Act. III, sc. 6.)

(8) M. de Montalant mourut le 6 juin 1738. Son acte de décès, que nous transcrivons à la fin de cette note, porte qu'il était âgé de quatre-vingt-treize ans. Il devait donc être né en 1645.

On trouve sur les registres de la paroisse Saint-André-des-Arcs, à la date des 24 février 1679, 25 avril 1681, 30 juin 1683 et 30 octobre 1684, les actes de naissance de quatre enfans nés de son mariage avec Anne-Marie Alliamet. On n'a pu découvrir, sur ces registres ni sur ceux d'autres paroisses, l'acte de décès de cette première femme. L'acte de mariage de la fille de Molière avec son ravisseur a également échappé à nos recherches ; mais son acte de décès, que nous allons rapporter, prouve qu'ils s'étaient effectivement unis.

27.

Nous savions, par la tradition, que monsieur et madame de Montalant étaient morts à Argenteuil ; mais la date de leur décès était encore ignorée. Voici le résultat de nos perquisitions :

» Extrait du registre des actes de décès de la commune d'Argenteuil, arrondissement de Versailles, département de Seine-et-Oise. -

» Le lundy 24 mai 1723. Esprit-Madeleine Pocquelin de Molière, âgée de cinquante-sept ans et demy ; épouse de M. Claude Rachel, écuyer, sieur de Montalant, décédée le jour précédent, en sa maison d'Argenteuil, rue Calée, a été inhumée dans l'église dudit lieu ; en présence d'André Pothron, maçon de la maison, soussigné. » Ainsi signé au registre : André Potheron ; de Peyras, vicaire.

Pour extrait conforme au registre, à Argenteuil, le 12 septembre 1825. P. M. le maire ; le premier adjoint, Mesnil. »

» Extrait du registre des actes de décès de la commune d'Argenteuil, arrondissement de Versailles, département de Seine-et-Oise.

» Le vendredy sixième juin mil sept cent trente-huit, le corps de Claude Rachel, ecuier, sieur de Montalant, âgé de quatre-vingt-treize ans ou environ, décédé le 4 du présent mois, a été aporté dans l'église de cette paroisse ; et, après la messe solennelle chantée, a été conduit par le clergé de ladite paroisse en l'église des pères augustins de ce lieu, pour y être inhumé ainsi qu'il l'avoit demandé ; et ce en présence du sieur Pierre Chapuis, bourgeois

de Paris, y demeurant rue des Graviliers, paroisse
Saint-Nicolas-des-Champs, exécuteur du testament
dudit sieur de Montalant; d'Étienne Duny, ancien
marguillier de cette église. » Ainsi signé au registre :
Chapuis, Duny Maubert.

Pour extrait conforme au registre, à Argenteuil,
le 13 septembre 1825. Pour M. le maire, le premier
adjoint, Mesnil.

(9) Quelques personnes seront peut-être curieuses
de jeter les yeux sur la liste des hommes de lettres
et autres, qui composaient l'Académie au 1er janvier 1673, six semaines avant la mort de Molière.
Voici le tableau de ces quarante immortels :

Balesdens.	Corneille (Pierre).
Bezons (Bazin de)	Cottin.
Boissat.	Daugeau (marquis de).
Bossuet.	Desmarais (Regnier).
Bourzeys (de)	Doujat.
Boyer.	Esprit.
Bussy-Rabutin.	Estrées (cardinal d').
Chassaignes.	Godeau ¹.
Chambre (Pierre de la).	Gomberville.
Champvalon (Harlay de).	Leclerc.
Chapelain.	Mesmes (le président de).
Charpentier.	Mezeray.
Chaumont (de).	Montmor (de).
Coaslin (duc de).	Patru.
Colbert.	Perrault.
Conrart.	Pellissou:

1. Il mourut en 1672; mais son successeur, Fléchier, ne fut nommé
que dans le courant de 1673.

Quinault.	Tallemant (François).
Racine.	Tallemant (Paul).
Segrais.	Testu.
Saint-Aignan (duc de)	Villayer ('de).

Puissent nos descendans, en lisant, dans un siècle et demi, la liste de nos académiciens, n'avoir pas la même peine à dégager l'inconnu.

(10) On lit dans les *Mémoires secrets* de Bachaumont, à la date du 25 août 1769 :

« L'Académie Française a tenu, suivant l'usage, sa
»séance publique pour la distribution du prix. L'af-
»fluence augmente de jour en jour à ces assemblées,
» et dès deux heures la salle était garnie. Les dames pa-
»raissent s'y plaire; elles y étaient venues en grande
»quantité. Quand Messieurs sont entrés pour se mettre
»en place, on a été surpris de voir siéger parmi eux
»un abbé qu'on ne connaissait pas; M. Duclos, secré-
»taire de la compagnie, a éclairci l'embarras général
»en annonçant que M. l'abbé était un *Poquelin,* petit
»neveu de Molière. Tout le monde a applaudi à cette
»distinction par des battêmens de mains multipliés.
»Ensuite M. l'abbé de Boismont, directeur, après avoir
»fait une espèce d'amende honorable à Molière au
»nom de l'Académie, qui, le comptant parmi ses maî-
»tres, le voyait toujours avec une douleur amère omis
»entre ses membres, a déclaré que pour réparer cet
»outrage autant qu'il était en elle, elle avait proposé
»son éloge au concours des jeunes candidats; que M.
»de Chamfort avait mérité le prix ; que trois autres
»pièces avaient fait regretter aux juges de n'avoir

»qu'un prix à donner, et qu'une quatrième avait ap-
»proché de très-près celle-ci. M. Duclos a cru devoir
»ajouter son mot, en disant qu'on ignorait les auteurs
»des *accessit*, mais qu'on les invitait à faire imprimer
»leurs pièces, pour que les connaisseurs pussent ju-
»ger, approuver l'arrêt de l'Académie ou le casser. Il
»a ajouté modestement : *Nous nous croyons plus fort*
»*qu'un particulier ; mais le public est plus fort que*
»*nous.* »

Bret et les *Mémoires* de Bachaumont donnent à cet
abbé La Fosse (et non *Poquelin*) la qualité de *petit-ne-*
veu de Molière ; d'après des notes généalogiques de
M. Beffara sur lui et le conseiller Poquelin, ils ne pouvaient être l'un et l'autre que ses *arrière-cousins.*

Pour prouver qu'il n'existe plus de *Poquelin* depuis
longues années, nous ne suivrons point pas à pas les
différentes descendances des frères et sœurs de Molière. Comme quelques-uns d'entre eux eurent un
grand nombre d'enfans, notamment son second frère,
Jean, qui vit sa femme le rendre père de seize, cette
espèce d'inventaire des collatéraux de notre auteur
serait aussi fastidieuse pour le lecteur que pour nous.
Nous nous bornerons à faire observer que le conseiller référendaire, Poquelin, dont nous venons de parler dans notre texte, mort à Ivry, près Paris, le 11 mai
1772, âgé d'environ 84 ans, ne laissant pas de postérité, ses collatéraux étaient appelés à recueillir sa succession. On n'en voit que deux du nom de Poquelin
dans l'inventaire fait après son décès par Me Gobert,
notaire à Paris, le 18 mai 1772. L'une y figure comme

seule héritière : Marie Pocquelin, épouse de M. Paul-
André Verany de Varenne, avocat (née en 1699, elle
mourut quelques années après son cousin); et l'autre
y est portée comme créancière : c'était sans doute
Anne-Elisabeth Poquelin, veuve de René Lenoir,
chevalier, sieur de Verneuil, ancien capitaine de ca-
valerie. Ellemourut le 24 août 1773, rue de l'Eperon
Saint-André-des-Arcs, âgée d'environ 68 ans.

(11) Molière fut inhumé au cimetière de Saint-Joseph, le 21 février 1673. La Grange dit dans son Registre de la comédie qu'il lui fut *élevé une tombe d'un
pied hors de terre;* mais il n'indique pas à quel endroit.

D'Olivet dit dans son *Histoire de l'Académie Française,* imprimée en 1729 et 1730, tom. 11, p. 313,
que *La Fontaine avait été enterré* auprès de Molière. La
tradition d'après laquelle il avançait ce fait désignait
le pied du crucifix, sis ordinairement au milieu des ci-
metières, comme le lieu où reposaient le fabuliste et,
par conséquent, son ami.

En 1732, Titon du Tillet (voir ci-dessus pag. 305),
dit qu'un ancien chapelain lui avait assuré que Molière *n'avait pas été inhumé sous sa tombe, mais dans un
endroit plus éloigné* attenant à la maison du châtelain.

Les administrateurs de la *Section de Molière et de La
Fontaine* s'embarrassant peu de ces contradictions, allèrent sans hésiter déterrer les ossemens d'une fosse
sise *près les murs d'une petite maison située à l'extrémité du cimetière,* comme devant être ceux de Molière
*d'après les historiens contemporains et la tradition non
suspecte.* LES HISTORIENS CONTEMPORAINS se réduisent à

Titon du Tillet qui écrivait cinquante-neuf ans après l'enterrement de Molière, et LA TRADITION NON SUSPECTE au récit d'une seule personne diamétralement opposé à la version de d'Olivet, et à celle de La Grange.

Quant à La Fontaine, son acte de décès porte qu'il fut enterré au cimetière des Innocens, et c'est d'après des autorités également imposantes qu'au mépris de cet acte on prétendit devoir chercher ses restes à Saint-Joseph.

Les procès-verbaux de ces fouilles, dont nous avons copie sous les yeux, sont remplis de *il paraît que*, et de *peut-être*, qui dénotent la légèreté avec laquelle on procéda à ces opérations.

(12) Epitaphe de Molière gravée sur l'une des faces de son tombeau :

Ossa J.-B. POQUELIN MOLIÈRE, *Parisini, comœdiæ*
Principis, huc translata et condita. A. S. 1817,
Curante urbis præfecto comite Guil. Chabrol
De Volvic. *Obiit anno S.* 1673, *ætatis* 57.

NOTES SUPPLÉMENTAIRES.

Ce n'est qu'au moment où les dernières feuilles de cet ouvrage allaient être livrées à l'impression que nous sommes parvenus à recueillir les renseignemens compris dans ce supplément.

(1) *Sur le nombre des frères et sœurs de Molière.*

Nous avons dit, pag. 3 , en parlant de Molière : *Aîné de six enfans,* etc. ; il fallait dire *Aîné de dix enfans.*
Outre les six enfans nés du mariage de Jean Poquelin et de Marie Cressé, ses père et mère (pag. 6 de la *Dissertation sur Molière*), il naquit encore deux fils de 1629 à 1632, *Jean* et *Robert.* M. Beffara n'a pu jusqu'à ce jour découvrir leurs actes de naissance ; mais il a trouvé l'acte de fiançailles et de mariage de *Jean* sur les registres de Saint-Eustache à la date des 15 et 16 janvier 1656, dans lequel il est nommé *fils de Jean Pauclain et de défunte Marie Cressé.* Il fut inhumé au cimetière des Innocens, le 6 avril 1660. Quant à *Robert,* on le voit figurer comme *oncle de la mariée* dans un acte de mariage d'une nièce de Molière, fille de son second frère, et comme *oncle du marié* dans celui du fils du même. Il est évident par conséquent que ce *Robert Poquelin,* portant le nom de famille de Molière, et oncle comme lui de ces jeunes gens, ne pou-

vait être qu'un de ses frères. On lit dans la *Gazette de
France* du 12 janvier 1715, p. 24 : « Robert Poquelin,
» docteur en théologie de la maison et société de Na-
» varre, et doyen de la Faculté de Paris, mort à quatre-
» vingt-cinq ans. » Il était donc né vers 1630.

Aux noms de ces huit enfans issus du premier mariage de son père, on doit joindre ceux de *Catherine*
et de *Marguerite*, nées, la première, le 15 mars 1634,
la seconde, le 1ᵉʳ novembre 1636, de son mariage avec
Catherine Fleurette, célébré à Saint-Germain-l'Auxerrois le 30 mai 1633.

Ainsi, il est constant que Molière comptait au moins
neuf frères et sœurs. Nous disons au moins ; car il est
possible qu'on parvienne de nouveau à en découvrir.
Il y eut dans cette famille plusieurs mariages encore
plus féconds. Le second frère de notre auteur, marié à
Anne de Faverolles, en eut seize enfans, et Robert Poquelin, un de ses parens, et Simone Gandouin, sa
femme, donnèrent le jour à vingt.

(2) *Sur les subventions accordées par Louis XIV à la
troupe de Molière.*

On a vu, pag. 111, que le Roi attacha la troupe de
Molière à sa personne en lui donnant une pension de
sept mille livres. Nous devons ajouter qu'outre ce
traitement annuel, ce prince gratifiait leur directeur
de subventions assez fréquentes.

On trouve à la Bibliothèque du Roi, section des
manuscrits :

1° Du 19 janvier 1667, quittance par Molière au trésorier de l'argenterie du Roi de la somme de 2200 livres, savoir : 1800 livres *pour habits et adjustemens de l'augmentation du ballet*, et 400 livres *pour les adjustemens précédens du même ballet*[1].

2° Du 26 juillet 1668, autre quittance par Molière au trésorier de l'argenterie du Roi de la somme de 400 livres *pour les adjustemens et les augmentations des habits de la feste de Versailles*[2].

3°. Du 7 août 1669, autre quittance par Molière au trésorier-général des Menus-Plaisirs, de la somme de 144 livres pour lui et onze acteurs de sa troupe à 6 livres chacun par jour, pour deux jours passés à Saint-Germain, *pour y représenter les comédies de l'Avare et du Tartuffe au Château neuf*.

4° Du 31 août 1669, autre quittance par Molière au trésorier-général des Menus-Plaisirs de 500 livres *pour l'impression de la comédie à ballet de la Princesse d'Élide*[3].

---

1. D'après la date de cette quittance, il est vraisemblable que ces 2200 livres étaient données à Molière comme dédommagement de la dépense extraordinaire occasionnée par la double représentation du *Ballet des Ballets* dans lequel sa troupe avait joué *Mélicerte* et *la Pastorale comique*, au mois de décembre 1666, et *la Pastorale comique* et *le Sicilien* au mois de janvier 1667.

2. Cette fête de Versailles est celle donnée le 18 juillet par le Roi, et dont la première représentation de *George Dandin* fit le principal attrait.

3. *La Princesse d'Élide* ayant été imprimée dans la description des *Plaisirs de l'île enchantée*, dont la première édition parut en 1665, Molière, que cette concurrence eût privé d'un grand nombre d'ache-

La seconde de ces pièces avait été découverte il y a deux ans environ; les trois autres ne l'ont été que récemment. Un plus grand nombre sans doute ne nous sera pas parvenu.

(3) *Sur différentes éditions d'*ÉLOMIRE HYPOCONDRE, *comédie* (Voir pag. 250).

Les exemplaires de l'édition de cette comédie satirique, Paris, 1670, in-12, que nous connaissions, étaient sans figure. M. de Soleinne, dont la vaste collection dramatique est le fruit des recherches les plus infatigables et les mieux dirigées, a eu l'extrême complaisance de nous en communiquer un orné d'une gravure qui représente Molière répétant dans un miroir toutes les mines que Scaramouche fait devant lui. On lit au bas : *Scaramouche enseignant ; Élomire étudiant. Qualis erit, tanto docente magistro?* Cette épigraphe est une autorité de plus (si l'on peut appeler autorité l'assertion d'un ennemi) en faveur de la tradition dont nous avons parlé, pag. 13, et pag. 340, Note 16.

Le même bibliophile dont l'obligeance égale les richesses littéraires, nous a aussi fait voir une édition de cette pièce de 1672, *suivant la copie imprimée,* (Hollande), portant le titre d'*Élomire, c'est-à-dire Molière hypocondre, ou les Médecins vengés, comédie.*

Elle est suivie d'un *avis au lecteur*, dans lequel on

---

teurs, ne fit pas imprimer sa pièce; ces 500 livres lui furent données sans doute à titre de dédommagement.

annonce que l'auteur de cette pièce en avait composé une seconde contre Molière ; mais que celui-
ci parvint d'abord à gagner le libraire, et ensuite à
faire supprimer l'ouvrage par arrêt du Parlement.
Chacun sait quelle foi on doit ajouter aux faits avan-
cés par les éditeurs de Hollande.

(4) *Sur Geneviève Béjart, connue sous le nom de* MA-
DEMOISELLE HERVÉ, *belle-sœur de Molière*. (Voir
page, 247, note 25.)

Cette actrice étant si peu connue, que son nom a
échappé aux recherches de plusieurs historiens du
théâtre, nous croyons devoir consigner ici quelques
renseignemens nouvellement recueillis qui lui sont
relatifs.

Elle épousa, le 27 novembre 1664, à la paroisse
Saint-Germain-l'Auxerrois, Léonard de Lomenye ; on
donne, dans l'acte de mariage à son père, Joseph
Béjart, la qualité de *procureur au Chastelet de Paris*.
Il la prend aussi dans l'acte de baptême de la fille
de Molière.

Devenue veuve, Geneviève Béjart se remaria à la
même paroisse, le 19 septembre 1672, à l'âge de
quarante ans, avec Jean-Baptiste Aubry, âgé de
trente-six ans, paveur ordinaire des bâtimens du
Roi.

(5) · *Sur l'acteur La Grange.*

On ignore également les particularités de la vie de
La Grange, que Molière honora de son amitié et qui

fut le premier éditeur de ses œuvres. Nous avons
sous les yeux son acte de décès, que nous devons,
comme les renseignemens de la note précédente,
à M. Beffara. Il mourut le 1er mars 1692, rue de
Bussy, sur la paroisse Saint-André-des-Arcs. Cette
date n'est pas sans intérêt, puisqu'elle fait connaître
l'époque à laquelle furent perdus tous les manuscrits de Molière dont La Grange était dépositaire,
ainsi que nous l'avons déja dit (p. 197).

(6) *Sur l'affaire de Lulli contre Guichard.*

Nous avons dit, p. 187, que nous ignorions quelle
était *l'affaire horrible et criminelle que Lulli,* selon
Bret, *eut à soutenir contre Guichard.* Nous nous sommes
assuré que ce procès ne pouvait être honteux ou
horrible que pour son adversaire. Lulli l'accusait
d'avoir formé le projet de le faire empoisonner avec
du tabac mêlé d'arsenic, par un nommé Aubry. Guichard fut condamné, par une sentence du Châtelet,
du 17 septembre 1676, à faire réparation, à une
amende et à des dommages intérêts envers Lulli.
Guichard appela de cet arrêt au Parlement; le jugement de cette cour souveraine fut prononcé le
12 avril 1677. On en ignore les dispositions. (Voir la
*Requête servant de factum pour Guichard contre Lulli
et Aubry, et M. le procureur-général du Parlement,*
Recueil n° 5498 *A,* de la Bibliothèque du Roi.)

FIN.

ERRATA.

TEXTE.

Pages. lignes.

14   3   Après *dans le jeu de paume de la Croix-Blanche*, ajoutez *rue de Bussy*.

29   19   Au lieu de *qu'il crut devoir refuser cette place*, lisez *que Molière crut devoir*, etc.

96   16   Dans quelques exemplaires, après le mot *Marphurius*, le renvoi de note (20) est oublié.

113   4   Au lieu de *On avait beau le tirer de dedans le Palais-Royal. Rien n'avançait*, ponctuez ainsi, *On avait beau le tirer de dedans le Palais-Royal, rien n'avançait.*

129   7   Au lieu de *Molière qui avait* INVITÉ *son ami*, lisez *Molière qui avait* ÉCOUTÉ *son ami.*

Ibid.   24   Au lieu de LA *tempérament*, lisez LE *tempérament.*

172   18   Au lieu de *Cette pièce fit grand bruit* EUT ET *grand succès à Paris*, lisez *Cette pièce fit grand bruit* ET EUT *grand succès à Paris.*

316   26   Au lieu de *Bientôt aussi ils payèrent un autre tribut*, lisez, *Neuf ans auparavant ils avaient payé un autre tribut.*

318   3   Au lieu de *conseiller référendaire à la Cour des Comptes*, lisez *conseiller référendaire en la Chancellerie du Palais.*

NOTES.

349   1   Au lieu de *d'une comédie une de province*, lisez *d'une comédienne de province.*

Ibid.   15   Au lieu de *sur le passage du* RKÔNE, lisez *sur le passage du* RHÔNE.

366   21   Au lieu de *Il se* VIT *successivement applaudir*, lisez *Il se* FIT *successivement applaudir.*

374   15   Au lieu de *que nous aurons* OCCA-*de citer*, lisez *que nous aurons* OCCASION *de citer.*

376 not. 2   Cette note appartient à la page précédente.

384   6   Le renvoi de la note (29) est oublié au commencement de cette ligne.

388   16   Au lieu de MAIS *Louis Racine a dit*, etc., lisez CAR *Louis Racine a dit*, etc.

415   18   Au lieu de PRÉMISE, lisez MÉPRISE.

TABLE DES MATIÈRES

RENFERMÉES DANS L'HISTOIRE DE LA VIE ET DES
OUVRAGES DE MOLIÈRE.

LIVRE PREMIER.

28

LIVRE II.

28.

LIVRE III.

LIVRE IV.

NOTES DU LIVRE PREMIER.

NOTES DU LIVRE II.

NOTES DU LIVRE III.

NOTES DU LIVRE IV.

NOTES SUPPLÉMENTAIRES.

FIN DE LA TABLE.

www.ingramcontent.com/pod-product-compliance
Lightning Source LLC
Chambersburg PA
CBHW070756030726
47504CB00003B/578